KB058259

죽은 자 곁의 산 자들

매일 죽음을 마주하는 이들에게 배운 생의 의미

❖

장의사

해부 책임자

데스마스크 조각가

대참사 희생자 신원 확인자

범죄 현장 청소부

사형 집행인

헤일리 캠벨 지음

서미나 옮김

죽은 자 곁의 산 자들

시신 방부처리사

해부병리 전문가

사산 전문 조산사

무덤 파는 일꾼

화장장 기사

인체 냉동 보존 연구소 임직원

ALL THE LIVING
AND
THE DEAD

시공사

일러두기

- 죽은 자들의 개인 정보는 일부 바꿨으나 산 자들은 그대로 실었다.
- 모든 정보는 집필 시점을 기준으로 한다.
- 단행본과 신문, 잡지 등의 정기간행물은 《겹화살괄호》, 영화와 TV 프로그램 등은 〈홑화살괄호〉로 묶었다.
- 국립국어원의 외래어표기법을 따르되, 일부는 관용적 표기를 우선했다.

지구가 돌고, 해가 가차 없이 뜨고 지고,
그리고 언젠간 우리 모두에게
마지막 해가 진다는 이유만으로 삶은 비극이다.
어쩌면 인간 문제의 근원은 유일한 진실인
죽음을 부정하기 위해 삶의 아름다움을 희생하고,
토템과 터부, 십자가와 피의 제물, 교회의 첨탑과 모스크,
인종과 군대, 국기와 국가에 자신을 가두는 데 있다.

《단지 흑인이라서, 다른 이유는 없다 The Fire Next Time》

차례

태어나면서부터 죽음을 아는 사람은 없다. 누군가는 알려줘야 한다. 내게 죽음에 대해 알려준 사람이 아버지냐고 물었지만 아버지는 기억하지 못했다.

죽음을 접하며 삶이 완전히 바뀐 그 순간을 기억하는 사람도 간혹 있다. 내게 그 이야기를 해준 이는 창문에 부딪친 새가 목이 부러진 채 추락하던 소리를 기억한다. 테라스에 떨어진, 축 늘어진 새를 뒤뜰에 묻으며 어른들의 설명을 듣던 상황을 떠올린다. 조촐한 장례보다도 먼지 덮인 날개의 모습이 머릿속에 오래도록 남는다고 한다. 어쩌면 당신에게 죽음은 조부모님이나 금붕어의 모습으로 닥쳤을 수도 있다. 금붕어의 지느러미가 변기 물에 휩쓸려 사라지는 그 짧은 시간 동안 최대한 죽음을 받아들이려고 노력했을지도 모른다.

나는 그런 인상적인 순간을 경험해본 적은 없지만 그렇다고 죽음을 몰랐던 시절 또한 내 기억에 없다. 죽음은 언제, 어디서든 늘 곁에 있었으니까.

다섯 명의 죽은 여인이 시작점이었을 것이다. 만화가인 아버지 에디 캠벨Eddie Campbell은 내가 열 살이 되기 전 내내 앨런 무어 Alan Moore가 집필한 그래픽노블 《프롬 헬From Hell》을 작업했다. 휘갈겨 그린 듯한 펜화로 살인마 잭 더 리퍼의 잔인성을 극대화해 보여주는 작품이었다. '살인마 잭'은 우리 가족의 삶에 깊이 들어와 있었기에 어린 여동생과 나는 아침을 먹을 때면 등장인물들처럼 톱 해트(원기둥 모양으로 생긴 정장용 서양 모자 - 옮긴이)를 쓰곤 했다. 어머니가 허락하지 않은 일을 아버지에게 조르러 갈 때 나는 발꿈치를 들어 아버지의 화판에 걸린 범죄 현장 그림을 살펴보기도 했다. 그림에는 배가 갈라진 여자들, 얼굴부터 허벅지까지 갈기갈기 찢긴 여자들의 모습이 담겨 있었고, 그 옆의 사진에는 처진 가슴과 배 그리고 목부터 사타구니까지 럭비공처럼 꿰맨 자국이 보이는 적나라한 부검 장면이 있었다. 까치발로 그런 그림과 사진을 올려다보고서 충격에 휩싸이기보다는 매료되었던 기억이 난다. 무슨 일이 일어났는지 알고 싶었고 더 보고 싶었다. 그림이 더 선명했으면 하고 바랐다. 작품 속의 상황은 내가 아는 삶과 거리가 멀었고 너무나 **다른** 세상이라고 느껴졌기에 공포를 느낄 수조차 없었다. 열대기후의 오스트레일리아 브리즈번에 사는 아이였던 내게 등장인물들이 사는 안개 자욱한 런던의 거리는 낯설었다.

같은 사진을 지금 보니 사뭇 다른 감정이 든다. 폭력과 여성 혐오 그리고 피해자의 발버둥과 죽은 생명이 보인다. 하지만 어릴 때는 끔찍한 장면을 보고도 감정을 표현할 어휘를 찾지 못했다. 죽음은 내 이해의 한계치 위 어딘가에서 비행하다 새처럼 창유리에 부딪치고 말았다. 그때부터 나는 테라스에 떨어진 사체를 들고 조사하기 시작했다.

일곱 살부터 나는 영락없는 기자였던 터라 죽음에 대해 알아내기 위해 종이 위에 무엇이든 적어보았다. 거꾸로 엎은 판지 상자를 책상 삼아 옆에 있는 아버지를 따라 영화, 드라마, 뉴스, 아버지 책상에서 본 자료를 동원해 인간이 잔인하게 죽는 온갖 방법을 24쪽짜리 목록으로 만들었다. 자는 동안 마체테(날이 넓고 무거운 칼-옮긴이)로 토막이 나거나 히치하이크를 하다 숲에서 칼에 찔릴 수 있을 것이다. 산 채로 묻힐 수도, 매달린 채로 새에게 쪼아 먹힐 수도, 마녀가 끓이는 물에 던져질 수도 있다. 나는 '누군가 당신의 목을 베어 피부가 썩어간다면 이런 모습일 것이다'라는 설명을 붙인 두개골 그림을 그리기도 했다. 아버지는 만화의 한 장면을 위해 정육점에서 콩팥을 사 와 손수건 위에 두었다. 우리는 더운 날씨에 금세 썩기 시작한 콩팥을 함께 그렸다. 모여드는 파리 떼를 그린 내 그림이 조금 더 사실적이긴 했다. 아버지는 내 그림을 파일에 모두 보관해두었다가 손님들 앞에서 자랑스럽게 보여주곤 했다. 손님들은 입을 다물지 못했다.

죽음은 집 밖에도 있었다. 우리 가족은 붐비는 거리에 살았기 때문에 수명이 짧은 길고양이들이 배수로 안에서 죽은 모습을 자주 보았다. 동이 틀 무렵 우리는 프라이팬을 잡듯 고양이 꼬리를 잡아 올려 조용하고 소박한 장례를 치러주곤 했다. 까치가 죽어 심하게 부패하는 여름에는 등굣길 분위기가 바뀌었다. 추운 지역에서는 별일이 안 생길지 몰라도 오스트레일리아의 열기 아래에서는 부패가 너무나 빨리 진행돼, 죽은 새 한 마리의 악취가 온 도로에 진동하기 마련이다. 교장 선생님은 죽음의 냄새가 날아갈 때까지 그 길을 피하라고 말했지만 나는 부패한 새의 얼굴을 보고 싶은 마음에 항상 금지된 길로 다녔다.

나는 죽음의 모습에 점차 익숙해져 이면지 더미에서 아무 생각 없이 집은 아버지 그림의 복사본 뒷면에다 숙제할 때도 있었다. "죽은 매춘부예요. 그림일 뿐인데요, 뭘." 나는 할 말을 잃은 채 검은 피가 흥건하게 그려진 불쾌한 그림을 손에 들고 있는 선생님을 보며 말했다. 나에게 죽음은 발생하는 일, 그것도 자주 발생하는 일로 보였지만 무슨 잘못을 저지른 것처럼 나쁜 일이고 비밀스러운 일이니 관심을 두지 말라는 훈계를 듣곤 했다. 선생님은 부모님에게 전화해 내가 '부적절한 행동'을 했다고 전하기도 했다.

나는 가톨릭 재단의 학교에 다녔다. 중얼거리는 습관이 있던 아일랜드 사람인 파워Power 신부님(당시 내게는 엄청나게 나이가 많은 어른으로 느껴졌는데 쓰레기 수거 차량이 오기 전이면 조금이라도 쓰레기를 더 쑤셔 넣으려고 사제복을 입은 채 봉지 위에서 풀쩍풀쩍 뛸 때도 있었다)은 일주일에 한 번씩 교회에 우리를 앉혀놓고 이런저런 말을 했다. 신부님은 의자를 꺼내 와 제단 옆에 앉아서, 스테인드

글라스를 설명하며 예수님이 십자가를 지고 가신 이야기를 해주었다. 어느 날 오후, 제단 왼쪽의 붉은빛을 가리키며 주님이 불을 켜므로 불이 들어오면 주님이 이곳에 있다는 의미라고 말했다. 나는 화려한 황동 상자에 붉게 반짝이는 빛을 올려다보며 만약 주님이 불을 붙인다면 왜 전기선이 벽을 타고 상자에 연결되어 있는지 물었다. 정적이 흘렀다. 신부님은 헛기침을 하며 "오늘 질문은 여기까지"라고 하고선 다른 이야기를 했다. 그때부터 죽 나를 문제아로 생각했는지 부모님과 상담을 하기도 했으며(한 분은 자랑스러워했고 한 분은 부끄러워했다) 나는 미사에서 성찬식 참석 금지 명령을 받았다.

나는 신부님이 전기를 아주 신비하고 영적인 무언가로 둔갑시키려 했다는 사실에 화가 났고, 조직화된 종교를 의심의 눈초리로 바라보기 시작했다. 종교는 만병통치약이나 책략처럼 솔깃하게 들리는 거짓말 같았다. 말을 잘 들으면 데려가겠다는 가족 여행처럼 천국의 진입 장벽이 이상하리만큼 낮게 느껴졌다. 그러나 가톨릭 학교에 다녀야 하는 시간이 10년 넘게 남아 있었고 황동 상자의 붉은빛은 문제의 해답을 제시해주겠다는 모든 종교를 주의하라는 경고등처럼 반짝였다.

내가 알던 사람 중 처음으로 죽은 이는 친구 해리엇이었다. 우리가 열두 살 때 해리엇은 범람하는 개울에 빠진 반려견을 구하려다 익사했다. 장례식이 어땠는지 누가 추도 연설을 했는지 선생님들이 참석했는지 눈물을 훔친 선생님이 있기나 했는지 거의 기억나지 않는다. 살아남은 검은색 래브라도레트리버 벨이 장례식장에 있었는지도 가물가물하다. 기억나는 것이라고는 성당의 긴 의자에 앉아서 하얀색 관을 바라보며 안에 무엇이 들어 있는지 보고 싶었다는 사실밖에 없다. 마술사가 관중 앞에 닫힌 상자를 두고 긴장감을 고조할 때처럼 나도 뚫어져라 관을 바라보았다. 친구는 바로 앞에 있었지만 보이지 않았다. 누군가가 관 안에 누워 있다는 사실을 이해하기가 어려웠고 그 사실을 확인할 길도 없었다. 나는 해리엇이 보고 싶었다. 하지만 보고 싶은 마음에 더해 무언가를 놓치는 기분도 들었다. 보고 싶고 모든 것을 알고 싶지만 그렇게 할 수 없다는 사실이 내 슬픔을 가로막는 장애물이었다. 시신은 여전히 해리엇의 모습일까 아니면 변했을까? 죽은 까치와 비슷한 냄새가 날까?

나는 죽음에 공포를 느끼기보다 오히려 매료되었다. 우리가 묻어준 고양이들에게 무슨 일이 일어나는지, 죽은 새에서 왜 냄새가 나는지, 새들이 나무에서 떨어지는 이유가 무엇인지 알고 싶었다. 나는 내 뼈의 모양을 상상해보려고 사람, 동물, 공룡의 뼈가 그려진 책을 보며 살을 꾹꾹 눌러보기도 했다. 어설프긴 해도 집에서 들은 답변은 정직한 듯했다. 부모님은 끔찍한 죽음도, 그렇지 않은 죽음도 있지만 어쨌든 죽음은 필연적이라는 이야기를 해주었다. 죽은 존재를 그리면 칭찬도 받았다.

하지만 학교는 죽음에서 고개를 돌리라고 했고(죽은 새, 죽은 사람들의 그림, 죽은 내 친구에게조차) 성당과 모든 수업에서는 죽음이 일시적이라는, 완전히 다른 이야기를 들었다. 내게는 살인마의 희생자를 그린 그림이 더 진실하게 다가왔다. 아무도 희생자들이 다시 살아 돌아올 것이라 말하지 않았지만 학교에서는 예수님이 살아 돌아온 적이 있고 미래에도 그럴 것이라고 했다. 미리 만들어진 개념 체계를 내 손에 쥐여 주며 내가 경험으로 수집해 직접 만들어가던 체계는 버리라고 했다. 내가 그저 사실이라고 생각한 것들을 피하고 꺼리는 사람들의 반응을 관찰하며, 나는 죽음을 금기의 주제이자 두려워할 대상으로 배우게 되었다.

사실 우리는 죽음에 둘러싸여 있다. 죽음은 뉴스, 소설, 비디오 게임에도 있으며 등장인물이 죽었다 살아나는 영웅 만화에도 있다. 인터넷에 넘쳐나는 실화 바탕의 범죄 팟캐스트, 우리가 부르는 동요, 박물관에도 있으며 살해당한 여인에 관한 영화에도 있다. 하지만 그런 장면은 대개 편집된다. 참수당한 기자의 목은 모자이크로 처리되며 오래된 노래의 가사는 오늘날 청소년들을 위해 건전하다 여겨지는 방향으로 모두 바뀌었다. 우리는 아파트에서 화재로 타 죽은 사람, 바다에서 사라진 비행기, 트럭으로 보행자들을 죽인 살인자의 이야기를 듣지만 그것이 크게 와닿지는 않는다. 현실과 상상이 뒤섞여 소음이 되어버리고, 죽음은 어디에나 있지만 가려지거나 꾸며낸 이야기로 취급된다. 비디오 게임에서처럼 죽으면 몸이 감쪽같이 사라져버리는 것처럼 보인다.

하지만 시신은 그리 간단히 사라지지 않는다. 성당에 앉아 친구의 하얀 관을 바라보다 나는 누군가는 해리엇을 물에서 건져내 수습하고 성당으로 옮겼다는 사실을 알게 됐다. 우리는 못했지만 누군가는 시신을 보살피고 처리했다.

전 세계 인구 중 매시간 평균 6,324명이 사망한다. 하루 평균 15만 1776명, 매해 5540만 명이 죽는다. 오스트레일리아의 인구보다 많은 사람이 6개월마다 지구상에서 사라진다는 의미이다. 서구에서는 대체로 누군가 죽으면 전화를 건다. 그러면 들것을 가진 사람들이 와서 시신을 싣고 영안실로 옮긴다. 폼페이 화산 폭발에서 발견된 유해처럼, 죽은 사람이 침대 위에 조용히 흔적을 남기며 악취를 풍기면 이웃의 신고를 받은 누군가가 방문해 깨끗하게 청소한다. 가족이 없는 사람이 외로운 삶을 살다 떠난 집을 청소하고 임금을 받는 사람도 있다. 그들은 죽은 이의 신발, 문 앞에 쌓인 잡지, 결국 읽히지 않은 책 더미, 주인을 잃은 냉장고의 음식, 경매로 넘어갈 유품, 쓰레기로 버려질 물건을 모두 정리한다. 장례식장에서 시신 방부처리사는 죽음의 모습을 조금이나마 가리고 잠든 사람처럼 보이도록 만들기도 한다. 그들은 우리가 차마 보지 못하는 일들을 한다. 우리에게는 하늘이 무너지는 일이 그들에게는 일상이다.

우리 대부분은 이런 필수적인 일을 하는 사람들과 가깝지 않다. 평범한 사람임에도 그들 역시 죽음과 마찬가지로 멀리 떨어진 곳에 가려져 있다. 우리는 살인 사건에 관한 뉴스는 듣지만 카펫과 벽에 온통 뿌려진 핏자국을 청소하러 가는 사람에 관해서는 듣지 못한다. 연쇄 추돌 사고로 납작해진 차들을 보고 지나가면서도 도로 배수구를 샅샅이 뒤지며 사고 현장에서 날아간 신체 일부를 찾는 사람은 보지 못한다. 죽은 유명인을 추도하는 글을 트위터에 게시할 때도 우리의 우상이 목매달아 죽은 손잡이에서 시신을 내려 처리해주는 사람은 생각하지 않는다. 그들은

15

명성이 있지도, 유명하지도, 칭찬을 받지도 않는다.

죽음 그리고 죽음에 관련된 직업을 가진 사람들은 수년간 내 머릿속에 자리를 잡고 거미줄처럼 넓게 뻗어나갔다. 그들은 내가 상상밖에 하지 못하는 진실을 매일 직면한다. 발소리만 들릴 때 귀신이 가장 무섭듯, 우리는 근거로 삼을 만한 실체를 보지 못한 채 무서워만 하고 있다. 나는 그림, 영화, 새, 고양이가 아니라 평범한 사람의 죽은 모습이 보고 싶었다.

어쩌면 당신은 나와 달리 이런 사람을 알지도 모른다. 담쟁이덩굴로 덮인 오래된 묘지를 함께 걸으며 "**바로** 이 무덤은 불에 잘 타는 원피스를 입고 불에 너무 가까이 서 있는 바람에 산 채로 타 죽은 여자의 무덤이란다"라고 알려주는 사람, 당신을 의학박물관에 데리고 가 오래전에 죽은, 하얗게 표백된 사람들을 소개하며 죽은 이의 눈과 마주칠 기회를 주는 사람 말이다. 그들이 왜 그토록 죽음에 끌리는지 궁금한가? 영화 〈애니 홀Annie Hall〉에서 주인공 앨비 싱어가 어니스트 베커Ernest Becker의 책 《죽음의 부정The Denial of Death》을 애니에게 슬그머니 떠맡기는 장면처럼, 그들은 도리어 죽음에 관심을 두지 않는 당신을 보고 의아해할 것이다. 나는 병든 사람만이 죽음에 관심을 가져야 한다고 생각하지 않는다. 죽음에는 다른 것과 달리 사람의 정신을 끌어당기는 힘이 있다. 베커는 죽음이 끝맺음이자 세상을 추진하는 힘이라고 여겼다.

사람들은 해답을 찾고자 할 때 교회나 상담실, 산이나 바다에 간다. 하지만 나는 기자이다. 사람들에게 질문하는 일을 직업으로 삼는 기자는 해답도 사람에게 있다고 믿거나 희망하게 된다. 나는 매일 죽음을 마주하는 사람들을 찾아서 그들이 무엇을, 어떻게 하는지 보여달라고 요청하기로 했다. 산업의 구조를 조사하고, 그 과정이 죽음과 우리의 관계에 어떤 영향을 미치는지, 그들이 하는 일의 기반은 어떻게 형성되는지 알고 싶었다. 서구에서 죽음 관련 산업은 우리는 그곳에 가서도 안 되고 갈 필요도 없다는 생각에 근거를 둔다. 하지만 **그들은** 어떻게 감당해낼까? 우리에게 가혹하다는 이유로 이 짐을 맡겼지만 말이다. 그들도 사람이다. 그들과 우리는 다른 존재가 아니다.

우리는 이런 방법을 택함으로써 스스로를 속이고 있을까? 순수와 무지의 중간에서 만들어진 부정의 상태로 살아가며 비현실적인 두려움만 키우는 것은 아닐까? 정확하게 어떤 일이 일어나는지 알면 죽음의 두려움이 해결될까? **눈으로 보면** 무슨 일이 일어나는지 알 수 있을까? 나는 미화되지 않고 포장되지 않은 있는 그대로의 죽음, 모두에게 닥칠 노골적이고 평범한 현실을 보고 싶었다. 점잖게 둘러 말하는 표현이나 차와 케이크를 앞에 두고 슬픔을 말하는 친절한 사람들은 원치 않았다. 나는 땅속 깊숙이 내려가서 진실을 직접 길어 올리고 싶었다. "당신이 두려워하는 대상이 죽음이라는 걸 어떻게 확신할 수 있는가?" 돈 드릴로 Don DeLillo의 소설 《화이트 노이즈White Noise》의 한 구절이다. "죽음은 더없이 희미하다. 누구도 죽음이 무엇인지, 어떤 느낌인지, 어떤 모습인지 알지 못한다. 어쩌면 보편적인 문제의 형태로 드러나는 개인적인 문제일지도 모른다." 나는 죽음을 손에 잡힐 만한 크기로, 감당할 수 있는 크기로, 인간적인 크기로 축소하고 싶었다.

하지만 사람들과 이야기하면 할수록 내게 더 많은 질문이 쏟아졌다. 그곳에 가서 대체 무엇을 찾으려고요? 왜 이런 식으로 자신을 피곤하게 하지요?

기자는 어떤 상황에도 영향을 받지 않는 동떨어진 관찰자로서 현장에 불쑥 들어가 보도할 능력이 있다는 잘못된 인식이 있다. 나 역시 무슨 일이 생겨도 끄떡없으리라 예상했지만 이것은 착각이었다. 내가 무언가를 놓치고 있다고 생각하긴 했지만 이 일로 인한 상처가 얼마나 깊을지, 죽음을 보는 태도가 일상에 얼마나 영향을 미치는지, 처절한 상황을 이해하는 능력뿐 아니라 슬퍼하는 능력까지 저해할 수 있는지 전혀 알지 못했다. 나는 마침내 실제 죽음의 모습을 보았고, 직접 봄으로써 얻은 깨달음은 말로 설명할 길이 없다. 어둠 속에서 다른 무언가를 알아내기도 했다. 잠수부 시계나 아이들 방 천장의 별 스티커처럼 빛을 보기 위해서는 불을 꺼야 한다는 사실 말이다.

Chapter 1

죽음과 맞닿은 문

장의사

❝

모든 사람이
시신을 봐야 할 필요는 없지만
어떤 사람에게는
근본적인 욕구이기도 하거든요.

❞

"처음 보는 시신이 사랑하는 사람이어서는 안 됩니다." 포피 마들 Poppy Mardall 이 말했다.

유니버시티 칼리지 런던의 큰 강당에 세상을 떠난 지 오래인 철학자 제러미 벤담Jeremy Bentham의 270번째 생일 밤을 기리기 위해 50여 명이 모였다. 수십 년 만에 처음으로 공개된 그의 잘린 목은 유리 덮개 안에 보관돼 버드와이저 맥주와 나란히 있었다. 옆 복도의 유리 전시장에는 여느 날과 마찬가지로 평소 옷을 그대로 입은 뼈대가 앉아 있고 장갑을 낀 손뼈는 지팡이 위에 놓여 있으며 밀랍 처리된 머리가 있었다. 원래는 실제 머리가 있어야 하지만 보존하는 과정에서 문제가 생겼다. 옆을 서성이는 학생들은 가구점에 구경 온 사람처럼 철학자를 훑어보는 듯했다.

매해 부패 정도를 조사하는 점검 기간을 제외하고, 제러미 벤담의 실제 머리는 창고에 보관되며 누구도 보지 못한다. 벤담의 유언을 집행하고 시신을 해부한 의사인 사우스우드 스미스Southwood Smith는 시신을 그대로 보존하려고 머리 위에 공기 펌프를, 아래에 황산을 두어 체액을 추출하려 했지만 머리는 보라색으로 변해버렸다. 그는 가짜 머리를 만들기 위해 밀랍 처리 전문가에게 의뢰하고 진짜는 감추었다. 철학자의 270번째 생일을 기념하기 3년 전, 벤담의 시신 보관을 담당하던 수줍음 많은 어느 학자는 취재 중이던 내게 벤담의 머리를 보여주었다. 말라붙은 피부가 육포 냄새를 풍기는 방 안에서 우리는 벤담의 부드러운 금빛 눈썹과 파란 눈동자를 바라보았다. 그는 벤담이 살아 있을 때 유리 눈동자를 가지고 다니면서 파티에 참석할 때마다 사람들에게 보여주며 장난을 쳤다고 말했다. 벤담이 죽은 지 186년이 지난 오늘날 그 파란 유리 눈동자는 가죽 같은 눈구멍 안에 끼워져, 죽음을 보는 태도의 역행 현상을 논의하는 사람들을 빤히 바라본다.

벤담은 괴짜 철학자였다. 요즘 같으면 교도소에 가거나 못해도 대학에서 쫓겨날 법한 사상을 펼치기도 했지만 많은 면에서 시대를 앞선 학자였다. 여성과 동물의 권리를 대변했으며 동성애가 불법이던 시절에 동성애자의 권리를 주장하기도 했고 과학 연구를 위해 자신의 시신을 기증하겠다고 한 선구자였다. 그는 친구들에게 공개적으로 자신의 몸을 해부해달라고 했는데, 이 행사에 참석한 사람들은 그 장면을 기꺼이 관찰할 사람들이었다. 배스대학교University of Bath 죽음과 사회 센터Centre of Death and Society의 책임자이자 완화의료 의사인 존 트로이어John Troyer가 연설을 시작했다. 그는 죽음을 금기시하지 않는 가정에서 장례식장을 가까이 접하며 자란 자신의 이야기를 들려주었다. 그는 벤담이 그랬던 것처럼 각자의 죽음에 관해 희망 사항을(아무리 별난 것일지라도) 생각해놓기를 권장했다. 마지막으로 30대 중반의 장의사 포피 마들이 일어나 처음으로 보는 시신이 사랑하는 사람이어서는 안 된다고 했다. 그녀는 어린 학생들이 일찍이 죽음을 직면하도록 영안실에 데려가 보여줄 수 있는 날을 소망한다고 하며 "죽음을 보는 충격과 슬픔의 충격을 분리해야 해요"라고 말했다. 들어줘서 감사하다는 말과 함께 그녀가 자리에 앉자 테이블에 위의 맥주잔이 흔들리며 쨍그랑거렸다.

나는 오래도록 죽음에 관해 생각해왔으면서도 자신의 마음을 보호하기 위해 두 가지 충격을 분리해야 한다고 생각해본 적이 없다. 그걸 알았다면 지금의 나는 얼마나 달랐을까? 시신의 모습이 늘 궁금했지만, 가까운 사람이 죽으면 언젠가 보게 되리라고 생각했다. 모르는 사람의 시신을 쉽게 볼 수 있지도 않을뿐더러 내가 알던 사람의 시신(암 또는 자살로 죽은 학교 친구들이나 자연사로 돌아가신 조부모님)조차 보지 못했기 때문이다. 사랑하는 사람을 잃고 동시에 그 시신을 봄으로써 현실을 마주하는 심리적 충격과 혼란스러움은 내가 극복할 수 있는 일 같지 않았다.

벤담 추도 행사가 끝나고 몇 주 후, 나는 램버스 공동묘지 입구 옆에 있는 벽돌 건물인 포피의 장례식장을 찾았다. 밝은 사무실에는 알록달록한 부활절 달걀이 담긴 작은 그릇이 식탁 중간에 놓여 있고 커다란 빅토리아풍 창문에는 양귀비꽃 장식이 붙어 있었다. 창문 밖 예수 동상의 발 위에 눈이 차곡차곡 쌓였다. 램버스 공동묘지는 런던 주위를 두르는 유명한 켄잘 그린 묘지, 웨스트 노우드, 하이케이트, 애브니 공원묘지, 브럼프턴, 넌헤드, 타워 햄리츠, 이 일곱 군데보다는 규모가 작다. 이런 큰 공원묘지들은 19세기에 런던이 점점 커지면서 도시 한가운데 있는 교회 묘지에 몰리는 상황을 해결하기 위해 생겨났다. 램버스에는 엄청난 규모의 묘지도, 산책로도, 죽은 사람의 부를 과시하는 집채만 한 무덤도 없다. 이곳은 현실적이고 소박하며 수수한 장의사 포피와 닮은 구석이 있다. 그녀는 다른 사람의 이야기를 잘 받아주는 사람으로 상담사나 좋은 어머니를 연상케 했다. 나는 포피의 연설에 매우 감명을 받아 이야기를 좀 더 나누고 싶었다. 단순한 직업인이 아니라 장의사로서 자신의 역할을 의미 있게 여기는 것이 분명히 보였다. 게다가 목이 잘린 철학자를 보긴 했지만 시신을 직접 본 적은 없었기 때문에 포피가 그런 기회를 줄 수 있을 거라고 생각했다. 아무에게나 할 만한 부탁은 아니었다.

"단순히 죽은 사람들을 보려고 시신 안치 냉장고를 열 수는 없어요." 그녀가 사무적으로 말했다. "보이지 않는 곳에서 하는 일이니만큼 조심했으면 좋겠어요. 이곳은 박물관이 아니니까요. 하지만 시간이 있으면 장례식 준비를 도와주러 와도 좋아요. 그러면 그저 보는 데서 끝나지 않고 시신과 직접 접촉할 수 있으니까요." 의외의 대답에 나는 눈을 껌뻑거리며 그녀를 쳐다보았다. 누군가의 장례식 준비 과정에 참여하기는커녕 시신을 보도록 허락받을 것이라고 특별히 기대하지 않았기 때문이다. 너무나 오래

닫혀 있던 문이 기적적으로 열리는 기분이었다. 말문이 막혀 아무 말도 하지 못하는 나를 보며 포피가 말했다. "괜찮아요, 와도 돼요."

미국과 달리 영국의 장의사는 별도의 자격증이 필요하지 않다. 포피의 동료 모두 다른 업계에서 일하다가 이직한 사람들이었다. 포피 역시 소더비 경매 회사에서 근무하다 일의 무의미함을 견디지 못하고 장례업에 들어섰다. 우리가 있는 묘지의 맞은편에 자리 잡은 영안실을 운영하는 에런은 한때 근처의 그레이하운드 개 경주장에서 일했다. 시신을 운반하는 운전사인 스튜어트는 소방관으로, 이곳에서 비상근 직원으로 일하면서 자신이 미처 살리지 못한 사람들에게 돌아가는 기분이 든다고 말했다. 포피는 내게 이곳에서 일을 배운다 생각하고 다른 직원들처럼 훈련을 받아도 된다고 했다.

"장의사가 되기 전에 시신을 본 적이 있나요?"

"없어요. 상상도 못 하겠지요?"

분주하게 돌아가는 미술품 경매시장과 장례업 사이의 연결 고리를 찾아내려 했지만 도저히 감이 잡히지 않았다. "확실한 이유를 마음에 품고 이런 일을 시작하는 사람도 있어요. 하지만 저는 그렇지 않았지요." 그러나 포피의 말을 들어보면 이 일에 도달하기까지 굴곡이 있었고 그 당시에는 깨닫지 못했을지라도 동기만큼은 확실했다는 사실이 분명히 느껴졌다.

포피는 예술을 향한 애정으로 경매의 세계에 들어섰고(처음에는 크리스티 그다음으로는 소더비에서 근무했다), 일이 재미있었기에 그 세계에서 버텼다. 흥분과 긴장, 다양한 사람들과의 만남, 세계 어디로 갈지 모르는 예측 불허의 삶이 좋았다. "텍사스주 시골에 바버라 헵워스의 작품으로 보이는 조각품이 있다는 제보를 받고 다음 날 바로 비행기를 타기도 했어요." 당시에는 이런 출장이 특별한 일도 아니었다. "스물다섯 살 때였지요. 해야 할 일도 많았고 재미도 있었어요. 하지만 머지않아 의미가 싹 사라지는 기분이 들었답니다." 사회복지사와 교사인 부모님에게 도움이 필요한 사람을 위한 일을 하라는 가르침을 들으며 자라서인지 경매 일은 흥미로웠지만 마음속의 욕구를 채워주지는 못했다. "게다가 경매 일로 생계를 유지하기도 힘들었어요."

여가를 활용해 포피는 자살 충동을 느끼는 절박한 사람을 정서적으로 지원하는 봉사단체에서 전화 상담을 해주는 자원봉사를 했다. 하지만 일이 바빠지고 출장을 가는 횟수가 잦아지면서 봉사를 미루거나 빠져야 했다. "정말 기분이 좋지 않았어요. 답을 찾지 못한 채 2년이 흘렀지요. 중년의 위기를 앞당겨서 겪는 기분이었어요." 존재의 최전선에 있는 평범한 사람들과 관련된, 진정 의미 있는(출생, 사랑, 죽음과 연관된 일이라면 무엇이든 상관없었다) 일을 하고 싶었지만 무슨 일을 어떻게 할지 갈팡질팡하다 결국 결정을 내릴 수밖에 없게끔 삶이 흘러갔다.

실제로 비극이 벌어지기 전까지 사랑하는 사람이 언젠가 죽는다는 사실은 잘 다가오지 않는다. 포피도 부모님이 연달아 암 판정을 받기 전까지는 죽음에 관해 진지하게 생각해본 적이 없었다. "우리 가족은 거의 모든 일에 매우 개방적이에요. 어머니는 제가 다섯 살 때 바나나에 콘돔 씌우는 법을 보여주기도 했으니까요. 물론 저는 전혀 이해하지 못했지만 어머니는 금기를 깬다는 자체를 즐겼지요. 하지만 죽음에 관해서는 언급한 적이 없어요. 적어도 제가 이해할 수 있도록 설명을 들은 적은 없네요. 스물일곱 살에 아버지가 편찮으시고 나서야 언젠가 돌아가신다는 사실을 처음으로 몸소 깨달았어요."

직업적으로 방황하던 시기에 이 깨달음이 찾아오면서 오래 미뤄둔 대화가 오갔다. 부모님이 완치하고 나서 결국 그녀는 예술의 세계를 떠났고, 저축한 돈으로 아프리카 가나에 머리를 식히러 갔다. 하지만 그곳에서 그녀는 장티푸스에 걸려 거의 죽다 살아났다.

"별의별 고생을 다 했네요."

"그렇지요? 하여튼 8개월 동안 병을 치르면서 가만히 생각할 시간이 많았어요. 장티푸스로 고생하지 않았다면 훨씬 더 무난한 일을 선택했을 거예요." 그리고는 손으로 우리가 있는 장례식장을 죽 가리키며 "목록에서 제일 말도 안 되는 직업이 바로 이 일이었어요"라고 덧붙였다.

장의사가 목록에 오른 이유는 포피가 몸담고 싶었던 삶의 중대사에 관련된 일이어서이기도 했지만 그녀의 어머니가 본인의 장례식에서 원하는 것과 원치 않는 것을 분명히 말했기 때문이기도 하다. 부모님이 편찮으시고 난 후 여러 선택지를 조사하며 이 업계가 여전히 과거에 머물러 있는 데다 개인의 요구를 충족하지 못한다는 점을 알게 되었다. 포피 가족은 번쩍이는 검은색 영구차와 톱 해트를 쓴 사람들, 지나치게 격식을 차린 장례 행렬을 원하지 않았다. 그녀는 죽음의 세계를 바꾸는 데 도움이 되고 싶었지만 정확하게 무엇을 해야 할지 몰랐다. 장티푸스가 거의 나을 무렵, 몸을 움직일 수 있는 상태가 되면서부터 포피는 장의사들 옆에서 배우고 훈련받으며 지금껏 무엇을 놓치고 있었는지 이해하게 되었다. 영안실에 서서 처음으로 죽음의 평범함을 고스란히 보았을 때는 화가 치밀어 올랐다. 부모님과 자신이 병을 치르며 죽음의 모습이 어떤지도 모른 채 죽음을 직면하도록 강요받아왔다는 생각이 들어서였다.

"일을 시작하기 전에 누군가의 죽음을 경험한 적이 있었다면 도움이 되었을 거예요." 두 아이를 둔 포피는 임신했을 때 두려움의 강도와 죽음을 연관 지었다. "언제 아기가 나올지 모르는 임신 9개월째인데 갓난아기를 한 번도 본 적이 없다면 얼마나 무섭겠어요. 상상도 못 하는 존재를 낳는 것이나 마찬가지이지요."

나는 창백한 모습으로 자는 듯한 시신이 아니라, 부패하고 부풀어 오른 시신에 관해 물어보았다. 분명 그런 시신이 있을 것이다. 그런 경우 가족이 보지 못하도록 제한해야 할까? "죽은 사람의 가족을 우려하는 좋은 의도로 시신을 보지 못하게 합니다만, 괴로운 상황을 마주하는 사람들의 능력을 예단하는 행동이라 생각해요. 모든 사람이 시신을 봐야 할 필요는 없지만 어떤 사람에게는 근본적인 욕구이기도 하거든요."

몇 년 전에 포피를 찾아온 남자가 있었다. 형이 익사한 후 장시간 물속에서 부패했다는 이유로 연락한 장례업체마다 그에게 시신을 보여주지 못한다고 했단다. "첫 질문이 '형 시신을 못 보게 할 겁니까?'였어요. 우리를 시험한 거지요. '제 편입니까, 아닙니까?'라고 묻더군요. 우리의 역할은 사람들에게 이래라저래라하는 것이 아니에요. 다른 사람의 중대사에 내 생각을 강요해서는 안 되지요. 우리 역할은 그들을 준비시키고 자율적인 결정을 내리는 데 필요한 정보를 주는 거예요. 우리는 그들을 몰라요. 그러니 무엇이 옳은 결정인지도 판단할 수 없지요." 결국 그 남자는 마지막으로 형의 모습을 보았다.

포피는 내가 돌아오는 날에 영안실은 아름다울 거라고 아니, 아름다워야 한다고 말했다. 죽은 사람은 반드시 아름다운 곳에 있어야 한다고도 했다. "영안실에 오는 사람마다 이런 말을 해요. '영안실이 왜 여기에 있어요? 이곳은 따뜻함을 불러일으키는 공간인데요.' 그럼 저는 이렇게 대답하지요. '바로 그 이유랍니다'라고."

눈이 녹고 한참 후에야 나는 그곳에 다시 갔다.

내가 상상했던 영안실 냄새가 아니었다. 표백제와 부패의 악취를 풍기는, 창문이 없고 끽끽 소리를 내는 리놀륨 바닥으로 된 방을 생각했다. 깜빡거리며 윙윙 소리가 나는 긴 형광등이 눈앞을 가리리라 예상했지만, 따뜻한 봄날의 햇볕을 받아 심지어 목재와 철제마저도 반짝였다. 일회용 앞치마를 걸치고 문 옆에 서 있는데 니트릴 장갑을 낀 손에 땀이 흥건했다. 똑같은 초록색 유니폼을 입은 로지나Roseanna와 에런Aaron은 나와 마찬가지로 부스럭거리는 비닐 앞치마를 입고 방을 준비했다. 로지나는 구석에서 바퀴 달린 들것을 꺼내고 에런은 검은색 일지에 무언가를 기록했다. 싱크대 옆에는 시신에 마지막으로 입힐 옷을 담은 종이 가방이 놓여 있었다. 나는 두 사람을 방해하지 않으려고 반들반들한 목재 관을 둔 선반에 어색하게 몸을 기댔다. 관에서 소나무 향이 퍼졌다.

　그날 영안실에는 열세 구의 시신이 있었는데, 시신 안치 냉장고의 무거운 문에 달린 작은 칠판에 그들의 이름이 적혀 있었다. 밖이 아주 환했기에 천장에서 연한 빛을 뿜는 달랑거리는 조명은 누군가 습관적으로 켠 듯 보였다. 영안실의 모든 물건은 철제 또는 목재로 만들어졌다. 싱크대 옆의 열린 찬장 문 안으로 샤넬 넘버5 향수 병과 대나무 머리 받침대가 보였다. 서로 부딪쳐 흠집을 내지 않도록 모서리를 포장용 비닐로 싸맨 새로운 관이 일렬로 서서 햇볕을 쬐었다. 고리버들로 만든 두 관이 양끝에서 책꽂이 역할을 했고 높은 선반에는 파란색 체크무늬 바구니 모양 요람이 있었다. 소풍이 아닌 죽은 아기를 위한 바구니였다.

　과거에 이곳은 영안실이 아니었다. 런던 남쪽에 있는 이 묘지 부지의 한가운데에서 30년간 방치되고 황폐해지기 전에는 장례 예배를 치르는 예배당이었다. 납으로 안을 덧댄 아치 모양의 창문 아래에는 줄곧 윙윙 소리를 내는 흰색 냉장고가 있었는데, 한때는 이곳에 제단을 뒀으리라 싶었다. 포피가 처음 장의사로서 사업을 시작했을 때 조금씩 허물어져가는 이 건물을 개조해 시신을 두었다. 그녀가 건물의 원래 용도를 되살린 덕분에 과거에 그랬던 것처럼 죽은 자들은 장례식 전날 이곳에서 밤을 보낸다.

그날 포피는 없었지만 믿음직스러운 직원 두 명과 함께했다. 이제는 내가 처음으로 시신을 마주할 차례였다. 실용적이고 포근하며 가식이 없는 영안실은 포피의 손길로 가득했다. 나는 부엌 싱크대, 구석에 있는 의자, 이곳에서 시신을 준비하는 데 필요한 모든 장비를 둘러보며, 눈이 내리던 겨울날 그녀가 이곳에서는 방부처리를 하지 않는다고 말한 장면을 떠올렸다. "많은 사람에게 유용한 것을 제공하고 싶어요. 이곳을 세울 때 방부처리가 가족들에게 중요한지 확신이 들지 않았어요. 장례식장 구조에 따라 다르다고 봐요." 포피는 시내 중심가에 있는 장례식장이라고 해서 큰 안치 냉장고와 넓은 공간이 있지는 않으므로 시신들이 중앙 창고에 보관되어 있다가 필요할 때 다른 장소로 옮겨지기도 한다고 설명했다. 가족이 시신을 보고 싶어 하면 옮기는 과정 중에 10시간에서 최대 24시간까지 냉장고 밖에 있어야 할 확률이 높다. 방부처리를 하면 실온에서도 시신을 보존하고 부패를 막아 시간을 벌 수 있으므로 장례업체 측에서는 시신을 옮기는 업무가 쉬워진다. 만약 가족이 특별히 방부처리를 요구하면 포피는 다른 곳에 의뢰해 가족의 요구를 들어준다. 사업을 운영하는 6년 동안 아직은 방부처리의 중요성을 느끼지 못했지만 가능성은 언제나 열어둔다고 했다.

안치 냉장고에 있는 죽은 이들은 모든 과정을 거친 시신이었다. 의료 검사를 마쳤고 부검 후 봉합되었으며 관련 서류 확인이 끝난 상태였다. 죽은 이들은 자신의 몸과 싸우는 환자, 희생자, 전사가 아니라 다시 사람이 되었다. 이제 최종적으로 씻고 옷을 입고 매장 또는 화장되기를 기다리기만 하면 된다.

어느 인터뷰에서 영화감독 데이비드 린치David Lynch가 필라델피아에서 예술을 공부하던 시절 영안실에 방문한 이야기를 한 기억이 났다. 그는 저녁을 먹으면서 만난 야간 경비원에게 영안실에 들어가게 해달라고 부탁했다. 영안실의 닫힌 문 앞의 바닥에 앉으니 그들이 누구였는지, 무엇을 했는지, 어떻게 그곳에 오게 되었는지, 시신들의 이야기가 마구 쏟아지는 것 같았다고 한다. 그의 경험과 마찬가지로 시신들의 수많은 이야기가 나를 휩쓸고 지나갔다. 이 모든 사람이 그리고 이들이 살아낸 삶이 이곳에서 끝을 맺는다.

쾅 하는 소리를 내며 냉장고의 문이 열리고 트레이에 놓인 시신이 쉬익 소리를 내며 수압 펌프로 허리 높이까지 올라오자 들것으로 옮겨졌다. 온도를 조절하기 위해 냉장고가 더 시끄럽게 울렸다. 에런은 들것을 방 가운데로 밀고는 관에 바싹 기대 앞치마를 만지작거리는 나를 바라보았다. 내가 선 곳에서는 베개 위에 놓인, 머리를 말끔히 깎인 정수리밖에 보이지 않았다. 그의 이름은 애덤이었다.

"티셔츠를 벗겨야 합니다. 가족들이 보관하고 싶다고 했거든요. 와서 손을 잡아줄래요?" 에런이 내게 물었다.

나는 한 발짝 앞으로 나가 애덤의 차가운 손을 잡고, 뼈가 앙상한 어깨 위로 티셔츠를 벗길 수 있도록 길고 가는 팔을 몸통 위로 올렸다. 손을 잡으며 나는 그의 얼굴 그리고 껍데기 안에 붙어 있는 굴처럼 눈의 모서리에 겨우 매달린 눈동자가 보이는, 반쯤 감긴 푹 꺼진 눈을 뚫어지게 바라보았다. 후에 에런은 사람들이 오기 전에 항상 죽은 사람의 눈을 감겨준다고 말했다. 오래 방치할수록 눈꺼풀이 건조해져 눈을 감기기가 더 어려워지기 때문이다. 애덤의 눈은 동그란 구슬이 아니라 그 안에 있던 삶이 새어 나간 것처럼 수축해 있었다. 시신의 눈에서는 친숙한 모양은커녕 아무것도 보이지 않는다.

냉장고 안에서 애덤은 그의 집 침대에서 옮겨진 모습 그대로 수선화와 가족사진이 담긴 액자를 움켜쥐고 있었다. 하지만 내가 보고 있지 않을 때 꽃도, 사진도 모두 옆으로 옮겨졌다. 그 사진은 살아 있는 애덤의 모습을 볼 마지막 기회였지만, 죽은 애덤의 모습에 너무 집중하는 나머지 놓치고 말았다. 봤으면 좋았을 테지만 나 자신을 탓하지는 못하겠다. 처음으로 죽은 사람을 본 날, 그의 손까지 잡았으니 말이다.

나는 죽은 사람의 모습을 보길 원했고 애덤은 방부처리를 하지 않은, 자연 그대로의 죽은 모습이었다. 죽은 순간부터 냉장고에 들어오기까지 시간이 매우 짧았으므로 시신의 부패 정도를 따지면 매우 좋은 상태였지만, 2주 반이나 보관되었으므로 죽음의 모습이 확연히 보였다. 그의 입은 눈과 마찬가지로 반쯤 열려 있었다. 그의 얼굴이 원래 어떤 색이었는지, 한 달 전 살아 있을 때의 색이 남아 있는지 짐작할 수 없었다.

그는 황달로 안색이 아주 노랬지만 몸에서 가장 밝은 부분은 따로 있었다. 티셔츠를 걷어 올리자 돌출된 갈비뼈가 더 밝은 노란빛을 띠며 옅은 녹색의 배, 돌출된 뼈 사이를 채우는 짙은 검은 녹색과 대조되었다. 박테리아로 가득한 배는 대개 처음으로 부패의 징조를 보여주는데, 나는 암흑을 떠올리게 하는 죽음이 그렇게 밝을 수 있다는 사실에 놀랐다. 미생물이 인간을 점령하는 광경은 거의 빛이 나는 수준이었다. 심장이 멈추자 온몸을 돌던 피가 고이며 그 자리에서 응고돼, 등은 보라색으로 변해 있었다. 한 자세로 보관되었기에 피부는 군데군데 주름이 잡혔다. 산 사람이라면 편하게 눕기 위해 몸부림치며 움직였겠지만 피부의 탄력을 유지하는 생명과 움직임이 없으므로 접힌 부분은 계속 접혀 있고 옴폭한 곳은 여전히 옴폭했다. 다리 윗부분은 노란색을 띠지만 흰색에 가깝게 창백했고 무릎 뒤는 보랏빛이 돌았다. 애덤은 젊었다. 40대 정도 될까. 가족은 그가 입던 파란색 티셔츠를 간직하고 싶다고 했다.

그의 갈비뼈가 원래 튀어나와 있는지 아니면 앙상한 얼굴처럼 몸이 전반적으로 줄어들었는지 알 길이 없었다. 날씬한 다리 근육을 보며 그가 살아생전 탄탄한 몸을 유지했으며 어쩌면 달리기를 꾸준히 했을지도 모른다고 조심스레 짐작할 뿐이다. 옷만 입히는 상황에서 이 사람이 어떻게 죽었는지는 알 수도 없고 거의 알아내지도 못한다. 하지만 팔에 붙은 펜타닐 진통제 패치 그리고 패치를 떼고 남은 끈적끈적한 자국은 그가 오랫동안 아팠음을 말해주었다. 로지나는 패치 자국을 부드럽게 문질러 끈적거림을 없앴다. "시신을 손상하지 않으면서 최대한 제거해요. 하지만 깁스를 제거할 때 피부가 함께 벗겨지면 다시 깁스를 그대로 둔답니다." 그녀는 시신에서 병원과 치료의 흔적을 최대한 없앤다고 말했다. 의료용 압박 스타킹을 신고 링거 주사의 끝부분을 떼지도 않은 채 관에 들어가야 하는 사람은 아무도 없다.

싱크대에서 종이 가방을 가져와 옷을 꺼내고는 의자 위에 둔다. 운동화, 접은 양말, 가랑이에 구멍이 난 회색 사각팬티. 가족은 애덤이 평소에 입던 편안한 복장을 전해주었다. 운동화만은 예외였는데 기껏해야 일주일 정도 신은 듯 보였다. 문득 운동화 바닥을 보며 그가 언제 샀는지, 곧 새 신발을 신으리라 생각할 정도로 건강하다고 느꼈는지 궁금했다. 죽을 날을 기다리는 노인은 녹색 바나나를 사지 않는다는 농담이 떠올랐다.

에런은 애덤의 속옷을 제거하며 고인을 존중하는 뜻으로 조심스럽게 사타구니 위에 천을 덮었다. "속옷을 제거하고 나서는 몸이 깨끗한지 확인합니다. 깨끗하지 않으면 몸을 닦습니다." 우리가 그를 옆으로 누이자 에런이 시신을 살핀 후 다시 돌아 눕혔다. 로지나와 나는 깨끗한 속옷의 양쪽을 각각 잡고 노란 다리 위로 살살 움직여 올렸다. 시신의 피부가 차다고 말하고 나서 바보가 된 기분에 겸연쩍어하는 내게 에런이 친절하게 대답했다. "조금 지나면 차가운 시신에 익숙해질 겁니다. 그래서인지 금방 죽은 사람의 시신을 옮기다 온기가 느껴질 때면 기분이 참 이상하답니다." 차가운 시신은 머릿속에서 산 자와 죽은 자를 구분하게 하지만, 삶의 흔적인 온기가 남아 있을 때는 오히려 불안해진다는 눈빛이다. 이곳의 냉장고는 4도로 유지된다.

우리는 다시 애덤을 양쪽으로 돌려 누이며 속옷을 끝까지 올렸다. 죽은 자에게 옷을 입히는 일은 설명이 따로 필요하지 않다. 몸을 전혀 움직여주지 않는 사람에게 옷을 입히는 것과 비슷하다. 내가 "장례식이라고 해서 비싼 새 옷을 사지 않은 점이 마음에 드네요"라고 말하자 로지나가 거들었다. "아마 그가 가장 좋아하던 옷이었을 거예요. 종이 가방 속만 보고도 어느 정도 성격을 추측할 수 있지요."

에런은 깨끗한 티셔츠를 입힐 수 있도록 내게 애덤의 머리를 잡아달라고 했다. 나는 들것에 기대어 마치 키스하기 직전처럼 그의 얼굴 양쪽을 잡으며 생각했다. '내일 누군가가 관에서 끌어내지 않는 이상 세상에서 그를 이런 식으로 잡은 여자는 내가 마지막이겠군. 어쩌다 이렇게 된 걸까?'

"바지통에 손을 넣고 발을 잡으세요." 에런이 지시했다. 나는 옅은 파란색 청바지에 손을 넣고 그의 발가락을 잡았다. 우리가 그를 양옆으로 움직이면서 청바지를 입히는데 애덤의 폐에 갇혀 있던 공기가 한숨처럼 빠져나왔다. 냉장고에서 상한 생닭 같은 냄새가 풍겼다.

그날 처음으로 맡은 그 냄새가 죽음의 냄새임을 나는 바로 알 수 있었다. 데니스 존슨Denis Johnson 은 〈죽음을 이긴 승리Triumph Over the Grave〉라는 이야기에서 이 냄새에 관해 적었다. 그는 부패 과정에서 생기는 화합물 중 가장 먼저 나오는 에틸메르캅탄ethyl mercaptan을 가스에 첨가하게 된 기원을 이야기했다. 1930년대 캘리포니아의 노동자들은 파이프의 가스가 누출되었을 때 주변을 도는 독수리를 발견했다. 그들은 부패의 냄새를 맡고 모여드는 새의 특성을 이용해 새들을 모이게 하는 물질이 무엇인지 실험한 끝에 이 화합물의 비율을 알아냈다. 가스 회사는 이 효과를 높이기 위해 더 많은 양을 가스에 첨가해 사람도 냄새를 맡을 수 있도록 만들었다. 이 이야기는 허무하고 우울하게 비춰지기도 하는 데니스 존슨을 완벽하게 드러내면서도 왠지 독특한 희망 앞으로 우리를 나아가게 한다. 존슨은 죽음의 냄새에서 삶을, 죽음의 조짐을 보고 모여드는 새에서 희망을 보며 죽음과 부패에 느끼는 우리의 가장 근본적인 두려움이 우리 삶을 살리는 데 재사용될 수 있다는 사실을 발견했다. 나는 애덤의 벨트를 고리마다 끼우고는 과거에는 거의 사용하지 않은 안쪽 구멍에 버클을 채웠다.

우리는 들것 옆에 관을 두고 애덤을 옮길 준비를 했다. 시신 아래에 있는 방수 처리된 옥양목 천(밀폐되지 않는 고리버들 관을 사용할 때 법적으로 필요한 절차이다)을 잡고 들어 올리자 그의 머리가 베개 위에서 이상하게 비딱해졌다. 관의 길이는 그의 키에 딱 맞았다. 그는 하룻밤 동안 이 상태로 있다가 다음 날 화장될 것이다. 이 몸은 더 이상 이 세상에 존재하지 않을 것이다.

에런은 사진과 수선화를 다시 애덤의 가슴 위에 두었다. 봄의 싱그러움을 잃은 노란 꽃이 깨끗한 흰 티셔츠 위로 쓰러졌다. 우리는 그의 긴 손가락을 꽃의 줄기 위에 놓고는 안치 냉장고 선반에 채비를 마친 그의 관을 다시 밀어 넣었다. 애덤 옆의 어둠 속에는 다른 시신들이 묵주, 꽃, 액자를 옆에 둔 채 잠들어 있었다. 코바늘로 뜬 모자도 하나 있었다. 우리는 무엇이 되었든 한 번의 마지막 의식밖에 치르지 못한다. 나는 애덤이 가는 그 마지막 순간에 참여했다. 문에 애덤의 이름을 적는 에런을 보며 나는 목이 메어 아무 말도 하지 못했다. 세상 어떤 일보다도 특별하고 영광스러운 자리였다.

예술가이자 에이즈 활동가인 데이비드 워나로위츠David Wojna-rowicz는 회고록 《칼에 가까워지며Close to the Knives》에서 에이즈 사망자가 높아지는데도 아무런 조치를 취하지 않는 정부, 그 가운데 친구를 앞서 보낸 경험과 자신이 살아 있음을 절실히 느끼는 감정을 풀어냈다. 그는 죽음과 맞닿은 문을 보았다고 한다. "죽음과 맞닿은 문은 따뜻한 후광처럼 모든 곳에 있어서, 빛을 발하기도 어둑해지기도 한다." 달리기하다가 갑자기 숲과 빛 사이에 홀로 있게 된 사람처럼, 그는 친구들의 모습과 목소리가 아주 멀리 있는 것처럼 느껴진다고 했다.

영안실에서 빠져나와 집으로 가는 지하철에서 나는 냉장고에 누워 있는 사람들이 호흡하지 못한다는 사실을 생각하며 내 호흡을 의식했다. 어쩌다 보니 움직이는 이 고깃덩어리가 언젠가는 움직이지 않는다는 삶의 과정을 인식했다. 지하철의 사람들을 보며 또한 죽음을 보았다. 그들은 지금 입은 옷을 입고 죽을까,

그들이 죽으면 누가 시신을 처리할까, 지금 시계의 째깍대는 소리가 나만큼 크게 들리는 사람은 과연 몇 명이나 될까.

헬스장에 갔지만 평소와 기분이 달랐다. 보통은 마음을 안정시키기 위해 가는 헬스장이 오늘따라 귀가 먹먹해질 정도로 소란스럽게 느껴졌다. 죽은 사람과 함께 있다가 산 사람의 소리를 들으니 이루 말할 수 없이 시끄럽다. 실내 자전거 수업에서 나는 사람들이 호흡하고 헉헉거리고 고함치는 소리를 듣는다. 살아 있는 사람의, 영원하지 않은 찰나의 소리들. 모든 장면이 다른 날보다 생생했고 모든 감각이 살아 날뛰었다. 성대에서 목소리가 나오고 심장이 뛰고 폐가 부푸는, 단조롭지만 필수적인 일이 새삼스럽게 느껴졌다. 창문을 흐리게 하는, 다른 사람에게서 뿜어져 나오는 온기를 느꼈다. 혈관을 타고 흐르는 피가 느껴졌다. 강사가 목소리를 높였다. "실내 자전거를 타다가 죽는 사람은 없어요! 쓰러질 때까지 다리를 움직여요!" 나는 영안실 냉장고의 윙윙거리는 소리를 제외하고는 언젠가 모든 몸이 쓰러지고 모든 생명이 침묵할 것이라는 생각밖에 할 수 없었다.

사우나의 열기를 느끼며 등을 뒤로 기댔다. 모든 의자는 애덤이 누운 트레이 크기만 했기에 나는 팔을 축 늘어지게 늘어뜨려보았다. 나는 다른 손으로 그 팔을 잡으며 누군가가 내 시신의 티셔츠를 제거하는 상상을 했다. 아무리 노력한다 해도 죽은 사람의 팔만큼 완전히 긴장을 풀지는 못한다. 분명 다른 느낌일 것이다. 옆에서 땀 흘리며 살아 있는 여자가 발에 보톡스를 맞기 시작했다고 내게 말한다. 그러면 온종일 하이힐을 신을 수 있을 정도로 감각이 마비된다나. '나를 다치게 하는 행동을 계속할 수 있는 좋은 방법을 알아냈어요. 그저 경고 알람을 꺼버리면 된답니다.' 말 못 하는 몸이 도와달라고, 문제가 있으니 보살펴달라고 소리를 지르는 알람을 언제부터 무시하기 시작했을까?

나는 팔을 다시 축 늘어뜨렸다. 나는 처음으로 포장되거나 가려지지 않은, 어떤 알람도 꺼지지 않은 죽음을 경험했다. 모든 것이 그대로였다. 진실하고 의미 있었다. 만일 알람을 모두 무시했다면 대단히 중요한 무언가를 놓쳤으리라. 나는 빛바랜 수선화를 들고 있는 애덤을 생각하며 식용으로 사용되면 신경계의 감각을 없애고 심장을 마비시킬 수 있다는 수선화 알뿌리를 떠올렸다.

Chapter 2

마지막 선물

해부 책임자

> 기증자와 가족 들에게
> 반드시 지키는 약속이 바로 이것입니다.
> 우리는 절대
> 시신의 어느 일부도 잃어버리지 않습니다.

해부실 밖, 냉기가 도는 방의 철제 테이블 위에는 금방 깎인 머리를 수건으로 덮어 놓은 작은 시신이 누워 있다. "저는 한 가지 헤어스타일만 할 줄 압니다." 테리 레그니어Terry Regnier가 말했다. 깔끔한 회색 머리를 엘비스 프레슬리처럼 빗어 넘기고 구레나룻과 콧수염을 기른 테리는 '트럭 운전사'나 '포르노 배우'라고 해도 믿을 법한 모습의 소유자였다. "머리카락을 연구하는 사람은 없습니다. 게다가 저는 누군가가 기증자를 알아보는 상황이 가장 두렵습니다. 머리를 깎으면 알아보지 못할 가능성이 커지지요." 어디에선가 라디오 소리가 들리며 철제 테이블이 울렸다. 테리는 손을 뻗어 일렉트릭 라이트 오케스트라ELO의 노래 '달콤한 말을 하는 여인Sweet Talkin' Woman'을 꺼버렸다.

포피의 장례식장에서 시신에 옷을 입히고 난 후 몇 주 동안 나는 죽음이 얼마나 낭비인지 자꾸만 생각하게 되었다. 수년 동안 성장하고, 스스로 몸을 치유하고, 바이러스와 질병과 면역에 관한 지식을 축적한 우리 몸은 결국 매장되거나 화장되고 만다. 개인의 선택이었겠지만 안치 냉장고 문틈으로, 잠든 시신들이 세상에서 사라지는 순간을 기다리는 모습을 보니 왠지 무언가가 더 있을 것만 같은 느낌이 들었다.

나는 삶이나 죽음의 의미가 유용성에만 있다고 생각하진 않지만 분명 유용한 곳이 있다. 3D 프린터와 가상현실이 있는 시대에 살고 있을지라도 말이다. 나는 과학에 기증한 시신의 뒷이야기가 궁금했다. 무덤이나 화장터가 아니라 미네소타의 메이오 클리닉Mayo Clinic 같은 곳에서 죽음 뒤 두 번째 삶을 얻는 사람들에게는 무슨 일이 일어날까? 수많은 익명의 시신을 다루는 관리자들은 어떤 생각을 할까? 죽은 사람의 이름을 알면 시신을 대하는 태도나 일의 의미가 달라질까? 카데바(의학 및 교육 목적으로 기증된 시신을 일컫는 의학 용어 – 옮긴이) 옆에는 시신이 어떤 사람이었는지 알려주는 단서가 든 종이 가방이 없다. 지금 막 새로 도착한 어느 여성의 시신도 마찬가지이다.

이 시신의 허벅지에 덮인 수건 아래로 연결된 방부처리 기계의 검은색 고무파이프는 글리세린(윤활제), 페놀(살균제), 포르말린(방부제) 혼합물을 혈관계에 주입하는데, 이 과정에서 원래 몸무게의 30퍼센트가 불어난다. 몇 주 정도 시신을 보관하는 장례식장과 달리 이곳에서는 시신을 약 1년 정도 보관해야 하므로 아주 공을 들인다. 서서히 부풀어 오르는 시신은 앞으로 몇 달간 탈수되면서 다시 줄어들 것이다. 머리 아래에는 방부처리액이 주입되면서 혈관 밖으로 터져 나오는 피를 받는 둥근 그릇이 있다. 검은색에 가까운 짙붉은 피와 혈전이 보였다. 뚜껑만 열어도 머리가 어질해지는 고등학교 생물실의 화학품 냄새와 비슷하게, 포르말린과 철 냄새로 찌든 이 방에서는 피나 시신의 냄새를 맡을 수 없었다. 얼굴과 몸은 가려져 있었지만 검버섯이 핀 창백한 팔이 보였다. 오늘 아침에 세상을 떠났기에 피부는 노랗지도 초록빛을 띠지도 않았다. 살아생전 쓸개 제거 수술만 받은 그녀의 시신은 재사용이 가능했다.

나는 골*절단기를 지나쳐 테이블의 반대편으로 걸어갔다. 시신을 가리는 천 밑으로 한쪽 손이 빠져나오면서 반짝이는 금색으로 칠해진 약지 손톱과 밝은 주황색으로 칠해진 나머지 손톱이 보였다. 테리는 시신의 매니큐어를 지우곤 했지만, 카데바의 손톱에 관한 어느 학생의 이야기를 듣고 이제는 지우지 않는다고 한다. 그 학생에게 매니큐어가 칠해진 손톱은 죽은 고깃덩어리를 인간으로 보이게 했다. 한때는 생명이었지만 마지막 선물을 주고 간 사람으로. 그때부터 테리는 손톱을 지우는 아세톤에는 손도 대지 않았다. "손주들이 칠해준 손톱을 하고 세상을 떠난 시신도 많이 옵니다. 모두 가만히 둡니다."

일차적으로 HIV(인체면역결핍바이러스), 간염, 조류독감 같은 감염의 우려가 있는 시신은 거절된다. 방부처리가 끝나고 교육용으로 배치되기 전, 테리는 화학품으로 시신을 처리해 세포조직이 단단해지도록 두세 달 동안 그대로 안치한다. 냉장 보관으로 시간을 지연함으로써 해로운 박테리아를 없애는 것이다. 손톱에 금색과 주황색 매니큐어가 칠해진 이 여성의 시신은 당분간 학생들을 만나지 않을 것이다. 나중에 학생들이 사용할 때는 필요에 따라 신체의 일부분만 해동한다. 목의 기도를 다루는 수업이라면 몸의 나머지는 드라이아이스로 감싸고 목과 머리만 해동해 사용한다. 손과 발, 머리는 해동하는 데 하루가 걸리며 시신의 크기에 따라 다르지만 몸통은 대략 사흘이 걸린다. "최대한 자연 상태 그대로 두면서 사용할 수 있을 만큼 해동합니다. 미네소타는 날씨가 춥습니다. 세포조직이 녹지 않으면 안 되지요"라고 말하며 그가 웃었다.

테리는 오른쪽에 있는 커다란 은색 문을 열어 네 단으로 된 선반이 있는 냉장실을 보여주었다. 맨 위 칸에는 몸통을 옮길 때 사용되는 빈 검은색 플라스틱 상자가 있었다. 닭 육수 같은 액체가 든 봉지에는 한때 신경다발 사이를 헤집고 다닌, 가느다란 막대기 모양으로 잘린 종양이, 발밑 양동이에는 붉은 폐가 담겨 있었다. 이곳은 시신 28구를 수용할 수 있지만 현재 19구만이 흰천으로 단단히 두른 미라처럼 은색 트레이 위에 놓여 있다. 연구실의 통풍과 방부처리에 사용되는 엄청난 양의 화학약품으로 시신이 가죽처럼 건조되는 데는 일주일이 채 걸리지 않으므로 물과 습윤제를 적신 천은 피부의 수분을 유지하도록 도와준다.

식별 번호가 적힌 동전 모양의 꼬리표는 시신의 목에 하나, 시신을 밀봉한 플라스틱 봉지에 또 하나 붙어 있다. 방부처리 시 액체를 주입하는 부분과 피부 구멍에서 빠져나온 황색 액체에 약 3센티미터 깊이로 잠긴 시신도 있었다. 그 과정이 길어질수록 액체는 자꾸 새어 나왔다. 방부처리 액체는 대체로 물이지만 인간은 방수가 되지 않는다. 테리에게 이 작업이 지저분하냐고 묻자 그는 당연하지 않냐는 눈빛을 보내며 바닥의 배수 시설을 가리켰다. 바닥에 이음매가 없는 데는 이유가 있었다.

"집에 가도 냄새가 몸에 배어 있을 겁니다."

그날 아침 나는 스태빌 빌딩에 있는 본부를 먼저 방문했었다. 내게 접수대 위의 그릇에 담긴 사탕을 원하는 만큼 가지고 가라고 말한 접수원 돈Dawn은 어깨와 얼굴 사이로 수화기를 끼우고 전화를 받으며 열심히 무언가를 받아 적었다. 파란 수술복을 입은 숀Shawn은 컴퓨터 작업 중이었고 테리는 어디에도 보이지 않았다. 나는 주머니에 분홍색, 초록색, 노란색 사탕을 집어넣고 종이 더미, 받은 우편함과 보낼 우편함, 여러 대의 컴퓨터, 식물이 배치된 사무실을 둘러보았다. 더 둘러볼 것이 없어서 사탕 봉지 뒷면의 재밌는 문구를 읽으려는데, 숀과 같은 파란 수술복을 입은 테리가 나타났다. 그때가 아침 9시였는데 테리는 이미 두 시간 반 전에 이곳에 도착해 있었다. 그는 종이 더미 한 뭉치를 숀에게 건네주며 내게 "분주한 아침에 오셨군요"라고 했다. 기증된 시신 두 구를 처리해야 하는데 그중 한 구가 금방 주차장에 도착했다는 것이다. 숀은 자리에서 일어나 일을 시작했다. 키가 크고 마른 체구에 강렬한 눈빛을 지닌 그가 안심하라는 듯 활짝 미소 지었다. 메이오 클리닉의 해부 학교에 당신의 시신을 기부하면 이들이 돌봐줄 것이다.

미네소타주 로체스터에는 메이오 클리닉 외에 특별한 것이 별로 없다. 이 동네가 만들어지고 나서 30년 후인 1883년, 토네이도가 이곳을 휩쓸어 37명의 사망자와 200명의 부상자가 발생했다. 하지만 주변에 있는 병원이라고는 윌리엄 메이오^{William Mayo}라는 의사가 운영하는 작은 의료 기관뿐이었다. 토네이도가 닥치기 직전 도살장에서 양 머리로 눈 수술을 연습하던 두 아들과 함께 의사 메이오는 사무실, 환자의 집, 호텔, 심지어 무도장까지 가서 부상자들을 치료해주었다. 그 후 세인트 프랜시스 수녀회의 앨프리드 수녀에게 요청해 빈 수녀원을 임시 병원으로 사용하기도 했다. 그녀는 그곳이 세계적인 명성을 얻을 의료 기관이 되리라는 비전을 주님께 받았다며, 기금을 모아 밭에 병원을 세우자는 의견을 냈다.

지도를 보면 이 도시는 상징적인 메이오 클리닉 시설을 중심으로 성장했다는 것이 한눈에 보인다. 클리닉에서 멀어질수록 허름한 호텔이 있고, '클리닉까지 셔틀버스는 무료, 케이블 방송은 무료 아님'이라는 현수막이 걸린 모텔도 멀리 떨어진 곳에 자리 잡았다. 높은 병원 건물들 사이에 위치한 좋은 호텔들은 지하 터널을 통해 병원과 연결돼, 환자와 의사가 수월하게 만나도록 해준다. 지하 터널에는 화려하고 선명한 카펫이 깔려 있어 휠체어를 타고 다닐 수 있다. 미국 중서부에 겨울이 찾아오면, 이 동네를 떠나거나 새로운 식당에 가려고 하지 않는 한 터널로 연결된 건물들에서 나갈 필요가 없다. 수 킬로미터 뻗은 터널에는 빨간 하트를 꼭 안은 곰 인형과 '쾌유를 기원합니다'라고 적힌 풍선을 파는 선물 가게 들이 즐비하다. 골동품상들은 진열장 선반에 장식용 소총을, 그 옆에는 과일 바구니와 영국 사냥개를 그린 유화를 진열해놓았다. 눈앞에 죽음을 둔 사람들과 세계에서 가장 권위 있고 실험적인 병원에 올 만큼 희귀한 병에 걸린 사람들이 슬픔을 분산하려는 욕구를 겨냥한 소품들이었다. 전립샘암(전립선암)에 걸린 달라이 라마도 메이오 클리닉을 찾았고 로널드 레이건 전 대통령도 이곳에서 뇌 수술을 받았다. 다발경화증 치료를 받은 코미디언 리처드 프라이어는 말년에 코미디 스토어(캘리포니아에 있는 코미디 클럽 - 옮긴이)에서 "무슨 병이 났는지 알아내려고 북극까지 가야 하는 건 엿 같은 일입니다"라고 말하기도 했다. 호텔 로비에 쌓인 전단에 '가망이 없는 순간에도 희망이 보이는 곳'이라는 홍보 문구가 보였다. 그렇지만 나는 이토록 침울하게 호텔 조식 뷔페를 먹는 사람들을 본 적이 없다.

테리는 이 동네에서 수년 동안 장의사로 있다가 메이오 클리닉으로 옮기게 되었다. 전 세계에서 치료받으려고 환자들이 오는데, 그들이 죽으면 고향으로 시신을 보내는 일은 장의사에게 흔하지 않다. 장례식을 준비하고 유가족과 소통하던 때와 달리 이곳에서 테리는 시신을 다른 곳으로 보내도록 준비한다. 장의사로 일하며 육체적으로 부담이 큰 데다, 특히 야간 호출에 완전히 지친 그는(죽음은 산 사람의 근무시간 따위에 관심이 없다) 21년 전 메이오 클리닉에 자리가 나자 기쁜 마음으로 이직했다.

해부 책임자

49

현재 테리는 해부 책임자로 최첨단 해부 실험실을 관리한다. 살아 있을 때 서명을 받고 그들이 죽으면 시신을 받아, 보존 처리를 한 다음 냉동실에 보관한다. 대부분의 다른 연구소에서 카데바는 구내의 여러 실험실로 보내지기도 하고 어둠이 가시지 않은 이른 아침, 들것에 실려 옮겨지기도 하지만 이곳에서는 의사들과 학생들이 카데바를 사용하려면 테리가 있는 곳으로 직접 와야 한다.

나는 테리의 예전 동료인 딘 피셔Dean Fisher의 소개로 그를 알게 되었다. 그 전해, 나는 잡지 《와이어드WIRED》에 실을 기사를 쓰기 위해 피셔와의 면담에서 화력 대신 고온의 물과 잿물로 시신을 화장하는 친환경적인 방법에 관해 이야기했다. 알칼리 가수분해라고 알려진 이 장례 절차는 당시 미국 열두세 군데 주에서 상업적으로 합법화된 상태였다. 피셔는 이 기계를 갖춘 UCLA 캠퍼스에서 테리와 같은 일을 했지만, 기계는 비상업적인 목적으로 의료용 카데바를 처리하는 데만 사용되었다. 기증된 시신이 사용되는 모습을 보여줄 수 있느냐는 내 부탁에 그는 대학 동창이자 낚시 친구이며 '의형제'인 테리를 소개해주었다. 그는 테리와 함께 메이오 클리닉에서 수년간 함께 일했으며 그곳에 가면 배울 것이 더 많다고 했다. 야간 호출에 시달리던 장의사 테리를 구출해준 사람도 바로 피셔였다.

테리는 철사로 연결된, 오래된 인체 골격 모형이 있는 빈 교실로 나를 데려갔다. 모형은 저명한 내분비학자이자 메이오 클리닉의 공동 창립자인 헨리 플러머Henry Plummer 박사의 것으로(플러머의 실제 골격이 아니라 플러머의 소유였다) 칠판 옆에 달려 있었다. 그는 의자를 책상 쪽으로 끌어당기며 말했다. "잘못된 정보를 듣고 연락하는 사람이 정말 많습니다. 장기를 기증하거나 돈을 기부하고 싶다고 하지요. 그러나 우리에게 필요한 것은 온전한 시신입니다! 돈보다 더 귀한 것이지요."

그는 의자에 앉더니 편지와 계약서를 내게 건넸다. 클리닉의 환자 또는 환자의 가족, 클리닉과 전혀 관계가 없는 사람들을 비롯해 모든 예상 기증자에게 보내는 편지로, 그는 미리 자신의 서명까지 해놓았다. 편지는 다음과 같이 시작했다. '제 시신 또는 시신 일부를 의학 교육과 연구 발전을 위해 사용하기를 희망합니다.' 뒷면에는 시신 기증이라는 선물이 거절될 수도 있는 사유가 적혀 있었다. '학생과 교직원의 건강을 위협할 가능성이 있는 전염성 질환이 있는 시신, 비만 또는 극도로 야윈 시신, 부검 또는 훼손된 시신, 부패한 시신, 어떤 이유로든 해부하기에 적합하지 않다고 판단된 시신.'

"시신을 거절하면 기분 나빠하는 사람들도 있나요?" 내 몸은 평가 기준에 맞는지 확인해보려고 요구 사항을 훑으며 물었다. "물론이고말고요. 전화로 욕을 해대는 사람도 있습니다. 정보를 끝까지 읽지 않은 사람들이 대부분이지요. 예전에는 편지가 일곱여덟 장쯤 됐었는데 최대한 줄였습니다. 대체로 기준에 맞아요. 대개 백 살 된 노인이 30대, 40대, 50대, 60대보다 상태가 더 좋습니다. 우연히 백 살까지 살지는 않으니까요. 젊은 사람들은 큰 문제가 있었으니 일찍 죽었겠지요."

테리는 기증된 시신의 구조적 온전함이 중요하다고 설명했다. 부검한 시신이나 부분적으로만 기증한 시신은 온전한 장기가 없으므로 학생들은 심장과 폐가 어떻게 관련되어 있는지, 동맥계가 뇌와 어떻게 연결되어 있는지, 몸 구조의 연결성을 배우지 못한다. 시신이 고도비만이면 제한된 수업 시간에 지방질(버터 색을 띠는 두꺼운 기름으로, 잡기가 어렵다) 사이에 있는 장기를 찾아내 과제를 수행하지 못할 뿐 아니라, 해부실에 있는 테이블은 고도비만인 시신을 눕힐 만큼 크지도 않다. 반면 시신이 너무 수척하면 관찰할 근육이 별로 없으므로 구태여 해부해서 볼 만한 교육적인 이유가 없다. 이두박근은 보지 못하고 얇은 근육 가닥만 볼 것이기 때문이다. "체질량 지수는 의미가 없으므로 평가 기준이 아니에요. 체질량 지수로만 보면 저는 비만이지만 제 시신은 사용될 수 있을 겁니다. 우리는 시신의 나이와 활동량을 보지요. 같은 72킬로그램 여성이라도 수년간 휠체어만 탄 사람과 활발하게 움직인 사람의 몸은 다릅니다. 우리는 그런 점을 고려합니다."

만성 심부전을 겪어 손발에 부종이 있는 시신이 들어오면 상황이 복잡해진다. 교육의 목표는 학생들에게 올바로 기능하는 몸으로 표준 해부학을 가르치는 것이다. 제대로 작용하는 몸의 모습을 이해하기 전에는 비정상을 지적할 만한 기준점을 알지 못한다. 편지의 마지막에는 클리닉에 시신을 기증하고 나면 시신을 보러 방문하거나 다시 가져갈 수 없다는 사항이 명시되어 있었다. 그리고 가장 소중한 선물을 기증하기로 고려해줘서 진심으로 감사하다는 말과 함께 테리의 파란색 서명이 보였다.

또한 테리는 계약서만으로는 분명하지 않은 내용을 빈 교실에서 차근차근 설명해줬다. 그는 기증자가 알기 원하는 사실, 알고 싶어 하지 않는 사실까지도 모두 말해주며, 서명 전 질문하는 사람에게 돌려 말하거나 좋은 말만 하지는 않는다. 나와 함께 면담한 오늘과 같다면, 그는 호탕하고 즐거운 웃음으로 맞아줄 것이다. 테리를 보며 죽음을 다루는 업계에서 살아남으려면 슬픔이 마음을 잠식하지 않을 만큼, 어느 정도 유쾌한 본성이 필요하다는 사실을 또 한번 깨닫는다.

해부학과 과학의 진보에 관한 역사를 읽을 때면 의사들이 신이나 성인처럼 보이지만 의학의 역사는 기록에 전혀 남지 않은, 이름 없는 시신들의 침상에서 만들어졌다.

학자들은 인간의 몸을 깊게 알고 더 많은 생명을 살리려면 시신으로 연구해야 한다는 사실을 잘 알았다. 돼지 해부로는 인체를 이해하는 데 한계가 있었다. 비명을 지르는, 의식이 있는 환자가 아닌 말 없는 시신이 몸을 연구하는 데 더 도움이 될 것이고, 그렇게 해서 의술이 발전한다면 수술실에서 죽는 사람이 줄어들 것으로 생각했다. 하지만 예전에는 과학의 발전을 위해 자신의 시신을 기증하겠다고 약속할 체계도, 계약서도, 테리도 없었다.

동물 해부에서 인간 해부로 넘어가게 된 변화는 정치적, 사회적, 종교적 갈등을 일으켰는데, 루스 리처드슨Ruth Richardson이 저술한 명저 《죽음, 해부 그리고 가난한 자들Death, Dissection and the Destitute》에 이 모든 주제를 자세하게 다룬다. 1506년 제임스 4세가 통치하던 시절, 의사들과 이발사들로 구성된 에든버러 길드Edinburgh Guild가 사형된 범죄자들 몇을 해부할 수 있었다. 그러고 나서 1540년 헨리 8세는 해부학자들에게 매년 교수형에 처한 중죄인 네 명의 시신을 사용하도록 승인해주었다. 그 후 과학을 적극 후원한 찰스 2세는 두 명을 늘려 매년 여섯 구의 시신을 허락했다. 시신 해부는 교수형에 처한 다음 사지를 찢고 큰 못에 걸어 도시 곳곳에 전시되는 기존의 방법을 대신하는 처벌로 인정되어 죽음보다도 끔찍한 운명으로 받아들여졌다. 또한 공개적으로 수행되었기 때문에 '극심한 공포 그리고 불명예를 나타내는 기이한 흔적'이라고 묘사되었다. 부활을 준비하도록 시신을 그대로 보존했던 종교적인 사회에서 시신 훼손은 가장 심한 벌이었다. 사형선고를 받았지만 해부 선고는 받지 않은 죄수 중에서 집행 전에 의사들에게 자신의 시신을 팔고 화려한 수의를 사는 사람도 있었다. 처참한 상황에 처한 이유만으로 시신 기증에 참여하게 된 첫 주자들이었다.

그런데도 시신이 역부족이었으므로 해부학자들은 자신들이 해야 한다고 생각한 일을 실행했다. 윌리엄 하비William Harvey는 자신의 아버지와 여동생의 시신을 해부하여 1628년 혈액순환을 입증한 연구물을 출판했다. 밤이면 갓 덮은 무덤에 직접 가거나 제자들을 시켜 시신을 훔쳐 오는 학자들도 있었다. 시신은 매우 귀했기 때문에 결국 상품화되었고, 교수대에서 공급되는 시신의 부족함을 메우기 위해 시체 도굴이 일어났다. '시체 도굴꾼'들은 금방 죽은 사람의 무덤을 파내(대부분은 도시 빈민층을 묻는 공동묘지에서 행해졌다) 해부 학교에 가져다주고는 현금을 받았다. 윌리엄 하비가 혈액순환을 발견하기 위해 자신의 가족을 해부한 사건 이후 약 100년이 지나 1720년에 이르자, 런던의 시체 도굴은 상당히 흔하게 일어나는 일이라고 말할 수 있을 정도였다.

당시 가장 선구적인 해부학자인 윌리엄 헌터William Hunter와 그의 동생 존 헌터John Hunter는 끊임없이 동물의 사체와 주검을 해부하며 연구했으므로 교수형에 처한 사람의 시신만으로는 실험을 감당하기 힘들었다. 1750년대, 형의 해부 학교에 필요한 시신을 구하는 책임자로 있었던 존 헌터는 시체 도굴꾼들에게 시신을 사거나 직접 무덤을 파헤치기도 했다. 자신의 헌터리언Hunterian 박물관을 의학적 업적과 변화로 채워 넣은 때도 바로 그 시기이다. 박물관은 런던의 링컨스 인 필즈 공원 옆에 여전히 자리를 지키고 있다. 그곳에는 육체에서 분리된 심장과 작은 아기들, 머리가 둘 달린 도마뱀과 사자의 발가락이 화학물질 안에 보존되어 있다. 나는 박물관 안의 진열장 앞에 서서 그것들을 가만히 바라보았다.

작가인 메리 셸리Mary Shelley가 태어난 1797년쯤에는 시체 도굴이 워낙 만연했기에 비밀도 아니었다. 그녀가 성인이 될 무렵에는 도굴꾼들을 막기 위해 관을 고정하는 철제 상자 같은 다양한 장치들이 팔릴 정도였다. 메리 셸리의 어머니인 메리 울스턴

크래프트Mary Wollstonecraft가 묻힌 교회 부지의 시신들까지 도굴되기 십상이었다. 메리 셸리의 아버지는 울스턴크래프트의 묘비에 새겨진 이름을 따라 쓰게 하며 딸에게 글씨 쓰는 법을 가르쳤는데, 이런 기억은 그녀의 작품 《프랑켄슈타인》에 고스란히 반영되었다. 프랑켄슈타인 박사는 살아생전 기증을 허락하지 않은 시신들을 모아 괴물로 탄생시켰다. 이 새로운 생명체는 그저 이름 없는 상품이자 소유물이었다. 자신의 창조물을 만들어낸다는 생각에 사로잡혀 옳고 그름을 무시한 박사가 진짜 괴물이었다.

1828년 에든버러에서 버크Burke와 헤어Hare가 시체 도굴 대신 산 사람을 살해해 해부학자에게 팔아넘기는 흉악한 범죄를 저지르면서 사태는 최악에 다다랐다. 버크는 16명을 질식시켜 살인한 죄로 역설적이게도 사후에 해부되는 형벌을 받았다. 그의 뼈대는 에든버러대학교의 해부 박물관에 여전히 존재하며 갈비뼈에는 다음과 같이 적힌 종이가 꽂혀 있다. '(아일랜드 남성) 흉악한 살인범 윌리엄 버크의 뼈대.' 그곳에서 500여 킬로미터 남쪽, 의료 관련 전시물이 있는 런던의 웰컴 컬렉션에는 그의 핏기 없고 수축된 뇌가 전시되어 있다. 2012년, 나는 이 전시회에서 아인슈타인의 뇌 옆에 놓인 버크의 뇌를 보았다. 천재나 악당이나 겉으로 보이는 뇌의 모습에는 차이가 없었다.

과학과 교육은 계속 발전시키되 시체 도굴을 멈추기 위한 특별 조치가 필요했다. 그렇게 해서 1832년에 감옥, 구빈원(과거 영국에서 가난한 사람들을 수용한 시설-옮긴이), 보호시설, 병원에서 죽은 사람 중 가족이 찾아가지 않는 시신은 사용해도 된다고 규정한 해부법이 공표되었고, 이로 인해 '가난'과 '중죄인'을 동일시하는 사회적 혼란이 이어졌다. 가난한 사람들의 두려움은 더욱 커져만 갔지만, 죽은 사람의 의사意思와 상관없이 해부학자들은 시신을 구할 수 있게 되었다.

자신의 시신을 자발적으로 기증하겠다고 발표한 초기 선구자 한 명이 바로 제러미 벤담이다. 이제 우리는 그의 잘린 머리를 보며 그를 추도한다. 1832년, 해부법이 통과되기 두 달 전에 벤담은 세상을 떠났다. 죽기 전 그는 교육적으로 유용하게 사용할 수 있는 시신을 매장하는 일은 낭비라고 밝혔던 사우스우드 스미스 의사에게 공개적으로 자신의 시신을 해부해달라는 유언을 남겼다. 벤담 또한 시신이 살아 있는 사람에게 도움이 된다는 점을 보여주고(과학 연구의 수단인 시신을 지렁이가 먹도록 매장하는 무용함과 비교했다) 세상에 이익을 줄 길을 밝히고자 했다. 해부가 이뤄진 곳에서 나눠준 책자에는 그의 유언 일부가 다음과 같이 적혀 있었다. "내가 전하는 특별한 요청이자 유언은 비범함을 으스대는 마음에서 나온 것이 아니다. 나는 살아생전 사회에 이바지할 기회가 거의 없었기에 인류가 내 시신에서 작은 수확이나마 거두기를 바라는 마음이다." 그의 노력에도 해부를 위한 시신 기증은 100여 년 동안 큰 진전이 없었다.

루스 리처드슨은 자신의 저서에서 시신 기증과 화장 비율의 증가가 동시에 일어났는데, 전쟁 이후 시신을 바라보는 영적인 관념이 바뀌었기 때문이라고 추측했다. 해부와 화장 모두 육신의 부활을 위해 몸을 온전히 보존하지 못하는 것은 마찬가지이기 때문이다.

오늘날 영국에서는 기증된 시신만 의료용 카데바로 사용하지만 모든 국가가 그렇지는 않다. 아프리카와 아시아에 있는 대부분 국가는 가족이 찾아가지 않은 시신을 사용하며 유럽, 북미, 남미는 기증된 시신과 가족이 없는 시신을 모두 사용한다. 과거의 방식과 현재의 방식이 뒤섞인 상황이기에, 정확한 사용 용도를 모르는 상태에서 자신의 시신을 기부하는 사람들도 더러 있다. (한국의 경우, 시체 해부 및 보존 등에 관한 법률에 따라 본인 또는 유족의 동의가 필요하다. 2016년 법률이 개정되어 무연고자의 시신은 교육 및 연구용으로 사용할 수 없다.)

현재는 아나토마지Anatomage라고 불리는 가상 해부대로도 실습을 할 수 있다. 이것은 실제 해부대 크기로 된 터치스크린 태블릿으로, 학생들이 실제 사람을 만지지 않고도 인체 구조를 정확하게 볼 수 있도록 신체의 1밀리리터에 해당하는 '얇은 겹'을 모두 담은 수많은 이미지를 켜켜이 쌓은 3D 프로그램이다. 네 명의 신체 중 둘(남녀 각각 한 명)은 90년대 중반 미국 국립의학도서관에서 수행한 인체 영상 프로젝트의 일부로, 시신을 냉동한 다음 1밀리미터 간격으로 자르면서 얇은 해부 단면의 사진을 모두 찍어 만들어낸 정보이다. 맨체스터에서 열린 어느 회의에 참석했을 때 나도 영업 사원의 설명을 들으며 이 가상 해부대를 사용해보았다. 몇 명 안 되는 무리 사이에서 몸을 굽혀 가상 시신을 만져보고 찔러도 보고, 실제로는 볼 가능성이 거의 없는 장기들을 확대해 그 색깔을 자세히 들여다보았다. 내가 본 영상은 사형 집행

전 자신의 시신을 기증하는 데 동의한 텍사스의 살인범 조지프 폴 저니건Joseph Paul Jernigan의 것인데, 현재는 그의 정보를 사용하는 것에 윤리적인 문제가 제기되고 있다. 그가 치사 주사를 맞고 죽은 1993년에는 전자 해부대가 발명되지 않았으므로, 그때는 자신의 해부 사진이 사용될 것이라는 사실을 알지 못했기 때문이다.

테리와 계약한 사람 중 작년에 236명이 세상을 떠나, 한때 범죄자들의 운명이었던 해부학에 자신의 시신을 기증했다. 20년 전만 하더라도 매해 기증된 시신은 50구에 머물렀으나 기증이 점점 일반화되면서 현재 약 700명의 기증자가 계약서에 서명한다. 다양한 기관으로 시신을 보내는 중개 단체(다수의 기증 프로그램이 주로 운영하는 방식이다) 대신, 메이오 클리닉에 바로 기증되기를 원한다는 유언을 생각하며 나는 테리에게 메이오가 수많은 기증을 받는 비결이 무엇인지 물었다. 기증자들이 일부러 이곳을 고른 듯한 느낌이 들었기 때문이다. 메이오는 비슷한 방식으로 운영되는 UCLA보다도 기증자 수가 훨씬 높다. UCLA는 지난 10년 동안 매해 평균 168구의 시신을 받았다. 로스앤젤레스에만 400만 명의 인구가 거주하며 캘리포니아주 전체 4000만 명에 육박하는 인구수를 고려하면 더욱 차이가 분명하다. 미네소타주는 곳곳에 흩어져 거주하는 전체 인구를 합해도 겨우 500만 명 정도에 불과하지만 그 광활한 땅덩어리는 영국 전체와 맞먹는다. 로체스터에서 미니애폴리스에 있는 공항으로 가는 길은 끝없이 편평한 도로뿐이다. 보이는 것이라고는 밭과 젖소밖에 없다.

"이곳에서 좋은 치료를 받고 나중에 보답하려는 환자들이 많기 때문이지요." 테리가 말했다. "**다다음** 세대를 잘 보살피도록 다음 세대를 훈련하려는 마음입니다. 장의사로 일한 경험을 비춰 봤을 때 매장하거나 화장하면 거기서 끝입니다. 사회에 기여할 기회도 끝이지요. 하지만 여기에서는 계속됩니다."

몸 전체를 주는 것보다 더 큰 환원이 또 있을까?

테리는 열여덟 살에 해군으로 징집돼 버지니아주에 있는 큰 해군 병원의 집중 치료실에서 주로 근무하며 심폐 소생술팀 일 원으로 혈액검사를 담당했다. 베트남전쟁이 끝날 무렵이었는데 그와 나이가 비슷한 군인들이 치료를 받으러 왔다고 한다. 죽어 가는 사람들을 보게 된 첫 경험이었다. 기껏해야 천식으로 보이 는 병으로 입원한 젊은 군인들이 시신 부대⬦에 실려 나가는 장 면을 보며 감정적으로 죽음을 받아들이기가 힘들었단다. "옆 신생 아 병동에도 차마 보기 힘든 아픈 아기들이 있었습니다만, 바로 일주일 전에 함께 농담을 주고받으며 이야기한 사람이 죽는 모습 을 보는 것이 더 힘들었습니다." 테리는 시신을 영안실에 옮기며 처음으로 장의사들을 만났다. 어떤 진로를 택할지 확실치 않던 참 에 테리의 손을 떠난 환자들의 마지막을 돌보는 장의사가 보였다.

해부학자인 헌터 형제 중 형인 윌리엄 헌터는 입문 강의에 서 학생들에게 다음과 같이 말했다. "해부학은 수술의 가장 기본 입니다. (…) 해부학으로 **머리**는 정보를 얻고 **손**은 기술을 익히며

가슴은 필수적인 비인간성에 익숙해집니다." 다시 말해 이 체계를 지속하려면 냉정하게 거리를 두는 태도가 필수적이다. 해부대에 죽은 사람이 오르지 않았다면 의술은 이토록 발전하지 못했을 것이다. 사람을 살리기 위해서는 사람을 배워야 하기 때문이다. 물론 냉정함은 필수이긴 하나, 테리는 이 거대한 병원을 돌아가게 하는 원칙이 죽은 사람을 향한 존중이라는 사실을 명확히 전달했다. 장례업계의 경험이 없는 사람은 이런 프로그램을 다르게 운영할 수도 있겠지만 그는 과학이 인간 고유의 존재와 시신을 완벽하게 분리하지 못한다고 생각한다. "환자의 요구가 우선입니다. 죽더라도 그들의 요구는 유효합니다. 우리는 시신을 환자로 다루고 의료 기록, 이름, 개인 정보, 기밀을 철저히 보호하지요. 산 사람처럼 그들을 대합니다."

그는 눈앞에 있는 시신과 자신을 별개의 존재라고 생각하는 학생들에게 이 사실을 숙지시키는 데 많은 시간을 들인다. "죽었다고 생각하지 않으면 감정을 다스리는 데 도움이 됩니다. 또한 움직이지 않는 대상이라고 생각하면 안도감이 조금 들 수도 있고요. 아직 어린 학생들이 죽음을 자주 본 적이 있겠습니까? 그러니 학생들은 기증자의 선물을 과소평가하거나 놀려도 되는 대상으로 생각할 때가 있어요. 일부러 그러는 것은 아니라고 봅니다. 죽음을 대하는 일종의 대응 기제라고 생각합니다." 시신을 처음 보는 학생들이 많으므로 기절하는 상황도 종종 생긴다. 테리는 기절한 학생들을 일으킨 적이 많다고 말했다. "복도나 여기 이 교실에서 종종 발생합니다. 몸이 국수처럼 흐물흐물해져 의자에 앉지 못하고 바닥으로 쓰러져버리지요."

다른 이유이긴 하지만 시신에 느끼는 심리적 거리감은 나도 어느 정도 공감할 수 있는 사항이다. 맨체스터의 회의에서 본 가상 해부대가 떠올랐다. 새로운 장비를 보는 데 흥분한 사람들에게 둘러싸인 나는 곧바로 신체에서 가장 민망한 부분부터 선택했다. 나는 그의 폐보다는 성기가 보고 싶었다. 사실 그곳에 있던 모든 사람이 그랬다. 실제 인간의 사진이라는 설명은 들었지만 터치스크린이라는 새로운 기능은 죽은 사람과 산 사람의 연결성을 끊어버리는 장벽이 되었다. 그저 사진일 뿐이고 게임 같기도 했다. 영안실에서 애덤의 시신을 보며 그의 성격을 상상해본 경험과는 달리, 유리를 통해 보는 죽음은 몸소 느끼기가 어려웠다. 그저 해부된 몸으로만 보이는, 인격도 없는 이 벌거벗은 남자에게 엄숙한 마음이 들지 않았다. 테리가 시신의 문신, 손톱 매니큐어를 그대로 두는 것도 이런 이유에서였다. 이 시신이 얼마 전까지 살아 움직이고 호흡하던 사람이었다는 사실을 학생들이 떠올리도록 말이다. 어떤 강좌에서는 시신의 사망 원인, 나이, 직업까지 알려준다고 했다. 만일 내가 의대생이었다면, 터치스크린을 통해서는 단순히 몸의 구조만 아니라 의사라는 직업의 의미를 배워야 한다는 테리의 말을 깨우치기 힘들겠다는 생각이 들었다. 사람이 없으니 죽음도 없다고 느끼게 하는 터치스크린 해부대는 해부의 정수가 빠진 셈이었다. 햇빛이 들어오는 영안실에서 내가 했듯, 시신을 직접 만져봐야 한다. 감당하기 힘들고 처음에는 기절할 지경에 이를지 몰라도 그들의 존재를 직접 느껴야 한다. 내가 애덤을 만나며 느낀 기분을 바로 이해할 수 없을지라도 결국에는 학생들도 그 감정을 느낄 것이다. 테리의 의도가 분명 전해질 것이다.

테리는 진심으로 감탄하며 말했다. "우리 기증자들은 세상에서 가장 좋은 사람들입니다. 누군가에게 자신의 몸을 준다는 것은 정말이지 개인적인 선물입니다. 이것보다 더 큰 선물이 있겠습니까? 심지어 미니스커트도 입기 힘든 보수적인 시대에 살던 80대, 90대 어르신들도 있어요. 그런 분들이 다른 사람에게 자신의 몸을 해부하고 구석구석을 보도록 허락해줍니다. 자신이 평생 보호하고 지켜온 몸을 누군가에게 선물로 주는 행동은 엄청난 희생정신 없이는 할 수 없는 일입니다."

테리는 해부실 상황을 살피고는 하얀 가운을 입고 돌아왔다. 무슨 일인지는 몰라도 잘 해결된 듯했다. 우리는 전 직원들의 사진이 액자에 걸린 복도를 걸었다. 모두들 미국인 특유의 함박웃음을 짓고 있었다.

해부실은 불이 환하게 켜져 있었다. 너무 익숙한 나머지 냄새를 잘 맡지 못하는 테리가 내게 해부실 냄새가 어떤지 물었다. "치과 냄새 같은데요?"라고 대답하자 테리가 웃으며 "당신 치과의사가 누군지는 모르겠지만 걱정되는군요"라고 받아쳤다. 환기장치는 방부처리에 사용되는 무거운 발암성 가스(주입 가능한 방부 액체인 '포르말린'은 메틸알코올을 포화시킨 폼알데하이드 가스이므로 액체로 변하지만 증발하면 다시 가스가 된다)를 해부실 아래로 밀어내고 산소는 위로 퍼 올리며 계속해서 공기를 순환함으로써 시신에 주입된 방부제가 산 사람들의 건강에 나쁜 영향을 미치지 않게 한다. 그러므로 고등학교 시절 두꺼비를 해부하다 몇몇 친구들이 메스꺼워 도망간 것 같은 사태가 벌어지는 일은 적을 것이다. 그는 천장과 바닥에 있는 환기구를 가리켰다. 바닥은 모두 밀폐되어, 카메라를 달고 하는 키홀 수술과 비슷한 관절경 수술을 할 때 물을 부어도 괜찮도록 되어 있었다. 물은 카메라가 이미지를 더 선명하게 잡는 데 필요하다고 했다. 스쿠버다이빙 마스크를 밖에서 쓰는 것과 수중에서 쓰는 것의 차이만큼 선명도가 달라진단다. 그는 바퀴가 달린 무거운 플라스틱 작업대를 밀어냈다. 각도를 조절할 수 있는 조명이 천장에 거의 30센티미터 간격으로 달려 있었다. 와이어, 플러그와 소켓, 컴퓨터 화면과 텔레비전 화면이 해부실 여기저기 자리 잡고 있었고 오른쪽 끝에는 해부학책과 괴상한 물건으로 가득 찬, 유리문이 달린 수납장이 있었다.

그는 문을 열어 회색으로 된 아주 큰 무언가를 가리켰다. "집에 벽이 갈라졌을 때 가정에서 사용하는 일반 라텍스 알지요?" 스티로폼으로 조각한 듯한, 빛바랜 산호처럼 보이는 무언가를 집었다. 부풀어 오른 폐에 라텍스를 부어 표백제에 담가놓아, 조직이 모두 분해되고 남은 것이었다. 이것은 산소의 모습을 그대로 보여주는 3D 지도이자 깃털처럼 가벼운 인간의 폐였다.

테리는 높은 선반에 손을 올려, 수년간 카데바에서 발견된 인공 삽입물을 담은 커다란 플라스틱 용기를 내렸다. 학생들이 미래에 환자의 몸에 심을 인공물의 예전 모습을 보여주기 위해서였다. 한때 척추와 접합한 해링턴 지지대Harrington rod와 심장 우회술에 사용된 판막, 상자에 다시 집어넣자 튀어오른, 포도알만 한 고환 삽입물도 있었다. 플라스틱으로 된 무릎뼈, 심장박동 조율기, 골 나사, 오래된 가슴 보형물, 대동맥 철망, 심장 스텐트stent. 이런 인공 삽입물들은 대개 매장될 때 함께 묻히기 때문에 자연으로 둘러싸인 푸른 묘지도 공장에서 만든 인공물로 뒤덮이기 마련이다.

테리가 서랍을 열고 환한 조명 아래 여러 물건을 꺼내고는 오싹하게도 하나하나 이름을 불렀다. 골 절단기, 성형수술에 사용되는 가느다란 갈고리, 고관절 견인기, 갈비뼈를 절단하는 가위, 흉부를 여는 기구, 무언가를 긁어내는 데 사용하는 큐렛, 가장 건드리기 어려운 부분에도 닿을 수 있도록 각도가 다양한 날이 달린 가위, 수술용 메스, 망치, 끌과 수술용 집게. "도구들이 총 집합했지요?" 그는 톱날 같은 입이 달린 사악한 뱀처럼 보이는 철제 기구를 집어 올렸다. "이놈은 앞뒤로 왔다 갔다 하면서 조직을 잘근잘근 씹어서 밖으로 빨아냅니다." 번득이는 금속성 도구가 서랍 속 제자리에 모두 가지런히 놓였다. "도구 하나에 1,000달러 정도나 한답니다!" 자랑하는 테리는 무척이나 신이 나 보였다.

의자 위에는 봉합 실, 테이프, 휴지, 의료용 스테이플러가 놓여 있었다. 다양한 크기의 장갑과 앞치마, 싱크대, 멸균 처리기도 있었다. 물론 환자 사이에 감염될 위험은 없지만 모든 장비는 수술에서 사용할 수 있을 만큼 깨끗해야 한다. 눈 보호대, 다양한 종류의 의료용 안면 가리개, 물이 흥건한 실험실에서 사용되는 무릎까지 올라오는 신발 덮개로 가득한 상자도 보였다. 테리는 오후에 진행될 고관절 치환 수술 수업에 필요한 장비인 여러 종류의 망치, 지지대나 나사를 삽입하기 전 척수를 깨끗하게 하는 리머reamer, 초록색, 파란색, 분홍색 플라스틱으로 만든 볼 조인트를 준비했다. 그는 골프공만 한 치즈 분쇄기처럼 생긴 기구를 보여주며 관절의 관골구(비구)에 공간을 만들 때 사용한다고 설명했다. 그는 허공에서 기구를 가지고 뼈를 깎아내는 흉내를 냈다. 내 몸이 아파오는 기분이 들었다.

"저는 시신을 봐도 기절하지 않아요." 찡그린 내 얼굴을 보고 테리가 해부실 전체를 보여주지 않을까 봐 나는 변명하듯 말했다. "다만 뼈 분쇄기는 조금 심하긴 하네요." 그가 키득키득 웃으며 멀리 있는 무언가를 가리켰다. "자, 저기 있는 것은 뇌를 실은 카트입니다."

그는 뚜껑을 골라 열어보라고 했다. 우리는 빵 덩어리를 똑같은 크기로 썬 듯한, 파란색 정맥이 훤히 보이는 회색 뇌를 바라보았다. 사실 빵 덩어리는 해부실에서 사용하는 용어로, 이 뇌는 수평면으로 '빵 덩어리'가 된 상태였다. "뇌를 보고서 이 덩어리 하나가 어떻게 사람의 온몸을 통제하는지 생각해본 적이 있나요?" 각 조각이 방부제가 든 통 안에서 서로 밀치는 모습을 보며 내가 물었다.

"몸 전체가 기적입니다. 그리고 뇌가 몸을 통제하는 것을 보면 정말… 믿기 어려울 따름이지요. 자, 이것이 제가 말씀드린 스테인리스 수술대이고요, 이것들은 조개처럼 열리기도….."

최근 몇 년간 와이파이 속도를 몇 번이나 업그레이드했다고 테리가 이야기하는 동안 나는 해부실을 둘러보며 수술대에 놓인 시신을 보았다. 적갈색 얼룩이 여기저기 있는 흰색 천 아래로 두 발이 불쑥 튀어나와 있었다. 발톱이 발가락에서 자그마치 1센티미터나 자란 오래된 시신이었다. 남자의 발이었지만, 뾰족한 스틸레토 구두를 오래 신은 듯한 모양이었다. 머리가 없는 시신은 말없이 고관절 수술을 기다렸다.

"다리는 뒤에, 머리와 상체는 옆에 있습니다." 간단하게 설명한 다음, 테리는 내가 좁은 통로 안으로 들어갈 수 있도록 뒤로 빠졌다. 가장 높은 단에 닿으려면 사다리를 타야 할 정도로 높은 선반이 양쪽에 우뚝 서 있었다. 이곳은 새로운 세포조직을 보관하는 냉동실이다. 시원한 방에 보관된 시신과는 달리 이곳에는 방부처리를 하지 않은 시신들만 있었다. "맥박과 호흡을 제외하고는 학생들이 미래에 만날 환자와 가장 근접한 모델을 만들기 위해 시도 중입니다." 그가 입구에서 말했다. 방부처리는 조직의 유연성을 제한할 뿐만 아니라 화학품 때문에 색깔까지 표백되는 경우가 잦다. 방부처리가 된 시신으로만 수술을 연습한 학생은 흐린 지도

만 보고 길을 찾은 셈이므로, 처음으로 살아 있는 몸을 치료할 때 낯설게 느낄 수 있다. "최대한 살아 있는 환자와 비슷한 수술 환경을 재현해주려고 합니다. 여기에서는 실수해도 되니까요."

이곳에 온전한 시신은 없다. 테리가 약 130명이라고 추정하는 기증자들의 몸 일부만 있을 뿐이다. 수천 명이 묻힌 묘지에 서면 시신과 나 사이의 180센티미터라는 거리를 깊게 생각하지 않겠지만 이곳에서 모여 있는 시신을 보면 눈이 휘둥그레진다. 시신의 온갖 부분이 든 봉투가 벽을 채운다. 손가락과 발이 보인다. 플라스틱 봉투에 눌린 코만 보이지 않는다면 축구공이라 해도 믿을 법한 머리도 있다. 봉투에 든 머리에 파란색 유성 마커로 적어놓은 의사 이름이 보인다. 나중에 사용하려고 표시해두었단다. 바닥에는 덮은 수건 밖으로 맨발이 튀어나온, 고관절 수술 연습을 한 다리 한쪽이 있었다. 초록색 봉투는 '역할을 다했음'을 의미한다. 시신의 각 부분은 고유 번호로 식별하는데, 역할을 다한 시신 일부는 나머지가 끝나기를 기다린다. 모든 부분이 모여 온전한 시신이 되면 테리는 다시 인간의 형상을 만들지만 서로 접합하지는 않는다. 살이 너무 꽁꽁 얼어 실과 바늘이 들어갈 수 없는 데다 해동하면 시신 내부에서 액체가 새어 나오기 때문이다. 원래의 이름과 정체성을 되찾은 시신은 화장된다. "기증자와 가족 들에게 반드시 지키는 약속이 바로 이것입니다. 우리는 절대 시신의 어느 일부도 잃어버리지 않습니다."

냉동실의 깊이를 보라는 듯 손짓하며 그가 말을 이었다. "이일이 시신을 존중하지 않는 일이라고 보는 사람도 있습니다. 하지만 제가 보기에는 시신을 낭비하는 편이 오히려 무례한 일입니다."

나는 차가운 냉동실에 서서, 플라스틱 봉투에 낀 성에와 시신들 일부를 바라보았다. 내게 밀려오는 감정이 대체 무엇인지 생각해내려고 했다. 처음 테리에게 연락했을 때 나는 이곳에 오면 훨씬 더 충격을 받으리라 예상했다. 의학 박물관에 전시된 유리병을 수년이나 봐왔지만, 이곳에서는 눈 뜨고 보기조차 힘든 무언가를 보리라 생각했다. 이들은 오래전에 죽은 시신도 아니지 않은가. 최근에 죽은 사람들이고, 컴퓨터 시스템 어딘가에 그들의 이름이 남아 있을 것이며, 아직 그들을 그리워하며 슬퍼하는 사람도 있을 것이다. 하지만 봉투와 수건이 덮인 그들의 시신을 보며 물리적인 벽뿐만 아니라 감정적으로도 그들과 나 사이에 벽이 있음을 느꼈다. 내 눈에 보이는 시신의 일부 중 사람으로 다가오는 것이 아무것도 없었다. 내가 이 시신 조각들을 사람으로 느낀 순간은 매니큐어를 칠한 손톱, 질근질근 물어뜯은 손톱이 있는 손을 봤을 때뿐이었다. 테리가 언급한 그 학생의 말이 맞았다. 잘린 후에도 손은 사람의 성격을 보여준다. 손은 우리가 가장 자주 보는 것이기도 하다. 내 옆의 선반에는 투명한 봉투로 꽁꽁 묶어 작은 수건으로 감싼, 어깨 밑부터 잘라낸 팔들이 있었다. 요란스러운 손동작을 취하다 멈춘 듯한 팔도 보였다. 맥락에서 그리고 자신의 몸에서 떨어져 나온 다양한 모습을 한 여러 사람의 팔이 에드워드 마이브리지Edward Muybridge(영화가 존재하기 이전 연속 사진을 찍은 사진가 – 옮긴이)의 사진 일부처럼 모두 모여 시간과 함께 얼었다. 온전한 시신보다 오히려 봉투 속에 담긴 팔이 사람의 인격과 개성을 더 드러내는 순간이었다.

그런데도 나는 특별한 감정을 거의 느끼지 못했다. 아니, 적어도 내 예상과는 전혀 달랐다. 잘린 목으로 가득한 냉동실에서도 충격, 두려움, 역겨움이 없었다. 순수하게 과학 그 자체로 받아들여졌고 그저 〈퓨처라마Futurama〉(미국의 애니메이션 시트콤으로 2000년에 냉동된 피자 배달원인 필립 프라이가 2999년에 깨어나면서 일어나는 사건들을 다룬다 - 옮긴이)의 한 장면 같았다. 포피의 영안실에서는 13구의 시신을 보며 상실감을 느꼈지만, 이곳에는 훨씬 많은 수의 시신 조각들이 내 눈앞에 있었음에도 이상하게 감정은 침묵했다.

신장이 2.31미터였던 아일랜드의 거인 찰스 번Charles Byrne은 1780년대에 건강이 나빠지면서 이미 해부학자들이 자신의 시신을 노린다는 사실을 알았다. 그는 병리 조직 표본을 수집해둔 존 헌터의 박물관에서 수 세기 동안 유리병에 보존되어 기괴한 모습으로 방문객들을 마주하고 싶지 않았다. 그래서 바다에 묻어달라고 요청했고 스물두 살의 나이로 세상을 떠났을 때 그의 관은 바다로 옮겨졌다. 현재 헌터리언 박물관 전시물들은 대부분 도굴된 익명의 시신이지만, 기어이 바다에 묻히지 못한 찰스 번은 이름표를 달고 덩그러니 서 있다. 뇌물을 받은 장의사들이 시신을 빼돌리고 몰래 관에 돌을 담아 바다에 보내버렸기 때문이었다. 그의 두꺼운 뼈를 올려다보노라면 감정의 무게가 느껴질 수밖에 없다. 찰스는 박물관에 남기를 희망하지 않았으므로.

테리와 나를 비롯해 냉동실에 있던 모두는 그곳에 있고 싶어서 있다는 생각이 조금씩 차올랐다. 켜켜이 쌓인 냉동된 시신의 일부, 다리와 몸통이 든 봉투들, 이 모든 죽음은 그 공간의 삶을 완전히 빨아들일 수도 있다. 잔인한 정육점과 다를 바 없는 냉동과 해동, 기록과 번호는 이 모든 것을 무의미하게 또는 최악의 상황으로 보이게 할 수도 있다. 하지만 이 장면의 깊은 의미는 또 다른 진실을 드러낸다. 한 걸음 물러서서 이 광경을 큰 그림으로 보면 충격적이거나 슬픈 장면이 아니다. 한 사람 한 사람은 자기 죽음을 좋은 곳에 사용하길 바라는 마음에 이곳에 있기로 선택했다. 고무 패킹된 냉동실의 무거운 은색 문은 엄청난 희망과 관대함의 그림을 품고 있었다.

잘린 도마뱀 꼬리가 움직이는 것과 마찬가지로, 늑대거북 역시 머리가 잘려도 턱을 이용해 꽉 물 수 있으며 피가 차가워져도 심장이 몇 시간이고 뛰기도 한다. 힘이 세고 등껍질이 워낙 단단해서 거북이 수프를 좋아하는 사람들, 지나가는 자동차, 짓궂은 남자아이들을 제외하고는 자연의 포식자가 없다.

1960년대 중반 플로리다주, 일곱 살 테리는 못된 이웃이 괴롭히고 내팽개친 늑대거북 일부를 발견했다. 그는 매일 그 현장에 가서 움직이는 머리에 남아 있는 생명을 보며 경이로움을 느꼈다. 늑대거북이라는 이름에 걸맞게 얼굴에 붙은 턱 근육이 자연스레 꽉 무는 동작을 보였다. 온몸이 끈적거리는 더운 날 테리는 쭈그리고 앉아 삶과 죽음, 기능과 원리를 고스란히 보여주는 몸의 기적에 감탄하게 되었다. 그가 기억하기로 목이 잘린 거북이는 닷새나 지나서야 나뭇가지를 물지 못했다고 한다.

테리는 꽤 오랜만에 이런 생각을 했는지 회상에 잠기는 듯 보였다. 늑대거북 사건 이후, 그는 레드 라이더 BB총을 가지고 에버글레이즈 국립공원Everglades National Park에 가서 메추라기, 아르마딜로, 너구리, 주머니쥐를 사냥했다고 한다. 동물의 몸 안에 무엇이 있는지 궁금해서 내장을 제거하기도 했다. "다른 아이들이 가판에서 음료수를 팔 때, 저는 상어를 잡고 턱을 갈라 무엇을 먹고 살았는지 관찰하곤 했습니다. 그러고 나서 플로리다에 있는 큰 고속도로인 81A에서 상어 턱을 팔았지요. 코코넛도 같이 팔았네요. 코코넛을 사는 어른들을 이해하지 못하겠더군요." 테리의 이야기를 듣고 있자니 미국의 연쇄 살인범 제프리 대머Jeffrey Dahmer의 이야기를 듣는 듯했지만, 죽음에 흥미를 느낀다고 모두가 살인범이 되지는 않는다. 테리는 몸 일부를 움직이게 하는, 몸 안의 생명을 찾아 헤맸을 뿐이다.

오늘날 테리는 학생들이 공부해야 하는 신체 부분을 보존하기 위해, 의료 장비를 사용해 정해진 수술 면에 따라 시신을 분해한다. 어깨를 나누기 위해 쇄골에 맞춰 자르고, 흉곽을 따라 어깨뼈에 붙은 팔을 분리한다. 무릎과 발목을 최대한 사용하면서도 고관절을 보존하기 위해서, 그는 정형외과 전공 학생들이 관찰할 수 있도록 대퇴골의 3분의 1을 남겨둔다. 골 절단기를 사용해서 목을 자르는데, 어깨에 닿지 않는 지점에서 척추골을 해체해 학생들이 기도를 공부할 수 있도록 목을 최대한 길게 자른다.

일이 괴롭지 않냐는 내 질문에 그는 웃으며 그렇지 않다고 대답했다. 그는 범죄 현장에서 일할 때는 훨씬 심한 장면도 봤다고 하면서 다른 사람이 하지 못하는 일을 자신은 악몽을 꾸지도, 기절하지도 않으면서 할 수 있는 이유를 모르겠다고 했다. 장의사로 일할 때 로체스터의 검시부에는 시신을 수거하는 팀이 없어서 테리가 자주 요청을 받았다고 했다. 좌석부터 철사 하나까지 모조리 녹여버린 자동차 폭발 사고 현장에 가서 그가 체계적으로 시신의 일부를 수거하는 동안 동료들은 지역 방송국 카메라 앞에서 구토하기도 했다. 다른 사람들은 코 아래에 냄새가 강한 크림을 바르고 옆에서 그저 지켜보는 동안, 테리는 소리를 줄이려고 잡지로 감싼 권총으로 자살한 사람의, 몇 주 동안 방치된 시신을 묵묵히 담았다. 죽고 나서 반려동물이 얼굴을 뜯어먹은 자국이 있는 시신까지 수거한 적도 있었지만 그래도 괜찮았단다. 나는 그가 어떻게 견디는지, 대체 어떻게 이런 일을 하는지 물었지만 빙그레 웃을 뿐이었다. 자기도 모른단다. 나는 그가 질문에 관해 좀 더 생각하도록 시간을 주었다.

"친구 시신의 머리를 잘라야 했던 적이 있습니다. 그때는…" 그가 말을 흐렸다. "지금까지 매일 누군가의 머리나 팔을 자르며 어떻게 이 일을 하게 되었는지 스스로 묻지 않은 날이 없었습니다. 저는 어쩌다 여기까지 오게 된 걸까요?"

그 친구는 메이오에서 함께 일한 동료였다. 그 친구는 계약서의 의미를 잘 알았고 누가 이 일을 진행할지도 알았기에, 테리는 친구의 소망을 들어주었다. "여기에서 일하면서 알고 지낸 사람 중에 기증을 한 사람도 꽤 있습니다. 상황이 달라지지요. 그래도 저는 저 자신을 분리하고 그들의 선물을 존중하겠다는 약속을 지킵니다. 물론 개인적인 감정으로 힘들 때도 있습니다만 그래도 해야지요. 의사나 의료 관련 근무자 들도 마찬가지일 겁니다. 가족이나 친구가 오면 상황이 달라질 거예요. 부담도 더 크고 잘해내고 싶겠지만, 그래도 다른 모든 환자와 똑같이 대해야 합니다. 감정적으로 조금 다른 마음이긴 하겠지요."

하지만 그들도 자신의 마음을 돌봐야 할 때가 있다. 다행히 현재는 미니애폴리스에 있는 근처 대학과 협정해, 죽은 사람이 학생이나 직원과 가까운 사이였을 경우 시신을 바꿀 수 있는 제도가 마련되어 있다.

"친구에게는 다르게 진행한 점이 있나요? 얼굴을 가렸다든지." 내가 물었다. "없습니다. 제 직업이니 감정을 누르고 그들의 소망을 이뤄주기 위해 평소와 마찬가지로 했습니다."

나는 그의 감정이 습득된 습관인지 궁금했다. 장의사라고 해도 잘린 목으로 가득한 냉동실을 보는 일은 거의 없기 때문이다. 나는 방패연골(갑상) 성형술과 코 성형술을 배우는 수업에 사용될 열세 개의 머리가 두 테이블에 진열되어 있던 그의 첫날에 관해 물었다. "도망치지는 않았습니다. 그저 '그것참 이상하군'이라고 생각했을 뿐입니다." 유독 아이들의 시신 앞에서 더욱 마음이 힘들었던 그는 오히려 장례식장이 감정적으로 더 무거웠다고 했다. 메이오 클리닉의 해부학부와 달리 아이들의 시신도 보아야 했기 때문이다. "장례식장에서는 언제나 슬픔을 봐야 합니다. 이곳에도 슬픔이 없지는 않지만, 시신 기증은 가족들에게 낙관주의와 희망을 주기도 하지요. 최악의 상황에서도 긍정적인 면이 보입니다." 그는 잘린 목을 보고도 당황하지 않는 이유를 설명하려고 곰곰이 생각했지만 아무것도 생각이 나지 않는 듯했다 "이유가 전혀 없군요. 저는 정말 편안하답니다! 전혀 괴롭지 않아요. 선한 이유 없이 목을 자른다면 정말 큰 문제겠지요."

예순둘인 테리는 2년 후에 정년퇴직한다고 했지만 왠지 그는 평생 일할 것 같은 사람으로 보였다. 정년퇴직할 때까지 살아 있지 못할 가능성을 몸소 아는 그는 아직 퇴직 후의 계획을 세우지 않았다고 했다. 또한 생명이 떠난 인간은 늑대거북과 달리 턱조차 움직이지 못하지만 인간의 몸은 계속해서 베풀 수 있다는 사실도 안다. 임종 시 기증하는 따뜻한 장기보다 시신 기증은 더욱 많은 방법으로 산 사람을 도울 수 있다. 이 모든 과정은 젊은 의사들을 훈련하기 위함이므로, 해부실에서 얼마나 많은 실수가 예방되고 얼마나 많은 성과를 이루었는지는 숫자로도 헤아리기 힘들다. 결국 냉동실의 시신은 밖에서 걸어 다니는 우리 모두에게 직접 영향을 미친다.

한 달에 한두 번, 의사들은 그에게 특별한 도움을 요청하곤 한다. 시신의 손목으로 연습해 손목 터널 증후군 수술에 성공한 의사, 너무나 복잡하고 치명적인 종양이라 전 세계 의사들이 만지기를 거부한 종양이 있다고 하면서 찾아온 의사도 있다. 목에서 시작해 이발소 간판 기둥처럼 환자의 척추를 감싸고 돌며 흉부 밑에서 멈추는 종양이었다. 여러 분야의 전문가팀이 이 일그러진 종양을 제거하는 과정에 개입되었기 때문에(환자를 앞에서 뒤로, 뒤에서 앞으로 돌려가며 여러 전문가가 차례로 수술해야 했다) 그들은 테리의 해부실에서 연습해야 했다. 일이 끝나고 밤 10시에 도착해 새벽까지 시신들을 가지고 계획한 수술을 모두 연습했다. 그렇게 결국 환자를 살렸다.

안면 이식 수술을 하는 의사도 있었는데, 56시간에 걸친 장시간 수술은 너무나도 성공적이어서 전 세계적으로 화제가 되었던 터라 나도 이 소식을 접했다. 남성 자살률이 급격하게 늘어난 와이오밍주에 사는 서른둘의 앤디 샌드니스는 스물한 살에 권총으로 자살을 기도해 얼굴의 대부분을 완전히 망가뜨렸다. 3년 전부터 적합한 기증자가 나타나기를 기다리며 의사들이 수술을 연습하고 있던 중, 미네소타주에서 권총으로 자살한 캘런 로스라는 남자의 시신이 기증되었다. 둘의 나이, 혈액형, 피부색, 얼굴 구조가 거의 완벽하게 흡사했다. 수술을 준비하기 위해 의사, 간호사, 의료 기사, 마취 전문의 들은 50주 동안 테리의 연구실을 둘로 나눠 비좁은 수술실을 재현해, 사진과 영상을 찍고 얼굴에 있는 모든 신경을 연구하고 신경 봉합을 연습했다. 매번 다른 두 얼굴을 사용해 총 100개의 얼굴로 이식을 연습했다. 기증자의 시신은 수술실에서 여러 부분으로 토막이 나지만 테리는 기증자들의 토막들이 서로 섞이지 않게끔 철저하게 관리하기 때문에 의사들의 연습이 끝나면 테리는 남아서 얼굴을 도로 바꿨다.

하지 않아도 아무도 모를 일이었다. 얼굴 살에는 뼈가 남아 있는 것도 아니기 때문에 화장한 뒤 다른 사람의 유골함에 들어갈 일도 없었다. 하지만 그것이 옳은 일이라고 믿는 그는 그저 묵묵히 한다. 유가족이 잊고 주지 않은 옷가지가 있더라도, 장의사로서 시신이 반드시 속옷과 양말을 비롯해 수의를 갖춰 입도록 책임졌던 과거의 날들처럼 말이다. 물론 하지 않더라도 아무도 모르겠지만 그 자신은 알 것이기 때문이다.

골 절단기로 목을 베야 함에도 테리가 이 일을 계속할 수 있는 원동력은 의술의 발전, 가능성, 이 일의 본질적인 선善이 이곳에서 실현되는 모습을 보기 때문이다. 테리는 시신을 해체하는 보조원에게 냉동실에서 자주 나와 학생들을 만나고, 이 일이 어떤 가능성으로 이어지는지 보도록 조언한다. 과학과 희망이 없다면 이곳은 일하기에는 슬픈 환경이다. 하지만 밖에서는 보이지 않는 차가운 냉동실에서 일할 때도, 환자의 삶을 연장하는 데 이바지하는 자신의 역할을 이야기할 때면 그의 얼굴은 환해지고야 만다.

파티에서 어느 발 전문의가 사람들과의 스몰토크를 포기했는지 내게 다가와서는 자신의 환자들 이야기를 하기 시작했다. 그녀는 주로 방치와 당뇨(또는 두 가지 이유로)로 발이 썩어가는 재향 군인을 치료하는데, 환자들은 병세가 어떻든, 심지어 다리까지 모두 썩어 죽는 한이 있더라도 발을 지키고 싶어 한다고 했다. 어쩔 수 없이 발을 절단하겠다고 동의한 사람들도 유리병에 발을 보존해도 되느냐고 묻는다. 사람들은 자신의 일부를 보내고 싶지 않아 하기 마련이다.

테리가 시신 수거 차량을 오크우드 묘지에 서서히 세우는 동안 나는 환자들이 휠체어에 앉아, 썩은 발이 든 병을 가져가게 해달라고 애원하는 모습을 상상했다. 수술복 대신 주황색 격자무늬가 있는 할리 데이비슨 셔츠에 청바지를 입고 갈색 부츠를 신은 테리는 미네소타 시골의 묘지를 가로지르는 흰색 밴이 아니라 허름한 선술집 앞에서 1800cc 울트라 클래식 오토바이에 기댄 모습이 어울릴 것 같았다. 그는 앞좌석에 누군가를 태운 적은 처음이라고 농담을 던졌다.

그는 창문을 내려 메이오 클리닉으로 온 모든 기증자를 위해 세운 회색 화강암으로 된 추도비 그리고 어떻게 사용될지, 누구의 서툰 메스 솜씨로 해체될지도 모른 채 자신의 몸을 기증한 사람들을 위한 납골당을 가리켰다. 추도비에는 다음과 같은 글이 새겨져 있었다.

타인을 살리는 해부학을 위해
메이오 재단에
자신의 시신을 기증한
모든 사람에게 바침

테리는 정기적으로 이곳에 와서 납골당 안에 습기가 차는지

점검하고 추도비 주위의 잔디를 손질하며 매년 이곳으로 더 많은 유골을 가져온다. 테리는 살아생전에는 만나지 못했지만 화장될 때까지 1년 동안 자신이 돌본 수천 명의 무덤을 보살핀다.

모두가 납골당에 오지는 않는다. 유골을 돌려받길 원하는 가족들은 감사회라고 부르는 연례행사에 참석하는데, 그날이면 이름 없던 시신이 비로소 가족의 품으로 돌아간다. 이름과 기증 번호가 모두 적힌 검은색 플라스틱 유골함은 두 삶을 산 한 몸을 나타낸다. 이 행사는 기증자에게 감사를 전하는 자리이기도 하지만 장례식을 치르지 않은 유족에게는 마음을 정리하는 자리이기도 하다. 올해 감사회는 바로 내일이라며, 테리는 수백 명이 올 것이니 자리를 맡으려면 조금 일찍 오라고 귀띔해주었다.

다음 날, 참석자들은 건물 안 대강당으로 안내되었다. 직접 쓴 시를 단상에서 낭송한 의대생들은 옆 사람이 해부실 시신의 형제인지 자녀인지 아내인지 모른 채 자리로 돌아갔다. 기증자들 덕분에 심장 구조의 복잡함을 배웠음에도 그들이 누구인지는 앞으로도 절대 모르리라는 내용을 읊는 시가 대부분이었다. 정지 신호등에서 핸들을 손가락으로 두드리는 사람이었을까? 병째로 땅콩버터를 퍼먹는 사람이었을까? 청중에는 치아 교정기를 한 나이 지긋한 남자, 볼레로를 입고 카우보이 부츠를 신은 젊은 남성, 입은 정장이 불편해 보이는 농부 들이 보였다. 1960년대에 유행한 파란색 눈 화장을 한 구부정한 여인이 단체 사진에 있는 젊은 정형외과 의사 중 여자가 몇 명인지 언급하며 칭찬을 해댔다. 강당이 북적거렸다.

수백 명의 기증자 이름이 커다란 화면으로 보였고 수련의 두 명이 그 이름들을 하나하나 불렀지만, 인간 신체의 원리를 직접 가르쳐준 그들은 익명으로 묻힐 것이다. 이상하게도 커밋^{Kermit}이라는 이름이 아주 많았다. 어떤 이름이 불리자 정장을 입고 노란 넥타이를 맨, 내 옆에 앉은 말쑥한 신사가 내게 몸을 기울이더니 조용하면서도 자랑스러운 목소리로 말했다. "우리 어머니 성함이 바로 셀마^{Selma}랍니다. 105세까지 사셨어요!" 40년 전에 남편을 잃었으며 세상을 떠나기 전에는 양로원의 체육대회에서 상도 탔다고 했다. 그러고 나서 이 노신사를 낳고 키운, 평생 잘 지켜온 자신의 몸을 기증했다.

행사가 끝날 무렵, 음식이 거의 사라진 뷔페 테이블 주변에 사람들이 모여 테리에게 유골을 받을 수 있는지 조심스레 물었다. 짙은 양복을 입은 테리는 마치 무덤 옆에 선 모습처럼 조용하고 차분하게 유가족들과 이야기했다. 혹시나 하는 마음에 자기 아버지의 몸을 해부한 의대생들이 이상한 것을 발견했는지 물어보는 사람도 있었다. "마지막에 암 덩어리가 얼마나 컸습니까? 유전이라고 생각하십니까?" 접시에 위의 남은 음식이 서서히 굳어갔다. 노란 넥타이를 맨 신사는 어머니의 유골을 받아 갔다. 싱코데마요^{Cinco de Mayo}(스페인어로 5월 5일이라는 뜻으로, 멕시코가 프랑스를 무찌른 전투를 기념하는 날이다 – 옮긴이) 기념일, 미네소타의 햇빛이 비치는 클리닉 외부에는 휠체어에 앉은 노인들이 택시의 자동 경사로가 펼쳐지기를 기다리고 있었다. 무릎에 유골함을 소중히 올려둔 채 말이다.

Chapter 3

불멸의 얼굴

데스마스크 조각가

66

마음만 먹으면 사랑하는 사람의
얼굴을 돌로 만들 수 있어요.
멋지지 않나요?
썩지 않는 모습으로 보관할 수 있으니까요.

99

닉 레이놀즈Nick Reynolds는 악명 높은 영국 대열차 강도 사건을 주
도한 브루스 레이놀즈Bruce Reynolds의 아들로, 어린 시절 멕시코에
서 아버지와 도주 생활을 했다. 지금은 런던에서 우리 집과 멀지
않은 아파트 2층에 사는데, 아파트가 워낙 높은 언덕에 있어 하
늘을 가리는 고층 건물의 방해를 받지 않고 해를 고스란히 마주
할 수 있었다. 좁은 복도는 예술품, 콘서트 투어 배지 목걸이, 청
동 조각상으로 가득했다.

　닉이 이 방 저 방을 분주하게 다니며 이야기하는 동안 나는
부엌 문틀에 몸을 기댔다. 그는 며칠 동안 바쁘게 일만 하고 있으
며, 아침 8시에 콘서트 투어 버스를 타야 하고, 내게 보여주려고
꺼내놓은 고객의 감사 편지를 찾지 못하겠다고 말했다. 접시와
끌과 티백이 온통 굴러다니는 혼잡함 가운데 그는 차를 끓이면
서 창문 옆 벤치 위에 있는 흰색 석고 얼굴을 가리켰다. 빛이 자

취를 감추면 작업하기 힘들기에 일몰 이후에는 손을 대지 않는다. 밖이 어두워지며 부엌의 쏟아지는 전등 빛에 석고상 남자의 이목구비가 사라졌다. 분명 잘생긴 얼굴이었지만 잘 보이지 않으니 기억하기는 힘들겠지. "자살했어요." 닉이 말했다. "비치 헤드(영국 남부에 있는 아름다운 절벽으로 자살을 많이 하는 곳으로도 유명하다-옮긴이)에서 뛰어내렸답니다. 사람들 말에 따르면 달리다 그대로 뛰어내렸다는군요." 석고 얼굴 옆에는 석고로 만든 손과 발도 있었다. 뛰어내리면서 턱이 비뚤어지고 두개골도 움푹 파였기에 닉은 완성한 후에 손을 봐야 한다고 했다. 자살한 시신의 부분들을 왜 간직하려는지 이해하기 어렵지만 고객에게 묻지는 않는다고 했다.

역사를 통틀어 데스마스크Death Mask는 사회의 다양한 영역을 거쳐왔다. 왕의 영역에 있을 때는 죽은 왕족이 자신의 영토를 순회하고 백성이 불멸의 지도자에게 마지막으로 존경을 표하도록 조각상을 만드는 데 사용됐다. 사진술이 발명되기 전에는 예술가들이 초상화를 그리는 데 사용하고는 모두 처분했다. 사람의 얼굴에서 직접 따 온 입체 모형보다 예술가들의 작품이 더 중요하고 적합하다고 생각되었기 때문이다. 또한 데스마스크는 신원이 불명확한 죽은 사람을 나중에라도 확인하고자 하는 희망으로 만들어지기도 했다. 1800년대 초반 센강에서 발견된 젊은 여성은 1960년에 첫 심폐 소생술 훈련 인형인 소생의 안느Resusci Anne가 되어 전 세계에서 가장 입맞춤을 많이 받는 얼굴이 되었다. 안느 마스크의 복제본을 보유했던 작가 알베르 카뮈는 안느를 익사한 모나리자라고 불렀다. 초현실주의 예술가들은 말 없고 움직이지 않는 그녀를 뮤즈로 생각하기도 했다. 어쩌면 당신도 안느를 만나봤을 수도 있다. 그랬기에 생명을 살렸을지도 모른다.

그날 닉을 만나기 전 에른스트 벤카르트Ernst Benkard의 책《죽지 않는 얼굴Undying Faces》을 들춰보았다. 1929년에 영어로 출판된 이 책은 14세기부터 20세기에 걸쳐 만들어진 데스마스크 모음집이다. 프리드리히 니체, 레프 톨스토이, 빅토르 위고, 말러, 베토벤, 당대 최고의 대부, 정치인 할 것 없이 많은 사람들이 마지막 숨을 내뱉고 나서 몇 시간, 며칠 또는 몇 주 후에 석고로 보존한 모습이 실려 있다. 하지만 오늘날 데스마스크를 제작하는 이유는 무엇일까? 죽은 모습을 보존하고 싶다면 사진을 찍는 편이 낫지 않을까? 시신을 보는 것조차 거부하는 사람도 많은데 왜 굳이 죽은 사람의 얼굴 모형을 만들까? 메이오 클리닉에 다녀오고 나서 몇 달이 지났는데도 테리가 카데바의 얼굴을 되돌려놓는 모습이 자꾸 머릿속에 맴돌았다. 대체 얼굴에 무엇이 있길래?

나는 바로 이 질문을 하러 닉에게 왔다. 그는 지난 20년간 죽은 사람의 얼굴을 본떠 조각을 제작하고 있는, 영국에서 이 일을 하는 유일한 사람(상업적으로는 그렇다)이기도 하다. 나는 집 근처의 하이게이트 묘지에서 닉의 작품을 보았다. '평범한 성공보다 화려한 실패가 낫다'라는 비문 위에는 맬컴 맥라렌Malcolm McLaren의 얼굴 조각이 있다. 묘지 입구에서 멀지 않은 곳에 닉의 아버지인 브루스의 얼굴도 있다. 담장에 얼굴을 내밀면 그의 얼굴이 어렴풋이 보일 것이다.

우리는 거실의 검은 가죽 소파로 자리를 옮겼다. 평생 예술가들과 어울리며 수집한 책, 조각, 그림이 가득했다. 탁자 위에는 조니 캐시(미국의 컨트리 가수 - 옮긴이)에 관한 책이 놓여 있고 벽 앞에는 앞면이 유리로 된 수납장이 있었다. 브루스의 얼굴(그의 무덤에 있는 데스마스크와 달리 이 작품은 살아 있을 때 제작된 것이다)을 본뜬 상이 우리를 내려다봤고 그 옆에는 대열차 강도 사건 용의자 중 한 명이자 36년간 영국 경찰을 피해 도주하며 반항의 상징이 된 로니 빅스Ronnie Biggs의 마스크도 있었다. 빅스는 옷가게의 마네킹처럼 검은색 선글라스와 검은 모자를 쓰곤 했다. 닉은 빅스의 유명한 데스마스크 복제본도 가지고 있지만 이 거실에 있는 대부분은 사람들이 살아 있을 때 제작한 마스크였다. 그렇다고 해도 얼굴 조각으로 가득한 거실에 있으니 으스스한 기분이 들었다. 그들이 나를 보고 있는 듯한 기분이 든다고나 할까. "여기에 데스마스크는 없어요." 그가 조각들을 가리키며 말했다. "으스스하지만 그저 얼굴일 뿐이에요."

닉은 시가를 말고 산 미겔 맥주 캔을 허벅지 위에 얹으며 뒤로 편히 앉았다. 단추를 몇 개 풀어 헤친 분홍색 셔츠를 입고 주황색 색안경을 낀, 쉰일곱의 그는 주로 하모니카 연주로 생계를 유지한다고 말하며 기침을 했다(그는 앨라배마 3이라는 밴드 소속으로 드라마 〈소프라노스The Sopranos〉의 오프닝 곡을 연주했다). 그리고 담배 종이 가장자리를 핥으며 자기처럼 담배를 많이 피우는 것은 황금 알을 낳는 거위를 죽이는 짓이라고 덧붙였다. "내가 어리석은 겁니다. 폐가 안 좋으면 연주를 못 하니까요." 그의 걸걸한 중

저음은 시끄러운 술집에서 자욱한 담배 연기를 뚫을 만한 목소리였다. 머지않아 거실에는 담배 연기가 구름처럼 떠돌았고 그는 내가 숨을 쉴 수 있도록 창문을 열었다.

"옛날에는 데스마스크가 중요했습니다. 죽은 사람의 무언가를 어떻게든 붙들 수 있다고 생각했기 때문이지요." 그가 창문 밖으로 연기를 뿜으며 말했다. "그들은 애니미즘을 믿었습니다. 그리스인과 로마인은 정신을 집중하여 기도하고 주문을 외우면, 사람의 영혼을 불러와 조각상이 소생할 수 있다고 생각했고요. 조각상에 신이나 죽은 자가 머문다고 봤던 것이지요. 제가 보기에는 빅토리아 시대의 사람들도 이런 것을 믿은 듯합니다. 사람과 똑같이 생긴 조각에 영혼이 담겨 있다고 봤으니까요. 당신에게 있는 벤카르트의 책에 자세히 적혀 있답니다. 조각상을 만드는 과정에서 죽음의 비밀이 조각에 슬그머니 들어와 초자연적인 느낌이 든다고 말입니다."

책으로만 접하다 실제로 데스마크스를 보니 정말 마술적인 기분이 들었다. 죽음과 가까이 있지 않으면서도 죽음에 근접한 느낌이었고 터치스크린 부검대의 사진보다 죽은 사람과 훨씬 더 가까워진 기분이었다. 삶과 죽음 사이를 물리적으로 보여주는 불멸의 형태였다. 화가의 붓이 중재하지 않고도, 400년 전에 죽은 사람의 눈가 주름을 생생히 볼 수 있지 않은가. 닉은 사후 세계를 믿는 사람이든 아니든, 데스마스크가 죽은 사람과 이야기할 수 있는 매개체가 되어준다고 하며 자신은 아버지인 브루스와 이야기한다고 했다. 데스마스크를 서랍에 두고 절대 열어보지 않는 고객도 있고 잘 때 베개 옆에 두고 자는 고객도 있단다.

그가 선반에서 작품 몇 점을 꺼냈다. 검은색으로 만든 피터 오툴Peter O'Toole의 커다란 손이 앞에 놓였다. 영화 사진에서 담배를 들고 있거나, 소호의 술집에서 나오며 친구들의 어깨에 걸친 모습을 찍은 파파라치의 사진에서만 보던 손이었다. 그 위에 내 손을 포개니 꼬마가 된 느낌이었다. 그는 2013년에 세상을 떠났고, 운명의 장난인지 오툴의 시신은 로니 빅스의 시신과 같은 날 장례식장에 안치되었다. 닉은 오툴의 딸인 케이트에게 전화를 걸었다. 밴드 공연을 다니며 알게 된 사이였기에, 그는 두 시신 사이에 서 있는 케이트에게 아버지의 데스마스크를 제작할 의향이 있느냐고 물었다. (몇 년 후 BBC 방송사의 인터뷰에서 케이트 오툴은 자신의 아버지가 영안실에서 로니 빅스 바로 옆에 있게 되었다니 '아버지답다'라고 하며 웃음을 터뜨렸다.)

최근 몇 년간 닉은 데스마스크의 인기가 높아졌다고 생각했단다. 가수 맬컴 맥라렌, 예술가이자 작가인 서배스천 호슬리Sebastian Horsley, 배우 피터 오툴을 비롯해 유명한 사람의 얼굴을 제작할 때마다 신문 기사에서 다루기도 하고 갑자기 관심을 보이는 사람이 있기도 했다. 그는 여러 지역에 수습생들을 고용해 얼굴 모형을 본뜨게 하고 그가 런던에서 마무리 작업을 할 계획도 세웠지만 데스마스크는 결국 큰 인기를 얻지 못했다. 그는 한 해에 시신 네다섯 구의 얼굴을 조각하며, 영안실에서 본을 뜬 석고 모형을 여행 가방에 넣어 집으로 가지고 온다. 그를 고용하는 사람들은 다소 독특한 소수에 속하는데, 유명하고 부유한 가문은 집안 전통으로 마스크를 제작하기도 한다. 이를테면 영국의 보수 정치인인 제이컵 리스-모그Jacob Rees-Mogg는 미래의 후손들을 위해 아버지의 얼굴을 입체적으로 보존하기 위해 데스마스크를 의뢰하며, 손에 쥘 수 있고 영구적인 점이 마음에 든다고 했다. 남편을 잃은 여성들이 의뢰할 때가 가장 많지만, 유명하거나 부유하지 않아도 2,500파운드(2022년 기준 한화로 거의 400만 원에 달한다-옮긴이)라는 비용을 내면서까지 의뢰하는 고객도 꽤 있다. 어제는 5주 된 조산아의 차가운 발을 본떠 조각으로 만들었고 2주 전에는 암으로 죽은 열네 살 학생의 얼굴을 조각으로 만들었다. 작년에는 보도에서 발을 잘못 디뎌 세상을 떠난 건장한 스물여섯 살 청년의 마스크를 만들기도 했다.

"죽음의 비밀이 조각상으로 들어온다고 믿든 말든, 다른 사람의 데스마스크를 제작하는 건 굉장히 특별한 일입니다." 그가 열린 창문에 기대며 말했다. "지문처럼 각자 독특한 얼굴을 지닌다는 사실, 그리고 간직할 만한 무언가를 얻을 마지막 기회라는 사실이 특별하지요. 썩거나 재로 변하지 않을, 죽은 사람의 일부분을 간직하겠다는 생각으로 의뢰하는 사람이 많다고 봅니다. 갑자기 사랑하는 사람이 세상을 떠났다는 사실을 깨닫고 일부라도 붙잡으려는 마음이겠지요. 이성적인 결정인지 마지막 작별이라 여기고 한 결정인지 저는 잘 모르겠습니다. 개인적으로는 데스마스크가 아주 도움이 된다고 봅니다. 마음만 먹으면 사랑하는 사람의 얼굴을 돌로 만들 수 있어요. 멋지지 않나요? 썩지 않는 모습으로 보관할 수 있으니까요."

닉은 죽은 사람의 모습이 굉장하다고 했다. 모든 긴장, 수년 간 안고 살아온 걱정과 고통이 한순간에 사라지며 주름도 없어 진단다. 오로지 평온함만 감돌 뿐이다. 여기저기 달랐던 얼굴색 도 고르게 된다. "이상적으로는 시신이 따뜻할 때 본을 뜨는 것 이 가장 좋습니다." 말하는 동시에 담배 연기가 작은 구름처럼 입 에서 뿜어져 나왔다. "몇 주가 지나고 의뢰를 받으면 시신은 이미 달라져 있습니다. 뭐랄까… 납작해 보인다고 할까요."

빅토리아 시대에 살던 사람들은 데스마스크를 서둘러 만들 수록 사람의 본질을 더 많이 붙들 수 있다고 믿었다. 그래서 사 망진단서에 서명할 의사를 부르기 전에 데스마스크 제작자를 먼 저 부르기도 했다. 하지만 닉이 도착할 때는 시간이 지나서 피부 와 연골이 줄어든 상태일 때가 많다. 그러면 입술은 쪼그라들었 고 눈두덩도 내려앉았으며 코도 비뚤어지기 시작한다. 부검 자국 이 있을 수도 있고 물에 너무 오래 있었던 사람처럼 피부에 주름 이 잡힐 수도 있다. 오래 진행된 재판 때문에 냉동실에 있으며 고 드름이 생겼을 수도 있다. 하지만 닉은 장례식장의 안치 냉장고 에서 5주나 보관된 사람의 조각은 가족에게 전해줘도 큰 의미가 없다고 생각했다. 삶의 흔적이 아니라 죽은 사람을 재빨리 처리 하지 못한 결과가 조각에 그대로 드러나기 때문이다. 그래서 그 는 손으로 피부를 아주 살살 꼬집고 밀어 넣고 부드럽게 펴는 작 업을 시작한다. 죽은 얼굴의 피부를 마사지해 최대한 원래대로 돌려놓고, 작업 중에는 세부적인 것에 강박적으로 집중하며 볼살이 귀로, 턱살이 목으로 처지는 중력의 결과를 되돌려놓는다. "한마디로 죽은 직후의 모습으로 되돌려놓으려고 합니다. 제가 아무것도 손대지 않은 것처럼 말이지요."

조각이 눈을 뜨고 있게 해달라고 요청하는 고객도 있고, 무엇을 원하는지 결정하지 못하는 고객도 있지만 대부분은 자는 모습으로 만든다. 제1대 웰링턴 공작의 데스마스크와 마찬가지로 과거에는 죽은 모습 그대로 보존했다. 그는 치아가 없었기 때문에 그의 입술은 보이지 않게 안으로 잡아당긴 듯한 모습이다. 그가 세상을 떠난 1852년에는 현대의 방부처리사나 닉이 완벽하게 다듬은 모습이 아닌, 죽음 그대로를 보여주었기 때문이다.

"처음에는 일단 머리를 정리합니다." 너무나 숙련되어서 자연스럽게 하는 일이기에 그는 과정을 말하면서도 중간중간에 빠트린 부분을 다시 말해야 했다. 다음으로는 얼굴에 니베아 로션을 펴 바르고, 액체로 된 알지네이트 alginate 가 목과 옷으로 흐르지 않도록 시신을 고정한다. 운이 좋아 시신이 영안실에서 환자복을 입고 트레이 위에 누워 있으면 어차피 갈아입힐 것이므로 신경 쓸 필요가 없다. 하지만 대체로 이미 수의를 입고 관 안에 누워 있으므로, 관의 천을 더럽히지 않도록 검은색 쓰레기봉투를 단단히 집어넣어 고정하는 데만 한 시간이 걸린다. 치과 의사가 치아 모형을 만들기 위해 본을 뜰 때 사용하는 파란색 알지네이트를 얼굴에 붓고 2분 30초가 지나면 부드럽고 말랑말랑해서 뭉개질 수 있는 블랑망제(희고 부드러운 푸딩의 종류 – 옮긴이) 정도의 점도로 굳어진다. 그러면 팔이 부러졌을 때 착용하는 깁스처럼, 석고 붕대로 가장자리를 감싸 단단하게 만들고 20분 뒤에 떼어 낸다. "열 번 중에 아홉 번은 머리도 함께 따라 올라오므로 머리 가 떨어지도록 흔들어야 합니다." 한번은 유가족들이 비싼 돈을 들여 밀랍 전문가를 고용해 얼굴을 복원해놓은 시신으로 작업한 적이 있는데, 석고를 떼어내자 밀랍이 알지네이트에 붙어 떨어져 나왔다. 밀랍 전문가를 다시 부르기도 너무 늦어 당황한 장의사 는 닉에게 밀랍으로 복원해본 경험이 있느냐고 물었다. 그런 경 험은 없었지만 조각가로서 밀랍을 사용해본 적이 있었으므로 일 단 해보기로 하고 급한 대로 영안실에서 코, 입술, 귀를 다시 만 들었다. "몸이 벌벌 떨렸습니다. 다행히 무사히 넘어가긴 했지만 잘하지는 못했습니다."

작업이 끝나면 그는 석고를 가방에 넣고 주변을 정리한 뒤 죽은 사람의 머리에 붙은 알지네이트 티끌을 떼어낸다. 어차피 시신은 가족들과 작별 인사를 했으니 처음 모습처럼 시신을 돌 려놓지 않아도 된다고 하는 장례식장도 있다. 하지만 메이오 클 리닉에서 테리가 시신의 얼굴을 되돌려놓듯, 닉 자신은 알 것이 므로 남아서 시신을 원상태로 복구한 다음, 고무가 줄어들기 전 에 서둘러 집에 와 거푸집을 채운다.

재구성 작업이 간단할 때는 반죽을 붓고 굳힌 후 다듬을 부 분을 끌로 정리한다. 더 정교한 작업이 필요할 때는 형태가 잘 변 하는 밀랍으로 거푸집을 채운다. 비뚤어진 코만 똑바로 세우는 것으로 끝나는 작업이라면 밀랍이 식기 전에 코를 살짝 세워주면 된다. 그러면 거푸집을 폴리우레탄 수지와 금속 분말로 채우기 전, 석고나 밀랍 얼굴이 여러 겹의 실리콘 고무 안에서 단단해진다. 무거운 금속이 거푸집 표면 아래로 가라앉으면서 담배 종이 세 겹 두께의 바깥층을 형성한다. 그렇게 여러 단계를 거쳐 영원히 부식하지 않는 동상이 된다.

닉이 데스마스크를 만드는 과정은 유튜브의 오래된 3분짜리 영상에서 볼 수 있다. 제작 과정이 위의 설명처럼 간단하지는 않았고 제작 상황도 그리 평탄하지만은 않았다. 그는 2007년 치사 주사로 사형된 32세 존 조 애머도어John Joe Amador의 데스마스크를 제작하러 갔다. 애머도어는 택시 기사를 살인한 죄로 사형을 선고받고 13년째 복역 중이었다. "저는 존이 결백하다고 확신했습니다." 둘을 서로 아는 친구에게 애머도어의 이야기를 들은 닉이 말했다. "12년 동안이나 재판에 모두 졌다는 사실에 화가 치밀어 올랐습니다. 게다가 증거라고 제시된 것들이 모두 가당찮았어요." 그는 친구와 함께 사형 집행장에 가서 사형의 부당함과 공포를 대중에게 알리는 방법의 하나로 데스마스크를 제작했다. 그는 애머도어의 팔도 제작했고, 후에 팔의 정맥을 찌르는 모양을 한 피하 주사기도 조각에 추가했다.

사형 집행이 끝나고 애머도어의 가족과 닉은 교도소의 영안실(교도소 측은 그곳에서 시신 얼굴을 석고로 본뜨는 작업을 허가하지 않으며, 닉에게 정신이 나갔느냐고 되물었다)에서 시신을 꺼내, 렌터카의 뒷좌석 의자를 모두 접어 싣고는 숲에 있는 오두막으로 운전했다. 교도관에게는 다른 장례식장에 가서 얼굴 본을 뜬 다음 시신을 돌려주겠다고 둘러댔다. "한마디로 우리는 그의 시신을 납치해, 영화 〈13일의 금요일〉처럼 작은 오두막으로 데려갔습니다. 잔뜩 겁을 먹어서 FBI에게 체포당할 수도 있겠다는 생각이 들었지요. 차 두 대로 그곳에 도착하는 데 10시간이 걸렸습니다. 가다가 경찰에게 차를 세우라는 지시를 받은 적도 있어요. 시신을 싣지 않은 차가 걸렸으니 망정이지 곤란할 뻔했습니다."

가는 길에 닉은 애머도어의 아내가 마지막으로 손을 잡을 수 있도록 시신 가방을 열었다. 12년의 투옥 동안 처음으로 가족과 친구의 손길을 느낀 셈이다. 그의 시신은 여전히 따뜻했다.

텍사스 날씨는 더웠고 오두막 안은 더 더웠다. 얼마 남지 않은 알지네이트가 굳을까 봐 걱정스러웠던(미지근한 물을 사용하면 섞는 와중에도 굳을 수 있다) 닉은 아주 차가운 물을 사용해 서둘러 얼굴과 팔을 동시에 작업했다. 30분 뒤 그가 거푸집을 떼어내자 차가운 알지네이트 때문에 소름이 돋은 듯, 시신의 피부 겉면이 오돌토돌해졌다.

닉은 거실에서 걸어 나가더니 적갈색으로 칠한 존 조 애머도어의 얼굴 조각상을 들고 왔다. 조각의 뒤에는 그를 죽인 텍사스주의 상징인 아르마딜로의 조각도 함께 있었다. "그가 따뜻했기 때문에 더욱더 살아 있는 사람이라고 느꼈던 것 같습니다." 닉이 내게 얼굴을 건네주며 소파에 풀썩 앉았다. "죽은 지 2주 정도 지나면 그 사람이 그곳에 있다고 느껴지지 않거든요. 시신이 따뜻할 때는 그들의 영혼이 아직 머무는 느낌을 받습니다. 영혼이란 게 있다면 말이지요." 손가락으로 애머도어의 턱을 만져보니 돈은 소름이 느껴졌다. 몸이 잘려 나간 도마뱀이 여전히 몸을 비틀 듯, 목이 잘려 나간 거북이가 턱을 움직이듯, 생명으로서 마지막 반응이었다.

"사형 집행 전에 애머도어와 이야기했습니다. 그가 아주 기뻐하더군요." 닉이 그의 말을 옮겼다. "제 데스마스크를 해주신다고 들었습니다. 정말 영광입니다. 보통 왕이나 그런 사람들이 하지 않습니까. 제가 형편없는 인간이라고 줄곧 생각했었는데, 이제 저도 특별한 사람이 되겠군요."

⧓

경찰이 브루스 레이놀즈를 체포하려고 현관문을 박차고 들어왔을 때 닉은 겨우 여섯 살이었다. 브루스는 24년간 교도소로, 닉은 기숙학교로 보내졌다. 비참한 시간을 보내던 나날이었지만 워릭성으로 떠난 수학여행만큼은 기억한다. 미술을 가장 좋아한 그는 영국의 정치인인 올리버 크롬웰Oliver Cromwell의 초상화가 가득 걸린 어느 방에 서서 그림이 모두 다르다는 사실에 어리둥절했단다. 그는 당시 예술가들이 그림을 못 그렸는지, 아니면 결점을 모두 그려달라는 부탁에도 예술가들이 크롬웰의 허영심을 채워주기 위해 아부했는지 궁금했다. 이런 질문이 머릿속을 오가는 중, 그는 벽에 걸린 크롬웰의 데스마스크를 보았다. 그제야 크롬웰의 진정한 모습이 보였다.

몇십 년이 지나 1995년, 그는 부모님 댁에서 조각에 관한 책을 훑어보고 있었다. 로니 크레이Ronnie Kray(영국의 범죄자-옮긴이)의 장례식을 시청하는 아버지 옆에서 닉은 거푸집을 만들고, 사람의 얼굴을 석고로 본뜨는 자세한 방법을 소개하는 부분을 읽었다. 깜빡거리는 텔레비전 화면에서는 배경 음악처럼 뉴스가 흘러나왔다. 닉에게 크레이는 어린 시절 아버지 면회 때 만나곤 한, 아버지 옆 감방에 있는 사람일 뿐이었지만 뉴스는 범죄자의 상징이었던 크레이에게 정성스러운 작별 인사를 고했다. "그렇게나 많은 사람이 그의 장례식에 참석했다는 사실에 저는 정말 어리둥절했습니다. 미디어가 범죄자들을 아이콘으로 만들 수 있다는 사실이 정말 흥미롭기도 하고요." 닉이 말했다. 그의 아버지는 원래 체딩턴 우편 수송차 급습 사건으로 알려진 인물이었으나 언론이 대열차 강도 사건이라는 그럴싸한 이름을 붙여 더 크게 부풀렸다. 그들은 강도들을 영웅으로 만들었다. "이런 것들이 제 마음에서 오래 맴돌았습니다. 그래서 생각했지요. '미디어에서 맹비난을 받은 악당들이 결국 유명 인사가 되는 역설을 전시하면 어떨까?'" 아버지를 부끄러워하지도 그렇다고 자랑스러워하지도 않는 닉은 아버지에게 살아 있는 가장 악명 높은 범죄자 열 명의 이름을 써달라고 말했다. 그들의 얼굴을 조각으로 제작해서 '범죄자에서 아이콘으로Cons to Icons'라는 이름의 전시회를 열 계획이었다.

데스마스크는 역사적으로 왕족들과 주로 연관되어 있지만, 매우 다른 이유로 범죄자와도 관계가 깊다. 19세기 범죄자의 머리 전체 모형을 본뜨는 것은 한때 골상학이라는 학문 일부이기도 했다. 골상학은 두개골의 모양을 살펴봄으로써 사람의 심리, 더 나아가 범죄와 폭력을 저지르는 생물학적 성향을 연구하는 학문으로, 이미 잘못되었음이 밝혀졌다. 스코틀랜드 야드에 있는 블랙 박물관Black Museum (원래 경찰 훈련을 돕기 위해 범죄에 관련된 수집품을 보관하는 곳으로 현재 일반에는 공개되지 않는다)은 아내를 살해한 대니얼 굿, 보석상 주인을 몽둥이로 때려 죽인 로버트 말리를 비롯해 뉴게이트 교도소 밖에서 처형된 범죄자들의 데스마스크를 전시하고 있다. 유니버시티 칼리지 런던에 전시된, 옷을 입힌 제러미 벤담의 뼈대가 있는 지점에서 복도만 지나면 어느 골상학자의 수집품 중 오갈 곳 없는 37점의 데스마스크가 보관되어 있다. 어떤 마스크는 사형 집행인이 잘못 찍어 내린 도끼 상처가 그대로 보이고 올가미 자국이 보이는 것도 있다.

하지만 닉은 전시회를 위해서 죽은 죄수의 마스크가 아닌 살아 있는 범죄자의 마스크를 만들 작정이었다. 그는 첫 번째 실험 대상이었던 아버지에게 실수로 산acid 화상을 남기고 말았다. 완성된 작품에 금 기차를 삼키는 모습을 표현하려고 아버지인 브루스가 레몬을 입에 물고 있었기 때문이다("아버지는 당신을 거대한 고래 모비 딕을 삼키다 목에 걸린 에이해브 선장이라고 미화하곤 했지요"). 다음으로 그는 로니 빅스의 얼굴 본을 뜨기 위해 브라질로 갔다. 이후 닉은 폭력적인 암흑가의 범죄자이자 피해자를 땅에 가둬 도금한 펜치로 이를 뽑아버리기로 유명해 치과 의사라는 별명이 붙은 '미치광이' 프랭키 프레이저Frankie Fraser의 마스크를 제작하다 그를 거의 질식시킬 뻔했다. 프레이저는 코가 하도 많이 부러져서 빨대로 숨쉬기가 힘들었기 때문이다. "저는 그의 손가락 관절이 하얘지면서 몸이 떨리는 걸 보고는 그에게 괜찮은지 물었습니다. 물론 그는 머리를 온통 감싸고 있는 석고 때문에 듣지도 못했지요. 순간 당황해서 석고를 다 뜯어버리니 그가 헉헉거리고 있더군요. 포기하고 제게 손짓을 하는 대신 숨을 참았던 겁니다! 이런 행동이 이 사람의 방식이라는 생각이 들었지요." 닉은 완성된 미치광이 프랭키의 조각상에 구속복(행동을 진정시키기 위해 정신이상 환자나 난폭한 죄수에게 입히는 옷 - 옮긴이)을 입혔다. 더 관대한 처벌을 받기 위해 거짓말했다고 밝혔지만 프랭키는 공식적으로 정신 질환자임을 진단받은 재소자였다.

닉이 받은 목록의 가장 위에는 아버지의 스승이자 《가디언 Guardian》에서 '세기의 절도범'이라고 명명한 조지 '테이터스' 채텀 George 'Taters' Chatham (테이터는 정범이라는 뜻을 포함한다 - 옮긴이)이 있었다. 하지만 채텀을 수소문하기는 힘들었고, 그가 죽고 나서 며칠 후에야 소식을 전해 들었다. 닉은 채텀의 여동생에게 연락해 얼굴 본을 떠도 되는지 허락을 구했다. 산 사람의 마스크와 거의 비슷하겠지만 빨대도 필요 없고 코가 약해도 상관없을 것이기 때문이었다.

채텀의 여동생은 이상한 부탁이라고 생각했지만 그날 오후 장례식장에서 채텀을 보고 결정하겠다고 했고, 그날 저녁 닉은 그녀의 전화를 받았다. 채텀이 미소를 짓고 있는 모습을 봐서 신과 분명 화해한 것으로 보이며 기꺼이 동상을 만들어도 좋다는 이야기가 수화기에서 흘러나왔다.

"처음으로 영안실에 가본 날이었습니다. 채텀을 처음 만나는 날이기도 했지요. 제가 만든 첫 데스마스크였습니다. 정말 미소 짓고 있더군요. 하지만 단순히 턱살 때문에 그런 모습인 것 같다고는 여동생분에게 말하지 않았습니다."

❖

기숙학교를 졸업하고 닉은 해군에 입대했다. 해군에 입대하길 소망했지만 시력 검사에서 낙방한 아버지의 원이기도 했고, 도망 다니며 자랐기 때문에 옮겨 다니는 직업이 낯설지 않았기 때문이기도 했다. 그는 포클랜드제도에서 HMS 허미즈(그리스 신화에서 도둑을 주관하는 신인 헤르메스)라는 모함의 전자 병기 기술자이자 잠수부로 4년간 복무하다 육지의 주둔지로 배치되었다. 비행기 조종사들이 일정 시간 비행해야 하듯 잠수부는 일정 시간 동안 수중에 있어야 하므로 잠수를 못 하면 잠수 임금을 받지 못했다. 그래서 그는 템스강 와핑 지역 경찰 소속 잠수부에서 시간을 채워야 했다. 포클랜드에서 사람의 몸이 잘리고 피 흘리는 전쟁의 참상을 봤음에도 닉은 경찰 잠수부들이 매일 도시 강바닥에서 맞닥뜨리는 장면이 더 참혹하다고 했다.

"아침 9시부터 술에 취해 정신 나간 듯한 경찰들이 정말 많았습니다. 머지않아 그들이 왜 그런지 이해하게 됐고요. 정말 엿 같은 장면을 자주 봅니다. 강 밑에 총이나 자동차가 있을 때도 있지만 대부분은 시신이에요. 처음 잠수하러 갔을 때 호수에 들어가서 자동차 안에 운전자가 있는지 확인하는 작업에 참여했습니다. 창문 안을 안 보려고 했지만 볼 수밖에 없었어요. 운전자 시신 상태가 영 좋아 보이지 않더군요."

죽은 사람을 가까이하고 죽음의 실체를 보는 일을 하고 나서, 죽음을 다르게 보게 되었는지 물었다. 부엌의 벤치 위에 놓인 죽은 자들의 얼굴이 그를 괴롭히는지도.

"제 머리가 수용할 수 있는 한계가 있습니다." 담배 연기로 천장이 뿌얘졌다. "저는 힘든 어린 시절을 보냈습니다. 특히 기숙학교에 다닐 때 그랬지요. 그래서 어떤 일을 머릿속에서 분리하고 차단하는 걸 잘합니다. 제가 살아온 삶의 본질이 그렇기도 하고요. 누구나 할 수 있지만 아마 그렇게 행동해야 하는 상황에 부닥쳤기 때문에 더 잘하게 된 것이겠지요. 저는 어떤 생각이 접근하지 못하도록, 필요할 때는 문을 닫아버릴 수 있습니다. 대체로는 다른 일에 열중하는 방식으로요. 늘 할 일이 많아서 생각을 차단하는 건 별로 어렵지 않아요. 아니면 그게 문제일 수도 있고요. 한번은 아들이 그러더군요. 제가 현실에 대해 생각할 시간이 없을 만큼 할 일을 너무 많이 만들면서 현실에서 도망치고 있다고요."

"생각할 시간이 있었다면 상황이 나빠졌을까요?" 나는 셜리 잭슨Shirley Jackson의 소설《힐 하우스의 유령The Haunting of Hill House》의 도입부에 나오는 문장을 떠올렸다. "완전한 현실 아래에서 제정신으로 오래 살아남을 수 있는 생물체는 없다." 나는 어느 정도의 현실을 얼마나 오래 겪어야 사람이 무너지는지 궁금했다.

"도움이 될 것 같지는 않습니다. 죽음을 늘 마음에 품으면 우울해질 겁니다. 특히 자살한 사람이 왜 그런 행동을 했을지 줄곧 생각하면요. 죽은 사람만을 곱씹기에는 사는 동안 할 일이 너무 많지 않습니까? 늘 죽음에 휩싸여 있으면 좋을 게 없어요. 우울 증에 걸릴 겁니다."

나는 그에게 죽음을 곱씹고 싶지 않다면서 왜 도망친 현실을 직면해야 하는 예술의 형태를 선택했는지 물었다. 그의 삶 다른 부분은 그토록 시끌벅적한데 왜 며칠, 몇 달 동안 말 없는 무언가와 작업하는지 말이다.

"제가 하는 다른 일들은 대체로 아주 하찮기도 하고 순전히 자기중심적입니다." 그가 말했다. "어제 어린 여자아이의 발을 본뜨며 가슴이 미어지긴 했지만, 적어도 내 삶이 롤러코스터를 타듯 재미만 추구하는 것은 아니라는 느낌을 받았지요." 경매장에서 그림을 파는 일보다 더 의미 있는 일을 찾아 헤맨 포피가 떠올랐다. "저는 아주 중요한 일을 합니다. 제가 하는 다른 예술은 모두 자아도취예요. 밴드 활동도 전적으로 그렇지요. 하지만 이 일은 정말 가치 있는 일입니다. 그렇지 않으면 하지 않았겠지요. 소명이라고 할까요. 이 일을 하는 사람은 거의 없습니다. 하는 사람이 많았다면 '내가 아니라도 될 테지'라고 생각했을 거예요. 제가 하는 모든 일은 하고 싶어서 합니다. 하지만 꼭 하고 싶지 않아도 의무를 느끼는 일이 있어서 좋습니다."

살아 있는 사람의 마스크에는 영적인 힘이 없다고 믿지만 닉은 선택할 수 있다면 산 사람의 마스크를 만들고 싶다고 했다. 죽은 모습이 덜 드러나도록, 덜 내려앉아 보이도록 처리하는 작업을 하지 않고 싶단다. 하지만 사람들은 죽음이 현실이 되어서야 데스마스크를 고려한다. 생명이 떠나고야 삶의 본질을 조금이나마 보존하고 싶다는 생각을 하기 때문이다. 죽음과 뗄 수 없는 데스마스크에는 늘 슬픔의 요소가 있을 수밖에 없다.

닉은 한때 세상의 수배를 받던 아버지의, 살아생전에 만든 마스크를 올려다보며 하이게이트 묘지에 묻힌 아버지 묘비 위의 데스마스크와 바꿀 생각도 한단다. 그늘이 지는 그의 얼굴에, 오목하게 들어간 눈과 자꾸 아래로 향하는 이목구비에 슬픔이 서렸다. 아버지가 세상을 떠난 지 5년이 지났지만 아직도 말을 꺼내기가 고통스럽다고 했다. 그는 나와 있는 내내 담배를 말거나 다른 질문이 있는지 물으며 아버지의 죽음에 관해 이야기하기를 피했다. 하지만 내가 집을 나서기 직전, 아버지의 시신을 의자에 앉혀 작업한 게 마음에 걸린다고 하며 입을 열었다. 평소의 작업 방식이 아닌데 그날은 왜 그렇게 했는지도 모르겠고, 아버지가 돌아가신 순간부터 그 후 몇 달간은 무엇을 했는지 기억이 별로 없다고 한다. 마음속 어느 방에 넣고 잠근 듯, 그는 기억하기 힘들어했다. 하지만 그가 마스크를 바꾸고자 한다면, 아버지가 살아 있을 때 제작한 마스크는, 1963년 밤 아버지가 철도에 귀를 대고 기차가 오는 소리를 들으며 워키토키에 소리친 '이제 시작이야!'가 새겨진 왼쪽 묘비와 체포되었을 때 말한 '이게 인생이다 C'EST LA VIE'가 새겨진 오른쪽 묘비 사이에 있는 데스마스크 자리에 꼭 맞게 들어갈 것이다.

엄청난 강풍에 크리스마스로즈 꽃이 보도로 고꾸라지며 내 머리 위의 나무까지 스산하게 흔들리던 어느 겨울날, 나는 하이게이트 묘지를 다시 찾았다. 묘비 앞에는 돌 몇 개 위에 편평하게 나무를 놓은, 작은 앉을 자리가 만들어져 있었다. 다른 무덤에 가려 큰길에서는 잘 보이지 않는 그곳에 앉아 닉과 똑 닮은 그의 아버지 얼굴을 마주했다. 떨어지는 빗물이 구릿빛 얼굴 위에 새겨진 주름을 타고 내렸다.

Chapter 4

천국과 지옥 사이

대참사 희생자 신원 확인자

> **사람들은
> 자신의 정체성을 찾을
> 권리가 있습니다.
> 죽은 이후라 할지라도요.**

케니언^{Kenyon} 사무실은 회전교차로와 주차장밖에 없는 런던 변두리 음침한 산업 지구의 평범한 벽돌 건물에 있다. 이 주변에는 삶이 번드르르해 보이도록 만드는 데 필수품인 자동차, 집, 정원 용품을 판매하는 대형 매장만 줄줄이 있다. 핼포즈 오토 센터(자동차 서비스 및 수리 업체 - 옮긴이), 위키스(집수리 및 정원 용품 판매 업체 - 옮긴이), 홈베이스(집수리 및 정원 용품 판매 업체 - 옮긴이). 허름한 피자헛 위에는 할리우드 볼이라는 간판이 붙은 더 허름한 볼링장이 버젓이 영업하고 있었다. 아스팔트로 둘러싸인 이곳을 개선하기 위해 연못에 작은 다리를 놓고, 나무 그루터기에 세상은 아름답다고 적힌 표지판을 설치해 억지로 신경 쓴 흔적이 보였다. 주차장 저 멀리서 눈에 띄는 노란색 조끼를 입은 누군가가 '여기가 맞습니다'라는 표시로 내게 손을 흔들었다. 사무실은 오직 히스로 공항에서 가깝다는 이유만으로 이곳에 있다. 세계 어디든 대형 참사가 일어나면 지체할 시간이 없기 때문이다.

나는 케니언이라는 기업을 들어본 적이 없다. 로고 아래에는 '국제 비상사태 서비스'라는, 정확하게 무슨 일을 하는지 감이 잡히지 않는 모호한 문구가 적혀 있을 뿐이었다. 하지만 기업의 운영 관리자인 이완Iwan이 그 이유를 잘 설명해주었다. 나는 케니언이라는 이름을 들을 이유가 없었다. "우리는 브랜드가 없는 기업입니다. 재난이 발생했다는 정보를 받으면 우리는 고객을 대신해서 일합니다. 그들의 이름으로 말이지요." 그가 안내실에서 접시에는 과자를, 유리 탁자에는 찻잔을 놓으며 말했다. 나는 면담하려던 형사(전직 경찰들이 이곳에서 많이들 일한다)를 조사하며 케니언이라는 기업을 알게 되었다. 일반인들은 잘 알지 못하지만 그렇다고 그들의 일이 기밀은 아니다. 회사 웹사이트에는 지금껏 해온 일과 배치된 장소를 공유하는 직원들의 이야기가 가득하다. 이완은 《장례 타임스Funeral Service Times》, 《항공 저널Aeronautical Journal》, 《인사이트: 장의사의 목소리Insight: The Voice of Independent Funeral Directors》, 《여객기 세계Airliner World》를 비롯해 내게 잡지를 한가득 주었다. 그들과 나 사이에 잡지라는 교집합이 있었다.

비행기 추락 사고, 건물 화재, 버스와 기차 충돌 사고 같은 재난이 일어나면 케니언은 고객인 그 회사의 이름으로 여파를 수습하기 위해 지역 당국과 협력한다. 회사의 메시지가 분명하고 일관성 있도록 미디어에 대응해, 회사는 내부적인 문제에만 집중할 수 있도록 돕는다. 예를 들어 만약 저먼윙스 항공의 부기장이 고의로 여객기를 알프스에 들이받아 승객 144명과 승무원 여섯 명을 모두 숨지게 한 사고가 발생했다면, 긴급 대원들이 산에 추락한 잔해를 처리할 동안 케니언은 회사 웹페이지에 뜨는 화려한 알프스 사진과 저가 항공 광고를 모두 수정할 것이다.

케니언은 사람들이 진전된 상황을 확인하고 실종자를 등록할 수 있게끔 전화 비상 연락망을 설치한다. 그리고 공포를 사실적이면서 감당할 수 있을 만큼 전달해줄 가족 연락 담당관을 둠으로써, 방송으로 대중에게 전달하는 내용 대신 친숙한 목소리를 듣도록 조치를 취한다. 또한 가족들이 실시간으로 정보를 확인할 수 있는 회사 웹사이트에 '비밀 공간'을 설치하고, 가족들이 그저 기다리며 있을 수도 있고 각자의 종교에 맞게 기도하거나 정신 건강 전문가와 상담하고 필요할 때마다 모든 언어로 안내 방송을 들을 수 있는 가족 지원 센터를 만든다.

케니언은 지구 반대편, 브라질의 가장 깊은 숲이라 할지라도 희생자가 죽은 장소에 유가족들을 데려다줄 수 있도록, 비행기, 기차, 말, 수레를 비롯해 무엇이 되었든 이동 수단을 제공한다. 그들은 성대한 결혼식이 열리는 호텔이나 추락 사고를 취재하러 온 미디어를 피해 조용히 숙소를 확보한 다음, 휴일을 즐기러 온 손님들이 유가족과 마주치지 않도록 식사 시간까지 조정해 추도식을 연다. 100년 넘게 재난과 참사를 처리해온 역사가 있으므로(1906년, 영국 솔즈베리에서 배편과 연결되는 열차가 철로를 벗어난 사고를 수습한 일이 처음이었다) 케니언은 모든 사고가 각자 다르고, 모든 문화에서 죽음과 시신을 다르게 처리한다는 사실을 잘 인지하고 있다(이를테면 일본인 유가족에게는 장미가 아니라 흰 국화를 주어야 한다). 기자들이 특종 기사를 내기 위해 가짜 신분증으로 가족 지원 센터에 잠입할 가능성을 비롯해 온갖 실질적인 문제는 이미 고려하거나 처리한 적이 있다. 실제로 2010년 103명의 사망자를 낸 리비아 공항 추락 사고 당시, 잠입하려던 리포터가 체포되기도 했다. 화재 참사를 수습하는 경우 그들은 조리사들에게 불에 구운 바비큐 고기는 피해달라고 미리 요청한다. 그들은 대참사의 한가운데 있는 사람들이 미처 생각하지 못한 문제들, 또는 회사와 개인이 겪어보지 못했기 때문에 생각할 필요조차 없었던 모든 상황을 고려한다.

나는 앞으로 닥칠지 모르는 문제에 순차적인 해결 방안을 판매하는(어쨌든 케니언은 영리를 목적으로 하는 기업이다) 일반인 참관일에 와 있다. 미래에 대형 참사가 일어날 가능성이 있다고 보는 여러 기업 즉, 항공사, 지방의회, 서비스 산업, 철도 및 버스 회사, 소방서, 선박 회사, 석유 및 가스 회사 대표자 수십 명이 보인다. 일곱 시간 동안 케니언은 참사가 발생하기 전에 회사들이 계약을 맺어야 하는 이유, 가족들과 직원뿐만 아니라 회사의 이름을 위해서라도 반드시 필요한 이유를 설명할 것이다. 2014년 한 해 동안 총 537명의 사망자를 발생시킨 두 번의 격추 및 실종 사건으로, 회복의 가능성이 거의 없어 보이는 말레이시아 항공이 예시로 여러 번 언급되었다. 참석자들은 모형 비행기가 전시된 창턱 옆에서 접이식 의자에 앉아 케니언이 제작한 문구류가 든 종이 가방을 받아 들고, 사람들은 전반적으로 재난을 받아들일 수 있다는 이야기를 들었다. 우리는 모두 생각 이상으로 사랑하는 사람의 죽음을 애도하고 암울한 진실을 잘 받아들인다고 한다. 하지만 우리가 받아들이지 못하는 것은 죽은 사람과 남은 사람을 위한 계획이 없는 회사의 무능한 대응이다.

❖

모Mo로 알려진 마크 올리버Mark Oliver는 쉰셋이다. 경찰이 그의 용모를 설명한다면 '보통 키에 보통인 체구, 안경 착용, 군인처럼 짧고 단정한 회색 머리카락'이라고 하지 않을까. 평소에는 정장을 입고 출근하지만 참사지에 배치받으면 사무실 뒤 창고에 준비해둔 비상 배낭에서 다른 옷을 꺼내 입는다. 그는 빨간색과 검은색으로 '잠깐 멈추고 자신의 위생 상태를 확인하세요!'라고 적힌, 코팅된 흰색 A4 용지가 붙은 문을 열었다. 그러자 키가 큰 회색 사물함이 일렬로 서 있고 옆에는 이동식 방부처리 작업대와 장비가 쌓여 있었다. 그는 사물함을 열어, 덥거나 춥거나 건조하거나 습한 기후에 맞는 옷을 알기 쉽게 정리해놓은 모습을 덤덤하게 자랑했다. 근무하게 될 곳에서 사태를 파악하고 옷을 더 받을 때까지, 일주일 정도 충분히 입을 옷이 각 가방에 깔끔하게 들어 있었다. 그는 다른 사물함을 열고 웃으며 말했다. "어이쿠, 제 상사의 속옷도 보여줘버렸군요."

2014년 케니언에 합류한 모는 2018년 운영부를 이끄는 부사장이 되었다. 그는 현장 운영, 교육, 자문을 책임지고 있을 뿐만 아니라 수많은 팀원을 관리한다. 모의 명단에 포함된 2,000여 명의 직원들은 과거 항공업 종사자, 외상 후 스트레스 장애(PTSD) 전문 심리학자, 소방관, 법의학자, 방사선 촬영 기사, 전직 해군, 경찰, 형사, 전 런던 경찰청의 광역 지휘관을 비롯해 다양하다. 비행기 사고와 은행 관련 위기 양쪽에 경험이 있는 위기관리 전문가, 시신 방부처리사, 장의사, 은퇴한 비행기 조종사, 폭탄 처리 전문가, 런던 시장의 고문도 있다. 대재앙에서 살아남을 팀을 꾸린다면 이보다 완벽할 수는 없을 것이다. 의사만 합류한다면 우리는 바퀴벌레, 심해어와 함께 마지막까지 생존하는 생명체가 되리라.

케니언에 합류하기 전 모는 영국 전역에서 30년간 경찰관으로 근무했다. 베테랑 수사관으로서 그는 살인 사건, 범죄 조직, 부패 혐의, 테러를 주로 맡았다. 심각한 사건을 다루는 사람이지만 모는 농담을 잘했다. 그러나 데이비드 사이먼David Simon의 책 《살인Homicide》에 등장하는 볼티모어 경찰들처럼 죽은 마약 밀매자의 얼굴 사진에 낙서를 하고 크리스마스트리에 걸어놓는 경박한 장난이 아닌, 어두운 유머가 흘러나왔다. 암울한 상황에도 사람을 지탱하는 유머는 반드시 필요한 요소이다.

그렇지 않아도 이곳 케니언은 런던 서부의 그렌펠 타워 아파트 거주자들의 물품 수천 개를 보관하는, 무거운 짐을 떠맡았다. 관심을 돌리길 바란 당국이 방수포로 덮기 전까지 이 아파트는 검게 그을린 골격만 앙상하게 드러냈다. 그렌펠 타워에서 얼마나 멀리 살든 상관없이 2017년 6월 14일은 아직 아물지 않은 상처이다. 사망자 72명, 부상자 70명, 대피자 223명이 발생한 이 화재는 정치적, 사회적 체제의 붕괴를 명백히 드러낸다. 조사가 진행되는 동안, 케니언은 건물에서 개인 물품을 찾아 새로운 임시 거주지에 있는 가족에게 돌려주려고 노력하고 있다. 129가구 대부분에서 무언가가 발견되었으며, 약 75만 개의 개인 물품이 노스 켄싱턴에서 이곳으로 옮겨져 깨끗하게 때를 벗은 다음, 가족들에게 돌아가고 있다. 화재 발생 2년 후, 내가 케니언을 방문한 2019년에도 이 작업은 진행되고 있었다.

앞서 나는 모가 참석자들에게 개인 물품의 힘과 중요성을 설명하는 모습을 보았다. 참석자들은 각자의 회사로 돌아가 의사결정권자에게 개인 물품은 복구할 가치가 있으며 그저 단순한 **물건**이 아니라고 설득해야 할 것이다. 모는 마지막을 맞는 사람들이 그 순간에 가지고 있던 물품에는 막대한 감정적 무게가 실려 있으므로 우리가 그 중요성을 간과해서는 안 된다고 설명했다. 통상적으로 지방정부는 개인 물품에 별로 신경 쓰지 않는다. 경찰은 그런 물품을 찬장에다 넣어버리고 까맣게 잊거나, 잊을 사람에게 넘겨버린다(나는 피살자의 옷이 담긴 비닐 봉투를 책상 서랍에 넣어두고는 돌려주는 걸 잊은 취재 기자와 일한 적이 있다. 그는 별로 개의치 않았다). 하지만 죽음은 죽은 사람이나 유가족에게뿐만 아니라, 집에 있는 물건마저 변하게 한다. 매기 넬슨Maggie Nelson이 살해당한 자신의 이모와 이에 대한 재판을 다룬 저서《붉은 부분The Red Parts》에서 서술하듯, 이 물건들에는 기이한 힘이 깃든다.

모는 그렌펠 타워에서 발견된 물건이 담긴 상자들이 높게 쌓인 복도로 나를 안내했다. "한때는 상자들로 꽉 차 있었어요."

내 기준으로는 아직도 꽉 차 있는 창고를 보며 말했다. 예전보다는 적을지 몰라도 창고는 여전히 상자로 가득했다. 판지로 된 수천 개의 상자가 선반을 채웠고, 상자에 들어가기에 너무 큰 물건들은 벽 옆에 종류별로 쌓여 있었다. 아이용부터 성인용까지 다양한 자전거, 유아차, 우는 아이를 달래도록 모빌이 달린 움직이는 아기 침대, 여행용 가방, 어린이 의자, 그을린 물품과 멀쩡한 물품. 창고의 앞쪽에는 물품 처리 부서가 있어서 물품이 제대로 돌아갔는지, 장난감 자동차든 잠옷 단추든 무엇이 됐든 가족이 깨끗하게 닦아서 돌려받기를 원하는지 묻는다. "일찍 왔으면 복도에 죽 매달아놓은 빨랫줄도 봤을 겁니다." 그가 허수아비처럼 팔을 벌리고 웃으며 말했다. 참관을 앞두고 부랴부랴 청소했단다. 선반 위에는 청소 용품, 드라이기, 다리미 여러 대가 얹혀 있었다. 창고 밖을 나가면 사진 방이 있는데, 펜, 브래지어, 스웨터를 비롯해 다양한 물품의 사진을 찍는 방법이 A4 용지에 설명돼 있었다.

아까 안내실에서 나는 '관련이 없는 개인 물품'이라는 폴더를 훑어봤었다. 다른 참사에서 발견되어 주인을 찾지 못한 물건 사진들로, 식별 번호를 달고 아직 이곳에서 기다린다. 참관일에 다른 참석자들과 종이 접시에 놓인 세모난 샌드위치를 먹고 차를 마시는데 마음이 어지러웠다. 두꺼운 폴더 속에 남은 개인 물품과 식별 번호, 내가 모르는 누군가의 기억을 지니는 수천 개의 의미 없는 물건. 화재 때문인지 폭발 때문인지는 모르겠지만 안경테가 휜 돋보기, 알파로메오 자동차와 집 열쇠, 기도 수첩, 바다에서 건져 와 퉁퉁 불은 이언 랜킨^{Ian Rankin}의 소설.

물품의 주인을 찾아 연락했는데도 돌려받기를 원하지 않으면, 버리기 전에 이 물품을 완전히 훼손하여 주인을 확인하지 못하게 만들어야 한다. 모는 창고의 뒤편에 있는 다른 부서로 나를 데리고 갔다. 흰 작업복과 얼굴 보호 가리개를 쓴 직원 여섯 명이 망치로 1990년대의 가정용 비디오테이프를 부수고 있었다. 장갑 낀 직원의 손 사이로, 네임펜으로 써서 붙인 듯한 비디오 제목이 보였다. 플라스틱을 치는 망치 소리, 조각들이 주변 여기저기에 떨어지는 소리를 뚫고 모가 돈도 받으면서 스트레스 푸는 방법이라고 농담했지만 잘 들리지 않았다. 나는 〈타가트^{Taggart}〉(스코틀랜드에서 방영된 범죄 수사 드라마 – 옮긴이) 위에 〈프렌즈〉를 덮어씌운 녹화 테이프를 보았다. 어린 시절의 추억을 담은, 무엇과도 바꿀 수 없는 내 테이프와 똑같이 생긴 테이프도, 유리 조각 사이로 브리트니 스피어스의 CD도 보였다.

화재가 진압되고 3개월 뒤, 새까맣게 탄 잔해를 샅샅이 뒤지던 케니언 직원들은 건물 안에서 어항을 발견했다. 먹이도, 물에 산소를 공급할 전기도 없는데, 배가 뒤집힌 채 죽은 스무여 마리의 물고기 아래에 일곱 마리가 살아 있었다. 그곳에 거주하던 가족과 연락이 닿았지만 현재 상황으로 물고기를 키울 수 없다고 했고, 그들의 허락을 받은 케니언 직원 한 명이 물고기를 입양했다. 불탄 건물의 잿더미에서 살아난 물고기들은 심지어 번식도 해, 기적적으로 새끼 물고기를 낳기도 했다.

그들은 새끼 물고기에게 불사조라는 이름을 붙여주었다.

경찰직에서 퇴직한 모에게 제안이 들어오면서 계획에 없던 케니언이 그의 삶에 들어왔다. 하지만 20여 년 전, 그는 현재 하는 일로 방향을 틀게 된 업무를 맡은 적이 있다.

2000년, 코소보 전쟁을 끝내기 위해 나토^{NATO}가 벌인, 논란이 많았던 11주 동안의 유고슬라비아 공습이 발생하고 나서 1년 후, 잔학한 참상을 수사하기 위해 그곳에 국제적으로 도움의 손길이 도착했다. 정보 요원들은 사망자들의 집단 무덤을 찾아냈고 법의학자팀은 시신이 가족과 재회할 수 있도록 시신을 발굴해 부검을 진행했다. 5주 동안 일할 사람이 급하게 필요하던 시기에 모는 살인 사건을 수사 중이었다. 그는 부검 현장에 자주 참관했고 일의 체계를 잡는 데에도 익숙했으며 큰 사건에 필요한 컴퓨터 시스템을 구축할 능력도 있었다. 훌륭한 경찰이 갖춰야 할 기술을 모두 갖추었기에 이 일에도 적임자였다. 코소보의 집단 무덤은 런던 북부의 헨던^{Hendon}에서 비행기를 타고 한참을 가야 하는 곳이었다. "그곳으로 날아가서 랜드로버 자동차 열쇠를 받았습니다. 바로 다음 날 서른 명이 소속된 팀을 지휘하라고 하더군요." 그가 혀를 찼다.

4년 후, 복싱 데이(12월 26일, 영국의 공휴일로 오늘날에는 소비자들이 대폭 할인하는 물건을 살 수 있는 날로 인식되기도 한다 - 옮긴이)에 쓰나미가 스리랑카를 삼키는 참사가 벌어지고 나서 광역 경찰청은 수천 구의 시신의 신원을 확인하는 작업을 돕기 위해 인력을 보냈다. 모는 코소보에서 골격만 남은 시신부터 만지기도 힘든 시신까지 성공적으로 신원을 확인한 전력이 있었기에 다른 국가에서 온 인력을 총괄하는 책임자로 파견되었다. 모는 반년간 잠도 제대로 자지 못하고 스리랑카에서 근무하며 여러 재난 대책 전문가들과 만났다. 수년 후, 모가 경찰직에서 은퇴했을 때 케니언의 정규직이 되도록 불러들인 사람들도 바로 그때 만난 동료였다.

참관일이 지나고 몇 주 후, 케니언 건물은 다시 잠잠해졌다. 사무실을 다시 찾은 내게 모는 자신이 일한 다른 사건들도 알려 주었다. 2015년 알프스에 추락한 저먼윙스 항공기, 2015년 튀니지에서 38명의 희생자를 낸 총기 난사 사건, 2016년 지중해 상공에서 추락해 탑승한 전원을 숨지게 한 이집트 항공 804편, 2016년 두바이 공항에 추락해 한 명의 사망자를 낸 에미레이트 항공기. 그는 항공사들이 재난 대책에 실패하는 가장 명백한 이유는 사고가 본국 공항에서 일어나는 경우만 생각해 다른 나라의 자원이나 기반 시설을 고려하지 않기 때문이라고 했다.

대형 참사 안내 책자 옆의 선반에는 경찰관으로 근무하던 시절의 사진과 잡동사니가 놓여 있다. 나는 반들반들한 작은 나무 선반에 달린, 손으로 새긴 글씨가 있는 낡은 자물쇠를 가리키며 무엇인지 물었다. "스리랑카에서 마지막 날 가져온 자물쇠입니다." 그가 우리 사이에 있는 탁자 위에 자물쇠를 놓았다. 보통은 대형 화물차 뒤에 달린, 40피트(약 12미터) 냉장 컨테이너에 사용하는 것이다. 그러나 2004년 쓰나미 이후 컨테이너는 신원 확인 절차를 거치기 위해 시신들을 보관하는 곳이 되었다. 6개월이라는 비참한 시간이 지나고, 마지막 시신의 신원 확인이 끝나 컨테이너에 아무것도 남지 않자 스리랑카의 검시관이 그 자물쇠를 선물로 건넸다. "우리 모두에게 정말 의미 있는 시간이었습니다. 고인들이 평안히 쉬게끔 임무를 마쳤다고 느끼기도 했고요."

거대한 파도가 인도네시아, 태국, 인도, 스리랑카, 남아공의 해안을 뒤덮으며 총 22만 7898명이 쓰나미로 사망했다. 스리랑카에서만 3만 명 이상이 목숨을 잃었다. 시신을 그대로 두면 열대 지방의 열기에 부패해 산 사람들의 건강에 악영향을 끼칠까 우려한 스리랑카 당국은 신속하게 시신을 처리했는데, 다른 국가 정부가 직접 자국민을 수색하길 바라는 의도에서 주로 병원 옆의 집단 무덤에 묻었다. "스리랑카 당국은 그 많은 시신의 신원을 확인할 생각이 없었습니다. 국민 대부분이 불교나 힌두교 신자이기 때문에 집단 무덤에 함께 묻히는 걸 기뻐했거든요. 그렇지만 정부는 외국인들이 그 문화를 이해하지 못한다는 것과 그런 묘지에 남길 원하지 않는다는 사실도 알았지요. 그래서 그들은 외국인들이 묻힌 장소는 최대한 보존하려고 했고 신원 확인 작업도 도와주겠다고 제안했습니다." 모가 설명했다.

영국 경찰과 법의학자로 구성된 팀은 돌아가며 외국인 시신이 있을 만한 집단 무덤을 조사하고 수색했다. 일곱 대의 냉장 컨테이너에 부검을 기다리는 신원 불명 시신 약 300구가 가득 찼다. 실종된 외국인의 치아, DNA, 지문 따위의 정보를 국가별로 수집한 자료와 컨테이너 안에 있는 시신의 정보가 일치하는지 확인하는 작업을 했다. 하지만 수백 명에 달하는 실종 외국인들의 정보를 찾는 일도 쉽지 않았다.

모는 케니언 참관일에 정보 확인 방법을 보여주며, 시신의 상태를 알 수 없으므로 얻을 수 있는 정보를 모두 동원해야 한다고 설명했다. 팔에 문신이 있으면 유리하다. 하지만 팔이 없다면 어떻게 할까? 또한, 우리는 문신이 독특하다고 생각하지만, 한때 와일 E. 코요테(루니 툰에 등장하는 캐릭터 – 옮긴이)는 미국 해병 수송 대대Marine Transport Squadron의 마스코트였기 때문에 같은 문신을 한 남자가 수백 명이다. 게다가 참사가 일어나면 개인 물품이 뒤섞이기 마련이므로 어떤 시신에서 신분증이 든 지갑이 발견되었다고 해도 주인이 아닐 수 있다. 그러므로 모든 것을 의심하고 봐야 한다. 모는 연습 삼아 옆에 있는 사람과 팀이 되어 살아생전 정보를 수집하는 역할극을 하게 했다. 그는 인공 심장박동 조율기, 가슴 보형물을 비롯해 의학적으로 신체에 이식한 인공 삽입물과 그 고유 번호를 적도록 지시하며, 최근에 인공 무릎관절 자료를 근거로 시신의 신원을 확인했을 정도로 그것이 매우 귀중한 단서가 된다고 설명했다. 다시 말해, 신체 중 신원 확인에 가장 도움을 준 부분이 바로 무릎뼈였다는 의미다. 역할극에서 나는 엄마가 되어 딸인 나의 신체 정보를 주었고, 옆에 앉은 조용한 소방 감독관은 케니언 직원 역할을 맡았다. 나는 무릎 수술 때 삽입한 나사 두 개, 태어날 때부터 있던 왼쪽 허벅지의 반점, 화가 많던 사춘기 때 창문을 내리쳐 생긴 손목의 흉터, 분홍색 세발자전거를 타다 큰 쓰레기통에 부딪쳐 넘어지며 생긴 어깨의 흰 자국을 말했다. 내 몸의 신원 확인에 필요한 질문에 대답하며 나는 이 중에서 내 가족들에게 말해둔 정보가 거의 없다는 사실을 깨달았다. 가족들은 내 담당 의사와 치과 의사가 누구인지, 혈액검사를 언제 했는지 아니, 하기나 했는지, 조상 유전자를 찾는 3andMe 같은 회사에 DNA를 보낸 적이 있는지도 모르고, 일하는 건물에 출입하기 위해 지문이 필요한지도 모른다. 나는 부모님이 가족 연락 담당관에게 나에 관한 몇 안 되는 정보를 전달하는 장면을 상상했다. 그러고는 그 몇 안 되는 정보로 어린 시절의 흉터를 찾으려 애쓰는 영안실의 직원을 상상했다. 이 모든 과정은 돈과 시간이 많이 드는 비싼 작업으로 보였다.

"스리랑카 당국이 자국민 시신을 확인하지 않아도 된다고 한 결정은 순전히 종교적 이유 때문인가요? 그렇지 않으면 사망자들이 가난해서인가요?" 참관일이 아닌 오늘에야 나는 모의 사무실에서 이 질문을 할 수 있었다.

"정치적인 면도 분명 있습니다. 태국은 훨씬 더 적은 사망자가 발생했는데도 국제적으로 엄청난 도움을 받고 있지요. 이유가 무엇일까요? **모든 사람**의 신원을 파악하는 데 힘을 쏟겠다고 결정했기 때문입니다. 그 작업을 하는 데 18개월에서 2년이 걸렸고요. 부유한 관광객이 많아서 그런 결정을 내렸을까요?" 결국 돈이 문제라는 듯, 그가 어깨를 으쓱했다. 하지만 돈 문제는 그가 내릴 수 있는 결정이 아니다. "태국에 국제적인 관심이 더 집중되어서 그렇습니다. 재정 지원과 재난 대책은 정치와 뗄 수 없는 관계입니다."

필리핀 역시 자국민의 가난이 작용한 사례이다. 2013년 11월, 가장 강력한 풍속을 기록한 태풍 하이엔Haiyen이 상륙하자 자동차가 조약돌처럼 공중에 휘날렸고, 건물들이 무너졌으며, 여러 동네가 폐허가 돼버렸다. 필리핀에서만 적어도 6,300명의 사망자가 발생했고, 타클로반Tacloban시 행정부는 도시의 90퍼센트가 없어졌다고 추정했다. 태풍이 발생하고 나서 모와 그의 팀은 타클로반으로 향했다. 도시가 너무나 황폐화되었기에 희망을 전달하고자 2년 후 프란치스코 교황이 방문해 공항 앞에서 3만 명의 사람들과 미사를 올리기도 했다.

시신들이 몇 주씩이나 밖에 방치되어 있었다는 《뉴욕 타임스》의 기사를 읽은 기억이 난다고 하자, 그는 아직도 자신이 본 장면을 믿지 못하겠다는 듯 고개를 돌렸다. "헤일리, 제게 사진이 있어요." 그가 한숨을 쉬며 말했다. 그러고는 책상 뒤로 가서 한참 컴퓨터를 뒤적거리다가 "젠장, 살면서 이따위 발표를 몇 번이나 한 거야?"라고 하며 파워포인트 자료를 보여주기 시작했다. 화면에 본부 사진이 떴다. 화장실 하나가 딸린 폐가, 막사, 지역 당국이 구할 수 있는 자재로 만든, 임시 영안실로 사용된 엉성한 정자 몇 개가 작업 본부였단다. 그곳에는 영안실에 필요한 물품도 없었고 냉장고도 없이, 달랑 'I ♥ TACLOBAN' 현수막이 다였다. 옆에는 모기가 우글거리는 진흙탕에 열기로 달아오른 수천 개의 시신 가방이 죽 쌓여 있었다. 타클로반처럼 날씨가 더운 곳은(당시 평균 기온이 27도, 습도가 84퍼센트였다) 시신 부패 속도가 무척이나 빨랐기에, 배출되는 가스가 플라스틱을 녹여 내용물이 진흙탕의 물웅덩이로 흘러나왔다. 어떤 냄새가 났느냐고 묻자, 지금껏 전혀 생각해본 적 없는 표정을 지으며 내게 말했다. "생각해보니 제가 후각이 발달한 사람 같진 않군요. 아마 이런 일을 하는 데는 유리할 겁니다. 그래도 스리랑카에서 열네 시간 동안 차를 탔을 때 맡은 죽음의 냄새는 기억나네요."

계속해서 화면이 바뀌다, 모가 필리핀의 어느 강에서 시신 세 구를 꺼내는 사진에서 멈췄다. 태풍 때문에 강 속에 빠진 시신이 아니었다. 부패한 시신의 냄새와 모습에 생존자들이 경악하지 않도록 지역 경찰이 배려 차원에서 가까운 물가에 던진 시신이었지만, 결국에는 물을 오염시키는 결과만 불러왔다. 퉁퉁 붓고 창백한 시신은 강의 바닥을 바라보는 상태로 발견되었다. 널빤지 두 개를 사용해 하나는 골반을, 하나는 팔 밑을 받치고 축 늘어진 몸통을 들어 올려, 카약에 실어 기슭으로 건져냈다. 시신의 등 쪽 피부는 매끄럽게 퉁퉁 불었지만, 앞쪽은 수면 아래의 생명체들에게 갉아 먹힌 얼굴과 함께 뼈가 보였다. "상어에게 물어 뜯긴 항공 참사 희생자를 발견한 적도 있습니다." 사진을 넘기며 모가 말했다. 자연은 사람 주검이라고 해서 봐주지 않는다. 방수포 위에 죽 누워 있는 시신의 사진, 모가 희생자의 다리를 건져 올리며 파란색 밧줄을 가리키는 사진이 지나갔다. 시신을 강바닥에 버리면 된다고 생각한 지역 경찰관이 사용한 밧줄이었다.

그는 보여주려는 사진을 찾으려고 더 빨리 화면을 넘겼다. 널리고 널린 시신 포대를 바라보며 '이번에는 해결하기 힘들겠군'이라고 생각한 참사 현장을 찍은 사진이었다. 태풍이 지나고 몇 주 뒤에 찍은 사진으로, 시신 포대는 이미 썩을 대로 썩어 갈색 물로 흥건했고 튀어나온 갈비뼈가 보였으며 구더기가 바글바글했다. 피부가 썩어 거의 사라진 머리에는 가는 머리카락이 볼과 눈 위에 마구 뒤엉켜 있었다. 육지로 건져낸, 수영복을 입고 통통 불은 어른과 아이의 시신이 계속해서 나타났다. 몇 시간 동안 모의 이야기를 듣고 사진을 보며 나는 신원 확인이 얼마나 어려운지 가늠할 수 있었다. 호수에서 익사한 시신은 사람이 아니라 완전히 썩은 살과 뼈였다. 문신은 말할 것도 없고 얼굴마저 사라진 시신도 많았다. 적어도 이 시신들은 몸 전체가 여기에 존재한다는 사실이 그나마 긍정적인 점이랄까(비행기 추락 사고로 온몸이 마흔일곱 조각으로 잘린 시신은 아니니까). 이론상으로만 보자면 이 시신들은 일치하는 DNA와 치과 기록을 찾을 희망조차 없는 상황은 아니었다. 하지만 태풍 하이옌은 생명뿐 아니라 건물과 집까지 모두 앗아 갔으므로, 시신과 일치하는 살아생전의 정보를 수집하기가 거의 불가능했다. 머리카락 한 가닥, 유전 정보를 지닐 만한 칫솔, 지문이 묻어 있을 만한 거울이나 손잡이까지 모두 사라졌다. 게다가 빈곤층일수록 치과에 갈 확률도 낮았다. 엄지손가락을 스캐너에 대고 고층 건물에 들어간 사람이 있을 리도 만무했다.

그런데도 필리핀의 시신 관리팀은 하루에 열다섯 명씩, 사후 정보를 수집하는 작업을 실행했다. 그 정보로는 신원을 확인하는 게 거의 불가능했지만 그들은 작업의 의미를 따지지 않고 그저 할 뿐이었다. 신원을 확인할 제대로 된 계획도, 다른 국가들이 보내는 지원금도 없었다. 게다가 이미 감정적으로 매우 민감한 생존자들에게 불필요한 공포를 안겨주는 바나 다름없었다. 모는 지역 당국의 이런 방식은 비인도적 행위라고 보았다.

"열심히 일하는 사람들에게는 존경을 표합니다만 저는 불가능한 과제라고 판단했습니다. 그래서 치아만 보관하고 개인별로 모두 매장하자고 제안했고요." 치아가 가장 보관하기 쉬운 데다, 나중에라도 신원을 확인할 수 있다는 작은 희망이라도 품자는 취지였다. "결국 여러 나라에서 파견된 사람들은 크리스마스에 모두 집으로 돌아갔고 그들은 대형 굴착기로 시신을 모두 묻었습니다. 더는 못 한다는 사실을 깨달았겠지요."

몇 개월 전, 우리는 봄빛이 비쳐오는 런던 남부의 어느 영안실에서 조심스럽게 애덤에게 수의를 입히고, 그가 입던 티셔츠를 고이 접어 가족에게 전해주었다. 모의 사무실에서 그때를 떠올리며 나는 조용하고 예견된 죽음과 대형 참사에서 '체계적'이라는 의미가 얼마나 큰 차이인지 생각하게 되었다. 개인을 배려하는 조용한 죽음과는 대조적으로 참사는 주어진 상황에서 그저 할 수 있는 일을 최대한 할 뿐이다. 참사가 일어날 때마다 상황은 다르지만, 다른 모든 일과 마찬가지로 다른 사람의 실수를 보고 배운 교훈 즉, 변하지 않는 기본 원칙은 존재한다.

1989년 템스강에서 파티용 작은 여객선 마치오네스Marchioness

가 침몰했다. 1940년 됭케르크 철수 작전 당시 사람들을 구출하는 데 사용된 배였다. 마치오네스호는 한밤중, 보벨Bowbelle이라 불리는 거대한 준설선과 충돌하여 단 30초 만에 가라앉았고 51명(대부분은 서른 살도 채 되지 않았다)의 사망자가 발생했다. 이 사건은 수습 과정 자체도 용납하기 힘든 참사였기에, 그때부터 재난으로 발생한 시신을 다루는 방식이 공식적으로 바뀌게 되었다. 당시 런던과 영국 남부를 담당한 법의학자 리처드 셰퍼드Richard Shepherd에 따르면 마치오네스호 참사는 열차 충돌, 총기 난사, 킹스 크로스 역(나는 그때 죽은 사람들을 추도하는 명판을 매주 지나간다)의 에스컬레이터에 불붙은 성냥이 떨어지는 사건과 더불어 큰 변화를 불러왔다. 이 모든 참사는 수백 명의 죽음을 불러와 시스템의 실패를 고스란히 드러냈다. 결국 교육, 위험과 책임, 건강과 안전을 대하는 기업과 국가의 태도를 모조리 점검해야 했다.

마치오네스호 참사가 일어난 당시 모는 젊은 순경으로 다른 지역에서 근무하고 있었다. 하지만 그는 책장에서 마치오네스호 참사 11년 후에 발표된 〈주요 이동 수단에서 발생한 사고의 희생자 신원 확인에 관한 공개 조사: 저스티스 클라크Justice Clarke 경의 보고서〉를 꺼내며 그 여객선 침몰이 그 후 수십 년간 어떤 영향을 미쳤는지 설명했다. 가장 크게 다뤄진 문제는 희생자의 손을 제거하는 것이었다.

"당시에는 부랑자라고 불렀습니다만 노숙자들이 템스강에 빠지면 이틀이나 사흘 뒤에 발견됩니다. 퉁퉁 붇고 형체를 알아보기가 힘들어지지요. 물에서는 누구나 다 그렇습니다." 그가 설명했다. 아무리 얼마 되지 않았다고 해도 죽은 사람은 모습이 달라진다. 그러므로 겉모습으로만 신원 확인을 하는 방법은 가능하지도 않고 현명하지도 않다. 이 보고서에 인용된 법의학자 버나드 나이트$^{Bernard Knight}$ 사령관에 따르면 심지어 죽은 지 얼마 되지 않은 사망자의 가족들조차 의심하거나, 부정하거나, 실수로 신원을 착각하는 경우가 자주 발생한다고 한다. 중력의 영향을 받아 축 처지는 이목구비, 단단한 표면과 접촉해 납작해진 신체 부분, 창백하게 퉁퉁 불은 모습 모두 우리가 원래 알던 사람의 형체를 왜곡한다. 표정을 짓는 습관이나 눈을 맞추고 움직이는 동적인 요소가 없어지고 나면, 시신에 남은 얼굴은 알아보기 힘들 때가 많다.

일반적으로 말하자면 템스강에서 발견된 사람들은 살아 있을 때 경찰과 맞닥뜨린 사람일 확률이 높다. 그들의 지문은 이미 데이터에 저장되어 있으므로 이론상으로는 이른 시일 내에 지문만으로 신원 확인이 가능해야 한다. 하지만 시신이 수중에 오래 있었을 경우, 이마저도 쉽지 않다. 목욕을 오래 한 것처럼 피부가 쭈글쭈글해지고 인종과 상관없이 모두 허옇게 변해 지문 자체를 확인하기가 힘들어지기 때문이다. "그래서 이럴 때는 손만 따로 지문 실험실의 건조 캐비닛에 가져갑니다. 손이 마르면 지문을 채취할 수 있지요." 모가 말했다.

마치오네스호 수사의 심각한 문제는 상대적으로 적은 시간이 소요되는 사건의 신원 확인 전략을 대형 참사에, 그리고 데이터베이스에 지문이 저장되어 있지 않은 사망자들에게 적용했다는 점이다. 물에 잠긴 피부는 약해져 손가락과 분리되기도 해, 당시 수사에 꼭 필요하다고 생각한 지문을 채취하기가 더욱 힘들어졌다. 서더크Southwark에 있는 실험실은 일반 영안실보다 훨씬 더 정교한 지문 인식 장비가 있었지만 시신들을 둘 시설이 없었다. 그리하여 템스강에서 발생한 사건들과 마찬가지로 그들은 사망자들의 손만 모두 잘라냈다.

이 일은 더욱 큰 문제로 이어졌다. 아무 정보도 듣지 못한 유가족들이 손 없는 시신들을 보게 된 데다, 시신이 매장되거나 화장되고 몇 년 후에 영안실의 냉동실 구석에서 손이 발견되는 일도 생겼다. "옳은 방법이라 믿고 신원 확인을 진행하려 했지만 조직적으로 해내지는 못한 듯합니다." 모가 추측했다. 클라크의 연구도 모와 비슷한 이론을 제시한다. 클라크의 보고서는 사망자들의 손을 자르기로 한 결정에 이르기까지 모든 단계를 조사한 내용이 56장에, 시신의 신원 확인 방법, 각자의 역할과 권한, 유가족을 대하는 태도와 전해야 할 정보를 비롯해 미래의 사태를 위한 내용이 200장에 걸쳐 안내되어 있다.

"지금은 신원 확인 기준이라고 부르는 지침이 있습니다. 보통은 DNA, 지문, 치아 정보로 충분합니다. 예외적인 요인이 있거나 밝혀지지 않은 이유로 일치하지 않는 경우만 아니면 말이지요. 분명 사망자가 여자였는데 시신이 오염되는 바람에 영안실에서 남자의 DNA를 보낸 적이 있어요. **다방면으로** 모두 고려해야 합니다."

마치오네스호 대참사 직후, 시신을 보도록 허가를 받는 유가족도 있지만 거절당한 유가족도 있었다. 장의사들과 경찰은 유가족들이 아무리 시신을 보고 싶다고 해도 보여주지 말라는 지시를 받았다고 주장했다. 나중에야 이 사실을 알게 된 법의학자인 셰퍼드는 결정권자가 누구인지는 몰라도 부패한 시신을 보면 가족들이 더 슬퍼할 것이라는 '부적절한 동정' 때문에 이런 결정을 내렸을 것으로 추측했다. 그는 자신의 회고록인《닥터 셰퍼드, 죽은 자들의 의사Unnatural Causes》에서 "하지만 그 사람은 시신을 보지 않는 것이 훨씬 상황을 악화시킨다는 사실을 전혀 몰랐다"라고 서술했다.

나는 모에게 시신을 보는 것을 어떻게 생각하는지 물었다. 지금까지 내게 보여준 온갖 참사 사진을 고려했을 때, 과연 그는 유가족들이 시신을 보지 못하도록 결정을 내릴까?

"이 나라에서는 유가족이 시신을 볼 권리가 있습니다. 다만 가려진 시신이라도 책임자가 함께 있어야 합니다. 시신 일부나 얼굴을 보여줄 수도 있겠지요. 하지만 우리는 시신 훼손도가 워낙 큰 참사를 처리하다 보니, 보기에 적절하지 않다고 미리 유가족에게 알려줍니다. **이유**를 설명하기 때문에 단순히 거절하는 상황과는 다릅니다."

가족 연락 담당관은 정직하게 이유를 설명해야 한다. 비행기 추락 사고가 발생하면 유가족은 이런 질문을 받는다. '시신 일부를 찾을 때마다 통보받기 원하십니까? 시신의 마흔일곱 번째 조각을 찾으면 다시 전화를 드릴까요, 아니면 신원 확인이 되는 첫 조각만 통보받기 원하십니까?' 대답에 따라 머리카락 한 뭉치라도 받는 유가족이 있고 받지 못하는 유가족도 있다. 하지만 머리를 찾지 못하는데 머리카락을 어떻게 건네줄까? 시신 일부가 없으면 종교적인 의식을 치르지 못하는 경우도 있다. 상황을 정직하게 말하지 않으면 유가족들은 이해하지 못한다.

"이집트 항공 804편 추락 사고가 일어나고 제가 시신을 보게 되었을 때, 다섯 칸짜리 가정용 냉장고에 시신 66구의 일부가 모두 들어가 있었습니다. 시신의 가장 큰 조각이 오렌지 크기만 했지요. 사망자 중 다섯 조각이라도 발견된 사람이 가장 운이 좋은 겁니다. 이슬람교도들이 가장 고통스러워했어요. 가족들이 모두 참석해 시신의 일부라도 씻기고 싶어 했으니까요. **시신들의 샘플만 수집해놓은 것 같았습니다.** 그렇기는 하지만 사망자의 신원을 확인하고 시신의 일부라도 찾는 일은 매우 중요합니다."

케니언 참관일, 잠깐의 휴식 시간이 지나고 게일 더넘^{Gail Dunham}이 강단으로 나와서 연설했다. 70대 중반인 게일은 구불구불한 회색 머리를 하고 예쁜 명찰 같은 브로치 여러 개를 옷깃에 단 여성이었다. 여러 항공사 대표들이 앉은 자리에서 조금 떨어진 곳에 온종일 혼자 앉아 있던 그녀는 남달리 눈에 띄었다. 게일은 항공 안전 기준, 생존 가능성을 개선하고 희생자의 가족들을 지원하기 위해, 비행기 추락 사고의 생존자와 희생자의 가족들이 설립한 전국 항공 참사 동맹/재단^{National Air Disaster Alliance/Foundation}의 전

무이사였다. 케니언이 게일의 방문을 환영하는 모습이 역력했다. 솔직하면서도 예의 바른 그녀는 항공사 운영 방식(27년 동안 아메리칸 항공에서 근무했다)을 꿰뚫고 있을뿐더러 유가족들이 항공사의 지원을 제대로 받지 못하는 상황도 잘 알았다. 1991년 3월, 콜로라도 스프링스에 착륙하려던 유나이티드 항공 585편(보잉 737-200)이 오른쪽으로 뒹굴고 거의 수직으로 떨어져 땅에 추락했다. 추락한 공항 남쪽의 공원에서 찍은 자료 화면으로 검은 연기, 타는 잔디, 마치 증발한 듯 산산조각이 난 비행기가 보인다. 조종사 두 명, 승무원 세 명, 승객 20명이 사망해 누구도 살아남지 못했다. 더넘의 남편이자 딸의 아버지가 그 비행기의 기장이었다. 내부자이자 남편을 잃은 외부자로서, 수백 명의 항공사 대표자들이 모인 참관일에 그녀가 전하려는 말은 '종결'이라는 말을 하지 말아달라고 간곡히 부탁하는 것뿐이었다. 종결은 보험회사가 하는 아무 의미 없는 말이다. 쉽게 종결할 수 있는 사람은 아무도 없고 추락 사고는 끊이지 않는다.

종결이 힘들다면, 시신을 찾는다고 하더라도 그게 살아 있는 유가족의 새로운 일상에 어떻게 도움이 될까? 우리의 궁극적인 목적지는 어디이며, 시신이 목적지를 찾는 데 도움을 줄까? 유가족이라면 시신을 돌려받기를 원할 것임을 기정사실로 하고 누구도 이것에 의심을 품지 않는다. 하지만 시신을 보기 힘들어하는 사람이 다수이고 시신을 보는 걸 거절하는 사람도 있다. 신체에 전혀 중요성을 두지 않는 종교적 믿음을 가진 사람도 있다. 죽은 사람이 이미 더 나은 곳에 있다고 믿는 영적인 믿음은 텅 빈

몸뚱이를 중요하게 보지 않는다. 대형 참사, 전쟁, 자연재해, 인재에서 온전한 시신이든 일부이든 시신을 유가족에게 보내기 위해 엄청난 돈이 들어간다. 대체 무엇을 위해서? 만약 관이 비었다는 사실을 관을 옮기는 사람만이 안다면 장례식에 시신이 굳이 있어야 할까?

40년에 가까운 독재 이후, 1975년 프랑시스코 프랑코Francisco Franco 장군이 세상을 떠나고 나서 스페인 정부는 과거의 범죄를 낱낱이 조사하기보다는(역사학자들은 수백, 수천 명을 죽인 '스페인의 홀로코스트'라고 부른다) 스페인의 미래에만 집중하기로 했다. 그들은 법률로 제정한, 집단 기억 상실이라고 볼 수 있는 망각 협정을 시행하기로 했다. 프랑코의 통치 아래 자행된 일들에 누구도 처벌받지 않는 사면법으로, 국가 전체가 그저 쉽게 넘어갔다. 독일과 달리 스페인은 강제수용소를 추모 박물관으로 만들거나 공무원들을 법정에 세우지 않았다. 전범들의 이름을 딴 길 이름도 그대로 있으며 공무원들도 여전히 권력을 쥐고, 아무 일도 없었다는 듯 돌아갔다. 또한 프랑코의 군인들이 집단 무덤에 묻어버린 시신들도 그대로였다. 무덤을 파는 일은 말 그대로 과거를 파내는 일이므로 법으로 금지되었다. 희생자들의 살아남은 가족들은 시신이 묻혔다고 생각하는 곳으로 가, 희미하게나마 기억하는 매장지의 벽에 꽃을 던지거나 길가의 방호 울타리에 꽃을 묶어두기도 했다.

92세의 아센시온 멘디에타Ascensión Mendieta는 1939년 총살당한 후 스페인의 집단 무덤에 묻힌 아버지가 있는 곳을 2017년에

서야 알게 되었다. 집단 무덤을 발굴한다는 소식과(아르헨티나의 재판 결과를 따랐다. 인류를 박해하는 범죄를 재단하는 재판은 다른 나라에서 열릴 수도 있으며, 특히 국가가 그런 죄를 저지르고 법으로 사건을 진압할 때는 더욱 그렇다) DNA로 아버지를 확인할 수 있다는 이야기를 듣고 "이제야 행복하게 죽을 수 있겠군요. 뼈가 되든 재가 되든 아버지를 볼 수 있으니까요"라고 말했다. 평생 아버지의 뼈를 돌려받기 위해 운동을 벌였던 멘디에타는 아버지의 유해를 찾고 1년 후에 세상을 떠났다. 아버지가 총살당한 벽에는 아직도 총알의 흔적이 그대로 남아 있다.

시신을 보는 것은 애도하는 과정의 이정표이자 흔적이다. 마음속에 살아 있는 사람은 죽지 않는다는 말로 위로하곤 하는데, 이것은 위로하는 이의 의도보다 더 깊은 의미에서 사실이다. 아들의 잔해나 죽은 아기를 보기 전에는 마음속에서 그들은 살아 있다. 이럴 때는 이성이 절대로 감정을 설득하지 못한다. 비행기 추락 사고가 나면 사랑하는 사람이 생존해서 외딴 섬 어딘가로 떠밀려 가, 구조되기를 기다리며 돌과 나뭇가지로 바닷가에 SOS를 쓰는 모습을 상상하며 스스로를 속일 수 있다. 시신을 보지 않으면 우리는 받아들여야 하는 암흑을 보지 않고 죽음의 중간 지대에 갇혀버린다.

"이런 시기에 사람들은 천국과 지옥을 오가며 매우 힘들어합니다." 모가 말했다. "사랑하는 사람이 어디에 있는지 모르고 심지어 생사조차 모르지요. 시신을 받을 수 있을지도 막막해요. 일반적으로 죽음을 준비할 때 거치는 중대한 준비 단계도 없습니다. 보통은 가족이 병에 걸려서 죽어가는 모습을 직접 보고, 세상을 떠나면 장례식에 가지 않습니까? 죽기 전에 이야기를 나누기도 하고요. 그렇다 보니 너무 예상치 못한 죽음인 살인 사건도 참 어렵습니다. 제가 살인 사건을 처리할 때도 똑같았습니다. 가족에게 이렇게 말했지요. '제가 온 힘을 다해서 무슨 일이 일어났는지 찾고 말씀드리겠습니다'라고요. 제가 열심히 일한 이유는 비슷합니다. 무슨 일이 있어났는지 알아내고 진실을 말해야 하니까요. 진실이 끔찍할 때도 있습니다만, 가족들은 진실을 알고 싶어 하기에 우리는 숨김없이 말합니다." 가족들이 원하는 바를 다 줄 수는 없지만, 시신을 찾으면서 그들이 이겨나가야 하는 사실만큼은 줄 수 있다.

모의 비상용 배낭에 들었던 내용물이 빈 여행용 가방 옆 카펫 위에 죽 놓여 있었다. 비행기 추락 사고 사망자의 DNA 검사 결과를 기다리는 중이었다. 그는 유가족들에게 전화해 자신이 알고 있는 정보를 전달하고, 화장이든 매장이든 가족이 원하는 방식대로 고인을 보내는 다음 절차를 안내했다. 내일 아침이면 그는 미국으로 건너가 시신 가방을 일일이 다 검사하며 있어야 할 것이 모두 있는지 확인할 것이다. 그리고 투명한 봉투에 든 라벨에 자신이 직접 신원을 확인한 사람들의 이름을 적을 것이다. 모는 영안실에서 사망자가 나갈 때 함께 나간다. 관의 길이나 모양은 보통의 관과 똑같다. 관 안에 시신 일부만 있을지라도.

나는 이 일이 모에게 어떤 영향을 미치는지 궁금했다. 집단 무덤에 쌓인 시신들, 썩어가는 시신 부대, 유리병에 든 시신 일부를 보는 그의 마음은 과연 어떨까. 그는 죽음을 다르게 보지 않는다고 했다. "죽음은 삶의 일부입니다. 우리의 일부예요." 하지만 우선순위는 바뀌었다. 참사 현장을 보고도 예전과 생각이 같을 수는 없다. 스리랑카의 쓰나미를 목격하기 전, 그는 경찰 업무에 따르는 형식적 문서 작업, 규칙, 규제를 비롯해 관료적 체제에 완벽하게 순응했다. 하지만 스리랑카에 다녀온 후 그런 일이 중요하게 생각되지 않았다고 한다. "그런 태도가 아마 제 경력에 타격을 줬을 겁니다. 허울뿐인 보여주기식의 절차에 더는 마음이 가지 않았습니다. 불만은 없었어요. 다만 하지 않았을 뿐이지요."

또한 사람들이 감정적으로, 정신적으로, 육체적으로 이겨낼 수 있는 정도를 훨씬 더 깊게 이해하게 되었다. 스리랑카 참사 후 그의 동료는 두 번 다시 일하지 못할 만큼 심한 외상 후 스트레스 장애를 겪게 되었다. "제 잘못입니다." 모가 솔직하면서 진지하게 말했다. "쉬는 날도 없이 저와 3주 동안 일했습니다. 애초에 그런 곳에 가기에 그는 너무 마음이 약했어요." 내무부는 그가 받아야 할 치료 대신 보상금을 지급했다. 케니언은 신중하게 직원을 배치하고 참사 현장에서도, 참사가 끝나도 직원의 정신 건강을 위해 지원한다. 현재 모는 그렌펠 타워 참사에서 일한 직원들의 보고를 받기 위해 자리를 마련하는 중이다. 코소보 현장에서 발굴팀에 있는 자원봉사자가 집단 무덤에서 일하며 2주 동안 매일 구역질을 하면서도 그만두지 않는 모습을 보고, 그는 현장에 가고자 하는 마음과 강인한 마음은 다르다는 사실을 깨달았다. 이곳에서 일하려면 도움이 될 실용적인 기술을 겸비하는 것도 중요하지만 감정적으로 강인해야 한다. 최근에 누군가를 잃어 고통스러운 상황에 놓인 사람이나 자신의 삶에서 해결하지 못한 괴로움을 바로잡기 위해 의식을 치르는 마음으로 나서는 사람은 적합하지 않다.

모 역시 이 직업의 무거움을 완전히 극복하지는 못했다. 케니언에서 근무하기 전 2009년, 그는 경찰청의 지시를 받고 228명의 사망자를 낸 에어프랑스 447편 추락 사고의 신원 확인을 위해 브라질에 갔다. 그가 맡은 첫 비행기 추락 사고 현장이었다. 강력계 형사로 당직을 서야 했던 그는 아침 6시에 히스로 공항에 도착해 바로 출근하던 길에 자동차를 들이받았다. "세상이 어질어질해서 집중할 수가 없었지요. 이런 일을 겪으면 사람은 휴식하고 회복할 시간이 필요합니다."

하지만 모는 쉬지 않고 일하는 듯하다. 그는 항상 바쁘다고 했다. 스리랑카에서 함께 일한 동료들(그들은 다른 대형 참사에 가본 적도 없고 매년 바비큐 파티를 열어 다른 직원들을 보살피지 않아도 된다)과 달리 모는 이후에도 끊임없이 대형 참사 현장에서 일했다. 비행기에 탈 때마다 신발을 벗지 않고 출구의 위치를 알아두며 안전 안내 영상을 끝까지 시청한다. 게다가 그는 화재로 타 죽은 희생자들의 검게 변한 물품을 보관하는 창고 바로 옆에서 일한다. 데스마스크 조각가인 닉 레이놀즈와 마찬가지로, 나는 그가 바쁜 일을 멈추는 순간, 한꺼번에 그 여파가 밀려오는지 궁금했다. "내 아내와 비슷한 이야기를 하는군요." 그가 웃었다.

가방을 챙기며 나갈 준비를 하는데, 모가 이런 일을 하는 이유에 관해 좋은 대답을 들려준 사람이 있는지 내게 물었다. 내가 이곳에 온 이후로 그의 태도가 조금 변했다. 장난기가 줄어들고 생각이 많아진 듯했다. 우리는 이런 일을 할 수 있는 이유를 알아내기 위해 몇 시간이나 함께 이야기했었다. 모는 자신이 심오하지 않은 그저 '단순한 녀석'이며 이곳에서 일하게 된 대단한 이유는 없다고 말했다. "제 껍데기 아래에는 또 다른 껍데기밖에 없을 겁니다." '최고의 딸'이라고 적힌 머그잔으로 차를 마시며 농담을 던졌다. 그러고는 뜬금없이 자신이 풀지 못한 살인 사건이 없었다고 말했다. 벽에는 윌리엄 글래드스턴^{William Gladstone}의 명언이 액자에 걸려 있다. '국가가 국민의 죽음을 다루는 방식을 보여달라. 그러면 국민의 자비, 법을 대하는 존중심, 높은 이상을 향한 충심을 정확하게 숫자로 보여주리라.'

나는 그에게 최근 몇 달간의 이야기를 들려주었다. 이런 일을 하는 특별한 이유가 없다고 말하는 사람들의 이야기를 들었지만, 결국 도움을 주고 옳다고 생각하는 일을 하기 위해서라는 사실을 말이다. 벌어진 일을 뒤바꾸거나 죽은 사람을 살려낼 수는 없지만, 그들은 상황을 처리하는 방식을 바꾸기도 하고 죽은 사람의 존엄을 지켜주기도 한다. 나는 메이오 클리닉에서 늦은 시간까지 해부실에 남아 카데바의 얼굴을 되돌려놓는 테리 이야기도 들려주었다. 모는 조용히 고개를 끄덕이며 몸을 앞으로 숙였다. 그와 나 사이에는 마지막 영안실의 자물쇠가 여전히 놓여 있었다. "사람들은 자신의 정체성을 찾을 권리가 있습니다. 죽은 이후라 할지라도요."

Chapter 5

고요한 난장판

범죄 현장 청소부

66

우리가 도착할 때
이미 목숨은 끊어지고 없습니다.
죽은 자는
청소하는 법이 없지요.

99

미국 정부 기관은 희생자의 가족이나 범죄가 일어난 장소의 집주인이 피로 얼룩진 현장을 보지 않게끔 청소해주지 않는다. 시신을 운반차 안에 싣고 진술서를 기록하고 지문을 채취하고 바리케이드를 치우고 나면 고요한 난장판만 덩그러니 남는다. 범죄 현장 전문 청소부인 닐 스미더Neal Smither는 '가족, 친구, 세상 누구도' 이 난장판을 치우지 않는다고 내게 말했다. 그는 캘리포니아의 느긋하고도 무심한 분위기를 풍기는 사람으로, 하는 말마다 '세상이 원래 다 그딴 식이지요'라는 태도가 묻어나왔다. 이 일을 시작하기 전 젊은 시절에는 '섹스하고, 대마초를 피우고, 해변에 앉아 있기'가 일상이었단다. 그는 지난 22년간, 24시간을 대기하며 죽은 사람의 집과 범죄 현장을 청소해왔다. 오늘 나는 가슴주머니에 위험 경고 표시가 수놓인, 빳빳한 청색 데님 작업복을 입고 옆에 흰 냅킨을 잔뜩 쌓아놓은 그와 기름 냄새를 풍기는 식당에 앉아 있다. 온갖 죽음을 목격했을 그에게 최악의 죽음이 무엇인지 물었다.

"갑작스러운 죽음입니다."

그가 청소하는 곳의 죽은 사람 대부분은 갑작스럽게 죽음을 맞았다. 살해당하리라고, 자다가 죽는 바람에 월세를 내야 하는 날까지 그 상태로 부패하리라고, 삶이 잘못되리라고 예상하는 사람은 없기 때문이다. 몇 분마다 새로운 청소 현장을 알리는 휴대전화 메시지가 울렸지만 그는 무시했다. 아담한 키에 머리를 깔끔하게 이발한 닐의 안경에는 자국이나 얼룩이 전혀 없었다(대화 도중 여러 번 안경을 닦았다). 냅킨을 더 달라고 부탁하자 종업원이 열 장이나 더 가져다주었는데도 두 번이나 더 냅킨을 가져와 테이블 위에 보이지 않는 얼룩까지 닦았다. 닐은 자신만만하고 목소리가 큰 사람이었다. 하지만 지글지글 요리하는 소리에 묻혀 여러 번 말을 반복하는 바람에 주위 사람들이 힐끗힐끗 쳐다보았다. "부패 말입니다!" 그가 더 크게 말했다. "뇌요, 그리고 딜도요!"

우리 옆에는 검은색 철제 다리가 달린 의자에 앉은, 통 넓은 청바지를 입은 미국인들이 보였고 길게 연장한 청록색 손톱을 붙인 종업원이 커피포트로 그들에게 커피를 따라주었다. 한쪽 눈이 없고 다리를 저는 남자가 계산대에 몸을 기댔다. 나이가 지긋한 부부가 무의식적으로 다정하게 서로의 등을 쓰다듬다 상의에 묻은 햄버거 소스를 닦아주었다. 바둑판무늬의 바닥, 25센트짜리 민트 쿠키가 가득 담긴 병, 꺼진 작은 텔레비전이 눈에 들어왔다.

"살인 현장에 백이면 백, 항상 있는 세 가지가 있습니다." 올린 세 손가락을 하나씩 내리며 말했다. "첫째, 포르노나 성인 용품입니다. 수위가 약한 것부터 뭐, 그런 거 있지 않습니까? 둘째, 취하게 하는 약물이 있어요. 가스부터 아주 지독한 것까지 살인자의 취향이겠지요. 마지막으로는 무기가 있습니다. 현장마다 아주 다른 점이라고 하면 성적인 양상입니다. 모든 살인자가 자위 용품을 수납장에 넣어두진 않지만 어딘가에는 꼭 있어요. 저는 그걸 찾아내고 말지요." 나는 그가 과장한다고 생각했다. 모든 살인 현장에 자위 용품이 있을 리가. 그러자 그는 내가 사람을 과소평가 또는 과대평가한다는 눈빛을 보냈다. "우리가 도착할 때 이미 목숨은 끊어지고 없습니다. 죽은 자는 청소하는 법이 없지요."

닐이 세운 크라임 신 클리너 회사(범죄 현장 청소 회사, 이하 크라임 신 클리너)는 일반적인 사업과 잔혹 행위 전시회 사이 어딘가에 있다. 그는 살인이 일어난 집을 다시 부동산에 내놓거나 압수된 자동차를 경찰 경매(범죄에 연루된 물품을 경찰서에서 경매로 판매하는 것 – 옮긴이)에서 팔 수 있도록 도와주는 재시작 버튼이다. 이런 청소 회사가 생기기 전에는 희생자의 가족이 현장에 가서 직접 피를 닦아내고 청소해야 했지만, 이제 전화 한 통이면 그가 바로 트럭을 몰고 현장으로 온다. 그럼 커피를 마시러 가거나 자리를 뜨면 된다. 돌아오면 아무 일도 없던 곳처럼 깨끗하게 청소되어 있을 테니까.

내가 닐을 알게 된 경로는 좀 독특하다. 다른 평범한 사업과 마찬가지로 그는 인터넷으로 사업을 홍보했다. 심지어 회사의 로

고가 그려진 후드티, 티셔츠, 모자도 판매했다. 그의 팔뚝에는 살인-자살-사고사라는 회사의 슬로건, 해골 모양, 회사의 로고가 문신으로 새겨져 있었다. 거의 50만의 팔로워를 보유한 인스타그램 계정 @crimescenecleanersinc의 프로필에는 '욕하면 바로 차단합니다'라는 소개 글과 현장 대청소 전후를 보여주는 게시물들이 있다. 나는 화면을 죽 넘기며 권총 자살로 인해 피와 뇌가 천장의 화재경보기와 조명에까지 튄 사진을 보았다. 끔찍한 충돌 사고로 일그러진 자동차 옆, 아스팔트 도로 위에 널린 부서진 두개골과 뇌간을 찍은 사진도 있었다. 나는 늘 탐닉하던 일을 하다가, 즉 온라인에서 시신의 사진을 보다가 닐을 알게 되었고 몇 년간 그의 계정을 팔로우해왔다.

나는 어린 시절에 인터넷을 경험하지 못한 마지막 세대이자, 10대에 인터넷을 접한 첫 세대이기도 하다. 그때는 안전 검색 기능이 없었기 때문에 온라인 세계에 있는 것, 우리가 생각하는 것은 무엇이든 볼 수 있었다. 연예인이나 포르노에 빠지는 사람도 있었고 죽음을 탐험하는 사람도 있었다. 지금은 웹페이지 주소창에 rotten.com(rotten은 부패를 의미한다 - 옮긴이)을 검색하면 존재하지 않는 웹사이트라고 나온다. 하지만 옛날 옛적 1990년대에 아주 기본적인 html로 만든 GeoCities 웹사이트(초창기 소셜 네트워크 웹사이트 - 옮긴이)처럼 rotten.com은 아주 간단한 코드로 만들어진 웹사이트로 질병, 폭력, 고문, 죽음, 인간의 타락과 잔인함을 담은 저화질 사진이 총집합한 곳이었다. 유명한 사람도, 신원을 확인할 수 없는 상태의 일반인들도 있었다. 〈새터데이 나이트라이브^{Saturday Night Live}〉에서 활약한 크리스 팔리^{Chris Farley}가 약물을 과다 복용하고 시퍼런 얼굴로 아파트 바닥에 죽어 있는 사진이 보인다. **클릭.** 부패의 초기 단계로 초록색과 노란색을 띠는 피부가 점점 벗겨져가는 젊은 금발의 여성이 나타났다. **클릭.** 욕조에서 죽은 90대 남성이 전기 주전자의 필라멘트로 데워진 목욕물 안에서 익은 모습을 찍은 경찰의 사진이 나타났다. **클릭.** 시신을 게시하는 유사 웹사이트에 코미디언인 레니 브루스^{Lenny Bruce}가 보였다. 소일렌트^{Soylent}라는 별명으로 이 웹사이트를 운영하던, 애플과 넷스케이프의 컴퓨터 프로그래머였던 서른 살 토머스 델^{Thomas Dell}은 웹사이트를 설립하고 1년 후인 1997년 9월, 다이애나 왕세자비의 시신 사진을 게시했다. 물론 조작된 사진이었지만 그가 대담하게도 사진을 공개했다는 사실은 전 세계 언론을 뒤흔들었고 rotten.com은 악명을 떨치며 관음증이 있는 사람, 소송을 준비하는 사람, 10대 청소년들 그리고 내가 가장 즐겨 찾는 웹사이트가 되었다.

나는 이해할 수 있는 일상적인 죽음을 보려는 마음이었는데, 인터넷에서 보이는 사진들은 모조리 공포스러웠다. 어릴 적 본 살인마 잭에 관한 그래픽노블 이상의 정보는 없었다. 인터넷에서는 자연사를 본 기억이 없다. 대부분 훼손되거나 토막 나거나 폭발한, 폭력과 괴이한 재앙으로 죽은 시신들이었다. 평범한 죽음과 가장 가까웠던 사진은 상대적으로 평화로워 보인, 매릴린 먼로의 얼룩진 얼굴이었다. 이 모든 사진은 진짜 죽음처럼 느껴지지 않았고 내가 살던 도시에서 일어날 일처럼 보이지도 않았다.

게다가 친구가 죽는 모습을 봤다고 해서 자기 죽음을 심각하게 고민하는 10대는 없을 것이다.

이 웹사이트가 만들어졌을 때 나는 열 살이었고, 내 친구 해리엇의 장례식을 치르고 1년 후인 열세 살부터 접속하기 시작했다. 인터넷의 초기 단계(당시에 온라인으로 낯선 사람과 대화할 때는 나이/성별/사는 곳을 먼저 밝히곤 했다)를 경험하며 성장한 다수에게 이 웹사이트는 엄청난 영향을 미쳤다. 나는 허락된 한 시간 동안 이런 사진들을 보았다. 그때는 전화선으로 인터넷이 연결되었으므로 한 시간 이상 사용하면 전화비가 더 부과되었기 때문이었다. MSN 메신저를 켜고 나는 학교 친구와 이야기하며, 친구들끼리만 아는 농담이나 코엔 형제의 영화에서 본 대사를 별명으로 게시하곤 했다. 흐르는 뇌와 피로 엉킨 존 F. 케네디 대통령의 뒤통수 사진 바로 옆 채팅창으로는 친구와 좋아하는 남학생 이야기로 수다를 떨었다. 그렇게 10대의 평범함과 끔찍한 죽음이 한 모니터 안에 나란히 있었다.

세상을 떠나기 전 수전 손택Susan Sontag은 공포를 향한 우리의 반응을 분석한 저서인 《타인의 고통Regarding the Pain of Others》에서 이런 말을 남겼다. "섬뜩함은 우리를 관중으로 또는 쳐다보지도 못하는 겁쟁이로 만든다." 우리는 한쪽을 골라야 한다. 나는 눈을 뗄 수가 없었고 봐야 했다. 이 감정 자체는 그 안에서 결국 다른 무언가로 변한다. 일단 보기 시작하고 끔찍한 장면을 견디면, 다음은 더 끔찍한 것을 보게 된다. 느려터진 56K 모뎀에, 사진 한 장이 뜨려면 한참이나 걸렸지만 마음은 이미 화면의 마지막으로 달려간다. 당신이 본 사진은 끔찍했는가, 아니면 생각보다 나쁘지 않았는가? 자신의 상상만으로는 떠올리기 어려울 정도로 너무나 자세하게 죽음의 사진이 펼쳐질 때도 있다. 두개골이 달걀처럼 깨지고 뇌가 노른자처럼 담겨 있으리라고 스스로는 생각하지 못하기 때문이다. 당시 컴퓨터실 선생님은 지금만큼 엄격하지도 않았고 포르노를 차단하지도 않은 시대였다. 원하는 것은 무엇이든 볼 수 있었기 때문에 우리는 죽음의 사진을 보면서 거북함에 멍해지는 동시에 용감하다고 느꼈다. 여러 사진을 보다 보면 결국은 멍한 느낌은 없어지고 둔해지기 마련이다.

범죄 현장 청소부인 닐과 이야기하며 나는 둔해지는 느낌을 자꾸 떠올렸다. 그는 〈트루 그라임True Grime〉이라는 텔레비전 프로그램과 다큐멘터리의 주인공으로 출연하기도 했고 〈호기심 해결사Mythbusters〉라는 프로그램에도 출연한 적이 있으며 여러 유튜브 채널의 출연자가 되기도 했다. 그의 겉모습을 보고 냉혈한이라고 평가하는 시청자들이 많은데, 직접 맞은편에 앉아서 늦은 밤 방영하는 저질 프로그램의 내레이션 같은 말투로 그의 직업에 관한 이야기를 듣고 있으니 그런 평가에 수긍이 갔다. 그의 인스타그램 계정만 봐도 그 말에 고개를 끄덕일 수 있으니 말이다. 하지만 나는 그것이 원래 모습인지 그렇지 않으면 직업이 그를 냉혈한으로 만들었는지 궁금해졌다.

1990년대 중반, 마리화나에 취한 채 20대를 보내다 영화 〈펄프 픽션Pulp Fiction〉을 본 많은 고등학교 중퇴자들과 마찬가지로 닐은 삶의 깨달음을 얻었다. 다만 이 영화를 모방해 시나리오를 써대는 작가 지망생들과 달리 그는 색다른 길을 택했다. 윈스턴 울프 역할을 맡은 배우 하비 카이텔이 등장하는 장면을 보고 닐의 삶이 완전히 바뀌었다. 이른 아침 턱시도를 입은 윈스턴 울프는 초인종을 누르며 문제를 해결하러 왔다고 말한다. 존 트라볼타가 연기한 빈센트 베가가 자동차 안에서 실수로 마빈의 머리를 쏴 죽였기 때문이다. "차고에 있는 차 안에 머리통이 날아간 시신이 있다고 들었습니다. 보여주십시오." 울프는 존 트라볼타와 새뮤얼 L. 잭슨에게 시신을 트렁크에 넣고 싱크대 아래에 있는 청소 도구로 최대한 빨리 차를 닦으라고 지시한다. 피로 흥건히 젖은 정장을 입고 부엌에서 어색하게 서 있는 트라볼타와 잭슨에게 구체적인 할 일을 알려주는 울프 옆에서 지미 역할을 맡은 쿠엔틴 타란티노는 당장에라도 돌아올지 모르는 아내 때문에 잠옷을 입은 채 안절부절못한다. "뒷좌석을 잘 처리하십시오. 뇌와 두개골 찌꺼기를 모두 퍼 담아야 합니다. 다 제거하십시오. 시트도 닦아내세요. 시트는 뜯길 만큼 말끔하게 할 필요는 없습니다. 신경 써야 하는 건 고인 핏물입니다. 골치 아프지요. 무조건 다 빨아들여야 합니다." 트라볼타와 잭슨은 터벅터벅 차고로 걸어갔다. 이 장면에 감명을 받은 닐은 피우던 대마초를 내려놓고 사업에 뛰어들었다.

조사해보니 피바다를 청소하는 청소 용역 회사가 이미 몇 군데 있었지만 요금이 '어처구니없을 만큼 비쌌기 때문에' 경쟁 상대로 보이지 않았다고 한다. 그는 경제적으로 궁핍한 상황이었지만 발 벗고 나서서 50달러로 사업자 등록증을 내고, 잠재 고객이라면 누구에게든 전단을 건넸다. 그는 장례식장과 부동산 관리 회사에 찾아가 문을 두드렸고, 도넛을 사서 샌프란시스코 경찰관들에게 뇌물 공세를 펼치기도 했다. "하도 자주 찾아가서 제가 가면 그냥 문을 열어주곤 했습니다. 경찰서에 들어가서 강력계도 들르고 순찰대도 들르고 막 헤집고 다녔지요. 9·11 테러가 터지기 전이라 가능한 일이었습니다. 샌드위치를 사 들고 가서 '짭새 양반, 대체 언제 나한테 일 좀 줄 거요?'라고 농담 삼아 말하기도 했지요. 제가 무모하기도 했고 운이 좋기도 했습니다. 어딜 가나 제 이야기를 듣도록 광고하고 다녔으니까요." 당시 80대였던 그의 할머니가 산타 크루즈 경찰서에 자원봉사를 가게 되었다고 한다. 그때부터 할머니는 고객으로 가장하고 손자의 훌륭한 업무 능력을 추천하는 편지를 썼다. 검시관, 경사 할 것 없이 그들이 보기에 청소 일거리를 주는 데 조금이라도 영향력이 있는 사람에게는 모두 편지를 써 보냈다.

우리는 샌프란시스코 북쪽 리치먼드의 샌 파블로 거리에 있는 레드 어니언이라는 식당에 있었다. "이 식당은 예전에 리치먼드 경찰서에서 근무한 아주 전형적인 경사가 운영하는 곳입니다." 그가 안경 너머로 코카콜라가 그려진 벽과 낡은 커피 기계를 보며 말했다. "곤봉으로 죽도록 때리는 경찰들도 전혀 탈 없이 넘어가던 시절에 근무했지요. 사업 초창기에 제게 일을 준 사람이었습니다."

한 시간 전, 이 근처에 나를 내려준 택시 기사는 눈을 가늘게 뜨고는 이곳이 목적지가 맞는지 재차 물었다. 내가 내리고 나서도 택시는 한동안 움직이지 않았다. 택시 기사와 나는 '모든 물건이 1달러!'라고 적힌 달러 트리라는 가게 주차장에서 침대 시트를 질질 끌고 나오는, 마약에 찌든 반나체의 남자가 대형 약국 체인인 월그린스의 드라이브 스루를 지나가는 모습을 보았다. 1950년대로 돌아간 듯한 느낌을 주는 이 자그마한 식당은 주차장 한가운데 섬처럼 홀로 서 있었다. 닐을 만나기 몇 달 전, 잠수함에서 백만장자에게 살해된 스웨덴 기자 킴 발^{Kim Wall}의 토막 난 시신이 덴마크와 스웨덴 사이의 바다에 버려졌다. 그녀를 직접 알지는 못했지만 킴이 쓴 글을 읽은 적이 있고 당시 우리는 같은 잡지사에 글을 게재하고 있었다. 만일 내가 잠수함을 직접 만드는 기업가의 소식을 발견했더라면 내가 그 취재를 맡았을지도 모른다. 살인의 흔적을 지우는 청소부를 기다리며 나는 킴을 떠올렸었다. 택시 기사가 나를 다시 올려다보며 정말 이곳에 혼자 있어도 괜찮은지 물었다. 고개를 끄덕이자 그는 "알겠습니다, 아가씨"라고 말하고는 나를 두고 떠났다.

창문 밖을 가리키며 "여기에선 별일이 다 생깁니다"라고 하는 닐의 말을 들으니 이곳에 오겠다고 한 내 결정이 옳았는지 의문이 들었다. "제가 관할하는 특별한 구역이지요. 작은 지역인데 인구 밀집도가 높아요. 약 95킬로미터 반경에 엄청나게 많은 사람이 있으니 잠재 고객의 수도 많아집니다." 그가 말하길 사람들은 자신의 영역을 지키려는 동물이므로 사람이 많아질수록 긴장감이 높아져, 살인이나 자살 가능성도 높아진단다.

2007년 4월, 별일이 다 생기는 지역에 위치한 이 식당에 가면을 쓴 네 명의 무장 강도가 침입했다. 결국 실패로 돌아간 범행이긴 했으나 당시 식당 주인이 총에 맞았다. 담당 형사는 일간지 《이스트 베이 타임스East Bay Times》와의 면담에서 '식당을 장악한 아주 흉악한 사건'이라고 설명했다. 강도들은 요리사를 폭행하고 다른 종업원들을 협박했으며 사무실에서 나오던 알프레도 피게로아Alfredo Figueroa의 몸통을 총으로 쏜 후 달아났다. 피게로아는 응급실에서 결국 숨졌고 그의 붉은색 토요타 자가용은 출입이 통제된 식당 앞에 며칠 동안 주차돼 있었다. 사건이 일어나고 몇 주 뒤, 주인의 가족은 현상금을 모금하기 위해 25달러 이상 기부한 사람에게 범죄가 일어난 바로 그 현장에서 직접 구운 햄버거를 무료로 제공했다. 엘세리토 경찰서의 로버트 데 라 캄파 경감은 2019년 현재로서는 강도들이 체포되지 않았으며 아직 수사 중이라고 말했다.

닐은 직업으로서가 아니라 개인적으로도 죽음의 현장을 청소한 경험이 있다. 그가 열두 살 무렵, 이웃이 자살하는 사건이 벌어졌을 때였다. 소총에서 튀어 나간 총알이 이웃의 머리를 뚫고 창문을 부수고 나가는 바람에, 닐이 조부모님과 여름을 보내던 집 쪽으로 뇌 일부가 날아와 떨어졌다. 그는 철사로 된 솔과 호스를 집어 들고 혈흔을 닦아냈다. "역했지만 그따위 것 신경 쓰지 않았습니다. '와, 이 자식 자기 머리통을 날려버렸네!'라고 생각했지요. 제가 놀라지 않았다는 사실에 더 놀랐어요. 그저 해야 할 일일 뿐이었지요. 연세가 있는 조부모님은 하기가 힘드니 어쩌겠어요. 결국 제가 해야 했지요." 총소리가 울리고 얼마 되지도 않았을 때 닐은 얼른 청소에 착수했다. 만약 그대로 몇 년을 두었다면 터진 뇌는 굳어, 청소하기 가장 힘든 구슬 같은 상태가 되었을 것이다.

만약 구역질을 견딜 수 있다면 현장을 직접 청소해도 된다. 하지만 그런 장면을 참을 수 없거나 비용을 낼 형편이 된다면 전문 청소 인력을 고용하는 편이 바람직하다. 닐은 집 안에 사람이 죽어서 부패하기 시작한 장면을 상상해보라고 했다. 시신은 수거되었지만, 시신에서 흘러나온 액체로 젖어버린 매트리스, 구더기, 피로 얼룩진 바닥을 청소해야 한다. 매트리스를 버리고 표백제를 들이부어 청소하고 겉보기에 얼룩 하나 없이 모두 닦았다. 드디어 청소가 끝났다고 생각할지 모르지만 이게 다가 아니다. 먼지만 한 날벌레를 잊었기 때문이다. "날벌레가 들어와 피로 난장판이었던 곳을 모두 찾아낸다는 사실을 알아차리기까지 오래 걸렸어요. 날벌레가 있는지 모르면 어디를 확인해야 하는지도 모를 겁니다. 그런데 벽 아주 가까이에 가거나 벽을 만지면 얼룩이 번지기 시작해요. 닦으면 될지 모르지만 이 망할 얼룩이 **온 벽**에 다 있어요." 그의 눈이 커졌다. "그래서 **몽땅** 다 박박 문질러 닦아야 합니다. 의심이 많은 고객에게 보여줘야 하지요. 저 같아도 의심할 것 같아요. 교과서가 없어서 저는 직접 하면서 배웠습니다. **염병**! 그런 걸 누가 알았겠습니까?"

여덟 명의 남자 정직원이 있는 닐의 회사는 집이 난장판인 고객, 집에 쥐가 우글거리는 고객, 그리고 핏자국을 없애려는 고객에게 주로 서비스를 제공한다. 핏자국은 상황에 따라 다양하지만 고객들은 고인 핏물을 대수롭지 않게 생각한다. "카펫 아래의 핏자국은 카펫 위에 보이는 자국보다 네 배는 큽니다. 거꾸로 놓은 버섯을 생각하면 돼요. 카펫 위로는 대만 보이지만 커다란 갓은 막상 그 아래에 있습니다. 만약 접시 크기만 한 핏자국이 있으면 카펫을 1미터 이상 잘라내야 합니다. 혈액이 분리되기 때문입니다. 백혈구가 혈장인지 뭣인지와 분리되기 때문에 더 큰 얼룩이 돼요. 그런 사소한 잡것들을 놓치는 청소부가 많지요."

청소가 끝나고 현장이 깨끗하게 변신하면 닐은 그 집에서 샤워를 하고 나온다. 영화에서 하비 카이텔의 턱시도가 보여주는 이미지와 달리 실제 일은 극도의 육체노동이기 때문이다. "영광도 없고 비참한 일입니다. 특수 작업복을 입으면 금방 몸이 땀으로 흥건해지는 데다 답답하게 마스크도 써야 합니다. 최악이에요." 닐이 말했다. 나는 메이오 클리닉에서 시신 방부처리 액체를 다루는 테리를 떠올리며 닐에게 샤워를 해도 냄새가 남는지 물었다. "그럼요, 물론이지요. 그래서 마스크를 쓰지 않은 채 샤워실에 들어가지는 않습니다. 그리고 샤워가 끝나면 마스크를 벗어서 테스트해야 합니다. 여전히 집에서 냄새가 나면 문제가 있다는 이야깁니다. 아직 끝나지 않았다는 의미이지요. 공기에 아직 당신이 아닌 타인의 입자가 있다는 거니까요. 호흡으로든 어떤 방식으로든 그 공기를 들이마시면 안 됩니다."

우리 대화를 엿듣던 옆 사람이 아무 말없이 자기 앞에 놓인 밀크셰이크로 고개를 돌렸다.

⋄

1990년대부터 2000년대 초반에 10대를 보낸 사람으로서 말하자면 rotten.com은 자신이 정말 원해서, 고의적으로 접속해야 하는 웹사이트였다. 소셜 미디어에서 우연히 보게 되는 웹사이트도 아니었고 오늘날처럼 기업의 검열 시스템에서 빠져나간, 머릿속에서 지우고 싶은 이미지가 사용자에게 노출되는 경우도 아니었다. 그때는 우리가 직접 찾아 나서야 했다. 당시의 웹사이트는 과거의 기계 속에 갇혀 사라졌을지 몰라도 비슷한 사이트들이 그 자취를 따라 생겨나고 있다. 크라임 신 클리너의 인스타그램은 죽음을 즐겨 보는 새로운 세대를 위해 플랫폼과 타임라인 모두에 그들의 공포물을 게시한다. 가끔 스크롤을 올리며 우리가 보는 사진을 의식적으로 잊을 수도 있다. 이렇게 우리가 창조해놓은 SNS 세상의 일부로 자리 잡음으로써, 죽음의 공포는 일상이 되었다.

죽음의 이미지는 어디에나 존재하지만, 이제 너무 흔한 장면이 되어버렸기에 우리는 그다지 심각하게 받아들이지 않는다. 그 이미지에 너무 익숙해진 나머지 감각이 무뎌졌다. 교회에 들어서도 고문당해 죽은 사람이 십자가에 달렸다는 사실을 두 번 생각하지 않는다. 십자가에 못 박혀 죽은 예수는 예술의 역사에서 가장 자주 다뤄지는 장면이지만, 듣고 또 들은 이야기라 이제 충격적이지도 않다. 그 이미지가 머릿속에서 당신을 괴롭힐지는 몰라도 당신의 목에 걸린 순금으로 만든 십자가를 볼 때마다 공개 처형을 생각하지는 않는다. 가톨릭 재단의 학교에서 나는 십자가의 길(그리스도의 수난을 나타내는 그림과 기도 – 옮긴이)과 예수의 죽음에 둘러싸여 12년을 보냈다. 죽음은 햇빛에 반짝이는 정교한 스테인드글라스로 된 창문에도 있었고, 교실의 모서리에 보이는 피 흘리는 조각상에도 있었다. 사순절에는 딱딱한 성당 의자 뒤에 무릎을 꿇고 앉아 신부님에게 예수가 며칠 만에 부활해 무덤에서 나왔는지에 관한 이야기를 난생처음으로 들었다. 나는 예수의 시신 상태가 어땠는지, 돌무덤을 옆으로 밀어냈을 때 시신이 초록색이었는지 궁금했다. 금요일에 죽었으면 일요일에는 어떤 냄새가 났을까? 골고다 언덕은 얼마나 날씨가 더울까? 자녀가 있다면 가톨릭 학교에 보내시길. 참으로 즐거운 시간을 보낼 거다.

　가톨릭 학교에 다닌 앤디 워홀Andy Warhol은 죽음의 이미지에 광적으로 집착했다. 죽음을 기반으로 세워진 종교이니 당연할 수밖에 없다. 당시 살았던 사람들의 말에 의하면 워홀은 1960년대 초, 30대 중반(내 나이다)의 나이에 특히 심리적 장애가 가장 심했다고 한다. 1962년 6월, 점심을 먹으면서 그는 큐레이터인 헨리 겔트잘러Henry Geldzahler와 그의 친구에게 '비행기 사고로 129명이 죽다'라는 머리기사가 커다랗게 실린 신문《뉴욕 미러New York Mirror》를 한 부 받았다. 워홀이 손으로 직접 그린 비행기의 잔해가 1면에 실려서였다. 기사는 죽은 희생자들은 예술 애호가들이었다고 보도했다. 두 달 뒤, 매릴린 먼로가 죽었다. 며칠 후, 누군가가 훗날 인터넷을 뜨겁게 달굴 매릴린 먼로의 흑백 영정 사진을 찍었고 워홀은 그 유명한 먼로의 웃는 모습을 실크스크린 인쇄화로 제작했다. 그리고 몇 달에 걸쳐 그는 자살, 자동차 사고, 원자 폭탄 폭발, 개들의 공격을 당하는 시민권 시위자들, 오염된 참치 통조림으로 죽은 두 명의 주부, 뉴욕시에서 48킬로미터 북쪽에 있는 싱싱 교도소의 전기의자 이미지를 보여주는 〈죽음과 재앙Death and Disaster〉이라 부르는 연작을 제작했다. 작품과 반복되는 이미지를 제작할 때마다 같은 격자무늬 작품을 계속해서 복제했고, 워홀은 재앙의 공포와 더욱 멀어지며, 현실과 자신의 간격을 더욱 넓혔다. 이야기를 되풀이해 충격을 줄이는 법을 교회에서 마치 배운 듯했다.

나는 크라임 신 클리너의 인스타그램 계정을 보며 같은 효과를 알아차렸다. 가로로 세 칸, 세로로 수없이 내려가는 인스타그램의 격자무늬는 비예술가가 만든 〈죽음과 재앙〉이나 다름없었다. 비극, 고통, 폭력이 담긴 이미지이지만 수백 장이 보이기에 나는 무덤덤해졌다. 이 사진들은 또 다른 rotten.com일 뿐이다. 앤디 워홀은 "같은 것을 보면 볼수록 의미는 더욱 사라지고, 공허함과 익숙함을 느낀다"라고 말했다.

10대 시절, 예술 서적을 뒤적일 때마다 내 눈길은 언제나 앤디 워홀의 작품에 머물렀다. 관심 분야가 같아서였다. 나는 그가 죽음의 이미지를 좇는 이유에 의구심을 품은 적이 없었지만 나중에서야 우리의 동기가 다르다는 사실을 알게 되었다. 나는 죽음을 이해하려 했고 그는 죽음에서 도망치려 했다.

나는 그가 그저 흥미를 유발하기 위해서 그런 작품을 만든다고 생각했기에, 두려움에 떨었다는 사실을 전혀 느끼지 못했다. 워홀은 밤이면 겔트잘러에게 전화해 두려움을 털어놓았고 어둠 속에서 도움을 요청했다고 한다. "잠든 사이에 죽을까 봐 두렵다고 말한 적도 있습니다. 그래서 침대에 누워 심장 소리를 듣는다고 했어요"라고 겔트잘러가 말했다. 워홀의 형제인 존과 폴은 앤디가 열세 살 때 아버지의 죽음을 경험하고 나서 주체하지 못하는 공포를 느끼기 시작했다고 추정한다. 아버지의 시신이 거실에 사흘간 안치되었을 때, 그는 침대 밑으로 들어가 친척 집에 가게 해달라고 울며 빌었다. 어머니는 그의 시드넘무도병(시덴함무도병)Sydenham chorea이 도질까 봐 보내주었다.

워홀은 실제 죽음을 눈으로 본 적이 없으며 오직 신문이나 사진의 렌즈를 통해서만 보았다. 열세 살이었던 그는 나와 달리 죽음을 가까이서 볼 기회가 있었지만 거절했다. 1970년대에 그를 죽이려고 시도한 밸러리 솔라나스Valerie Solanas의 총알을 맞고 나서야 죽음을 성찰하고 〈두개골Skulls〉과 자화상을 제작했지만 죽음을 향한 두려움은 평생 남았다. 장례식이나 초상집에는 절대 방문하지 않았을뿐더러 심지어 1972년 어머니의 하관식 참석도 거부했다. 그는 자신의 뇌리를 떠나지 않는 이미지의 희생자였고, 죽음이 공포가 아니라는 사실을 보기 위해 실제로 죽음을 직면하기보다는 예술로서 그 힘에 맞서 싸우려 했다. 회피하면서 영감을 얻은 그의 아름다운 작품은 전 세계의 미술관에 전시되어 있다.

수전 손택은 "1839년 카메라가 발명된 이후 사진은 늘 죽음 곁에 있었다"라고 말했다. 이런 사진을 찍는 이유는 수없이 많고, 사진을 보고자 하는 사람들의 이유만큼이나 다양하다. 빅토리아 시대의 사람들은 삼각대에 카메라를 올려두고 죽기 직전의 사람이나 시신의 사진을 찍었다. 때로는 자녀를 찍은 유일한 사진이 시신의 사진이기도 했다. 어머니는 아기를 두꺼운 담요로 말아 품에 안음으로써 죽은 사실을 감추며 사진을 찍기도 하고, 죽은 아기를 담은 작은 관 옆에서 슬픔에 찬 부모가 뻣뻣하게 서서 사진을 찍기도 했다. 수사 목적으로 범죄 현장이나 부검 과정을 찍은 사진도 있다. 1888년에 찍힌, 내가 너무도 잘 아는 다섯 여인 폴리 니컬스Polly Nichols, 애니 채프먼Annie Chapman, 엘리자베스 스트라이드Elizabeth Stride, 캐서린 에도우즈Catherine Eddowes, 메리 켈리Mary Kelly의 시신 사진도 그중 일부였다(서문에서 언급했듯, 저자의 아버지는 런던에서 일어난 실제 연쇄살인 사건을 바탕으로 한 그래픽노블을 그린 만화 작가였다 - 옮긴이).

수십 년 뒤, 위지Weegee라고 불리는 사진작가(본명은 아서 펠릭Arthur Fellig이다)는 1930년대의 폭력을 기록하며, 죽음을 선정적인 구경거리로 이용해 신문 판매율에 도움을 주었다. 당시 대공황이 말기에 접어들고, 금주법이 폐지되고, 정부가 조직적 범죄를 엄중하게 단속하면서 뉴욕의 살인 사건이 급증했다. 위지는 범죄 현장은 포착하지 않고 오직 사건 직후만을 찍었다. 그리고 경찰 라디오(경찰들이 무전기로 서로 대화를 주고받는 이야기를 들을 수 있는 라디오-옮긴이) 덕분에(당시 위지는 경찰 라디오를 듣도록 허가받은 유일한 프리랜서 신문 사진기자였다) 그는 흰 천이 덮이기 전, 도로에 떨어진 갱단의 뒤집어진 모자와 피로 얼룩진 시신의 사진을 찍었다. 그의 사진은 신문의 맨 앞면을 장식하곤 했다. 수백 구의 시신, 수백 가지의 이야기가 뉴욕 경찰서 건너편에 있던 그의 음산한 아파트 벽에 트로피처럼 붙어, 희생자들의 사진이 줄을 이었다. 그는 다음과 같은 말을 남겼다. "살인은 내 사업입니다."

윤리와 비윤리의 선을 넘나드는 타블로이드 신문의 세계와 달리, 목격자와 증언만으로는 확실하지 않을 때 사진 보도는 기록으로 매우 중요한 역할을 한다. 1945년, 전투지대에서 사진을 찍도록 허가받은 미국의 첫 여성 전쟁 사진작가였던 마거릿 버크화이트Margaret Bourke-White는 패턴Patton 장군의 제3군과 함께 무너져가는 독일을 두루 다녔다. 나치의 잔혹 행위를 담은 사진들은 폭력에 굴하지 않는 중요한 기록으로, 마흔쯤이던 그녀는 암실에서 사진을 인화할 때야 비로소 전쟁의 장면을 정신적으로 받아들일 수 있었다. 그녀는 부헨발트Buchenwald에서 목격한 진상을 그다음 해 회고록에 기록했다. "나중에 내가 찍은 사진을 봐야지만 지금 내 눈앞에서 벌어지는 이루 말할 수 없는 처참한 장면을 믿겠노라고 끝없이 혼잣말했다. 나와 내 앞의 충격적인 공포 사이에 카메라라는 아주 얇은 장벽이 있어서 다행이라고 생각할 정도였으니까." 잡지 《라이프LIFE》에 실린 마거릿의 사진은 죽음의 수용소의 현실을 잘 믿지 않았던 많은 대중에게 보여주는 초기 보고서가 되었다.

사진 보도는 기록과 행동 사이에 존재한다. 사진 작업은 세상에서 일어나는 일을 알리는 데 필수적이지만 작가 개인의 희생도 따른다. 1993년 케빈 카터Kevin Carter는 독수리가 굶주려 쓰러져가는 아이를 노리는 사진을 찍어 퓰리처상을 받았다. 이 사진이 발표되고 나서 《뉴욕 타임스》에는 아이가 어떻게 되었는지, 사진작가가 아이를 도와주었는지를 묻는 독자들의 편지가 빗발쳤다. 며칠 후 신문사 측은 독수리를 쫓았고 아이는 가던 길을 계속 갔지만 음식을 제공하는 막사까지 무사히 도착했는지는 알지 못한다고 발표했다. 퓰리처상을 받고 몇 달 후, 카터는 서른셋의 나이에 자신의 트럭에서 가스를 마시고 삶을 마감했다. 유서 일부는 다음과 같다. "나는 살인, 시체, 분노, 고통… 굶주리고 다친 아이들, 잔인무도한 미치광이 경찰들, 잔인한 사형 집행인의 생생한 기억을 떨칠 수가 없다."

죽음의 사진을 보는 사람으로서 말하자면 가장 중요한 요소는 상황의 맥락이다. 무슨 일이 발생했는지 모르면 고삐 풀린 공포가 머릿속을 헤집고 다니며 결국 두려움이 축적되거나 무감각으로 이어진다. 닐의 인스타그램에 게시된 범죄 현장의 사진들은 맥락이 없다. 전투가 펼쳐지는 상황도 아니고, 연민이나 깊은 이해가 필요한 이야기도 아니며, 신문에 실리지도 않는다. 우리가 전체 이야기를 모르기 때문에 그저 의미 없는 혈흔일 뿐이다. 닐은 보통 청소 시간을 추정하기 위해 경찰 공문으로 사건에 관해 전해 듣지만, SNS에 게시하는 설명은 실제로 일어난 사건과 전혀 관계가 없다고 했다. 희생자의 신원을 보호하기 위해 이야기를 바꾸는데도 기어이 게시물을 찾아 비난하는 댓글을 남기는 유가족도 있다고 한다. 시신 사진을 좋아하는 사람들과 사업 광고를 제외하고, 이런 이미지들은 특별한 목적이 없는, 그저 작업 능력을 보여주는 사진일 뿐이다. 그는 자신의 직업을 알리고 싶어서 인스타그램을 시작했다. 그러나 막상 인스타그램에서 고객을 유치하는 일은 별로 없고, 모호하고 희미한 게시물들 때문인지 수군거리는 사람들만 많다. 사진에 관한 자세한 설명도 없기에 팔로워들은 닐이 보여주는 현장의 흐릿한 일부만 보고 자신이 생각하는 시나리오를 댓글로 남긴다.

우리가 아는 진실이라고는 이미 누군가가 손목을 긋거나, 범죄가 일어나거나, 어찌할 도리가 없는 끔찍한 사건이 전개되고 나서야 청소부들이 도착한다는 사실이다. 그의 마음이 괴로운지 궁금했지만 딱히 그런 것 같지는 않았다. "사실 제 소관 밖의 일이라고 봅니다." 닐이 말했다. 머릿속에 남은 장면이 있는지 묻자 기억하지 못하는 듯했다. 부모의 피가 묻은 어린 아기의 발자국이 생각나긴 하지만 거의 떠오르지 않는단다. "시작할 때는 다들 희생자들의 이야기를 알고 싶어 합니다. 처음 50건 정도는 궁금하지요. 하지만 그 이후에는 신경도 쓰지 않고 잘 보이지도 않아요. 대부분은 그 집을 나올 때쯤 잊어버립니다."

참혹한 이미지가 우리에게 미치는 영향을 분석한 수전 손택의 저서에서 그녀는 후반에 들어 "연민은 불안정한 감정이다. 행동으로 발현되지 않으면 시들고 만다. (…) 결국 지루함과 냉소와 무관심을 느끼게 된다"라고 서술했다. 연민이 있긴 했는지는 모르지만 닐이 자신을 다스리는 가장 주된 감정은 냉소로 보인다. 이 식당에서 내게 자신의 직업을 이야기하는 태도에도 냉소가 묻어나고, 인스타그램 사진 아래에 죽음을 위해 기도하라는 뜻인 '#p4d'라는 직설적인 해시태그에도 묻어난다. 결국 죽음은 현금을 의미하니까. 사진작가 위지뿐 아니라 닐에게도 살인은 사업일 뿐이다. 내게 말한 몇 가지 내용은 텔레비전이나 유튜브에 출연해서 한 말을 그대로 틀어놓은 듯했다. "만약 제가 텔레비전에 나가서 사람들을 자극하지 않거나 인상적인 말을 하지 않았다면 회사는 지금만큼 성장하지 못했을 겁니다." 이 모두는 결국 유명해진 범죄 현장 청소부로서 보여주는 행동인 것이다. 닐의 진짜 생각은 조금도 이해하기 힘들었고, 닐을 어떻게 바라봐야 할지도 감이 잡히지 않았다. 나는 수년간의 연습으로 잘 짜인 공연을 본 청중일 뿐이었다.

하지만 진실이 번뜩이는 순간도 있었다.

최근 들어 직접 청소하러 나가는 일을 줄이면서, 그는 직원들이 보낸 사진을 온라인에 게시한다고 했다. 쉰 살인 그는 벽에 묻은 날벌레 자국을 볼 만큼 시력이 좋지 않은 데다, 더는 감정을 숨기기가 어렵단다. "이제는 고객들에게 동정심을 느끼지 않습니다. 그게 제 행동에 반영되겠지요. 그들을 보면 **구역질**이 나요. 지긋지긋한 놈들이라고 대놓고 말하지는 않지만 그들도 아마 제 생각을 느낄 겁니다."

고객의 태도와 지독하게 더러운 집을 보면 그들을 향한 혐오의 감정이 자꾸만 솟구친다. 22년간 공포와 비극을 청소하면서 그는 인간의 최악만을 주로 봐왔다. "사람들은 다들 자기 생각만 하는 기회주의자들입니다. 충성심 따위는 없어요." 사람이 죽고 몇 달간 발견되지 않았는데도, 뒤늦게 나타난 유가족은 집을 샅샅이 뒤지며 팔 수 있는 물건을 찾기도 했다. "제가 청소를 하는데 그들은 옆에서 서랍을 뒤지며 가져갈 만한 물건을 찾습니다. 마치 그럴 권리를 타고난 사람처럼 말입니다. 정말 **싫습니다.**"

차가운 자본주의적 동기를 품고 이 업계에 뛰어든 그에게 이 일은 그저 돈을 벌어다 주는 청소일 뿐이다. "저는 그들의 친구나 상담사 역할을 하려고 일하지 않습니다." 그가 한 조각 남은 햄버거를 먹으며 말했다. "저는 청소부일 뿐입니다. 그런데 제가 무슨 생각을 하든 그 양반들이 왜 신경을 쓴답니까?" 이 일을 하면서 세상을 더 좋은 곳으로 만들 마음이나 죽은 사람의 존엄성을 지키겠다는 생각은 하지 않는다. 닐의 의무는 현장에서 죽은 사람의 흔적을 모두 지우고, 옆방 서랍을 뒤지는 죽은 자의 먼 사촌이 이 집을 팔 수 있도록, 말 그대로 이 상황을 비인간적으로 만드는 일이다. 그런 유가족과 동일한 이유로 현장에 있다는 사실이 아마 닐이 느끼는 역겨움의 뿌리가 아닐까 짐작해본다. 하이에나 같은 인간들에게 보수를 받는다는 사실 말이다.

그는 아이다호에 은퇴하고 아내와 살 집을 마련해놓았다고 하며 살인, 자살, 쥐, 죽은 사람을 모두 뒤로하고 깨끗한 휴식처에서 자급자족하며 살 것이라고 했다. 그는 휴대전화를 집어 들더니 수십 개의 업무 알림을 모두 지우고는 초 단위로 시간을 재는 시계를 보여주었다. "제가 사라질 날이 1,542일 남았습니다. 4년 2개월 22일 후이지요." 그날만을 손꼽아 기다린단다. "제가 죽을 장소이기도 합니다." 그는 마음의 준비가 되었다며 거동이 불편해지기 전에 모든 것을 정리하고 산에 올라가 곰에게 잡아먹히고 싶다고 했다. 다른 누군가의 청소 대상이 되고 싶지 않기 때문이다.

"죽음이 두려운가요?" 내가 물었다.

"그럼요. 죽고 싶진 않지요."

그는 면담이 끝났는지 묻고 식탁 위에 놓인 열쇠를 챙긴 다음, 나가는 길에 종업원과 이야기를 나누었다. 계산대에 기대, 주문서를 쥔 손을 허리춤에 얹고 요즘 일이 바쁜지 묻는 종업원에게 그는 늘 바쁘다고 대답했다. 휴대전화가 다시 울리자, 밖은 안전하지 않으니 식당 안에서 택시를 기다리라는 말을 남기고 그는 식당을 나섰다. 때가 꼬질꼬질한 다른 모든 자동차와 달리, 얼룩 하나 없이 햇볕에 반짝이는 하얀 램^{Ram} 픽업트럭이 유유히 사라지는 모습을 바라보다 HMOGLBN(적혈구를 뜻하는 헤모글로빈과 철자가 비슷하다 – 옮긴이)이라고 적힌 자동차 번호판이 눈에 들어왔다. 인스타그램을 보니 최근 그가 직원에게 사 준 트럭의 번호판은 BLUDBBL(핏방울인 blood bubble과 철자가 비슷하다 – 옮긴이)이었다.

나는 다시 자리로 돌아가 택시를 기다리며 휴대전화 화면을 죽 올렸다. 강아지, 셀피, 로즈골드색 화분에 심은 실내용 화초 사진 사이에 새로운 범죄 사진이 똬리를 틀고 있었다.

Chapter 6

삶에서 죽음으로 건너가는 순간

사형 집행인

> 66
>
> 사형 집행인은 사형수를
> 머릿속에서 지울 수 없습니다.
> 사형수의 죽음은
> 집행인이 죽을 때까지 마음속에 남아 있습니다.
>
> 99

2017년 2월 27일, 12년간 단 한 번도 사형을 집행한 적이 없던 아칸소주는 11일 동안 사형수 여덟 명의 집행을 서두르겠다고 공표했다. 근래 미국 역사상 보기 드문 속도였다. 이유인즉, 독극물 주입에 사용되는 세 가지 약물 중 하나인 전신마취제 미다졸람midazolam의 소비 기한이 가까워졌으므로 운명의 날도 다가왔다는 것이다. (아칸소주는 사형 제도로 세간의 주목을 받은 전력이 있다. 1992년 당시 아칸소 주지사이자 대선 캠페인으로 분주했던 빌 클린턴Bill Clinton이 리키 레이 렉터Ricky Ray Rector의 집행을 보기 위해 급하게 아칸소로 돌아왔다. 리키는 사형 집행 후에 먹기 위해 마지막 피칸 파이를 남겨둘 정도로, 스스로 머리에 총을 쏴 생긴 정신적 장애가 있는 사형수였다. 클린턴 측은 강해 보이는 이미지를 연출하고자 그의 사면을 거부했다.)

2017년 3월 28일, 미국 전역의 사형수 수감 교도소에서 근무한 23명의 전前 교도관들은 아칸소 주지사 에이사 허친슨Asa

Hutchinson에게 다음과 같이 청원했다.

> 짧은 기간에 그렇게 많은 사형을 집행하는 것은 사형 집행인에게 상당한 정신적 고통과 트라우마를 주리라 생각합니다. (…) 일반적인 상황에서도 사형 집행은 교도관의 삶에 엄청난 타격을 입힙니다. 사형을 직접 집행하거나 현장에 참관한 교도관들은 그 경험과 후유증으로 심각한 심리적 문제를 겪고 있으며, 옆에서 그들을 지켜보는 동료들도 그 고통을 생생히 목격하고 있습니다. 사형 집행에서 교도관 역할의 역설적인 본질은 간과될 때가 많습니다. 수감자들의 안전과 생명을 지키기 위해 헌신해온 교도관들이 자신의 보호 아래에 있는 사람을 사형하도록 요청받기 때문입니다.

허친슨 주지사에게 보낸 청원서는 효력을 발휘하지 못했다. 같은 교도소에서 일주일에 네 건 미만으로 집행한다고 해도 미국 현대사에서 매우 드문 일이다. 청원서를 보내고 나서 한 달 내에 바로 네 명의 사형이 집행되었고 네 명은 다른 이유로 사형이 유예되었다.

나는 그날 아침 뉴스에 실린 청원서 맨 아래에서 제리 기븐스Jerry Givens라는 이름을 보았다. 교도소장, 경감, 교도소 사제를 비롯해 서명한 여러 사람 중 유일한 사형 집행인이었다. 오늘날 사형 집행인은 거의 익명으로 활동하기 때문에 일반에는 잘 알려지지 않는다. 뉴스 기사도 신원을 밝히지 않을뿐더러 그들은 교도소의 벽 뒤에서 조용히 임무를 수행한다. 그렇다면 그는 왜 공개적으로 자신의 이름을 드러내고 트라우마에 관한 청원서에 서명까지 했을까? 대체 무슨 일이 있었던 걸까?

내게 사형 집행인이란, 내 주된 관심사였던 죽음의 일꾼 주위에 있는 위성처럼 보였다. 이 직업군에 속하지는 않지만, 겉으로 드러나지 않는 그들과 마찬가지로 죽음의 영역을 맴돌기 때문이다. 사형 집행인은 이미 저질러진 범죄 현장을 청소하는 청소부도 아니고, 이미 죽은 사람을 받아 안치 냉장고에 그들의 이름을 쓰는 장의사도 아니다. 이들은 삶에서 죽음으로 건너가는 순간 그곳에 함께 있는 사람이다. 정부와 법원의 지시를 수행하는 기계를 마지막으로 누름으로써 남들은 꺼리는 일을 실행에 옮기는, 쉽게 말해 죽음을 발생시키는 사람이기도 하다. 사람을 전기의자에 묶고 버튼을 누르는 심정은 대체 어떨까? 살아 있는 건강한 사람을 시신으로 만드는, 사람의 목숨을 끊는 임무를 마치고 집으로 향하는 기분이란 어떨까? 왜 이런 직업을 선택하고 지속할까?

청원서는 자신이 겪은 경험을 다른 집행인들은 겪지 않도록 막으려는 어느 사형 집행인의 노력이었다. 어쩌면 그는 나와의 면담을 허락해줄지도, 생각을 말해줄지도 모른다. 그가 청원서에 서명한 데는 이유가 있어 보였다. 나는 국가의 형벌이자 계획된 살인으로 다른 사람들의 목숨을 끊은 사람이 그 심리적인 압박을 어떻게 견디는지 궁금했다. 법원에서 내리는 처벌에 불과한 죽음은 그에게 어떤 의미일까? 시신뿐만 아니라 죽음의 순간까지 목격한 그는 죽음이 두려울까?

피곤한 기색이 역력한 호텔 직원이 컴퓨터 자판으로 내 신

용카드 번호를 두드리고 나서 "세상에. 대체 버지니아주 리치먼드에는 무슨 일로 오셨어요?"라고 물었다. 피곤한 사람은 자기 생각을 숨길 힘조차 없다. 나는 이유를 솔직하게 말하지 않았다.

면담이 가능한 날을 물을 때마다 제리는 리치먼드에 오기 일주일 전에 알려달라고 건성으로 대답했기에 어영부영 1년을 기다렸다. 지금껏 더 무모한 짓도 많이 하긴 했지만 바다를 건너기에는 계획이 너무 막연했다. 그래서 설령 제리가 나타나지 않더라도 미국 방문이 헛되지 않게끔 미국 잡지사의 일거리를 몇 가지 얻어내, 여행 일정 중 버지니아에 들르도록 계획했다. 내 목적지와 버지니아는 완전히 다른 방향이긴 하지만 말이다.

제리와 만나기로 한 날, 내 남자친구인 클린트Clint와 낡은 닛산 렌터카를 타고 필라델피아에서 400킬로미터 정도 떨어진 곳으로 이동했다. 택시에만 의존하기에는 이번 여정이 복잡하기에 함께 가달라고 클린트를 설득했다. 이상한 장소에서(지하실, 외딴 영화 촬영지, 택시 기사가 한 명밖에 없는 스코틀랜드의 작은 마을. 희한하게도 전화를 할 때마다 그 기사는 샤워 중이라고 했다) 사람들을 취재하는 일이 내 직업의 일부이긴 하지만, 범죄 현장 청소부를 만날 때쯤 마음이 바뀌었다. 들쭉날쭉한 인터넷 신호가 불안한 세상과 나를 이어주는 유일한 연결 고리인 상황에, 휴대전화 앱으로 점만 한 자동차가 내게 다가오고 있는 화면을 보는 데에 너무

지쳐서였다. 솔직히 말해 만날 장소도 정확히 모르고 지인도 친구도 없는 이곳에서 실제 사형 집행인을 만난다는 사실이 꺼림칙하기도 했다. 목숨의 위협을 느낄 때마다 내 남자친구 같은 영국 코미디언을 데리고 다니라는 말은 아니다. 그러나 코미디언들은 고물 자동차로 장거리 운전을 잘하기로 유명하다.

1월 어느 날, 어두운 늦은 오후였다. 만날 장소도 모른 채 리치먼드로 향하며, 우리가 어디쯤인지 묻는 제리의 전화를 받았다. 우리는 텅 빈 주유소에서 감자 칩을 입에다 마구 집어넣으며 이번 여행이 얼마나 계획성이 없는지, 주유소에서 파는 음식으로 얼마나 오래 생존할 수 있을지 이야기했다. 누가 여행 계획을 짰는지, 점심시간을 넣었다면 이렇게까지 할 필요는 없었을 텐데. 자동차 안은 식은 피자 냄새로 진동했다. 제리는 학교 앞에서 만나자고 했다. 대체 무슨 학교에서 만나자는 말일까? 궁금해하던 찰나 그가 교외에 있는 어느 학교의 주소를 이메일로 보냈다. 대체 왜 이 사형 집행인은 수업이 끝나고 아무도 없는 학교에서 나를 만나자고 하는 걸까? 우리는 바다 건너에 사는 제리가 떨어뜨리는 빵 조각을 따라가는 심정으로 운전했다. '버지니아는 연인을 위한 장소입니다'라고 적힌 번호판을 단 자동차가 우리 앞을 달렸다. 이곳의 모든 자동차 번호판은 시내 서쪽에 있는 교도소의 수감자들이 제작한다.

저녁 7시, 우리는 희미한 가로등이 줄 지은 조용한 거리로 진입했다. 자동차의 헤드라이트가 마을 회관에 걸린 '흑인의 생명은 소중하다Black Lives Matter' 현수막을 비췄다. 우리는 암스트롱

고등학교 옆에 차를 세웠다. 로비에서 새어 나오는 조명을 제외하고는 불빛이 거의 없었다. 차 안에서 담배를 피우는 남자가 보였지만 우리를 보고도 아무런 미동이 없는 것으로 봐서 제리는 아니라는 생각이 들었다. 우리는 가방을 챙겨 학교 입구로 걸어갔다. 앞 유리 와이퍼는 한쪽만 움직이는 데다 우리가 억지로 범퍼까지 다시 단 이 고물 렌터카로 장시간 이동한 나는 어떤 희한한 일이 눈앞에 펼쳐지든 받아들일 준비가 되어 있었다. 게다가 17년 동안 버지니아주의 사형 집행인으로 근무한 사람이 어떤 모습일지 전혀 상상할 수도 없었다.

나는 유리문으로 안을 들여다보았다. 경비원들과 금속 탐지기(미국의 고등학교에서 볼 수 있는 이상한 장면이다)가 보였고, 계단 위에서 몸을 구부려 안전문 사이로 우리를 바라보는, 흰 수염을 기르고 안경을 쓴 60대 흑인 남자가 보였다. 그가 따뜻한 미소를 지으며 우리에게 손을 흔들었다. 경비원들이 있긴 했지만 로비 옆의 복도마저 어두운 걸로 봐서는 텅 빈 학교 같았다.

"제리 씨, 일행입니까?" 어느 경비원이 물었다.

"네, 맞습니다. 저 멀리 런던에서 왔지요!" 늦은 밤 라디오에서 흘러나올 법한 깊고 낮은 목소리를 지닌 제리가 남부 특유의 느린 말투로 말하며 흐뭇하게 웃었다.

경비원은 우리의 소지품을 검사하고 총이나 칼이 있는지 확인하기 위해 몸도 수색했다. "저희는 영국에서 와서 무기라고는 없답니다." 내가 어색하게 말했다. 그들은 웃으며 우리를 들여보내주었다. 제리는 나를 안아주며 와줘서 고맙다고, 무사히 도착해서 다행이라고 말했다. "같이 농구 경기를 보러 갈 겁니다. 농구 좋아하십니까?"

제리와 농구 경기를 볼 줄이야.

우리는 어두운 복도를 걸었다. 황갈색 바지에 남색 재킷을 입은 제리는 최근에 받은 무릎 수술 때문에 다리를 조금 절었다. 작은 수금 상자가 놓인 책상에 앉은 남자에게 14달러를 건네자 그가 표를 주며 즐겁게 경기를 관람하라고 말했다. "제리 씨, 일행들입니까?" 남자가 물었다.

"네, 저와 함께 왔습니다." 제리가 웃으며 저는 다리로 앞서 걸어갔다.

제리가 고등학교 체육관으로 통하는 문을 열자 눈부신 조명이 우리를 비췄다. 경기장은 광택제와 땀 냄새가 진동했고 매끈한 바닥에 선수들의 운동화가 끽끽 부딪치는 소리가 귀를 멍하게 했다. 와일드캣츠와 호크스의 경기였는데, 우리는 3쿼터가 시작할 때쯤 도착했다. 제리는 사람들에게 손을 흔들며 긴 벤치에 자리를 잡았다. 정장에 보라색 넥타이를 맨 교장이 골대 옆자리에 서서 미소를 지었다. 머리를 땋은 꼬마가 무릎으로 오빠의 커다란 흰색 나이키 신발을 꼭 껴안았다.

서로 가지가 부딪히지 않도록 자라는 숲속의 나무처럼, 클린트와 나는 어깨를 접으며 제리 옆자리에 앉았다. 응원 소리와 경기장 바닥을 스치는 운동화 소리에 몇 마디 놓치긴 했지만 제리는 1967년에 이 학교에 다녔다고 말했다. 1870년대 개교할 무렵, 이 학교는 버지니아주에서 처음으로 아프리카계 미국인의 입학을 허가했다고 한다. 그는 지난 30년간 일이 끝나면 교도소 근무복을 입은 채 학교에 와서 축구 연습에 함께 참여하며 교도소 생활에 관한 학생들의 질문을 모두 받아주었다. "이 학생들이 옳은 방향으로 갈 수 있도록 지도할 기회였습니다. 세상에 나가서 부모나 친구가 저지른 일을 똑같이 저지르고 결국 나쁜 길로 빠지는 학생이 참 많아요. 그러면 결국 교도소행입니다. 사형선고를 내리는 곳이 바로 교도소이고요."

"트래블링!" 코치가 반칙이라고 소리치자 누군가가 호루라기를 불었다.

1974년 제리가 처음으로 주 교도소에서 교도관으로 일하기 시작했을 때는 버지니아뿐만 아니라 미국 전역에 사형 제도가 없었다. 두 가지 사건을 두고 전국적으로 사형 제도를 잠시 중단한 상황에 놓여 있었기 때문이다. 1972년, '퍼먼 대 조지아Furman v. Georgia' 사건을 계기로 미국이 더 일관성 있으면서 덜 인종 차별적인 처벌 방법을 연구하는 동안, 사형 제도가 잔인하고 괴이하다는 주장에 따라 모든 사형선고를 무효로 하고 무기징역으로 형을 낮추었다. 모든 주의 법규는 미국 연방 대법원의 지침에 따라 수정되었지만 1976년 '그레그 대 조지아Gregg v. Georgia' 사건으로 사형의 문은 다시 열리고 말았다.

건국의 아버지 토머스 제퍼슨이 소유한 샬러츠빌 농장이 있는 곳이자, 초기 13개의 식민지 주 중 한 군데인 버지니아는 사형 제도의 역사가 매우 길다. 미국의 첫 번째 사형으로 알려진 사건은 1608년 이 주의 제임스타운에서 집행되었다. 스페인 왕과 결탁해 영국을 배반했다는 죄로 조지 켄들George Kendall이 총살형 집행 부대의 손에 사형되었다. 하지만 1962년부터는 사형을 집행하지 않았기 때문에 1977년 제리의 상사가 그에게 '죽음의 팀'에 합류하기를 제안했을 때, 사형수 수감 건물은 비어 있었다.

당시 제리는 스물네 살밖에 되지 않은 젊은 청년이었고 '남의 목숨을 뺏은 사람은 똑같이 당해야 한다'라고 믿은, 사형 제도 찬성론자였다. 그는 열네 살에 참석한 어느 파티에서 누군가가 걸어와 여학생을 총으로 쏴 죽인 장면을 떠올렸다. 말도 걸지 못할 정도로 좋아한 여학생이었다. 그 부당한 사건이 뇌리 속에 깊숙이 박혔기에 사형 집행이라는 임무를 선뜻 맡았다. 사형 한 건을 집행할 때마다 현금으로 상여금까지 준다는 제의도 받았다. 사형 집행인들이 한 건당 얼마의 돈을 받는지 묻자 그는 따로 받은 적이 없으며 모른다고 했다. 상여금을 받는 순간 그가 교도소에서 근무하게 된 동기가 달라질 것이기에 받지 않았단다. "저는 사람을 **살리는** 일을 합니다. 다른 수감자나 교도관을 살리려고 제 목숨을 건 적이 얼마나 많은지 아십니까?"

"싸움이 나면 말이지요?"

"그렇지요. 칼로 찌르기도 하고 별의별 일이 다 생깁니다. 교도소 안에서 말입니다."

처음에는 자신 이외에 똑같은 제안을 받은 다른 교도관들이 누구인지 몰랐다. 하지만 제안을 받아들이고 난 후 어느 날 밤, 그와 다른 집행인 여덟 명이 교도소 지하실에 모여 비밀을 지키기로 맹세했다. 죽음의 팀 외 누구도 이들의 존재를 알지 못했다. 그는 사형 집행인으로 일하는 동안 아내에게도 사실을 말하지 않았다.

사형 제도가 있는 주들은 각기 다른 방식으로 집행인을 임명한다. 1972년 사형 제도를 중단하기 전에는 교도관이 아닌 비전속 '전기 기사'를 호출해 버튼을 누르게 했다. 뉴욕주에서는 집행인 몇 명의 이름이 알려져, 살해 협박을 받기도 하고 집에 폭탄이 터지기도 했다. 그중에는 여러 주를 다니며 사형을 집행할 때마다 받은 상여금으로 큰돈을 번 집행인도 있었다. 익명으로 일하는 집행인 중에는 밤늦게 자신의 차고에서 출발해 싱싱 교도소로 갈 때 추적당하거나 신원이 밝혀지지 않도록 자동차 번호판을 바꾼 사람도 있다. 플로리다에서 전기의자 버튼을 누르는 집행인은 새벽 5시에 사형실로 가는 차를 타기 전부터 일이 끝나고 집 앞에 도착할 때까지 복면을 썼다. 사형 중지 기간이 지나고서는 전국적으로 새로운 팀이 꾸려졌다(다른 주보다 변화가 느렸던 플로리다주는 신문에 사형 집행인을 구하는 광고를 냈고, 20명이 지원했다). 새로운 팀은 예전 사형 집행인들이 두고 간 장비(가스실, 전기의자, 올가미, 총) 사용법을 배웠다.

1908년 수감자들이 참나무로 만든 버지니아주의 전기의자는 이후 재조립되었다(예수도 목수였다는 사실을 기억하는가. 그리고 자기 자신을 파멸하는 무기를 만드는 아이러니는 10대였던 나도, 전기의

자로 사형될 남자에 관한 이야기를 작사한 가수 닉 케이브도 분명 보았다). 1982년, 버지니아주는 창문에 달린 블라인드 끈으로 여자를 묶어 사정없이 바닥에 머리를 쳐서 죽인 뒤 3,100달러의 현금과 보석을 훔쳐 달아난, 서른여덟 살의 전 경찰관 프랭크 제임스 코폴라Frank James Coppola의 사형을 집행하기 위해 전기의자를 준비했다. 제리는 비상시 대행인으로 대기 중이었다. 그날 죽음의 팀에 소속된 다른 누군가가 사형을 집행했기에 그는 20년 만에 버튼을 눌러야 하는 상황을 피했다.

사형실 현장을 보도하기 위해 교도소에 온 언론사는 없었다. 어차피 사형 집행에 관한 새로운 기사는 신문사의 정치적 성향에 따라 각색, 과장되므로 일관성도 없고 믿을 만하지 못했다. 자세한 사항을 밝힐 교도관도 없었다. 하지만 버지니아주 의회 대표이자 증인으로 참석한 변호사의 설명에 따르면 사형은 순조롭게 진행되지 않았다고 한다. 기계가 노후했기에 코폴라의 다리에 불이 붙고 사형실이 연기로 뒤덮였다. 두 번째 시도에서 전기의자로 지지는 55초 동안 '생선을 굽는 듯' 지글지글 소리가 났다고 묘사했다.

비슷한 경험을 한 사형수는 코폴라가 처음이 아니다. 1890년, 술에 취해 사실혼 관계였던 아내와 다투다 손도끼로 아내의 머리를 25회나 내리친 알코올중독자 윌리엄 케믈러William Kemmler에게는 전기 모자가 씌워졌다. 전압을 시험하려고 죽인 늙은 말을 제외한다면 전류로 집행한 사형수는 케믈러가 처음이다.

케믈러는 피부와 마찬가지로 인간의 두개골이 전도체가 아니라는 사실을 증명한 사람이기도 하다. 사형이 집행되고 다음 날, 〈뉴욕 타임스〉는 사형수의 등이 전기에 타서 사라졌으며, 척추 근육이 '과하게 익힌 소고기'의 모양새와 비슷하다고 묘사한 병리학자의 부검 결과를 발표했다. 하지만 이온 전도성이 높은 땀은 본질적으로 소금물이기에 물보다 전도가 매우 잘되는 물질이다. 그리고 사형실에 끌려가 전기의자에 묶이는 사람은 땀으로 흥건하게 젖기 마련이다. 사형 집행인들은 식염수를 스펀지에 적셔 사형수의 빡빡 깎은 머리와 전기 헬멧 사이에 두면 된다는 사실을 알게 되었다. 제리는 오늘날 사형 집행이 순조롭게 되지 않는 대다수는 천연섬유가 아닌 합성섬유로 만든 스펀지를 사용한 결과라고 했다. 이런 경우 사형수의 머리에 불이 붙는다.

버지니아주에서 코폴라의 사형을 집행하고 나서 2년 후, 린우드 얼 브라일리Linwood Earl Briley가 같은 참나무 의자에 앉게 되었다. 그의 두 형제와 그는 1979년 약 7개월 동안 리치먼드 전역에서 강도와 살인을 저지르고 다녔다. 공식적으로는 11명을 죽였지만 수사관들은 아마 두 배의 희생자가 더 있을 것이라 추측했다. 그날 담당 집행인이 병가를 쓰는 바람에, 이른바 대기조인 제리가 사형을 집행하게 되었다. 그는 사형수를 의자에 묶고 스펀지를 적셔 짧게 깎은 머리 위에 둔 다음, 온몸으로 전류를 흘려보내 심장을 멈추게 할 버튼을 눌렀다. 담당 집행인은 정말 몸이 아팠을까, 아니면 자기 손으로 집행한 코폴라 사형이 실패로 돌아간 이후 도저히 사형실에 들어갈 수 없었을까? 제리가 그에 관해 발설하지 않을 것이기에 나도 묻지 않았다. 그는 스물네 살의 어느 날 밤 지하실에서 한 맹세를 여전히 지킨다. 어쨌든 그 집행인은 두 번 다시 담당 집행인 역할을 맡지 않았다. 사형 제도가 재개되고 나서 버지니아주에서 죽은 113명의 사형수 중 62명이 제리의 손에 사형되었다. 25명은 전기의자, 37명은 치사 주사였다.

⚜

우리는 제리 자동차의 미등을 따라 레드 로브스터라는 식당으로 이동했다. 드넓은 주차장에 우뚝 서 있는, 밝은 조명이 빛나는 미국의 체인점이 여기에도 있었다. 문을 열고 들어가 테이블로 안내되기도 전에 수감자들이 보인다. 수족관에는 유죄 선고를 받고 사형 집행을 기다리는 바닷가재들이 집게를 움직이지 못하도록 묶은 조그마한 고무 수갑을 차고 아크릴 벽으로 나눠진 감방에서 눈도 깜짝하지 않은 채 우리를 빤히 바라보았다.

"하나 고르십시오." 제리가 웃으며 말했다.

나는 칼리굴라 황제처럼 수족관 앞에 서서 누구를 죽일지 결정해야 했다. 바닷가재들은 우리를 더 제대로 보려고 서로의 몸통 위로 기어올랐다.

어쩌다 한 번씩 생각나는 찰스 애덤스Charles Addams의 만화가 있다. 참수형을 집행하기 전, 두 명의 사형 집행인이 벽감壁龕에서 복면과 망토를 쓰고 검은 긴 장갑을 끼며 말하는 장면이다. 한 명이 커다란 도끼에 몸을 기대며 말했다. "내 입장은 말일세, 내가 죽이지 않으면 다른 누군가가 결국 죽인다고 본다네." 바로 이 만화가 떠오르며 이 바닷가재들은 이미 죽은 목숨이므로 내가 먹지 않으면 다른 누군가가 먹으리라는 생각이 들었다. 그래도 이 생명에 사형 버튼을 누를 수는 없었기에, 나는 다른 음식을 먹겠다고 했다. 제리가 내 말에 피식 웃고는 직원에게 손을 흔드는 동안 클린트와 나는 수족관 속을 들여다보았다. 이곳 사람들도 제리를 아는 모양이었다. 그는 이미 테이블로 걸어가고 있었지만 나는 1.8킬로그램짜리 갑각류에게 죄책감이 들었다.

테이블에 앉자마자 숨 돌릴 틈도 없이, 제리는 신이 자신에게 사람을 죽이는 책임을 부과했으니, 이 역할을 맡은 이유를 알고 싶다면 신에게 직접 물어야 한다고 말했다. "신은 이유가 있었겠지요. 다만 제가 그 이유를 묻지 않았습니다. 저는 그저 주어진 역할을 받아들였을 뿐입니다. 제가 선택한 일이 아니에요. 생각해보십시오. 스물네 살짜리가… 그것도 **흑인 남자**가… 이런 일을 선택했겠습니까?" 그는 고개를 절레절레 저었다. "그렇지만 어쩌겠습니까?" 그가 어깨를 으쓱했다. "제가 하든, 하지 않든 상관없이 누군가는 했을 겁니다. 버지니아주가 결정했기 때문이지요." 찰스 애덤스 만화의 장면이 그대로 재연되었다. 나는 바닷가재를 흘깃 보았다. 제리는 메뉴판을 보며 우리와 초면이라 어색하긴 하지만 자신은 '최후의 만찬'이라고 불리는 음식을 주문할 것이라고 했다.

폴 프리드랜드Paul Friedland는 그의 저서 《정의가 실현되다: 프랑스의 눈부신 사형 제도의 시대Seeing Justice Done: The Age of Spectacular Capital Punishment in France》에서 명령받은 형을 실행하는, 법의 집행자로

사형 집행인을 바라보는 태도는 계몽주의 시대의 개혁가들이 고의적으로 형성한, 다소 근대적인 개념이라고 설명했다. 그들은 합리적이고 관료적이며, 거대한 체제 속의 여러 사람에게 책임을 분산할 수 있는 새로운 처벌 시스템을 건설하려고 했다. 이전 시대, 적어도 프랑스에서 사형 집행인은 사회 전체의 손가락질을 받는 낙오자로 취급되었다. "그들의 손길은 너무나도 불경스러워 만지는 사람이나 물체는 생명을 다해야 한다"라고 평가받았다. 또한 마을의 변방에 살면서 비슷한 부류의 사람과만 결혼할 수 있었다. 사형 집행인이라는 역할은 대대로 물려받았으므로, 집행인의 피가 흐르는 사람은 단두대에서 처형당하는 사람과 다름없이 저주받은 몸이었다. 죽든 살든 다른 사람들을 오염시킬 수도 있다는 두려움이 만연했기 때문에 죽어서도 일반 묘지와 분리된 공간에 묻혔다. 말 그대로 접촉해서는 안 되는 불가촉천민이었던 그들은 시장에서 물건을 살 때도 손잡이가 긴 숟가락을 사용해야 했고 '고결한 사람'과 혼동하는 사람이 없도록 특별한 휘장을 둘러야 했다. 프리드랜드는 "근대 초기를 비롯해 혁명 당시에도 누군가의 덕성을 공격하는 가장 효과적인 방법은 사형 집행인과 함께 식사하는 모습을 봤다고 넌지시 의심하는 것이었다"라고 설명했다.

제리는 주문하기 위해 종업원에게 정중하게 손짓했다.

"수감자들이 제리 씨의 정체를 알게 된 적이 있나요?" 내가 물었다. 교도소에 있는 사람들은 분명 생각할 시간이 많을 것이다. 사형 집행인은 온종일 근무하는 직업이 아니기에 나는 수감자들이 교도소장이나 교도관들에 관해 추측하는 바가 있으리라 생각했다.

"아니요." 그가 고개를 흔들며 말했다. "짐작하는 수감자가 있을 수는 있지요. 마지막이 다가오면 제게 와서 '기븐스 교도관님, 당신이 스위치를 내린다고 내 장담하지요'라고 말하기도 합니다. 그럼 저는 '난 아니네, 이 친구야. 난 아니야'라고 합니다. 거기 앉아서 내가 맞다고 할 수는 없지 않습니까! 그래서 웃고 넘기지요."

제리는 밤 11시에 사형을 집행하곤 했다. 혹시라도 생길 수 있는 변동 사항을 고려해 최대한 늦게 집행하지만 혹여나 장비에 문제가 생겨도 고칠 수 있도록 한 시간을 남겨두기 때문이다. 밤 12시 전에 집행하지 못하면 법원이 다시 새로운 날을 정할 때까지 기다려야 한다. 제리는 시계를 바라보며 유예와 집행, 삶과 죽음을 수없이 생각했다. 그의 임무는 수감자와 자기 자신 둘 모두를 위해 준비하는 것이었다.

"저는 사형수에게 삶의 다음 단계를 준비해주었습니다." 접시가 앞에 놓이자 제리가 튀긴 새우를 포크로 찍으며 말했다. "그가 어디에 가는지 저는 모릅니다. 조물주인 신과 자기 자신만이 알겠지요. 저는 준비해주는 일만 합니다. 죽기 전에 어떻게 준비를 하냐고요? 그를 살피고, 그와 이야기하고, 그와 함께 기도합니다. 이것이 그에게 남은 마지막이니까요."

교도소 안에서는 사형수가 마지막을 정리하도록 영적으로, 현실적으로 도와주는 제리가 있는 반면, 밖에서는 배너를 든 사형 제도 지지자들이 모여 티셔츠를 팔고 사형 집행을 기념했다. 사형제 폐지론자들은 근처에 모여 촛불을 들고 조용히 시위했다.

사형수에게 몇 시간은 몇 분처럼 쏜살같이 지나간다. 사형 집행인에게는 시계가 멈춘 듯, 몇 초도 몇 시간으로 느껴진다. 교도관으로서 자신이 보살핀 사람의 목숨을 끊기 전에는 대체 어떻게 마음의 준비를 해야 할까?

"오로지 할 일에만 집중하고 모든 것을 차단합니다. 다른 사람과 이야기도 하지 않습니다. 사형 집행인으로서의 나 자신을 보고 싶지 않기에 거울도 보지 않고요."

발랄한 종업원이 와서 음료를 따르는 동안 나는 거울조차 보기를 꺼리는 남자를 상상해보았다. "그 오랜 시간 동안 아내분에게 사실을 알리고 싶지 않으셨어요?"

"아니요. 만약 내가 사형 집행인이라는 사실을 알았다면 내가 힘든 일을 겪을 때마다 아내도 똑같이 느끼고 안타까워했을 거예요. 아내에게 그런 짐을 지우고 싶지 않았습니다."

주마다 다르긴 하지만 대체로 사형 집행인의 신원은 수감자와 증인에게뿐만 아니라 사형 집행인팀에게도 정확하게 밝히지 않음으로써 한 사람이 온전히 책임을 짊어진다는 느낌을 받지 않게끔 한다. 두 개의 버튼을 동시에 누르면 기계가 한쪽을 선택하고는 자동적으로 기록을 지워버리는 시스템도 있다. 그러면 전기의자든 치사 주사든 **누가** 집행했는지 정확하게 알 수 없다. 집행인과 집행이라는 행위 사이에 기계를 두면 무인기 공격과 마찬가지로 자신이 하지 않았다고 스스로를 속일 수 있다.

다른 방식으로 스스로를 속이는 집행인도 있다. 1920년부터 1941년까지 싱싱 교도소의 교도관이었던 루이스 E. 로스는 전기의자로 200건 이상의 사형을 집행한 사람이었는데 버튼이 눌러지면 고개를 돌림으로써 자신은 한 번도 사형 집행을 목격하지 않았다고 말하기도 했다. 다른 사형 집행인들처럼 제리의 팀도 한 명이 무거운 짐을 떠안지 않도록 업무를 나눴지만 조작판을 누르는 사람은 오직 제리뿐이었다. 자신의 손에 들린 주사기에서 독극물이 흘러나와 들것에 묶인 사형수의 혈관으로 흘러 들어가는 모습을 지켜본 사람도 제리뿐이었다. 하지만 이렇게 확실한 상황에서도, 아니면 이런 확실한 상황 때문인지는 몰라도 제리는 다른 사람을 죽이는 행위와 자신 사이에 신이라는 존재를 어떻게든 집어넣었다.

제리는 사후 세계가 있으므로 죽음이 진정한 끝이 아니라고 믿었고 사형수 수감 건물에서 수년을 지낸 많은 수감자들도 같은 믿음을 지녔다. 원래 무신론자였던 사람마저도 기대할 미래가 필요했고, 주 정부가 자신을 용서하지 않는 상황에서 용서를 빌 더 높은 존재가 필요했다. 그들은 누군가의 개입, 형 집행 취소, 사형실의 벽에 걸린 전화를 울리게 할 무언가에 희망을 건다. 자신의 외아들이 십자가에서 처형되도록 내버려둔 존재에게 관용을 기대하다니, 또 다른 아이러니이다. 수감자, 교도관, 사면을 거부하는 정치인과 판사까지, 사형수와 관련된 모든 사람은 신에게 책임을 돌리는 듯 보였다. 나는 종교를 방패나 대리인으로 삼는 사람을 늘 경계해왔다. 내가 보기에 그들은 어차피 신의 뜻이니, 자신이 하는 행동을 너무 깊게 생각하지 않으려고 작정한 사람으로 보였다. 오직 떨어지는 명령을 따를 뿐이다. 버지니아의 사형실 같은 곳에서는 모든 장면에 신을 등장시킨다.

하지만 제리에게 이 모든 일은 회고하며 수정된 이야기다. 초고에는 빠진 요소와 모순이 많다. 그는 신이 자신을 그 자리에 앉혔고, 신의 일을 수행했으며, 신과 매일 이야기한다고 했다. 하지만 신과 대화를 시작한 시점을 묻자, 집행인 일을 그만두고 몇 년 후라고 대답했다. 그렇다면 시간이 맞지 않다. 사형실에 있을 때 그는 누구와도, 신과도 이야기하지 않았다. 내가 아무리 질문을 바꾸고 다시 물어도, 집행인이 된 초창기, 거울을 보지 않은 채 잘 다려진 옷을 입고 아내에게 잘 다녀오겠다며 입맞춤할 때 그가 무슨 생각을 했는지 전혀 알아낼 수 없었다. 제리 자신도 생각나지 않을 수 있다. 사람의 몸은 트라우마를 어두운 곳에 묻어버리기에 우리는 스스로를 방어하기 위해 여백이 있는 이야기를 구성하기 마련이다.

하지만 집행인이 신, 판사, 배심원단에 책임을 돌리더라도 사형선고를 받아 죽은 사람의 사망진단서에 기록되는 공식적인 사인은 '살인'이다. 끔찍한 범죄자가 받아 마땅한 처벌이라고 믿는 사람도 있겠지만 텍사스에서 가장 오래된 무죄 프로젝트innocence project의 창립자인 데이비드 R. 다우David R. Dow는 "기계를 사용한 사형은 인간의 손으로 조작하지 않고서는 성립되지 않는다"라고 말했다. 그리고 그 손은 바로 제리의 손이었고 그는 그 짐을 떠안고 살아야 한다. 종업원이 빈 그릇을 치우는 동안 이런 점을 지적하고 또 지적하는 나 때문에 답답해하는 그의 모습이 보였다.

"잘 들으세요." 제리가 수저를 쥔 손을 테이블 양쪽 가장자리에 얹으며 말했다. 상황의 명백함과 나의 순진함에 웃을 뿐, 제리는 화내지 않았다. "내가 원해서 죽인 게 아닙니다." 그가 조용히 미소 지었다. "어차피 죽을 사람들이었어요. 내가 버튼을 누르는 자리에 있었을 뿐이지요. 사형수들이 저지른 일에 마지막으로 책임을 질 사람이 나였지요. 밖에서 사람을 죽이고 다닐 때는 후에 어떤 결과를 초래할지 정확하게 압니다. 자기 삶을 스스로 박탈한 겁니다. 나쁜 선택을 하면 결과가 따르지요. 그래서 그들은 **자살**한 겁니다. 아시겠습니까?"

우리는 남은 냅킨과 생선 찌꺼기를 앞에 둔 채 서로를 바라보았다. 나는 무슨 말을 해야 할지 몰라 아무 말도 하지 않았다. 그는 교도소 벽의 안팎에서 수십 년간 무너지지 않고 살아가기 위해 정신적인 방어막을 쌓아 올린 사람이다. 내가 과연 어떻게 그것을 무너뜨릴 수 있을까? 조앤 디디온Joan Didion은 《화이트 앨범The White Album》에서 "우리는 살아가기 위해 자신의 이야기를 만들어낸다. (…) 자살을 보며 교훈을 찾고 다섯 명의 살인 희생자를 보며 사회적, 도덕적 가르침을 찾는다. 보이는 것을 해석하고 나서 선택지 중 가장 실천 가능한 답을 고른다"라고 서술했다.

1965년 피로 물든 지붕에서 수많은 생명을 교살하며 집단 학살을 벌인 인도네시아의 암살자들조차도 자신들이 할리우드의 멋진 악당 제임스 캐그니 같다고 자찬했다. 우리 옆 테이블에 앉은 누군가가 웃으며 침묵을 깨트렸다. 부엌에서 울리는 벨소리 사이사이에 단조로운 유행가가 끼어들었다. 무엇보다도 제리는 호감이 가고 친절한 사람이었다. 학교에서 학생들에게 조언을 해주는 모습, 종업원을 대하는 모습, 나와 함께 이야기하는 모습만 보면 사형 집행인으로서의 제리를 도저히 상상할 수 없었다.

"그런데 혹시, 처음으로 누군가의 목숨을 끊을 때 '도저히 못하겠다'라는 생각이 들지 않았나요? 아니면 누군가의 목숨을 끊을 수 있겠다는 생각이…."

"들어보십시오." 제리가 마지막 남은 치즈 과자 두 개가 담긴 빵 바구니를 들어 테이블 위에 쏟았다. "작가님, 작가님이 제 요지를 놓치고 있어요. 저는 그들의 목숨을 끊지 않았습니다. 그가 스스로의 삶을 끊은 겁니다. 이게 수감자라고 칩시다(휴대전화를 들어 흔들었다). 그리고 이건 강이라고 치고요." 그가 빈 빵 바구니를 들고 옆에 툭 내려놓았다. "우리가 잘못 행동하면 이 강에 빠져 죽습니다." 냅킨을 가르며 우리 앞에 있는 맥주와 아이스티 사이로 빵 바구니를 쭉 밀었다. "자, 잘못하면 어떻게 되지요?" 휴대전화를 빵 바구니로 던지며 말했다. "잘못하면 죽지요. 그리고 저는 이 커다란 건물 뒤에 있습니다." 이번에는 케첩을 동원했다. "여기는 버튼이 있습니다. 저는 버튼을 누르지 않았어요. 누를 필요도 없고요. 옳은 선택을 하면 저를 거칠 필요가 없습니다. 그냥 지나치면 됩니다." 그가 끈적끈적한 맥주병 옆으로 빵 바구니를 치웠다. "제가 버튼을 누르지 않도록 행동하면 됩니다. 무슨 말인지 아시겠어요? 제게 비난을 뒤집어씌우진 마십시오. 제가 하는 일은 아무 상관이 없습니다. 이 일로 저는 마음고생을 하진 않을 겁니다."

"저 같으면 마음고생을 안 할 수 없을 것 같은데요." 우리가 바닷가재 식당이 아니라 회전초밥집에 갔다면 제리의 설명이 훨씬 이해하기 쉬웠으리라는 생각이 들었다.

"왜 그런지 아십니까? 기자님은 자책할 거니까요. 만약 아무도 사형실에 오지 않는다면 자책할까요? 사형수 수감 건물에 아무도 오지 않는다면 왜 자기 자신을 책망하겠습니까? 자, 어서 말해보십시오. 아무도 오지 않아도 자책하겠습니까?"

"아무도 오지 않아서 제가 집행할 필요가 없으면요?"

"그래요."

"그러면 전 아무것도 하지 않았을 텐데요."

"맞아요. 바로 그겁니다." 뿌듯한 얼굴을 한 제리가 뒤로 젖혀 앉으며 사건을 해결한 듯 두 손을 들었다. 빵 바구니는 아직 우리 사이에 덩그러니 있었다. "아무것도 하지 않은 사람에게 어떻게 잘못을 추궁합니까?"

술을 너무 많이 마셨을 때 내가 짓는 표정이 있다. 혼란스러운 이 세상을 이해하기 위해 한쪽 눈을 감고 나머지 한쪽 눈으로만 버스 정류장의 시간표나 케밥 가게의 메뉴판을 볼 때 나오는 표정이다. 나는 지금 전혀 취하지 않았지만 바로 이 표정을 지으며 답답하게도 진전이 보이지 않는 대답 아닌 대답을 이해하려고 했다. 제리가 다시 웃었다.

자신이 선하고 옳은 일을 한다는 이론이 들어맞기 위해서는 사법 체계를 전적으로 신뢰해야 한다. 제리는 범죄 현장이나 재판 장소에 있지도 않았고 배심원단도 아니다. 그러므로 자신의 전 단계에 있는 모든 사람이 의무를 다했고 공정한 재판으로 죄수의 유죄를 판결했다고 믿어야 한다. 초등학생 시절, 유도와 가라테를 가르치러 학교에 방문했던 두 명의 흑인 경찰관과 가깝게 지내며 그는 어린 나이에 사법 체계를 향한 신뢰를 굳혔다. 각자 자가용을 몰고 온 경찰관을 보며 아홉 살 제리는 경찰관이 되고 싶었다(제리는 아직도 그들의 경찰 번호인 612와 613을 기억한다). 그때는 자가용을 몰고 싶어서 경찰이 되고 싶은 마음이 컸지만, 사법 체계를 향한 신뢰는 나중에 믿게 된 신을 향한 신뢰만큼이나 확고했다.

하지만 재판의 정확도를 의심하게 된 두 가지 사건이 발생했다. 첫 사례는 강간과 살해 혐의로 유죄를 선고받아 거의 19년간 사형수로 수감 생활을 하던 중에 DNA 증거가 밝혀지며 무죄 선고를 받은, 열 살의 지능을 지닌 얼 워싱턴 주니어Earl Washington Jr. 였다. 그는 제리의 사형실에서 사형 집행일까지 9일을 남겨두고 있었다.

무죄 선고를 받은 워싱턴 주니어 사건으로 제리는 타인 그리고 과거와 미래에 의구심을 품게 되었다. 그 사건으로 신뢰가 흔들리긴 했지만 사형실을 떠나지는 않았다. 그는 깔끔하게 떨어지는 숫자인 100건을 채우면 물러나겠다고 생각했다. 그때 그는 이미 사형 집행 전문가였고 남들에게도 인정받았기 때문에 플로리다를 비롯해 다른 주에 가서 실패한 집행을 수사하고 합성섬유로 만든 스펀지를 사용하지 않도록 집행 방법을 수정해주기도 했다. 첫 번째 경고에도 퇴장하지 않아서인지 신은 그에게 예상치 못한 두 번째 경고를 주었다. 위증죄와 자금 세탁으로 대배심에서 유죄 판결을 받고 57개월간 교도소에 갇히게 된 일이다.

장전된 총이 교도소의 타자기 안에 있었다는, 시간상으로나 논리상으로나 다소 말이 안 되는 이야기를 하며 제리는 여전히 자신의 무죄를 주장했다. 앞서 그가 들려준 대부분의 이야기처럼 양념이 쳐진 내용이었다. 그는 증인석에 섰을 때 마음이 다른 곳에 있었다고 했다. 사형 집행인으로 재임하는 동안 가장 많은 사형수를 단시간에 집행한 시기였기에(세 달 동안 10명을 집행했다) 마음이 복잡했기 때문이다. 하지만 아내에게도 말하지 않은 집행인 일을 판사나 12명의 낯선 배심원단에게 말할 수는 더욱 없었다. 마약 자금인 줄도 몰랐지만, 그 자금으로 자동차를 구매했다는 수사를 받았을 때 마음에 폭풍우가 몰아쳤다. 만약 그들이 자신에게 유죄 판결을 내린다면 다른 누구에게 어떤 죄목이라도 씌우리라는 생각이 스쳤다.

그렇게 아내도 마침내 남편이 17년간, 사형 제도가 부활하고 나서 텍사스주 바로 다음으로 사형을 많이 집행하는 버지니아주의 사형 집행인이라는 사실을 알게 되었다. 아내는 제리의 유죄 판결을 보도하는 지역 뉴스를 읽었다. 제리는 아직까지도 누가 언론에 이 사실을 알렸는지 알지 못한다.

❖

교도관들과 제리가 아칸소 주지사에게 보낸 청원서에 명시되어 있듯이, 사형 제도를 주제로 하는 토론에서 교도관들의 장기적인 정신 건강은 잘 다뤄지지 않는 사항이다. 일반적으로는 정의, 보복, 통계적으로 증명되지 않는 억제력을 중점적으로 다룬다. 하지만 잘 살펴보면, 누군가를 죽이는 연습에서 오는 스트레스와 불안감, 순조롭게 진행돼도 혹은 되지 않아도 밀려오는 걱정에 수십 년간 잠을 이루지 못한, 전前 집행인들의 기고문들이 보일 것이다. 사형제 폐지론자가 되어 회고록을 쓰고, 세계를 다니며 영향력이 있는 사람들을 설득하는 집행인들도 있다. 여섯 개 주에서 비전속 사형 집행인으로 일하며 387명의 사형을 집행한 로버트 G. 엘리엇Robert G. Elliot은 자신의 회고록 《죽음의 집행인Agent of Death》을 다음 문장으로 마무리했다. "나는 전기 사형, 교수형, 독가스를 비롯해 모든 방법으로 행해지는 법적인 살인이 미국 전역에서 불법화될 날이 머지않기를 희망한다." 이 책은 1940년에 출판되었기에 치사 주사 방법을 목록에 추가하지 않았다.

전기의자와 치사 주사가 적용되기 전, 사형은 공개 교수형의 형태로 진행되었지만 1936년부터 미국에서 공개 교수형은 실행 되지 않았다. 노먼 메일러Norman Mailer와 필 도너휴Phil Donahue를 비롯한 많은 사람들은 미국 정부가 만약 국민을 죽이기로 했다면 대중 앞에서 집행해야 하고, 심지어 텔레비전에 그 광경을 방영해야 한다고 주장했다. 우리가 보지 않으면 실제로 무슨 일이 일어나는지 판단할 수 없고, 사법 체계 아래에서 벌어지는 잘못도 멈추지 못하기 때문이다. 그저 사형에 관해 듣는 것에 그치지 않고, 계획적이고 관료적인 방법으로 누군가를 죽이는 장면을 직접 본 사람은 의견을 바꿀 가능성이 크다. 알베르 카뮈는 사형 제도 찬성론자였던 자신의 아버지가 아이를 살인한 범죄자를 사형에 처하는 장면을 직접 목격하고는 침대 옆에서 구토를 하고 완전히 태도를 바꾼 일화를 밝히며 단두대에 관한 글을 썼다. 카뮈는 만약 프랑스가 사형 제도를 진정 지지한다면 감옥의 벽 뒤에서 집행한 후 다음 날 아침 뉴스에서 빙빙 돌려 말하는 대신, 과거와 마찬가지로 대중 앞에 단두대를 끌고 나와 집행인의 손을 국민에게 보여야 한다고 말했다.

제리는 설교자처럼 양손을 올리고 4년 전 출소하면서 마음이 바뀌었다고 말했다. "이 세상 모든 사람은 사형선고를 받았습니다. 누구에게나 죽음은 찾아옵니다. 확실한 사실이지요. 하지만 살인의 악함을 보여주기 위해 살인을 할 필요는 없습니다." 이제 그는 사법 체계가 부당하며 잘못되었을 뿐만 아니라 사형 제도는 의미가 없다고 믿는다. 평생 자신의 잘못을 뉘우치고 고통 받도록 교도소에 가둬놓는 대안적인 처벌을 제시하기도 했다. "젊은 여성의 목숨을 앗아 간 남자는 매년 살인한 그날이 돌아오면 생각할 겁니다." 제리가 말했다. "그 기억은 교도소에까지 따라옵니다. 교도소 벽이 점점 가까이 다가오면서 무덤 안에 있는 기분과 똑같을 거예요. 수감자들이 줄곧 제게 말하곤 했어요. '기븐스 교도관님, 여기에 있으니 산 채로 묻히는 것 같습니다'라고요."

제리는 주 사이를 잇는 고속도로를 따라 가드레일을 설치하는 회사에서 트럭 운전사라는 새로운 직업을 얻었다. 그가 사람을 살리는 일이라고 보는 또 다른 직업이지만, 사형 집행인과 달리 이번 일은 남들도 그것을 인정한다. 신원이 이미 온 천하에 알려졌으므로 그는 자신의 이야기를 대중에 공개했다. 이제 세계를 다니며 사형 제도에 관해, 사형 제도가 필요하지 않은 이유에 관해, 집행인에게 미치는 영향에 관해 이야기한다. 모건 프리먼 Morgan Freeman은 신을 다루는 다큐멘터리 시리즈 중, 옳다고 믿는 일을 하기 위해 자기 자신 그리고 믿음과 분투하는 이야기를 다루는 에피소드에 제리를 출연시켰다. 이번 주에는 스위스에서 그를 초청했고 지난주에는 다른 누군가였으며 오늘은 나였다. 제리는 휴대전화 화면을 손가락으로 밀어 올리며 자신의 역할이 얼마나 중요한지, 악을 목격한 사람으로서 어떻게 선을 만들어내는지 보여주었다. 그는 새로운 사형수가 배출되지 않도록 여전히 고등학교에 가서 학생들을 지도하며, 심지어 《내일은 오지 않을 수도 있다 Another Day Is Not Promised》라는 제목의 회고록도 썼다. 이 책은 '종교 소설'로 분류되어 있다.

그럼에도 제리는 62명의 사형을 집행한 사람으로 후회는 하지 않는다고 한다. 사형이 집행됨으로써 그들의 고통이 끝났다고 믿기 때문이다. 하지만 나는 사형을 집행하는 순간 그의 고통이 시작되었다는 생각이 들었다. 집행인으로서 삶을 묻는 질문에 그는 의미 있는 대답을 하지 못했다. 세계를 다니며 강연하지만 정작 핵심은 이야기하지 못했다. 신을 언급하고 사형수들의 과거 행동을 비난하며 죽음의 중개인으로서 자신의 엄청난 책임을 최소화하며, 사형 집행이라는 악독한 행위와 절대 직면하지 않을 것이다(그는 사형 집행일에도 평소와 다름없이 아침을 먹고 출근했다). 나는 그가 스스로를 설득하려 하며, 온전히 솔직하지는 않다는 인상을 받았다. 생선과 새우 찌꺼기로 자신을 정당화하는 모습을 보니 가슴이 아팠다. 케첩, 생선 찌꺼기, 빵 바구니가 없는 늦은 밤, 오로지 자신의 생각과 마주할 때 어떻게 감당할 수 있을까?

오늘날 그의 마음을 가장 괴롭히는 것은 사형 집행인팀이다. 사형 제도 폐지를 옹호하면서부터 사형 집행인들과 대립해야 하기 때문이다. 동료들의 고통과 고뇌를 이야기하기 시작하자 제리는 훨씬 명료하게 말했다. 트라우마에 관한 이야기를 들으며 나는 그의 본심이 드러난다고 느꼈다. "감정을 억눌러야 하지요. 보통 사람은 감당하지 못합니다. 자살하는 집행인도 많고 술이나 약물에 의존하기도 합니다. 사형수는 이미 떠났습니다. 사형수 수감 건물에 20년간 갇혀 있는 사형수는 심리적으로 이미 죽은 사람이나 다름없습니다. 그저 빨리 끝나기만을 기다리지요. 결국 사형을 집행하는 사람들만 남을 뿐입니다. 사형 집행인은 사형수를 머릿속에서 지울 수 없습니다. 사형수의 죽음은 집행인이 죽을 때까지 마음속에 남아 있습니다. 자기의 일부가 되고 결국은 무너지고 맙니다."

사형 집행인들은 진정 결국 무너지고 만다. 다우 B. 호버^{Dow} $^{B. Hover}$ 부보안관은 뉴욕주에서 근무한 마지막 사형 집행인이었다. 이름이 공개돼 집행인으로 근무하는 내내 살해 협박을 받은 전임자 조지프 프랜슬$^{Joseph Francel}$과 달리 호버의 신원은 비밀에 부쳐졌다. 싱싱 교도소로 사형을 집행하러 가기 전, 자신의 차고에서 자동차 번호판을 바꾸고 간 집행인도 바로 호버였다. 1990년, 그는 같은 차고에서 가스를 마시고 죽었다. 뉴욕에서 1913년부터 1926년까지 사형 집행인으로 있었던 존 헐버트$^{John Hulbert}$는 신경쇠약에 걸려 결국 퇴직했다. 3년 뒤 그는 자신의 지하 저장고에서 38구경 권총으로 삶을 마감했다. 미시시피주의 가스실에 투여할 화학약품을 제조한 도널드 호커트$^{Donald Hocutt}$는 옆에서 자기 차례를 기다리는 두 명의 사형수를 두고, 한 사형수를 계속해서 죽이는 악몽에 시달렸다. 그는 55세의 나이에 심장기능상실(심부전)로 세상을 떠났다.

"완전히 자유로워질 수는 없습니다. 이 일에 전혀 지장을 받지 않는다고 하는 사람이 오히려 문제이지요. 이런 일을 하고도 아무것도 느끼지 않는다면 심각한 문제가 있는 사람입니다. 죽은 사형수는 이제 불안하지 않습니다. 남은 사람이 불안하지요. 살아야 하고 지금껏 한 일을 생각해야 하니까요."

우리는 자리에서 일어났다. 제리가 남은 음식을 가지고 가라고 기어이 손에 쥐여 주었다. 다리를 절며 문으로 걸어가는 그 뒤를 따르며 우리를 빤히 쳐다보는 바닷가재를 지나쳤다. 식당 문을 열고 나서자 1월의 차가운 공기가 밀고 들어왔다. 보통 이런 면담에 따라오지 않는 데다, 혹시라도 대화의 흐름을 방해할까 봐 저녁 식사 내내 침묵을 지킨 클린트는 사형수가 총살형 집행 전담반의 손에 죽기로 선택할 수 있는지 물었다. 물론 가능하지만 어느 주에서 할 수 있는지 모르겠다고 제리가 대답했다. 아마 유타주가 아닐까.

"하지만 생각해보십시오." 어두운 주차장의 불빛 아래에 서서 제리가 새우 상자를 들고 말했다. "집행 전담반에는 다섯 명이 있습니다. 하지만 한 명의 총에만 총알이 있지요. 다섯 명은 평생 마음의 짐을 짊어지고 살 겁니다. 모두들 자기 총에 총알이 있었다고 생각하면서요."

나는 장갑을 끼고 작별을 고했다. 총살형 집행 전담반의 사람들이 장갑을 끼며 서로 작별을 고할 때 각자 자기의 총알이 사형수를 죽였을 것이라고 생각하는 상상을 해보았다.

———— 제리는 2020년 4월 13일 코로나19로 사망했다. 부고 기사는 제리가 합창단원으로 있는 리치먼드의 시더 스트리트 침례교회에서 코로나가 확산되면서 감염되었을 것이라고 발표했다.

제리가 죽고 나서 1년이 채 지나지 않은 2021년 3월 25일, 버지니아주에서 사형 제도가 폐지되었다.

Chapter 7

영원한 것은 없다

시신 방부처리사

66

이 일을 하면서 저는 사람들이
생각보다 훨씬 강하고,
훨씬 더 많은 것을 감내할 수
있다는 사실을 배웠습니다.

99

죽음은 한순간에 일어나는 현상이 아니라 단계별로 변화하는 과정이다. 산소가 끊기고 피가 돌지 않는 것처럼 몸의 어딘가에 작동이 멈추면 그 소식이 퍼지며 몸의 시스템이 차례로 정지된다. 죽음과 마찬가지로 부패도 한 번에 일어나지 않는다. 정확히 같은 속도로 부패하는 시신은 없다. 방의 온도, 입은 옷, 체지방을 비롯한 환경적, 개인적 요인이 전반적으로 관여하기 때문이다. 하지만 기본적인 단계는 같다. 죽음이 발생하고 몇 분 후면 산소를 공급받지 못하는 세포 안의 효소가 자신들을 감싸고 있는 벽을 부수며 스스로를 파괴한다. 에너지 공급원이 없어진 근육의 단백질이 움직이지 않게 되고, 서너 시간 후면 체온이 떨어져 몸의 위에서부터 아래로 사후경직이 일어난다. 즉, 눈꺼풀을 시작으로 얼굴과 목이 뻣뻣해지고 12시간이 지나면 몸 전체가 뻣뻣해지며, 24시간에서 48시간이 지나면 그 자세 그대로 굳는다. 그

후에는 뻣뻣해진 순서대로 서서히 다시 부드러워진다. 다시 말해, 눈꺼풀, 얼굴, 목이 차례로 풀어지며 바로 다음 단계인 부패가 시작된다.

시신 방부처리는 부패의 과정을 무한정 멈추는 것이 아니라 늦추는 일이다. 이 관습은 세계적으로 천 년간 다양한 방법으로, 또한 종교를 포함해 다양한 이유로 행해졌다. 유럽에서는 시신을 옮기거나 의학적 목적으로 사용하기 위해 방부처리를 했다. 18세기 영국의 괴짜 돌팔이 치과 의사 마틴 밴 부첼Martin van Butchell은 아내가 지상에 존재해야만 아내의 소유지에서 거주할 수 있다는 결혼 계약서의 조항을 지키기 위해 방부처리를 하기도 했다. 물론 이 이야기는 그가 만들어낸 소문일 가능성이 높지만 말이다. 이유야 무엇이 됐든 간에 1775년, 그는 아내의 시신에 방부제와 염료를 주입하고 웨딩드레스를 입히고 새로운 유리 눈알을 끼워 넣은 뒤 유리 뚜껑으로 덮인 관에 넣고는, 재혼한 아내가 반대하기(당연하다) 전까지 자신의 방 앞에 두었다.

미국에서는 남북전쟁 이후로 일반화되기 시작했다. 그전까지는 유럽과 마찬가지로 주로 의과 대학의 카데바를 보관하려는 목적으로 방부처리를 했었다. 하지만 전시 상황이 악화하고 사망자 수가 증가하면서 남부연합군과 연방군 양측 군인들의 시신이 넘쳐 병원 매장지가 모자라는 상황이 벌어졌다. 군인들은 죽은 전우들을 임시변통으로 묻고 표지를 세우기도 했고, 전투 승리자들이 근처 참호로 시신을 밀어 넣기도 했지만 나중에는 친구, 적, 시민 할 것 없이 시신 가장 가까이에 있는 사람이 참호로 밀어

넣었다. 부유한 가족은 수색꾼을 고용하는 병참감에게 요청해 시신을 돌려받았지만 형편이 좋지 않은 가족은 직접 가서 시신을 찾아야 했다. 또한 시신을 찾았다고 하더라도, 밀폐된 철제관 또는 얼음을 넣도록 만들어진 관에 넣어 철도편으로 보내졌으므로 장거리 이동에도 시신이 보존되길 바라는 사람들의 마음과 달리 이런 방법으로는 부패를 늦출 수 없었다.

1861년 엘머 엘즈워스Elmer Ellsworth라는 젊은 대령(그는 링컨의 사무실에서 변호사 서기로 일했다)이 버지니아주 호텔 지붕의 남부연합군 깃발을 잡아 내리면서 총에 맞아 죽었다. 장례식장에서 흔치 않게 '살아 있는 듯한' 시신 상태를 비롯해 여러 면에서 그의 죽음은 언론에 크게 보도되었다. 엘즈워스의 시신은 토머스 홈스Thomas Holmes라는 의사가 비용도 받지 않고 방부처리를 해주었는데, 그는 전쟁 전 프랑스 발명가 장-니콜라 가날Jean-Nicolas Gannal(해부학에 사용될 시신을 방부하는 자세한 방법에 관한 가날의 책이 이미 20년 전 영어로 번역되어 있었다)에게 배운 방부제 동맥 주입 기술을 수년간 실험해온 사람이었다. 엘즈워스의 시신을 시작으로 다른 용감한 방부처리사들이 전쟁터 옆에서 사업을 시작했다. 미국 방부처리의 아버지로 알려지게 된 홈스 자신도 한 명당 100달러를 받고 4,000명의 시신을 방부처리했다고 주장했다. 그는 워싱턴 DC에 있는 작업장 앞에 전쟁터에서 발견한 이름 없는 군인의 시신을 방부처리해 전시해놓음으로써 자신의 사업을 선전했다.

1865년 암살된 에이브러햄 링컨도 워싱턴 DC에서 시신이 묻힐 일리노이주까지 머나먼 길을 이동했다. 일곱 개 주와 열세 도시를 거친 3주간의 장기간 여행이었다. 도착 후 관이 열리자 수천 명의 사람이 줄을 지어 그에게 경의를 표하며 자신들이 알고 있던 시신과는 조금 다른, 방부처리된 시신을 보게 되었다. 전쟁 중, 의심과 적대감이 가득한 눈으로 보는 사람이 많았음에도 (미 육군은 방부처리사들에게 사기를 당했다는 유가족들의 불만에 찬 항의를 받곤 했고, 유가족이 비용을 지급할 때까지 시신을 인질로 붙들고 있어서 고발당한 방부처리사도 여럿 생겨났다) 방부처리사는 돈벌이를 위한 직업으로 발전하기 시작했다.

푸에르토리코의 어느 방부처리사는 너무 욕심을 부린 나머지, 장례식날 밤에 시신을 동상처럼 포즈를 취하도록 만들었다. 죽은 격투기 선수를 복싱 링의 한쪽 편에 세워 싸우는 모습을 연출했고, 총알을 맞고 죽은 폭력배는 수백 개의 총알 다발을 들고 있도록 처리했다. 그렇지만 대부분의 경우, 시신 방부는 죽음이 죽음의 모습으로 다가오지 않게끔 만드는 데 주된 목적이 있다. 방부사의 임무는 시신이 자는 사람처럼 보이도록 삶과 죽음의 경계선을 흐리게 함으로써 그림을 원래대로 되돌려놓는 미술품 복원 전문가가 되는 것과 같다. 하지만 죽은 사람을 왜 군이 살아있는 사람처럼 되돌려놓아야 할까?

1955년 영국의 인류학자 제프리 고러Geoffrey Gorer는 에세이 〈죽음의 포르노그래피The Pornography of Death〉에서 현대의 죽음을 "추한 사실을 집요하게 숨긴다. 시신 방부처리사의 기술은 완전한 부정의 기술이다"라고 설명한다. 그때부터 방부처리는 죽음에 관한 글과 시신 방부처리 교과서에서 논쟁의 주제가 되었다. 이후 1963년 제시카 미트포드Jessica Mitford는 장례업계를 바라보는 매우 재치 있으면서도 급진적인 시각을 소개하고 부정부패를 인정사정없이 드러내는 책《미국인이 죽는 법The American Way of Death》을 출판했다. 미트포드는 소비자에게 높은 가격으로 팔 수 있는 모든 것, 어려운 용어로 얼버무릴 수 있는 절차, 법적 의무라는 착각에 가려진 사항을 비롯해 업계의 모든 면을 파헤쳤다. 그녀는 방부처리가 시신을 영원히 보존하지는 않으므로, 방부처리사들이 주장하듯 방부되지 않은 시신이 살아 있는 사람의 건강에 영향을 미친다는 이론에 정확한 대답은 주지 못하지만, 방부처리는 장의사가 팔 수 있는 상품 중 하나일 뿐이라고 주장했다. 그녀의 책은 장례업계가 상처 받은 사람들을 먹잇감으로 노린다는 점에 중심을 둔다.

제시카 미트포드의 주장이 독선적일 수는 있으나(방부처리사들에게 제시카 미트포드라는 이름만 슬쩍 꺼내도 분위기가 갑자기 싸늘해진다) 죽음의 비용이 엄청나다는 말은 사실이다. 이제 사람들은 가장 기본적인 장례식 비용을 모으기 위해 고펀드미GoFundMe(온라인 모금 사이트 - 옮긴이)에 사연을 올리기도 한다. 매달 아주 비싸지 않은 휴대전화 요금 정도의 비용으로 자신의 장례 비용을 미리 치르기도 한다. 빅토리아 시대에 지은 런던의 묘지만 둘러봐도 부지가 얼마나 비싼지, 사람들이 얼마나 많은 돈을 내는지 알 수 있다. 물론 죽음은 부를 과시할 하나의 방법이 될 수도 있다. 하이게이트 묘지에 있는 닉 레이놀즈의 데스마스크는 한때 언론계의 거물이었던 유명인의 거대한 묘에 가려 산책로에서 볼 수 조차 없다.

미트포드는 시신 방부가 슬픔을 더는 데 도움을 준다는 달콤한 이야기를 하며 "상황에 따라 신경정신과 의사의 역할을 자처하는" 장의사를 경계하라고 한다. 시신 방부를 목격한 경험이 전혀 없었던 나는 15년 전 그녀의 책을 읽으면서 관점도 마음에 들었고, 논리적으로 공감이 갔다.

그러고 나서 어느 날, 커피숍에서 아내인 진^{Jean} 옆에 앉은 은퇴한 방부처리사 론^{Ron}이 방부처리 과정이 '폭력적이다'라고 묘사한 내 잡지 기사를 읽고 상처를 받았다고 고백했다. 앞서 의사 존 트로이어가 자신의 아버지인 론을 만나보라고 제안하였고, 나는 몇 시간 동안 그의 삶과 직업에 관해 이야기를 나누었다. 존 트로이어가 배스대학교에서 죽음과 사회 센터의 책임자가 된 이유는 아버지와 아주 관련이 깊다. 죽은 철학자를 기리는 기념식에서 "처음 보는 시신이 사랑하는 사람이어서는 안 됩니다"라고 포피가 연설하기 전, 존은 아버지에 관해 이야기했었다. 그는 죽음을 숨기지 않는 가정에서 자랐고, 외부에서는 금기시되지만 집에서는 정상으로 여겨지는 이 주제에 집착하게 되었다(나도 충분히 공감하는 바이다).

위스콘신에 사는 존의 부모님은 가볍게 눈이 내리는 2월에 영국을 방문했고, 날씨에 알맞은 코트를 입은 유일한 사람들이었다. 영국인들은 유독 날씨의 공격을 받은 사람처럼 굴 때가 있다. 나도 예외는 아니다. 일흔한 살인 론은 큰 키와 벌어진 어깨에 배우 아널드 슈워제네거를 연상하게 하는 시원한 이마를 지녔다. 본격적으로 방부처리에 관한 주제로 넘어가기 전 그는 자신이 35년간 몸담은 이 업계에서 많은 변화를 목격했다고 말했다. 1970년대에 시작된 호스피스 운동(런던에서는 1960년대에 시작되었고 시슬리 손더스^{Cicely Saunders}가 미국에 전파했다)은 광적인 의료 전쟁에서 편안한 수용으로, 죽음을 대하는 접근법을 바꾸었다. 처음에 장의사로 일을 시작했을 때는 길이나 철도에서 일어난 몇몇 사고를 제외하고 대부분의 죽음이 병원에서 발생했지만, 퇴직할 무렵에는 조용히 임종을 맞는 가정을 주로 방문했다고 했다. 또한 그는 최근 수십 년간 종교의 역할이 점차 줄어들며 장의사의 역할도 바뀌었다고 했다. 교회가 영혼과 슬픔을 달래주었던 과거에 장의사는 시신을 처리하는 직원에 불과했지만 이제는 사별 상담을 비롯해 포괄적인 역할을 맡게 되었다. 그가 다녔으며 나중에는 가르치기도 한 미네소타대학교에서 장례업을 배우는 여학생의 수는 거의 없었던 수준에서 이후 85퍼센트까지 증가했다고 한다.

"1977년에 제가 처음 가르치기 시작했을 때 찾아오는 여학생들은 장례식장 주인의 딸이거나 장례식장 주인의 아들과 결혼한 사람뿐이었습니다." 주문을 받으러 온 종업원을 신경 쓸 새 없이 그는 말을 이어갔다. 35년간 몸담은 업계를 말하기에는 시간이 부족했다.

"장례식장 남자 주인이 여자 장의사를 고용하지 않으려는 건 아니었습니다. 다만 일하는 시간도 들쑥날쑥한 데다 직원들끼리

아주 가까이서 일해야 하기 때문에 장의사의 아내들이 좋은 눈으로 보지 않았지요. 그런 상황을 깨기란 참 힘들었습니다. 게다가 여자들은 신체적으로 불리하다거나 이런 일을 감당하지 못한다는 편견도 있었습니다. 말도 안 되는 생각이었지요. 지금은 여자 장의사를 아주 쉽게 볼 수 있습니다. 시대가 많이 바뀌었어요."

"여자 장의사들이 과거 이 업계에서는 찾아보기 힘든 따뜻함을 불러오기도 했어요." 옆에 있던 진이 거들었다. 선생님이었던 그녀는 다른 장의사의 아내들처럼 장례식장에서 일하지는 않았지만 일이 매우 바쁜 날 두어 번 전화 업무를 맡은 적은 있다. "남자들은 강하고 냉정해야 한다고 배웠지만 여자들은… 여자라서 사람들에게 다정해도 된다는 말을 듣고 자라니까요." 진이 입을 삐쭉 내밀었다. "지금은 시대에 뒤처진 이야기로 들리지만 예전에는 여자들이 감정적으로 행동하는 것을 쉽게 수긍했지요."

이 업계의 변하지 않는 모습 또한 있다. 론은 위스콘신주의 혹독한 겨울날, 무덤 파는 일꾼들을 불러내기 위해 버번위스키를 챙겨주는 이야기, 장의사들은 잘 팔리지 않는 가장 값비싼 관을 도매로 사서 그 안에 묻힌다는 이야기를 농담처럼 들려주었다. "그때서야 청동으로 만든 비싼 관을 처리하지요!" 그가 웃으며 말했다. 재미있는 일화도 많았지만, 작은 마을에 에이즈가 돌면서 유가족들이 죽은 사람의 친구들과 애인이 마지막 작별 인사를 하지 못하도록 막는 모습을 봐야 했다는 이야기를 듣고 나는 울음을 터뜨리고 말았다. 미국 전역에 있는 장례식장이 받기조차 거부한 시신들이었지만, 론은 그 시신들을 거두고 일부러 늦게까지 남아 친구들과 애인을 몰래 들여보내주었다고 했다. "아주 위험했습니다. 들키면 동네 사람들이 항의할 수도 있고, 아예 사업을 접어야 할 수도 있으니까요. 아주 조심해야 했지요." 그가 조용히 말했다.

"성직자의 미움을 받으면 사업이 힘들었습니다. 일을 전혀 못 받았으니까요." 당시 유가족에게 장의사를 추천하는 사람은 성직자들이었기에, 그도 다른 장의사들처럼 추수감사절이면 그들에게 칠면조를 선물하기도 했다. 하지만 론은 누가 봐도 돈을 가장 중요시하는 사람이 아니었다. 그는 죽은 아이에게 수의를 입히는 부모를 도와준 일을 언급하며, 부검을 한 작은 아이의 몸에 난 절개 자국을 늘 '상처'라고 일컫는 부모의 모습(치유를 암시하는 상처라는 단어는 가슴이 무너지는 표현이었다)까지, 놓쳤을 법도 한 세세한 모습도 모두 기억해냈다. 장례식장 일 외에도 젊은 과부와 살해된 아이들의 부모를 지원하는 단체들을 돕기도 했다. 그는 남들이 선뜻 꺼내지 않는 주제인 어둠을 이야기하는 사람이었다. 열다섯 살 여학생이 자동차 사고로 세상을 떠났을 때는 학교 교장에게 찾아가 학생들이 모두 장례식에 참석하게 해달라고 부탁하며, 죽은 친구를 직접 보는 일의 중요성, 그리고 그것이 각자가 슬픔을 달래는 과정의 일부임을 설명했다. 여학생의 가족은 나중에야 그 사실을 알게 되었고, 론은 학생의 어머니에게 받은 감사 편지를 보여주었다.

시신 방부처리를 폭력적 행위라고 묘사한 내 잡지 기사와는 달리, 론은 폭력으로 보지 않았다. 그는 대화 내내 기사를 자주 꺼내 나를 놀려먹었다. "저는 시신 방부가 연민의 행동이라고 늘 생각해왔습니다. 부모님도 제가 직접 방부처리했고요."

"슬픔을 더는 데… 도움이 되었나요?" 내가 미트포드의 말을 빌려 물었다.

"글쎄요…." 그가 과장된 얼굴로 생각하는 표정을 짓고는 장난스럽게 웃었다. 무슨 말을 할지 뻔히 보였다. "**폭력적**이지는 않았답니다."

그는 이미 업계를 떠난 지 오래되었기에 방부처리 과정을 직접 보여주지 못하지만, 책이나 기사로 읽기만 하면 분명 놓치는 점이 있기에, 보여줄 수 있는 사람을 꼭 찾으라고 조언했다.

시신 방부의 목적이 단순히 상업적 이윤에 있지 않다고 나를 설득할 수 있는 사람은 론뿐이었다. 하지만 직면하기에 너무 참혹한 진실은 기술을 써서 감쪽같이 숨겨도 된다는 주장에 은연중에 동의하는 기분이 드는 것은 어쩔 수 없었다. 참혹한 진실이 있긴 하지만 죽음도 그중 하나인지는 의문이었다. 론은 자신이 스물두 살 때 방부처리한 아홉 구의 시신 중 '차마 보기 힘든' 베트남전쟁 참전 군인의 시신 이야기를 해주었다. 죽은 군인의 아버지가 하도 완강해서 그는 나사못으로 조인 철제 수송용 관을 풀어 아들의 인식표, 타버린 뼈와 조직이 든 가방을 결국 보여주었다. "우리가 보는 모습과 가족이 보는 모습이 다를 때가 있더군요. 이 일을 하면서 저는 사람들이 생각보다 훨씬 강하고, 훨씬 더 많은 것을 감내할 수 있다는 사실을 배웠습니다." 론은 시신을 원래 모습 그대로 보여주면 안 된다고 단순히 일축하지 않았다.

나는 혹시 현대 방부처리사들이 하는 일 중 간과되는 역할이 있는지, 겉으로 명확하게 드러나지 않아서 단지 돈벌이 수단으로만 보이는 일이 있는지 궁금했다. 서비스를 제공하기도 하고, 장례 비용을 지급한 가족의 입장에 서기도 했던 론이 부모님 두 분을 모두 방부처리했으니, 정말 심리적으로 도움이 되는 요인도 있었을까?

오전 9시가 되려면 아직 조금 남았다. 문 사이로 고개를 빼꼼히 내민 필립 고어^Philip Gore 박사는 잠시만 기다려달라고 말했다. 이곳은 영국의 남동쪽 해안에 있는 마게이트^Margate라는 마을로, 모래사장과 드림랜드로 불리는 놀이동산이 유명하다. 하지만 커다란 곰 인형과 아이스크림을 손에 쥔, 햇볕에 그을린 관광객들로 길가가 붐비기에는 시간이 너무 이르다. 고어 박사의 가족은 1831년부터 대대로 장례업계에 몸을 담았다. 처음에는 장례 의복, 그 후로는 시신 방부처리와 매장으로 역할을 넓혔다. 박사는 키가 크고 마른 체격에 안경을 써서 지적인 분위기를 풍겼다. 무대에 나갈 준비를 하는 배우처럼, 그는 실크 조끼의 단추를 끝까지 채우고 완벽한 모습을 연출하기 전까지는 접수대의 고요함을 깨고 등장하지 않을 것이다. 장례식의 연극적 요소(말, 깃털 장식, 장례 의식)는 그가 가업에 관심을 두게 된 중요한 이유이다. 장례식의 '화려한 장관'과 신중하게 관장하는 의식이 마음에 든다고 말하는 그 역시 자신의 아버지를 방부처리했다.

　우리는 사무실에 자리를 잡고 앉았다. 영국 시신 방부처리사 협회British Institute of Embalmers의 부회장으로서 고어 박사는 방부처리 역사를 가르치기도 하고, 그의 박사 학위 주제가 증명하듯 수십 년 동안 시신 방부가 현재의 형태로 존재하는 이유와 방부처리가 잘 드러나지 않게 된 사회적 요인을 고심해왔다. 그의 아버지 세대인 1950~60년대에는 상황이 달랐다. 그는 당시 사람들이 지금보다 더 자연의 순리에 순응했다고 한다. 전쟁을 가까이에서 목격해서이기도 하지만 죽은 사람을 바로 장례식장으로 옮기지 않았기 때문이기도 하다. 그들은 관에 누워 공동체나 집에 머무르며 마지막 조문객에게도 작별 인사를 했다. 필립 고어 박사의 아버지와 그의 팀은 이곳저곳을 다니며 일했다. "시신의 모습이 조금… **심각**해지면, 그들은 관 뚜껑을 박아버렸습니다. 그게 유일한 선택이었으니까요. 하지만 21세기에 사는 우리에게는 다른 선택지가 있습니다." 그는 40년 전 자신이 업계에 들어온 지 얼마 되지 않았을 때, 부패의 '잔인한 현실'이 화장터나 영구차에서 불쾌한 웅덩이를 이룬 장면을 기억한다. "현실적일지는 몰라도 딱히 보기에 좋지는 않지요." 그는 맛없는 빵을 맛본 깐깐한 아주머니 같은 표정을 지었다.

　그때는 사람이 죽고 일주일 내로 장례를 치렀기 때문에 시신 방부가 흔치 않았다. 하지만 현재, 일반적으로 영국의 시신 중 50~55퍼센트는 방부처리를 받는다고 한다(업계가 공식적으로 통계 수치를 발표하지 않았지만, 전문가들은 미국의 상황도 비슷하다고 추정한다). 사망진단서와 관련된 문서 업무와 예약 절차로 장례식을 준비하는 데 시간이 걸리기 때문이다. 마게이트를 둘러싼 새닛 지역에는 약 11만 명의 인구가 거주하는데 장례식장은 16개, 화장장은 한 군데밖에 없으므로 장례 준비에는 3주 이상이 걸린다. "아침 9시 30분에 장례식을 치르지 않는 한, 시간을 잡기가 몹시 어렵습니다. 누가 9시 30분 장례에 참석하려고 이 멀리까지 오겠습니까? 냉장은 아주 훌륭한 기술입니다만 냉장고에 3주 이상 보관된 내용물이 어떨지는 모르지요. 저라면 냉장고 문을 열지 않을 겁니다." 그는 부드럽게 미소 지으며 턱 밑에서 두 손을 마주 잡았다. 나는 영안실에서 본, 죽은 지 2주가 넘은 애덤을 떠올렸다. 관으로 옮길 때만 죽음의 냄새가 조금 났을 뿐이었다.

40년간 예민한 주제를 다뤄왔기에 고어 박사는 매우 신중하고 사려 깊은 태도로 책상 맞은편에 앉은 사람이 얼마만큼의 정보를 알고 싶은지 물어보았다. 장례업계에는 완곡어법(제시카 미트포드가 혐오하는 모습 중 하나이다)이 매우 보편적이지만 감사하게도 그는 내게 매우 직설적으로 말해주었다. "가족이 죽어서 나를 보러 온 것이 아니니까요. 우리 상황은 조금 다르지요." 다행이라는 듯 웃으며, 유가족에게는 방부처리가 수혈과 비슷한 과정이라고 설명한다고 했다. 더 깊이 질문하는 사람도 거의 없단다.

오늘날에는 그가 죽음의 '잔인한 현실'이라고 일컬은 광경은 완전히 가려지기 때문에 장례식장에서 마주할까 봐 걱정할 필요가 없다. 조문객들이 에이브러햄 링컨의 시신을 보러 온 것처럼 미국에서는 장례식에서 열린 관에 누운 시신을 볼 수 있지만, 영국과 오스트레일리아에서는 대체로 관을 닫아놓는다. 이곳에서 죽음은 공적인 행사라기보다는 가족과 함께 하는 조용한 의식이다. 자진해서 보겠다는 사람을 제외하고는 시신을 보는 사람도 거의 없다. 만약 보여주기로 했다면 장례식장에 있는 안치실(가족들의 요청에 따라 종교적인 의식으로 치를 수도 있다)에 시신을 두고 조문객을 받는다. 그러면 그곳에서 방부처리사가 작업한 결과물을 보게 된다. 하지만 장례 준비 계약서에 보통 '위생 관리'라고 적힌 방부처리에 직접 동의했음에도 유가족들은 방부처리가 됐는지 잘 알아채지 못한다. 고어 박사는 결과물이 너무나 평범하고 정상적으로 보이기 때문에, 정상의 모습을 만드는 데 필요한 놀라운 기술들을 알아보기가 힘들다고 말했다.

물론 나는 방부처리가 된 시신과 전혀 되지 않은 시신을 비교해본 적이 없기에 그가 하는 말의 의미를 전혀 이해하지 못했다. 방부처리로 몸이 부풀어 오른 의료용 카데바는 본 적이 있지만, 그 방식은 가족과 친구들에게 보여줄 예전의 모습을 재현하기 위해서가 아니라 오로지 연습을 목적으로 처리되었으므로 종류가 다르다. 방부처리된 유명인의 사진을 본 적은 많다. 유리 상자에 누운 레닌의 썩지 않는 시신은 지속적인 방부 작업으로 한 세기가 지났는데도 거의 변하지 않았다. 금으로 된 관 안에서 잠든 어리사 프랭클린Aretha Franklin은 반짝이는 구두를 신은 발을 흰 베개 위에 올려두었다. 로잘리아 롬바르도Rosalia Lombardo는 스페인 독감에 걸려 두 번째 생일을 맞기 일주일 전에 죽은 아기로, 시칠리아섬의 팔레르모에 있는 카푸치니 수도원 지하 묘지에 수도승들과 함께 보존되어 있다. 로잘리아는 유리로 덮인, 아주 작은 관에 누워 있으며 아주 최근에야 변색되기 시작했다. 죽은 사람이 산 사람처럼 보인다고 해서 과연 나아지는 점이 있을까?

고어 박사는 론 트로이어가 지적했듯, 장례식에서 점점 종교적 요소가 줄어들며 애도의 과정에 시신이 더 큰 역할을 맡게 됨에 따라 시신 방부처리도 중요해졌다고 주장했다. "주류 종교는 보통 인간을 두 부분, 그러니까 육신과 영혼으로 나눕니다. 하지만 영혼을 믿지 않는 사람에게 남은 것은 육신밖에 없지요. 게다가 장례식이 끝나기 전까지는 죽은 사람이 아직 이곳에 있다는 느낌이 듭니다. 안치실에서 시신을 보며, 아직 인간으로 맺은 관계가 끝나지 않았다는 위로가 필요한 사람도 있습니다."

시신 방부처리사들이 제시카 미트포드에게 주장한 이론과 달리, 시신을 옆에 둔다고 해서 위험하거나 비위생적이지는 않다. 고어 박사도 그 점에 동의했다. 본국으로 시신을 돌려보낼 때 시신을 받는 국가가 요구하는 경우만 아니라면, 일반적으로 방부처리는 법적인 의무가 아니다. 하지만 고어 박사는 마지막 모습이 중요하다고 주장한다. "만약 외국에 살아서 오랫동안 어머니를 보지 못했다고 합시다. 외국에 살면 가족과 한번 만나기가 참 힘들지 않습니까. 그럼 돌아가셨을 때 와서 잠깐이라도 시신을 보면 마음의 위안을 받을 겁니다."

"그런데 어머니의 마지막 모습이….."

"끔찍하지 않은 편이 좋겠지요. 가혹한 현실의 모습을 보여줄 수도 있겠지요. 그러나 '우리는 방부처리 안 합니다. **이게 어**

머니의 진짜 모습이에요'라고 한다고 해서 사람들에게 도움이 될까요? 저는 그렇게 말하기는 힘들다고 봅니다."

내가 보고 싶은 모습과 내가 보리라 예상하는 모습을 잠시 동안 상상했다. 포피의 영안실에서 만난 시신은 방부처리를 하지 않았다고 해서 보기 흉하거나 끔찍스럽지는 않았다. 물론 살았을 때 모습을 보지 못했으니 변화의 정도는 모르지만 말이다. 나는 누군가가 쇠약해지고 아픈 모습을 오래 지켜보며 죽음을 받아들인 과정이 방부처리로 잠깐 생생해 보인다고 해서 달라질지 의문이 들었다. "제게는 있는 그대로의 모습이 오히려 위안을 주는데요. 저만 그럴까요?"

"전혀 그렇지 않아요. 작가님만 그렇게 생각하는 건 아닙니다. 하지만 문제는 사람들이 생각하는 있는 그대로의 모습과 때때로 충격적이기까지 한 실제 모습은 꽤 다를 때가 있습니다." 그가 참을성 있게 대답했다. "우리가 미지의 세상을 만들었다는 점이 참 아이러니이지요. 영화에서 죽은 사람 역할을 맡은 배우는 모두 죽은 척 연기합니다. 하지만 죽은 사람은 보통 그런 모습이 아닙니다. 사람들은 그 사실을 모르거나 깨닫지 못하지요. 시신 방부처리는 이 나라에서 약 150년간 이어져왔습니다. 갑자기 '이제 이런 것은 하지 말고 원래 전통으로 돌아갑시다'라고 하기에는 조금 늦었지요."

시신을 직접 다루는 작업에서 거의 물러난 고어 박사는 내게 방부처리 과정을 보여줄 사람을 소개해주었다. 이 사업을 이끄는 선장으로서 이제 그는 나아갈 방향을 결정하는 데 더 집중

한다. 나는 감사의 인사를 전하고 이 경험을 공포 이야기로 만들지 않겠다고 약속했다. 사실 이 책을 집필하기 위해 내가 연락한 거의 모든 사람이 이것을 두려워했다. 그런 이유로 나는 그가 나를 심사하게끔 세 시간을 운전해 이 바닷가 마을에 온 것이다. 시신 방부처리사와 이야기하는 기회를 얻는 데 다섯 달이 걸렸지만 충분히 이해가 갔다. 기자들과 에디터들은 한 세기가 넘도록 시신을 다뤄온 이 직업을 늘 과장해서 보도해왔기 때문이다. 나조차도 삐걱대는 문을 열고 조용하고 메마른 목소리로 주인을 맞는, 〈아담스 패밀리Addams Family〉에 등장하는 음침하고 거인 같은 집사 러치Lurch처럼 과장된 클리셰를 보도하는 에디터들을 낮게 평가했다. 그러나 영국 시신 방부처리사 협회는 언론에 공적으로 공개하지는 않아도 관심이 있는 사람에게는 처리 과정의 현실을 가감 없이 알려준다. 따라서 기자들에 대한 그들의 기대치가 분명 높지는 않지만 내게 기꺼이 문을 열어주었다. 그런 점에서 감사하고 미안하게 생각한다.

고어 박사가 나를 배웅하며 말했다. "현실을 직시합시다. 우리 모두는 어떤 종류가 됐든 조작된 세상을 만듭니다. 작가님은 글을 수단으로 사실을 연출하고 우리는 장례식을 연출하지요."

한 달 뒤, 나는 남부 런던에 있는 장례식장 뒤에 서 있었다. 내 옆에는 미끈한 검은 영구차와 리무진이 주차된 차고가 보였다. 짙은 정장을 입은 어느 남자가 접이식 의자에 앉아 휴대전화를 보며 발밑에서 흘러나오는 라디오를 들었고, 핀을 꽂아 넘긴 단정한 머리에 무더위에도 정장 치마와 두꺼운 베이지색 스타킹을 신은 젊은 여자가 담 옆에서 허공을 보며 담배를 피웠다. 쓰레기통 사이에서 미소를 지으며 나타난 케빈 싱클레어Kevin Sinclair가 접수대에 알리지 않고 뒷문으로 몰래 나를 데리고 들어갔다. 안경을 쓴 케빈은 파란색과 빨간색이 섞인 체크 셔츠와 청바지를 입고, 머리에 젤을 바른 50대 초반 남자였다. 방부처리 시범을 보여주기보다는, 함께 동네 술집에 가서 새우튀김을 나눠 먹을 수 있을 만큼 친근감이 드는 그는 거의 30년 동안 이 일을 해왔으며 약 15년 전부터는 시신 방부처리 학교를 세워 학생들을 가르치는 일도 하고 있다.

그는 시신 안치실로 들어가는 아치 모양의 나무 문 옆에서 잠시 기다리라고 했다. 바로 옆의 직원 화장실 문에는 윙크하는 곰 그림과 '볼일을 볼 때는 소변을 튀기지 마세요'라는 문구의 안내판이 붙어 있었다. 소나무로 만든 커다란 관이 내 옆을 지나 여닫이문으로 사라졌다. 영구차에 실리기 전까지 안치 냉장고에 보관될 관이었다. 진입로에서 직원 두 명이 언성을 높이는 소리가 들렸다. 장례 비용을 치르지 못하는 가족과 유언장 공증 문제 때문에 골치 아픈 상황이라는 내용 같았다.

"그 사람이 할 일은 유가족이 경제적 여유가 된다는 사실을 증명하는 것뿐이잖아."

"나 원 참, 뭐 이런 거지 같은 상황이 다 있는지."

휴식 시간이라 그런지 사업에 관련된 시끌벅적한 이야기가 새어 나왔다. 하지만 유가족들이 머무는 사무실에서는 발자국 소리도 들리지 않을 만큼 고요하다.

준비실로 나를 안내한 케빈은 우리가 지켜볼 방부처리를 맡은, 자신의 전 학생인 소피^{Sophie}를 소개했다. 최근 그에게 배우는 학생 대부분은 여성이다. 수줍음을 타는 소피는 내가 그곳에 있어서 긴장한 듯했다. 작업을 시작하기 전, 웃으며 내게 손을 흔들자 보라색 작업복과 니트릴 장갑 사이에 알록달록한 문신이 보였다. 우리 사이에는 3주 전에 폐암으로 세상을 떠난 창백하고 키가 큰 남자가 누워 있었다. 아랫배까지 이어진 짙은 음모가 최근 며칠 사이에 서서히 초록색을 띠기 시작했다.

내가 포피의 영안실에서 한 것처럼, 그날 아침 소피는 시신에 부착된 튜브와 병원의 환자 등록증 팔찌를 제거하고 보송보송하게 보이도록 시신의 머리를 감기고 말렸다. 하지만 이곳에서는 수의를 입히기 전에 해야 할 일이 더 있다. 그녀는 눈꺼풀 아래에 플라스틱 반구 모양으로 된 볼록한 작은 덮개를 넣어 눈이 꺼지지 않는 효과를 주었다. 케니언에서 모가 외관만으로는 시신의 신원을 파악할 수 없다고 설명한 예시가 바로 이것이었다. 우리는 본능적으로 사람의 눈을 보지만 시신의 눈은 우리가 기억하는 모습과 다르다. 내 앞에 있는 시신의 눈은 데스마스크 조각가인 닉이 얼굴 본을 뜨러 갔을 때 보기 원하는 눈이었다. 움푹 꺼진 눈이라면 작품을 완성할 때 그가 눈을 볼록하게 직접 조각해야 한다.

소피는 시신의 입이 벌어지지 않도록 턱을 고정하는 작업을 시작했다. 이 작업은 방부처리사가 시신과 얼굴을 마주해야 하고, 바늘로 시신을 찔러야 하는 복잡한 과정이었다. 일단 시신의 입을 최대한 크게 벌려 얼굴이 뒤로 젖혀지게 한 다음, 봉합실이 달린 크고 구부러진 바늘을 아랫니 뒤, 혀 아래에 꽂아 넣어 턱 밑으로 나오게끔 한다. 바늘의 방향을 돌려 다시 같은 구멍으로 넣되 이번에는 그의 아랫입술 뒤로 나오도록 함으로써 턱 앞쪽의 U자 뼈를 두르는 고리가 만들어지도록 한다. 그러고 나서 소피는 봉합실을 팽팽하게 당겨, 처진 아래턱을 위턱 쪽으로 잡아 올린다. 이제 바늘을 윗입술 아래로 넣어 왼쪽 콧구멍, 코중격(코 안을 양쪽으로 나누는 칸막이 - 옮긴이), 오른쪽 콧구멍을 거친 다음 마지막으로 다시 윗입술 아래로 나오게 한다. 그녀는 턱을 고정한 실을 꽉 조인 다음 묶고는 시신의 윗입술 뒤로 감췄다. 턱 아래로 봉합실 자국을 찾지 않는 한, 입을 꼭 다문 남자밖에 보이지 않을 것이다.

아무 말도 하지 못하도록 내 입을 꿰맨다고 생각하니 등골이 오싹해지지만, 막상 시신에 행해지는 작업은 보기에 무섭거나 징그럽지는 않았다. 만약 산 사람이었다면 숨죽인 비명만 새어 나오는 끔찍한 고문이었으리라. 소피의 어깨너머로 지켜보면서 나는 자꾸 턱을 이리저리 움직이며 테이블에 누운 사람이 내가 아니라는 사실을 상기해야 했다. 입을 벌릴 일도, 목소리를 낼 일도 없는 죽은 사람임을 알지만 저항도 하지 않고 축 처진 시신을 보니 마음이 아프고 목이 멨다. 마음만 먹으면 죽은 사람에게는 무슨 짓이라도 할 수 있겠지만 소피는 그저 시신이 원래 모습에 가깝게 보이도록 노력할 뿐이었다.

케빈과 나는 작업에 방해가 되지 않도록 방부처리실 구석, 서류가 잔뜩 쌓인 철제 작업대에 몸을 기댔다. 이 방은 창문이 없다. 조명이 환한 이 하얀 방에서는 외부 세계와 단절된 채 홀로 존재한다. 바쁜 시기인 겨울이면 방부처리사들은 새벽 4시에 와서 밤 10시까지 일할 때도 있다. 그럴 때는 라디오로만 외부 세계에 간신히 손을 뻗으며, 배달원의 옷을 보고 바깥 날씨를 추측한다고 한다.

나는 낯설면서도 익숙한 방부처리 액체의 냄새를 맡을 수 있었다. 방부처리 작업이 진행됨에 따라 고등학교 생물실과 매니큐어가 섞인 듯한 냄새가 코를 찔렀다. 방 전체에 진동하는 이 냄새가 내 청바지에도 스며들기 시작했다. 케빈은 액체에서 증발하는 폼알데하이드 가스가 공기보다 무겁다고 설명했다(메이오 클리닉에서 테리가 바닥 가까이 있는 환기 시스템을 보여주며 가르쳐 주었었기에, 나는 고개를 끄덕였다). 하지만 의료 안전 규정이 있기 전, 가스가 위로 올라간다고 생각하던 시절에 방부처리실에는 공기 정화 장치가 높은 벽에 붙어 있었기 때문에 방에 가스가 가득 차고 방부처리사의 정신이 몽롱해질 때야 환기를 했다고 한다. 케빈은 벽을 진동하는, 낮으면서도 쉰 소리로 약 4만 구의 시신을 방부처리하며 수십 년간 화학약품을 들이마신 결과라고 했다. "사실 저는 여든네 살입니다. 방부처리가 잘돼서 젊어 보이지요." 그가 농담하며 웃었다.

"시신을 방부처리하는 데는 세 가지 이유가 있습니다." 그가 시신에 다가가 선생님처럼 손가락을 올렸다. "위생, 외관, 보존입니다. 소피는 지금 이목구비를 정리하는 작업을 하고 있지요. 이 시신의 생김새에 어울린다고 생각되는 좋은 표정을 연출해야 합니다. 물론 원래 알던 사람이 아니니 그들의 살아생전 모습이 어땠는지 단서를 찾아야 하고요." 나는 작업에 도움이 되는 사진을 받는지 물어보았다. "받을 때도 가끔 있지요. 하지만 보통은 시신을 보면서 추측할 때가 많습니다. 시신을 복구해야 할 때는 치수나 피부색을 알아야 하니 사진을 받습니다." 그는 기차 앞에서 어린 두 아들에게 담력을 보여주려다 죽은 남자의 산산조각이 난 두개골을 퍼즐처럼 맞추고 하나하나 연결해야 했다는 이야기를 해주었다. 죽은 자들의 사인을 재단하지 않으려고 노력하지만 어쩔 수 없을 때도 있다고 한다.

시신은 아직도 뻣뻣했다. 안치 냉장고가 부패를 늦춘 데다, 햇빛이 들어오지 않으니 신속히 왔다 갈 사후경직 상태가 일시적으로 길어졌다. 소피는 긴 다리를 한쪽씩 위로 들어 올리고는 무릎에 힘을 가해 다리를 구부렸다. 낡은 가죽 지갑을 힘껏 비트는 소리가 났다. "이 과정은 한 번만 하면 됩니다. 그럼 사후경직 상태로 돌아가지 않아요." 케빈이 설명했다. 단백질은 한번 툭 끊어지면 다시 서로 결합하지 않으므로.

방부처리사는 상황을 파악하고 작업을 시작한다. 언제 죽었는지, 장례식 날짜까지는 얼마나 남았는지, 죽은 사람이 약물을 복용하고 있었는지(합법이든 불법이든)를 비롯해 다양한 요인이 방부처리 액체에 든 화학물질의 효과에 영향을 끼치기 때문이다. 현재 날씨와 시신이 갈 곳의 날씨도 고려해야 한다. 날씨가 덥거나 습하지는 않은가? 2월인가, 7월인가? 사원이나 교회에 가야 할 성직자인가? 그들은 머릿속으로 이런 조건을 계산하고, 시신이 다른 동네로 이동하든, 세계 어디로 이동하든 같은 모습으로 도착하게끔 부패를 멈추는 화학물질의 농도를 결정한다. 농도가 너무 옅으면 부패의 위험이 있고 너무 짙으면 탈수의 위험이 있으므로 균형을 맞추는 것이 바로 방부처리의 기술이다. 방부처리 액체가 강할수록 시신이 오래 유지되지만, 그래도 영원한 것은 없다.

어떤 약품을 사용하는지에 따라, 약품은 시신 자체보다 오래 유지되기도 한다. 남북전쟁에서 방부처리되어 돌아온 군인들은 그들이 묻힌 땅에 비소(오래전에 불법화된 물질이다)를 흘려보내 지하수를 오염시켰다. 현재 미국에서는 발암성 폼알데하이드가 포함된 300만 리터의 방부 액체가 매년 땅에 묻힌다. 2015년 북아일랜드에 홍수가 나면서 묘지의 화학물질이 땅으로 흘러 들어가는 바람에 환경 운동가들이 묘지를 '오염된 공간'이라고 비난하기도 했다. 본능적으로 의심의 눈길로 보게 된 내 태도는 방부처리가 죽음의 실제 모습을 가리기도 하지만 이런 결과들을 감내할 만큼 과연 가치가 있는지 의구심이 들기 때문이기도 하다.

화학물질을 시신에 주입하는 방부처리는 서구의 장례업계에서만 독점하는 과정이 아니다. 시신 방부처리사이자 장의사인 케이틀린 도티Caitlin Doughty는 《좋은 시체가 되고 싶어From Here to

Eternity》에서 전 세계의 장례 문화를 다루는데, 방부처리가 중요한 역할을 하는 문화권을 언급했다. 그녀가 관심을 둔, 인도네시아의 타나 토라자Tana Toraja에서는 가족들이 주기적으로 무덤에서 시신을 꺼내 새롭게 단장하고 선물을 주거나 담배를 물려주기도 한다. 죽고 나서 장례식을 치르기까지 몇 년간 시신을 집에다 안치하는 경우도 있다. 과거에는 박제사들이 동물의 가죽을 강하고 단단하게 하는 기술과 비슷한 방식으로 시신을 미라로 만들었지만 오늘날에는 그들도 런던 남부의 방부처리실에 있는 것과 똑같은 약품을 사용한다. 미트포드와 마찬가지로 도티는 의미 있는 질문을 던진다. 인도네시아에서는 시신이 보존되어야 할 이유가 있다고 하지만(시신은 다시 가족을 만나 단장하고 축제 기간에 함께 춤을 춘다) 그런 문화도 없는 서구에서 우리는 왜 시신에 강한 화학물질을 주입해가며 방부처리를 하는 것일까?

내 앞에 있는 이 시신은 거대한 피라미드 안에서 수 세기 동안 보존될 것도 아니고 축제에 참석하기 위해 20년 후에 관에서 나올 것도 아니다. 하지만 소피는 바다 건너 어딘가에서 치를 장례식에만 가면 되는 시신을 위해 조금 더 강한 화학약품을 골랐다.

그다음으로 그녀는 목이 시작하는 두 지점을 작게 절개해 왼쪽과 오른쪽의 온목동맥(총경동맥)을 찾았다. 이 혈관은 우리가 맥박을 잴 때 손을 얹는 곳인데, 이 과정을 보며 나도 모르게 목에 손이 올라갔다. 이 혈관을 들어 올리고(약간 우동 면 같은 모양새이다) 철제 도구를 밑으로 넣어 혈관이 피부 밖으로 나오게 하자 고무줄같이 팽팽한 동맥이 보였다. 방부 액체가 한 방향으로만 흐르도록 소피는 양쪽 혈관을 실로 묶고 나서, 투명 튜브가 혈관의 아래쪽으로 향하도록 삽입했다. 목 받침대에 놓인 머리는 튜브의 방향을 바꿔 따로 처리한다고 했다. 동맥계를 전달 통로로 이용해 피를 대체하는 분홍색 방부액이 마구 흘러 들어갔다. 주입되는 액체가 전하는 압력의 도움을 받아 혈관은 멈춘 심장에 피를 밀어 넣는다.

"똑같은 방식으로 방부처리하는 시신은 없습니다." 탱크가 서서히 압력을 낮추자 케빈이 입을 열었다. "모든 시신이 다르기 때문입니다. 대자연이 모두의 동맥계를 조금씩 다르게 만들었지요. 쌍둥이라고 할지라도 동맥계의 전반적인 배치가 다른 데다 죽는 순간에 판막이 열려 있기도, 닫혀 있기도 하기 때문에 아예 다르게 방부처리합니다." 4만 구 이상의 시신을 처리한 사람으로서 그는 자신감 있게 말했다. 첫 시도에 화학약품이 잘 흘러 들어가기도 하고, 시간이 지나서 피가 굳거나 혈관이 막히면 그렇지 않을 때도 있다. 장례식을 치르기까지 오래 걸린다고 설명한 고어 박사의 말처럼 대부분의 방부처리는 죽은 시점에서 몇 주(대체로 3주)가 지나야 진행된다. 시신이 따뜻할 때 방부처리를 하는 아일랜드나, 비교적 빠른 시일 내로 하는 미국과 달리 케빈은 영국의 시신은 거의 '방부처리가 힘든' 시점에 온다고 말했다. 그러나 다행히도 몸에는 목, 허벅지 위쪽, 겨드랑이 이렇게 약품을 주입하는 지점이 여섯 군데가 있어, 하나가 막힌다고 해서 처리가 불가능한 것은 아니다.

방부처리 기계가 윙윙 소리를 내며 도는 동안 소피는 시신의 피부를 마사지하며 라놀린 로션(양모에서 추출하는 기름으로 만든 로션 - 옮긴이)을 꼼꼼히 발랐다. 이 작업은 수분을 공급하며, 화학약품이 혈관을 타고 움직여 근육으로 들어가는 데 도움을 준다. 손을 문지르자 창백한 손바닥에 분홍빛이 돌았다. 소피는 피부색이 잘 돌아오는지, 그렇지 않은 부분은 어디인지 살폈다. 돌아오지 않는 부분은 약품이 흐르지 않는 곳임을 의미했다. 그녀는 계속해서 로션으로 얼굴과 팔을 문지르며 화가가 그림을 보듯 시신이 전체적으로 비슷한 색을 띠는지 확인했다.

방부액이 몸 전체로 흐르는 데는 약 40분이 걸렸다. 너무나 미세하게 변하기에 잠깐 눈을 돌렸다가 새롭게 바라봐야지만 변화를 감지할 정도로 눈속임 같기도 했다. 나는 시신이 살아 돌아와 점점 젊어지는 모습을 지켜보았다. 피부가 다시 탱탱해지고, 분홍 혈관 덕분에 따뜻하다는 착각을 불러일으켰으며, 깡마른 얼굴에 쪼그라든 피부는 이제 보이지 않았다. "뭐야! 젊잖아!" 나는 충격으로 거친 말이 나왔다고 둘에게 사과했다. 초보라 아무것도 모르는 나였지만, 교회에서 욕이 나왔을 때와 마찬가지로 죽은 사람 옆에서 거친 말을 뱉어 괜스레 미안한 감정이 들었다. 하지만 둘은 개의치 않는 듯했다. 케빈은 우리 뒤에 있는 상자로 손을 뻗어 종이 더미 맨 위에 있는 사망진단서를 집었다. 나는 시신이 어색한 검은 머리를 한, 병약한 70대 남자라고 생각했는데 사실 40대였다. 암이 그를 피폐하게 만든 데다 탈수가 마지막 남은 젊음까지 모두 빨아들였던 것이다.

시신은 내 남자친구 클린트와 아주 달라 보이지 않았기에 갑자기 기분이 이상해졌다. 내가 사랑하는 사람의 시신이 아니라고 스스로 상기해야 했다. 몇 달 후에 이 시신의 이름을 온라인 부고에서 검색해보았다. 화면에는 그를 사랑했던 사람이 게시해놓은 사진이 있었다. 키가 크고 건강한 몸을 한 그가 환하게 웃고 있다. 나는 가족들이 야위어가는 그의 모습을 보았는지, 언제 그를 마지막으로 보았는지 궁금했다. 나는 내가 본 시신과 이 사진 속의 남자가 같은 사람이라는 사실이 믿기지 않았다. 시신은 암세포로 파괴된, 완전히 다른 사람이었다. 방부처리를 한 후에 훨씬 더 나아 보인다는 점은 부인할 수 없었다. 하지만 나는 외관상 목적으로 시신에 화학약품을 주입하는 심리적인 이유를 전적으로 이해하지는 못하겠다. 삶의 마지막에 겪은 고통의 증거는 죽은 자의 일부일 뿐만 아니라 그를 이해하고 애도하는 남은 자의 일부이기도 하지 않을까?

내 머릿속에서 나와 다시 방부처리실로 돌아가보자. 소피는 복부를 작게 절개한 다음 투관침이라고 불리는 50센티미터짜리 금속 막대를 들었다. 투관침의 날카로운 끝부분에는 작은 구멍이 나 있으며, 손잡이에는 기계로 연결된 투명한 튜브가 달려 있다. 그녀는 투관침을 삽입해 능숙하게 심장의 우심방까지 집어넣었다. 빨아들이는 소리가 방을 울리면서 기계에 달린 플라스틱 통에 방부액과 피 혼합물이 흘러 들어갔다. "혈액을 더 많이 빼낼수록 방부처리가 잘됩니다." 케빈이 설명했다. 혈액은 박테리아를 함유하고 박테리아는 부패를 의미하기 때문이다. 기계 소리가 더 시끄러워지면서 케빈이 목소리를 높였다. "그런데 생각보다 피가 아주 많이 나오지는 않을 거예요! 이 사람은 죽은 지 오래돼서 피가 이미 분해되기 시작했거든요!" 소피가 심방에서 투관침을 꺼내고 방향을 돌려 기도를 찌르자 시신의 머리가 뒤로 젖혀지며 기도가 곧아졌다. 숨이 막히듯 '헉' 하는 소리가 났지만 시신이 아니라 분명 기계에서 나는 소리였으리라. 그러고 나서는 핀셋으로 콧구멍 깊이 솜 같은 것을 넣어 기도를 채워 액체가 새어 나오지 않도록 처리했다. 보고 있으니 내 목구멍에 건조한 솜이 차는 듯해 목이 막혔다. 케빈이 아기들의 기저귀에 같은 종류의 솜을 사용한다고 했다.

쪼글쪼글했던 손이 이제 분홍빛의 부드러운 모습이 되었다는 사실에 내가 여전히 충격에서 벗어나지 못하고 있을 때 소피는 투관침을 복부로 돌렸다. 내부에 가스가 차지 않도록 장기에 구멍을 내고 남은 액체를 더 빨아내기 위해서였다. 유가족들에게는 지방흡입술과 비슷하다고 설명하겠지만, 부인하기 힘들게도 이렇게 시신을 찌르는 과정은 상당히 폭력적으로 보였다. 해부 학교에서는 학생들이 공부할 장기를 파괴하는 방식으로 방부 처리를 하지 않는다. 소피가 싱크대에 피를 쏟아붓자 플라스틱 통 바닥에 붙은 응고한 피가 보였다. 부은 피는 약 4리터 정도로 보였고(내 예상보다 적은 양의 피였나? 나도 잘 모르겠다) 전혀 역겨운 느낌도 들지 않았다. 나는 정말 아무렇지도 않았다. 산 사람의 작은 상처에서 나는 피를 보는 것보다 무균실에 누운 죽은 사람의 혈전을 보는 편이 낫다고 보는, 뇌의 속임수 같았다. 분명 피였지만 내가 생각하는 피와는 달랐다.

마지막으로 소피는 초록색 액체를 복부에 주입했다. 지금껏 사용해온 화학약품보다 훨씬 더 농도가 짙은 것으로 시신의 배를 단단하게 만들 것이다. 케빈은 손가락 마디로 툭툭 치며 작업 대만큼이나 딱딱해질 것이라고 말했다. "하지만 가족들이 만질 시신의 손과 얼굴은 부드러울 겁니다." 소피는 의료용 접착제로 절개선을 봉합하고는 끝났다는 표정을 지으며 수줍게 고개를 들었다. 이 모든 과정을 되풀이할 시신이 오늘만 여섯 구 남았단다.

앞으로 24시간 동안 이 시신은 냉장고에 안치된다. 약품이 움직이며 피부색이 고르게 정리되고 뜨거운 물에서 불린 듯한 피부도 생기를 찾았다. 조직이 굳어지면서 쉽게 모양이 바뀌지도 않을 것이며 그는 편안히 잠든 모습으로 유지될 것이다. 투병 생활로 몸이 망가졌음에도, 이곳에 도착한 날보다 훨씬 원래의 모습에 가까워 보일 것이다.

가족실에서 케빈과 나는 흔하디흔한 크리넥스 화장지 상자가 놓인 테이블을 사이에 두고 앉았다. 그는 자신이 이 일에 몸담은 수십 년간 기술의 발전이 방부처리에 미친 영향을 설명했다. 방부처리실의 환기 장치가 그중 하나였고, 사용하는 화학약품과 장비의 안전 기준도 변했다. 방부처리는 거의 수술에 가까운 과정이므로 의료 기구가 발전할수록 방부처리 기구도 발전한다. 외관상의 측면을 보자면, 최근 들어 텔레비전 스타들이 에어브러시 제품(스프레이처럼 미세한 입자를 분사해 화장하는 방법 – 옮긴이)을 사용해 고르고 선명하게 화장함에 따라 시신에도 비슷한 방법을 적용하기 시작했다. 밝은 조명에서도 가수들의 화장을 고르게 지속하는 화장법을 시신에게도 사용한다는 것이다. 하지만 이런 선택 사항을 제쳐두고 필수적인 사항으로만 돌아가면 시신 방부처리사는 어디에서도 작업할 수 있다. 재난 지원팀이 해안으로 희생자들을 구조해 나오는 동안, 전기가 없는 정글의 오두막에서 수동 펌프와 이동식 장비만을 사용해 작업할 수 있다(케니언의 창고에서 모가 이동식 장비를 보여주었다). 쓰나미 참사의 한복판에서, 호텔 방에서, 교전 지역에서도 단출한 작업대와 장비만 있으면 가능하다. 내가 이곳 크로이던^{Croydon}의 방부처리실에서 관찰한 작업은, 최악의 참사에서도 똑같이 할 수 있는 과정이다. 시신 방부처리는 대단한 장비가 필요하지 않다. 그저 시신과 방부처리사만 있으면 된다.

머나먼 어느 섬의 그물 막사에서 케빈은 바다로 추락한 비행기 사고로 익사한 승객들을 방부처리했다. 구명조끼에 바람만 불어 넣지 않았어도 살아날 수 있었지만 바닷물이 비행기로 들어오며, 천장과 연결된 구명조끼에 갇혀 익사한 사람들이었다. 케빈은 비행기가 추락한다는 사실을 감지하고 자신의 셔츠 위에 아내를 위한 편지를 쓴 남자의 옷을 벗겨냈다. 종이에 쓰면 분해되거나 사라지지만 셔츠 위에 쓰면 자기 시신과 함께 복구될 가능성이 있다는 것을 안, 침착한 사람이었다. 그는 아프가니스탄에서 복무한 영국 군인들의 시신도 방부처리했다. 부러진 뼈와 새카맣게 타버린 조각들을 맞추고 사지를 복구해, 그들의 어머니에게 보내기 위해 군복을 입혔다.

"그들을 위해 마지막으로 해줄 수 있는 일입니다. 인간으로서의 존엄성을 되찾아주는 일이지요. 이런 일을 할 수 있어서 영광입니다. 외부에서 보면 우리가 하는 일이 지나쳐 보일지도 모르지만, 시신을 알아볼 수 있는 것도 애도의 과정입니다. 우리는 죽은 사람이 가족을 위해서 좋은 모습으로 보이길 바랍니다. 유가족이 삶을 계속 살아갈 수 있도록 말이지요. 그들은 불신과 분노와 울분을 모두 겪었습니다. 방부처리는 가족에게도 도움을 줄 수 있습니다."

나는 죽은 모습이 고스란히 드러나는 시신을 보는 것이 정신적으로 해로운지 질문했다. 고어 박사에게도 던진 질문이었다. 케빈은 산 사람에게 전혀 도움이 되지 않는 충격으로 다가갈 가능성도 있다고 대답했다. 자동차 사고, 자살, 암을 생각하고 싶은 사람은 없다. 그들은 축구 경기, 오후에 마시는 차 한 잔, 죽음 이전의 삶을 생각하고 싶어 한다. 케빈은 유가족이 사인보다는 애도에 집중하도록 좋은 기억을 떠올리게끔 하는 것이 자신의 임무라고 했다.

"우리는 가족들의 감각을 되살리고 싶기 때문에 겉모습도 중요하게 생각하지만 애프터셰이브나 향수 같은 냄새에도 신경을 씁니다." 그가 말했다. "특정한 향수를 뿌리는 사람이 나타나면 그 사람이 보이기도 전에 냄새를 맡을 수 있지요. 모두 기억을 불러일으키는 요인입니다." 냄새는 분명 우리가 시간을 여행하도록 자극한다. 길거리에서 테레빈유 냄새가 나는 남자가 내 옆을 지나친 적이 있는데, 그 순간 나는 30년 전으로 돌아가 값싼 유화 물감으로 그림을 그리는 아버지를 바라보는 꼬마가 되었다. 아버지는 값싼 물감이라 마르지 않는다고 불평하곤 했었다.

기억은 고이 접은 옷에 숨어 있을 때도 있다. 케빈은 방부처리를 한 후 산타클로스 복장을 입히기도, 노부인에게는 결혼식 날 입은 드레스를 입히기도 했다. 버려진 독일제 낙하산의 비단으로 직접 만들어, 전쟁터에 나간 연인이 돌아올 때까지 간직한 드레스였다.

미국에서 화장은 방부처리에서 중요한 작업이지만(케니언에 있는 잡지의 뒷면에서 '푹 꺼진 눈을 시각적으로 볼록하게 하는' 색깔 팔레트를 선전하는 광고를 보고 구매할까 잠시 생각했지만 시신 전용 화장품임을 깨달았다) 전통적으로 영국에서는 미국만큼 중시하지는 않는다. 시신에 화장을 원하는 유가족이 있으면 죽은 사람이 쓰던 화장품을 가져오도록 요청하고 그는 방부처리실에서 탐정이 된다. "사실 유가족에게 별로 묻지 않고 화장품 가방을 열어서 살펴봅니다. 립스틱이 네다섯 개 있으면 하나가 꼭 몽땅해요. 그럼 **그게** 바로 제일 좋아하던 색깔이지요. 요만한 눈썹 펜슬(그가 개미를 죽이는 표정으로 엄지와 검지를 가까이 모았다)이 있으면 바로 **그것**이 고인이 가장 좋아하던 제품이고요. 아이섀도도 마찬가지입니다. 몇 가지 색이 있지만 가장 많이 써서 바닥이 보이는 색을 선택하지요."

잠시 정적이 흘렀다. 도저히 참지 못하고 한마디 했다. "여자의 눈썹을 그리다니 용감하시군요."

그는 고개를 절레절레 흔들며 여자들 눈썹의 불합리성을 말하며 웃었다. "눈썹을 다시 그릴 거면 대체 왜 뽑는 거지요? 정말 이해할 수 없군요." 나는 우리 여자들이 2000년대 초반에 눈썹을 몽땅 뽑은 후 톡톡히 교훈을 얻었다고 말해주었다.

시신 방부처리의 인공적 효과를 알면서도 자신의 부모님을 방부처리한 론 트로이어와 필 고어가 떠올랐다. 두 사람 모두 부모님이라고 해서 다르게 처리하지 않았다고 말했지만 나는 너무나 가까운 사람들을 작업할 때 기술적으로 더 어려움을 느끼는지 궁금했다.

"아는 사람을 작업할 때 더 어렵긴 합니다. 과정이 어렵다기보다는 제가 생각하는 그들의 과거 모습과 방부처리의 결과물이 절대 같을 수 없기 때문이지요. 함께 일하는 회사의 의뢰를 받아서 유명인들 작업을 아주 많이 하는데 그럴 때면 제가 낸 결과물에 매우 엄격해지지요. 저는 그들이 무대에 선 모습을 기억하니까요. 근육도 없어지고 다른 표정과 다른 자세를 취하고 있기 때문에 살아생전과 아주 달라 보입니다. 제 머릿속 그들의 모습과 최대한 비슷하게 만들기 위해 더 시간을 들이지만 결과물에 만족한 적이 없습니다."

자신의 죽음을 생각하느냐는 내 질문에 그는 우스꽝스러운 장례식 계획을 농담으로 말했다. 중요 부분만 가린, 실제 크기의 나체 사진을 관에 붙이고 싶단다. "사람들에게 웃음을 주고 싶습니다. 슬픔을 너무 많이 봐왔어요." 나는 죽음을 생각하느냐는 질문을 다시 던졌다. 그는 별로 생각하지 않지만 만약 지인이 암 진단을 받았다고 하면 그는 최악의 상황부터 생각한다고 한다. 방부처리실에서는 '피할 수 없는 마지막'을 볼 뿐, 암을 무찌른 이야기는 듣지 않기 때문이다.

죽음은 케빈의 삶 아주 가까이에 늘 존재했다. 부모님이 장례식장을 운영했고 가족은 바로 위층에 살았다. 집 청소를 하는 일요일이면 그는 아래층으로 내려가 계단 밑 벽장에 있는 진공청소기를 가져오는 심부름을 하곤 했다. 그럼 안치실의 관에 누운 시신을 지나쳐야 했다. 시신이 무섭다는 생각이 들지는 않았지만 집 밖에서 이런 이야기를 하면 안 된다는 사실은 본능적으로 알았다고 한다. "친구들은 우리 부모님이 하는 일을 이해하지 못했습니다." 그가 말했다. 지금도 자신의 직업에 관해 말하는 일이 거의 없으며(내게 이야기하는 이유는 내가, 아니 고어 박사가 부탁했기 때문이다) 누가 물으면 '시신 방부처리사' 대신 선생님이라고 대답한다고 했다. "영국은 죽음을 부인하는 경향이 있습니다. 사건이 일어나지 않는 한, 알려고도 하지 않지요. 죽음이 발생하면 2주 동안 우리와 아주 가까워지다가도 조금 지나면 우리는 다시 사라집니다."

그는 부모님을 따라 장례업계에 바로 뛰어들진 않았지만 이 업계에서 멀어진 적도 없다. 관을 들 만큼 키가 크자마자 관 옮기는 일꾼으로 15파운드를 벌어 레코드판을 샀다. 학교를 졸업하고는 석공이 되어 우리보다 훨씬 더 오래 존재할 묘비에 천사를 새기는 일을 했다. 우리가 사랑하는 사람을 땅에 묻었을 때 찾아가 조용히 혼잣말하는 곳에 비석을 제작하기도 했다. 하지만 오늘날 그가 하는 일은 사람들에게 잠시 보이고는 사라진다.

"예술적인 일을 하는 사람으로서 최고의 작품이 매장되거나 화장되면 슬프지 않으세요?"

"아니요." 그가 퉁명스럽게 대답했다. "왜냐하면 저는 이미…." 그가 말을 멈추고는 생각에 잠겼다.

"몇 년 전에 일어난 일이었습니다." 기계 안에 낀 무언가를 빼려다 몸통과 머리가 완전히 으스러져 산업재해로 죽은 사람이 있었다고 했다. 기계에서 빼냈을 때 신원 확인을 위해 그의 아내가 시신을 직접 봐야 했다. "정말… 말로 설명하기 힘들 정도로 엉망이었지요. 그분이 제게 그러더군요. '할 수 있는 게 없을까요?' 그래서 그저 온 힘을 다하겠다고만 대답했습니다."

후일 케빈은 죽은 사람의 아내에게 편지를 받았다.

'감사합니다. 완벽하지는 않았지만 저는 남편을 돌려받았습니다.'

Chapter 8

시신의 하인

해부병리 전문가

66

이 일을 하는 방식은
다른 일과 완전히 달라요.
지금까지 사람으로서 우리가 배운 도덕과
완전히 반대되지요.

99

시신을 미라로 만들 때 이집트인들은 심장을 제외한 모든 장기
는 꺼내 병에 보존했다. 그 사람의 중심, 몸과 마음, 지성, 영혼으
로 간주된 심장은 그대로 두어 신들의 심판을 받게 했기 때문이
다. 죽은 자가 지하 세계에 다다르면 그가 도덕적인 삶을 살았는
지 판단받기 위해 저울 양쪽에 심장과 깃털을 각각 올려놓는데,
저울이 기울지 않으면 저승에 들어갈 수 있지만 심장이 깃털보
다 무거우면, 악어의 얼굴과 이빨을 가지고 사자와 하마의 모습
을 한 암무트 여신이 심장을 삼켜버린다.

　템스강 남쪽의 사우스 뱅크에 있는 세인트 토머스 병원 지
하 영안실, 심장의 무게를 부르면 다른 누군가가 희미해진 펜으
로 화이트보드에 받아 적었다. 보통은 심장의 무게로 시신의 건
강 상태를 결정하는데, 이곳에서는 육안이나 현미경으로 보이는
결과에 따라 판단한다. 검시관은 확률이란 저울로 죽은 자가 한

때 어떻게 살았는지, 어떻게 죽었는지 판단하지 않는다.

이곳에서는 시신이 살해당했는지, 자살했는지, 심장마비로 죽었는지 자신의 이야기를 한다. 모가 형사였을 때, 말 없는 시신이 암시하는 바를 포착하고 범죄 사건을 풀어내기 위해 증거를 수집한 장소도 바로 이런 곳이다. 지금껏 만난 죽음의 일꾼들 대부분은 죽은 방법을 미지의 수수께끼로 남겼다. 오늘 이곳에서는 수수께끼를 풀어줄 사람을 만날 것이다.

만약 환자가 이 병원에서 숨졌다면 환자 이동 담당 직원이 눈에 띄지 않게 천으로 덮어 지하에 있는 냉장 안치실로 옮길 것이고, 병원 인근 지역에서 숨졌다면 앰뷸런스가 시신을 싣고 이곳으로 옮길 것이다. 만약 검시관이 요구할 경우, 죽은 사람의 사인을 공식적으로 밝히기 위해 이곳에서 부검을 진행한다. 만약 죽기 바로 직전에 의사와 만난다면, 부검할 필요 없이 사망진단서를 받을 수 있다. 이곳에는 장례식장 직원이 오기를 기다리는, 메스가 닿지 않은 시신도 있고 신원이 밝혀지지 않은 채 이름표를 기다리는 시신도 있다.

계속해서 큰 소리로 숫자가 불렸다. 성장하고, 쇠퇴하고, 존재한 어느 여성의 평생을 보여주는 마지막 숫자였다. 간, 신장, 뇌. 병리학자는 밝은 조명 아래에서 장기의 샘플을 얇게 썰고 메모판에 무언가를 써넣었다. 나는 뇌졸중으로 죽었다고 추정되는 덩치가 큰 시신의 텅 빈 복부를 바라보았다. 병리학자들은 그의 다리 사이에 있는 주황색 멸균 비닐백에 든 장기의 무게를 단 다음 상세하게 조사할 것이다.

심장이 멈추면 삶의 속도로 몸 전체를 돌던 피는 멈추지만, 중력으로 인해 아래로 움직인 피는(정자세로 누운 채로 죽었다면 등으로) 그곳에서 고여, 서서히 멍이 든 것처럼 피부색이 어두워진다. 장기를 꺼내 빈 공간이 생기면 팔과 다리의 잘린 혈관에서 피가 나와 그곳을 채운다. 척추 옆, 폐와 신장이 있던 자리에는 뻑뻑한 피가 고인다. 라라-로즈 아이어데일Lara-Rose Iredale은 독물 검사실에 보낼 샘플을 채취하기 위해 대퇴부에 있는 동맥을 부드럽게 뽑아냈다. 시신의 허벅지를 주무르는 라라는 축구 경기장의 벤치에서 선수들을 마사지하는 물리치료사처럼 보였다.

나는 이곳에서 하는 일을 보여줄 사람이 라라라는 걸 알았다. 나는 수년 전부터 그녀를 알고 있었다. 영국에서 죽음과 관련된 강연에 갈 때마다 보이는, 나무랄 데 없는 완벽한 눈썹을 한 여성이었기에 처음부터 눈에 띄었다. 라라는 심지어 공짜 와인 행사라고 할지라도, 병리학 박물관에서 주최하면 어떤 행사라도 오는 사람으로 꼽혔다. 나는 장례업계 시상식에 관해 기사를 쓰면서 라라가 올해의 해부병리 전문가APT, Anatomical Pathology Technologist 후보로 지명되었다는 사실을 알게 되었고 그녀의 직업에 호기심이 생겼다. 시상식에서 내 옆에 앉은 라라의 친구 루시는 라라가 얼마나 입이 무거운지 언급하며 2017년, 런던교 테러 사건(어느 승합차가 인도를 들이받고 인근 버러 마켓으로 질주해, 30센티미터 길이의 식칼로 행인, 식사하는 사람, 경찰관을 공격한 사건)의 희생자를 부검했지만 절대 이야기하지 않는다고 했다. 소셜 미디어에서 조회수를 올리기 위해 수술복을 입고 스테인리스 도구를 휘두르며 자신의 직업을 떠벌리는 사람도 있지만 라라의 인스타그램은 외출해서 찍은 셀피, 둥그런 운동 기구에 거꾸로 매달려 찍은 사진으로 가득했고, 함박웃음이 희미하게 찍힌 사진이 간혹 올라오는 정도였다. 라라는 두 허벅지에 각각 죽음과 심판을 의미하는 타로 카드를 문신으로 새겼고, 핼러윈이면 광대뼈에 아이라이너로 작은 박쥐를 그리기도 한다. 완벽하게 분장한 얼굴 옆, '시신의 하인'이라고 프로필에 소개할 만큼 분명 자신의 일을 사랑하지만 직업에 관해서는 거의 언급하지 않았다. 나는 시신의 하인이라는 일이 정확하게 무슨 일인지 알고 싶었다.

해부병리 전문가는 병리학자들이 시신을 검사하도록 돕기 위해 시신을 분해하는 실질적인 작업을 진행한다. 그들은 내장을 모두 빼내고 다시 복구하며 그 과정에서 사용된 기구를 모두 깨끗하게 닦는 일까지 책임진다. 또 시신의 신원을 확인하고, 유가족 및 장례식장 직원들을 대하기도 하며, 죽음이 발생할 때마다 시신이 옮겨질 때마다 산더미처럼 쌓이는 서류 업무를 처리하기도 한다. 영국은 죽음 이후에 따라오는 서류 업무가 많다는 이야기를 수도 없이 들었다. 라라는 시신이 갑자기 벌떡 일어나 영안실에서 나가려는 악몽을 꾼 적이 있다고 말했다. 시신이 무서워서가 아니라, 시신이 실종되었을 때 제출해야 할 문서 걱정에 식은땀을 흘리며 눈을 떴다고 한다.

그녀는 2014년부터 선배 해부병리 전문가 옆에서 어깨너머로 일을 보고 배웠다. 수습생을 배치하는 경우가 매우 드물기에, 3년 뒤에 전문가 자격을 따며 본격적으로 일을 시작했다. 이제 그녀는 매일 행정 업무와 부검에 더해, 수습생들에게 인체 조직을 보여주고, 이상이 있는 시신과 그 원인을 설명하며 가르치기도 한다. 해부병리 전문가 수습생뿐만 아니라 수련의들도 라라의 작업을 지켜본다. 메이오 클리닉의 테리가 설명했듯, 의료용 카데바는 학생들에게 신체의 기능을 보여주는 역할을 한다. 이곳에서 라라는 비정상이 무엇인지, 진단된 병의 실체를 직접 보여줄 수 있다. 이를테면 암으로 죽은 환자의 상태, 간경화증의 실제 모습, 비만한 환자의 내장, 살이 쪄도 크기가 변하지 않는 충격적인 갈비뼈의 모습까지 다양한 시신을 접할 수 있다. 오늘은 내가 볼 차례였다.

나는 이곳에 한참을 있었다. 아침에는 라라가 안치 냉장고에서 시신 세 구를 꺼내 안치실 중간에 나란히 놓인 싱크대 옆으로 옮기는 모습을 지켜보았다. 안치 냉장고 안의 기계가 시신 트레이를 위로 들어 올리긴 하지만 밖으로 꺼내는 것은 육체적으로 매우 고된 일이다. 처음으로 다치는 부위가 허리라고 라라가 경고했다. 무거운 트레이를 그저 당기는 것이 아니라 기울여서 당겨야 하는 데다 무게가 고르지 않은, 여러 체형의 시신을 다루기 때문이다. 이 병원에서 이들만큼 몸을 많이 움직이는 직원은 없기에, 안치실에서는 따로 안전 교육을 실행한다. 게다가 30년간 기간제 전문가로 일한 티나를 제외하고, 안치실 직원은(적어도 해부병리 전문가들은) 모두 형형색색의 짧은 머리에, 문신과 피어싱이 넘쳐나는 젊은 여성들이다. 그들은 모두 람슈타인Rammstein (독일의 헤비메탈 밴드 – 옮긴이) 콘서트 티켓을 샀다고 한다.

시신이 각자 자리에 놓이면 세 명의 해부병리 전문가들은 자신이 맡은 시신의 외관을 일단 평가하는데, 이는 부검 내내 계속된다. 매 단계마다 비정상을 나타내는 단서가 있는지 확인하고 또 확인한다. 병리학자가 시신을 관찰하며 메모하는 동안 라라는 죽음과 관계 있을 만한 수술 흔적이나 부상이 있는지 찾는다. 손가락에 있는 담배 자국이 단서를 줄 때도 있다. 그녀는 늘 하던 대로 시신을 반대로 돌려 등에 칼자국이 없는지도 확인하고(라라가 "아직은 없는데 두고 봐야지요"라고 하며 긴장을 놓치지 않았다), 두 눈에 바늘을 꽂아 혈액 및 소변과 함께 검사실에 보낼 안구 내의 액체 샘플을 채취했다. 그러고 나서 쇄골 밑 약 5센티미터 지점에서 배꼽 위 지점까지 Y자 모양으로 절개했다. 나중에 꿰매기가 힘들어지므로 배꼽은 피한다고 했다. 라라는 손가락으로 피부를 집어 벗겨낸 다음, 중요한 장기에 손상이 가지 않도록 복부 근육을 잘라냈다. 메이오 클리닉에서 본 갈비뼈 절단 가위와 비슷한 도구를 사용해 흉골과 갈비뼈를 가르는 연골을 잡고 고정한 다음 들어 올리자 분홍빛으로 빛나는 폐가 드러났다.

지금 생각해보니 그날 이후 나는 갈비를 먹지 않고 있다. 복도 맞은편 직원실에서 맛있게 갈비를 먹는 라라의 상사와 달리, 갈비의 모양새뿐 아니라 소리도 나를 괴롭혔다. 영화 〈록키Rocky〉를 본 적이 있다면, 누군가가 가슴을 내려칠 때 절단기로 연골을 자르면서 갈비뼈를 깨뜨리는 효과음을 들을 것이다. 일주일 후 본 영화 〈크리드2Creed2〉에서 도니 크리드의 갈비뼈를 내리치는 슬로 모션 장면에서도 나는 같은 음향효과를 들었다. 안치실에서 그런 음향을 녹음해 갔는지 궁금해질 정도였다.

그다음으로 라라는 소장의 시작점인 십이지장에 실을 묶고는 매듭 아래 부분을 잘라내고 복부에서 6미터나 되는 소장 전체를 밧줄을 당기듯 꺼내 주황색 멸균 비닐백에 모두 담았다. "저 안에는 심장이 있어요." 그녀가 장갑을 낀 손으로 가리키고는, 가슴 쪽으로 기대 목 안의 내용물을 꺼내기 시작했다.

일반적인 부검은 한 시간이면 끝나지만 중환자실에 오래도록 튜브를 꽂고 있던 사람은 위치를 더 꼼꼼하게 살펴봐야 하므로 더 오래 걸린다. 마른 시신은 비만인 시신보다 장기를 찾기가 쉬우므로 시간이 덜 걸린다. 하지만 시신의 덩치나 상태에 상관없이, 특정 부분을 처리하기 위해서는 숙련된 기술과 연습이 필요하다. 라라는 식도의 아랫부분을 묶고는 뭉툭한 도구를 사용해 연결된 조직을 잘라내며 목 피부와 근육을 분리했다. 도구를 옆에 내려둔 다음, 피부 아래로 손을 넣어 혀 뒤의 홈을 찾기 위해 손가락 관절을 움직였다. "이 작업에는 손보다 나은 도구가 없어요." 팔의 거의 절반을 시신의 목에 넣은 라라는 미끈미끈한 어둠 속에서 허공을 바라보며 오로지 손의 느낌으로 찾는 중이었다. "찾았네요." 홈에 손가락을 넣어 당기자 혀와 식도와 성대가 한꺼번에 빠져나왔다. 뼈를 발라낸 돼지고기의 긴 살코기 같아 보였다. 그녀가 목 안에 있는 말편자 모양의 연골 구조를 가리켰다. 이 구조를 확인하는 작업도 부검의 일부였다. 만약 이 부분이 부러져 있으면 목이 졸려 죽었다는 의미이다. 나는 장갑을 낀 손으로 슬그머니 내 연골이 잘 있는지 확인했다.

다음으로는 횡격막을 따라 절개하고서 심장과 폐를 함께 들어내고 위, 간, 쓸개, 비장, 췌장도 들어냈다. 이 질벅거리는 장기들은 시신의 발 옆에 있는 봉투에 담았다. 마지막으로 신장, 부신, 방광, 전립선 역시 모두 봉투로 옮겨졌다.

처음으로 세상의 빛을 본 배 속의 냄새는 며칠이 지나도 잊히지 않는다. 냉장된 고기, 인간의 배설물, 피 비린내가 섞인 냄새. 거기다 씻지 않은 피부, 사타구니, 닦지 않은 데다 썩은 이가 있는 건조한 입 냄새가 더해지면 인간 신체 본연의 모습이 적나라하게 드러난다. 이런 장면을 보면 이 모든 장기가 사람을 살아 있게 만들고 그토록 오랫동안 제 기능을 했다는 사실이 믿기지 않는다. 옆 작업대에 놓인 시신의 장기 무게를 재고 화이트보드에 기록하는 동안 나는 멍하니 허공을 바라봤다. 다음은 우리 시신 차례였다.

"이 모든 장기가 떨어지지 않고 몸에 잘 들어 있다는 게 참 신기해요." 시신의 허벅지를 주무르다 말고 장기가 든 봉투를 손으로 가리키며 라라가 말했다. 그리고 복부 안 직장 주변에 있는 묽은 배설물을 담아 올려, 나중에 확인하기 위해 다리 옆에 두었다. 일부가 작업대에서 떨어져 세 시간 동안 내 장화 옆에서 아슬아슬하게 있다가 호스로 작업대 전체를 씻을 때서야 사라졌다. 한번은 이야기하며 손을 움직이던 라라의 장갑에서 내장 지방이 날아가 바닥에 떨어지기도 했다. 분명 우아한 직업은 아니지만 라라는 텔레비전에서 병리학자를 처음으로 보고 관심을 두게 되었다고 했다. 〈X-파일〉의 '나쁜 피(국내에서는 '살아 있는 흡혈귀'로 방영되었다 - 옮긴이)' 에피소드에서 약물을 넣은 피자를 먹고 죽은 희생자를 부검하는 데이나 스컬리를 보고 반했다고 한다. "웃기는 일이지요." 나와 마찬가지로 1990년대 텔레비전 프로그램을 시청하며 자란 라라는 법의학자가 되기 위해서는 먼저 의사가 되어야 하며 하루 여덟 시간 이상, 5년 반을 훈련받아야 자격을 얻을 수 있다는 이야기를 듣고 포기했다. 삶을 완전히 포기하고 바로 관에 눕고 싶었단다.

우리 앞의 시신은 뇌전증(간질) 병력이 있으므로 라라는 '신경과 연관된 사례'이기에 뇌에서 문제를 찾을 확률이 높다고 했다. "영국에서는 뇌나 심장 문제로 죽는 사람이 많아요"라고 덧붙이며 시신의 두 귀 사이가 연결되도록 가르마를 타, 메스로 절개할 길을 만들었다. 그리고 피부를 절개해 얼굴의 윗부분을 턱 방향으로 접으려고 했지만 다른 시신보다 피부가 뼈에서 잘 분리되지 않았다. 둥그런 골 절단기를 동원했지만 두개골도 훨씬 두꺼웠다. 병리학자가 와서 시신의 접힌 얼굴에 있는 검붉은 출생 모반을 가리키며, 보통 태아가 형성되는 과정에서 얼굴과 뇌가 분리되지 않을 때 생긴다고 말했다. 외부에 보이는 자국은 내부에도 있으며, 이 시신의 경우 피부 표면에 보이는 자국이 안쪽 피부층과 뼈까지 모두 이어져 있었다. 라라가 두개골의 윗부분을 제거하고 뇌를 보호하는 두꺼운 막(경막dura mater이라고 부르는데, 라틴어로 '강인한 모성'을 의미한다)을 벗겨내자 출생 모반과 연결된 짙은 표시가 보였다. 라라는 기록으로 남겨두기 위해 사진을 찍고 두개골에서 뇌를 꺼내, 뇌를 잡아보겠냐고 내게 물었다.

나는 두 손을 모아 뇌의 무게를 느꼈다. 바로 이 뇌가 이 사람의 정체성을 만들었으며 이 안에서 응고된 피가 아마 그를 죽이기도 했으리라. 전체적으로는 살구색과 흰색에, 검고 붉은 지렁이 같은 가는 선들이 가득했다. 만화에서 본 분홍색 뇌도 아니고 고등학교 생물 교과서에서 본 회색 뇌도 아니었으며, 병리학 박물관에서 본 표백되고 굳은 뇌는 더욱 아니었다. 내 손에서 뇌엽이 납작해지고 흐물해져 두개골에 들어 있을 때보다 퍼지기 시작했다. 이제 뇌는 안전하고 딱딱한 두개골 안에서 예전의 모양으로 다시 돌아가지 못하기에, 라라는 나중에 탈지면을 두개골에 채워 넣을 것이다. 뇌는 차갑고 무거웠지만 젤리처럼 부서지기도 쉬워, 혹시라도 손상을 입힐까 봐 살살이라도 누르지 않았다. 권투 경기에서 선수들이 서로 정신을 잃을 때까지 머리를 내려치는 장면을 끝까지 봤다는 사실이 아찔했다. 미식축구 선수들이 예전과는 달리 점점 폭력적이고 이상해진다고 주장하는 선수 아내들의 발언이 떠올랐다. 수년간 서로 머리부터 부딪치며 경기하고 훈련해온 결과이겠지만 가장 가까운 사람인 아내만이 그 사실을 감지하기 때문이 아닐까. 관중들은 핫도그를 먹으며 경기를 보는 동안 선수들은 점수를 내기 위해 얼마나 큰 위험을 감수하는지 알게 된다. 총알도 마찬가지일 것이다. 범죄 현장 청소부인 닐이 어릴 적 자살한 이웃의 뇌를 청소한 이야기를 들려주며, 뇌가 딱딱해지면 시멘트처럼 굳어 씻어내기도 힘들어진다고 말한 것처럼.

나는 파란색 플라스틱 용기에 조심스럽게 뇌를 옮겼다. 라라는 고리처럼 조금 튀어나온 뇌기저동맥을 실로 감아, 포르말린이 담긴 양동이에 거꾸로 집어넣고 뇌가 안정적으로 달려 있도록 나머지 실을 양동이 손잡이에 감는다. 앞으로 2주 동안 뇌는 병리학자들이 잘라서 사인을 조사할 수 있는, '빵 덩어리' 상태(메이오 클리닉의 테리가 보여준 뇌처럼)로 굳을 것이다. 라라는 '시신으로 다시 복구'라고 적힌 빨간색과 흰색 양동이를 다른 뇌 양동이들이 빽빽한 선반으로 집어넣었다. 시신은 이곳에서 장기 하나 잃지 않고, 도착한 모습 그대로 떠난다. 병리학자들이 무게를 재고 종양이나 이상이 있는지 조사한 후, 주황색 멸균 비닐백은 다시 돌아온다. 그리고 복부에서 흘러나온 액체는 국을 푸듯 퍼서 비닐백에 담아, 한때 장기로 가득했던 복부 안에 탈지면과 함께 보관되며 갈비뼈 앞부분 피부는 다시 봉합된다. 몇 주 후, 병리학자들이 뇌 검사를 마친 뒤, 병리해부 전문가가 꿰맨 실밥을 풀고 주황색 멸균 비닐백에 든 장기를 모두 되돌려놓으면 장례식장 측에서 시신을 가지고 갈 것이다.

라라에게 방문하기 몇 달 전 어느 겨울, 나는 야외 식탁에 앉아 신경과학자인 아닐 세스Anil Seth에게 사람의 의식에 관한 설명을 들었다. 우리는 창문도 없고 깜깜한, 어두운 방 밖에서 일어나는 일을 추측하기 위해 눈, 귀, 손가락 같은 신체 기관으로 들어오는 정보를 동원한다. 이 모든 감각은 뇌의 정보원이다. 뇌는 공급받은 부족한 정보를 토대로 추측하기도, 기억과 경험으로 정보를 흐리게 하기도 하는데 우리는 이것을 삶이라 부른다. 하지만 어둠 속에서 홀로 일하는, 이 마법 같은 뇌의 작용에 접근하기는 불가능하다. 그렇기에 죽은 뒤에야 이 유기물을 양동이에 넣고 굳혀, 현실과 지혜와 한 사람의 우주를 창조한 뇌가 정지한 이유를 찾는 것이다.

방의 반대편에서는 병리학자와 두 명의 여경이 핀셋으로 고정된, 아기 심장의 무게를 재고 있었다.

이곳에 오기 전에 나는 부검에 참관하는 방문객 숙지 사항을 이메일로 받았다. 장화를 신어야 하므로 두꺼운 양말을 신고, 아침을 든든히 먹고 오라는 내용과 경고 사항이 적혀 있었다. 라라는 내가 시신을 본 적이 있다는 것을 알지만, 그래도 이곳은 소아 전문 병리학과이며 병원 영안실이므로 내 경험과 다를 수 있다고 말하며 주의를 주었다. 그녀는 전국에서 보내진 어린이와 아기 시신이 성인 시신과 같은 영안실에서 함께 부검이 이루어진다고 하며, 정확한 부검 시간표는 아직 알지 못하지만 내가 방문하는 날 죽은 아기를 볼 수도 있다고 했다. 그 시점에 이미 수백 구의 시신을 봤었기에, 나는 괜찮다고 대답했다.

뒤늦게야 깨달았지만 건방진 생각이었다.

체계적이고 꼼꼼하게 시신을 꿰맨 라라는 머리를 감기고(달콤한 딸기향이 나는 알베르토 발삼 샴푸를 사용했는데, 내가 방문한 모든 영안실에서 이 샴푸를 보았다. 포르말린과 시신의 복부 냄새와 섞이면 샴푸에서 기이한 냄새가 난다), 살균 비누를 뿌리고 몸을 헹군 다음, 팔과 다리를 들어 스펀지로 문질러 가며 최대한 깨끗하게 씻겼다. 모든 영안실에서 시신을 이렇게까지 씻기지는 않지만 그들은 이것이 옳고, **좋은** 일이라 믿는다고 했다. "내부에 있던 장기가 모두 나왔었잖아요." 라라가 담담하게 말하며, 부패는 세균이 증가하는 과정이니 장례식장과 유가족들을 위해서 최대한 꼼꼼하게 씻긴다고 덧붙였다(모든 해부병리 전문가가 라라처럼 다른 사람을 배려하지는 않는다. 케빈과 소피 같은 시신 방부처리사들은 대충 처리한 부검의 결과를 감춰야 할 때가 많다고 했다). 시신에 살균 스프레이가 뿌려지고 호스에서 시끄럽게 물살이 튀어나와 몸을 닦는 동안나는 작업대에서 멀찍이 물러섰다. 그러다 2주 된 아기의 시신을정면으로 보고 말았다.

라라가 시신의 목에 손을 넣고, 장기를 묶고, 뇌 사진을 찍으며 내게 열심히 과정을 설명한 두 시간 동안 나는 최대한 라라의목소리에 집중하려고 노력하느라 곁눈질로만 힐끗 아기를 바라보았다. 라라와 내가 3미터 정도 떨어져 있었으니 내 눈에 아기가 들어올 수밖에 없었다. 아기의 두개골은 성인처럼 절개해 열지 않아도 됐기에 병리학자는 가위로 얇은 섬유조직을 잘라내꽃잎처럼 천문을 중심으로 두개골을 여러 면으로 벗겨냈다. 네살 때 금방 태어난 여동생을 안으면서 만지지 않겠다고 약속해야 했던, 아기 머리 위의 유독 부드러운 부분이었다. 나는 아기의어머니가 정신이상 병력이 있다는 경찰의 이야기를 듣고, 살인증거를 찾는다는 사실을 깨달았다. 병리학자는 길게 갈라진 야자수 잎처럼 흉곽을 양쪽으로 펴, 갈비뼈 하나하나를 손으로 쓸어

보면서 작은 뼈에 골절된 부위가 있는지 확인했다. 나는 그들이 부검 결과를 논의할 동안, 받침대에 위에 놓여 위로 불룩 튀어나온 흉곽과 받침대 밖으로 젖혀진 뇌를 바라보았다. 예의 바르게 의자에 앉아서 무언가를 받아 적다, 때때로 밖을 나갔다 돌아오는 경찰관들의 표정을 도저히 읽을 수가 없었다.

나는 아기의 얼굴을 복구하느라 쩔쩔매는, 초록색으로 머리를 염색한 어린 해부병리 전문가와 병리학자 옆에서 그 과정을 지켜봤다. 아기의 목 아래를 절개하는 부검 과정에서 얼굴의 모양이 변해버린 것이다. 아랫입술이 턱 밑으로 처지고, 그 무게에 영향을 받아 한쪽 눈이 자꾸 떠졌다. 부모는 얼굴의 변화를 바로 감지할 것이고, 게다가 모든 것을 기억하기 위해 마지막으로 아기를 볼 것이라는 사실에 마음이 무거운 해부병리 전문가는 한숨을 내쉬며 아기의 작은 입술을 밀어 올리며 복구하려고 애를 썼다. 하지만 고요한 아기의 얼굴은 자꾸 힘없이 처졌다. 청소하던 라라가 침착하게 픽소덴트Fixodent(의치, 틀니 접착제의 종류 - 옮긴이)를 가리키자 어린 전문가가 다행히도 아기의 얼굴을 고쳤다. 보기 드물 정도로 아름다운 아기의 얼굴에 놀랐고, 접착제로 고정했다는 사실에 더욱 놀랐다.

성인과 마찬가지로 아기의 시신도 씻기지만 방법은 다르다. 어머니가 부엌 싱크대에서 내 어린 여동생을 목욕시켰듯, 이곳에서도 싱크대에 파란색 플라스틱 욕조를 놓고 아기를 담가 씻긴다. 아기를 욕조 구석에 앉히고 거품을 푼 직원이 잊은 물건을 가져오는 동안 나는 아기가 서서히 가라앉으며 거품 안으로 사라지는 모습을 보았다. 라라의 방문객인 나는 다른 해부병리 전문가의 작업에 끼어들 수 없는 상황이었기에 아기를 만지지도 못하고 그 자리에서 얼어버렸다. 가라앉는 아기를 구해야 한다는 내재된 본능을 억누르며, 이 아기는 이미 죽었다고, 내가 무슨 짓을 해도 이 아이가 살아 돌아오지 못한다고 머릿속으로 되뇌었다. 무력하게 무너지는 내 앞에서 아기는 사라졌다.

그사이 해부병리 전문가가 돌아와 아기를 건져내 말리고는 수건 위에 눕혔다. 그리고 그다음 과정에 필요한 기저귀, 신발, 아기 옷을 가져왔다. 그녀는 아기의 옷을 입히고 팔을 들어 플라스틱으로 된 병원 팔찌 세 개를 채웠는데, 태어난 지 2주 된 살아 있는 아기처럼 머리를 받쳐주기도 하고 부드러운 손길로 다뤘다. 병리학자가 목뼈를 잘랐기 때문에 더욱 그렇기도 했다.

아기의 뇌는 아직 굳지 않은 데다 성인의 두개골보다는 공간도 넉넉하기에, 아기를 부검하고 나면 뇌를 두개골 안에 다시 넣을 때가 많다. 중요한 이유는 아기 머리의 무게를 무의식적으로 생각하는 사람들 때문이다. 장례식을 치르기 전 아기를 안는 부모는 뇌가 없는 아기의 머리를 바로 알아차린다. 그러나 이 아기는 법의학적 증거가 필요한 다른 조사를 하기 위해 뇌를 다시 넣지 않았다. 라라는 성인의 뇌와 마찬가지로 아기의 작은 뇌를 약품이 있는 양동이에 담갔다. 그동안 다른 해부병리 전문가는 구석에 있는 수백 개의 알록달록한 아기 모자가 든 커다란 플라스틱 상자에서 가져온 작은 니트 모자를 푹 씌워 절개 자국을 가렸다. 나도 아기의 힘없는 몸과 목을 잡아주며 옷 입히는 걸 도와

주었다.

나는 불과 몇 시간 전 형광등에 비쳐 거의 투명해 보이던 아기의 얇은 두개골을 떠올리며, 여전히 보송보송하고 오동통한 볼을 바라보았다. 뇌가 없는 머리는 무게가 거의 느껴지지 않을 것이라 생각했지만 내 생각이 틀렸다. 아기의 머리는 소름끼치도록 가벼우면서도 이유를 알 수 없게 무거웠다.

어머니가 그 아기를 죽였는지, 정신 문제로 아기를 죽게 만들었는지는 결국 알아내지 못했다. 내가 아는 것은 그 아이가 세상에 태어나 가진 물건은 모유가 반쯤 찬 젖병뿐이었다는 사실이다. 내가 영안실을 나서기 바로 직전, 아기와 젖병이 판지로 만든 관에 나란히 놓여 안치 냉장고로 들어갔다. 나는 장갑, 방수 앞치마, 작업복, 장화, 얼굴 가리개를 모두 벗어 돌려주었고 라라는 내게 뛰쳐나가는 일 없이 무사히 참관을 끝냈다고 토닥여주었다.

나는 차가운 고기와 복부의 배설물 냄새가 내 코에서 진동한다는 것과 내 머릿속은 죽은 아기로 가득하다는 사실을 말하지 않았다. 꿋꿋이 참았다.

그날 아침을 테이프를 감듯 반대로 돌려보았다. 영안실로 이어지는 녹색 리놀륨 복도, 제 할 일을 다하고 버려진 들것을 지나 지상으로 연결된 계단을 오른다. 병원 접수대에서 간식을 먹고 유아차를 밀며 차례를 기다리는 가족들을 지나친다. 밖으로 나가 병원 입구에 서면 가을의 짙은 안개 사이로 빅 벤Big Ben이 보인다. 템스강 반대편, 공사 작업대와 비계로 둘러싸인 빅 벤은 앞으로 몇 년간 침묵을 지키며 울리지 않을 것이다. 현재 누구를 위해서도 종은 울리지 않지만 매일 죽는 사람은 늘어만 간다. 그중 몇은 바로 이 영안실에 있다.

나는 시신 중 아기들이 그토록 많을 줄 몰랐다. 영국의 유아 사망률이 줄어들고 있다고는 하지만 주변 국가보다 여전히 높은 줄도 몰랐고, 어느 영국 연예인이 원하는 부모들은 아이의 존재를 증명할 수 있게끔, 특정 개월 수가 지난 사산아에게 출생신고서와 사망진단서를 모두 발급하자는 캠페인을 벌였다는 사실도 몰랐다. 나는 죽은 아기를 부검해서 사인을 찾지 못하면 영아돌연사 증후군(SIDS)이라고 부른다는 사실도 몰랐다. 나는 아기의 죽음도, 계속해서 유산하는 어머니에 관해서도 전혀 생각해본 적이 없다. 유산에 관한 글을 읽으면 나는 피나 혈전을 떠올렸기에, 사지와 눈과 손톱이 있는 작은 생명체가 영안실로 그리고 안치 냉장실로 간다고는 상상도 하지 못했다. 라라는 이곳에서 같은 어머니의 이름을 여러 번 본 적이 있다고 말했다. 사람들이 쉽사리 꺼내는 주제도 아니고 나와 마찬가지로 현실을 전혀 모르는 사람은 대화하는 방법도 모르기에, 임신과 아기의 죽음을 여러 차례 겪어도 그 어머니는 마음에 몰아치는 폭풍우를 겉으로 드러내지도 못했을 것이다. 나중에 같은 불행을 되풀이하지 않기 위해서 유산한 아기를 부검해 원인을 찾으리라고는 생각도 하지 못했다. 유전적 요인 때문인지, 예방할 수 있는지, 진단할 수 있는지, 희망을 품으며 말이다. 이 모든 일은 **당연하게도** 실제로 발생한다.

열차를 타고 집으로 돌아오며 맞은편의 빈 좌석만 멍하니 바라보았다. 임신한 여인이 잡은 유아차와, 그 안에 타고 있는 아기를 보고 싶지 않았다. 원해서 임신한다는 것은 가장 희망적인 일임과 동시에 자신의 심장에 비수를 꽂을 수도 있는 무모한 일처럼 느껴졌다. 적어도 내가 보기엔 부모로 살아가기란 사랑과 공포가 한데 마구 섞인, 그런 삶 아닐까. 부모가 된다는 생각만으로 가슴이 먹먹해져온다.

나는 몸이 따뜻하다는 사실을 절실히 느끼고 싶었기에 클린트를 불러, 아기, 여러 시신, 오후 부검에 필요한 서류를 쌓아놓은 하얀색 판지 상자 행렬들을 본 이야기를 들려주었다. 그릇을 닦는 부엌 스펀지에 올려놓을 만큼 작고, 형성되다가 만 듯한 외계인 얼굴 같은 반투명 보라색 태아에 관해서도 말해주었다. 슈퍼마켓에 가서도 입에도 대지 않을 저녁거리를 무의미하게 카트에 던져 놓다가, 틀니 접착제를 보고서는 터져 나오는 눈물을 막을 수가 없었다. 그날 밤 나는 담요에 싸인 죽은 아기들이 내 침실 창문 밖에 있는 자갈에 죽 누워 있는 꿈을 꿨다. 아침에 클린트가 말하길, 내가 꿈을 꾸며 "저 아기들은 분명 진짜가 아닐 거야, 아닐 거야"라고 중얼거렸단다. 무의식 속에서 나는 자기방어 태세를 취하고 이성적으로 이 악몽을 떨쳐내려 했지만, 일어나고 나서야 어떤 악몽은 **현실**이라는 걸 깨달았다. 내가 실제로 그 아기들을 봤으니까.

　나는 침대에서 거의 3주 동안 허우적거리며, 어쩔 수 없이 일해야 할 때만 억지로 기어 나왔다. 삶의 일부인 죽음에, 그것도 내 삶의 테두리에 있지도 않는 **그 많은** 사람의 죽음에 왜 이렇게 반응하는지 나도 이해가 가지 않았다. 나는 자녀가 있지도 않고, 파란색 욕조를 보기 전까지 아기에 대해 깊이 생각해보지도 않았다. 죽은 아기가 가라앉는 모습을 보기 전까지 모성을 느껴본 적도 없다. 그런데 그날, 물속으로 사라지는 아기를 보자 내 머리와 심장에 수많은 생각과 가능성이 밀려들어오며 속이 울렁거렸다.

　물속에 잠기는 아기가 어떻게 이토록 내 감정을 걷잡을 수 없게 만드는지 알아야 했다. 아기의 부검 장면도 이 정도는 아니었다. 친구들에게 말하자(아기의 슬픈 이미지가 바이러스처럼 옮겨지지 않도록 두루뭉술한 표현을 사용했다) 그들은 "그럼, 당연히 기분이 좋지 않을 만도 하지. **죽은 아기**를 봤잖아"라고 위로했다. 하지만 객관적으로 더 끔찍한 아기의 부검을 보고는 이렇게 감정이 몰아치지는 않았다. 나는 목이 없는 시신도, 몸이 없는 시신도 본 적이 있다. 게다가 그날은 내 손으로 뇌를 직접 들어보기도 했다. 시신에게 수의를 입혔을 때 느낀 기분은 스스로 납득이 갔고, 그 죽음의 일부가 된 영광스러운 경험은 복잡한 생각에 결론을 지어주기도 했다. 사랑하는 사람이 수의를 입혀주는 일이 옳은 일이라는 생각을 확신하게 되었고, 시신은 두려워할 대상이 아니라는 사실도 배운 좋은 수업이었다. 하지만 어째서 거품 속으로 가라앉은 아기를 보고 무너졌을까? 스스로도 우습다는 생각이 들어 다른 사람의 기분을 망치는 아기 이야기를 더는 하지 않았다.

1980년, 불가리아 출생의 프랑스 철학자 쥘리아 크리스테바 Julia Kristeva는《공포의 권력Powers of Horror》에서 질서 파괴의 가능성이 주체와 객체, 자신과 타인의 구별을 없애는 현상을 다뤘다. 모든 것이 제자리에 있지 않고, 우리의 물리적 현실이 바뀔 때 우리는 공포에 떤다. 그녀는 "신 없이, 과학의 영역 밖에서 보이는 시신은 가장 비참한 광경이다. 삶에 침투하는 죽음이다"라고 서술했다. 아기의 부검은 내게 순수하게 생물, 과학으로 다가왔다. 병리학자가 할 일을 했고 모든 절차는 안치실이라는 맥락의 질서를 따랐다. 하지만 욕조에 있는 아기는 그저 아기였고, 죽음이 침투한 하나의 장면이었다. 내가 멍하니 밟고 서 있던 땅이 흔들렸다. 크리스테바는 과거에 아우슈비츠 수용소였던 박물관에 갔을 때 비슷한 경험을 했다. 우리는 그곳에서 저지른 만행, 엄청난 수의 희생자를 듣고 배우지만, 아이들의 신발 더미 같은 작고 친숙한 무엇인가를 보기 전까지는 극악무도함을 체감하기는 어렵다.

영안실에서는 삶이 표면으로 드러나서는 안 된다. 그렇기에 그곳에서 근무하는 사람들은 시신의 삶에서 고개를 돌리는 자기만의 방식(어떤 해부병리 전문가는 검시관 기록에 있는 자살 유서를 읽지 않는다)이 있지만, **모든** 직원이 꺼리는 것은 같은 건물 병원에서 숨겨 냉장고에 들어가지도 않은 채 바로 지하로 내려온, 따뜻한 시신이다. 차가운 시신을 부검할 때는 싱크대에 따뜻한 물을 항상 마련해두고 손을 녹여야 하므로 몸은 더 힘들지만 감정적으로는 훨씬 수월하다. "시신의 내부가 덜 차가우면 더 쉽지 않을까요?" 차가워진 자신의 손을 녹이는 라라를 보며 묻자, 라라가 진저리를 쳤다. "전혀 그렇지 않아요. 죽은 사람은 차갑고 산 사람은 따뜻해야 하지요." 포피의 영안실에서 에런도 내게 같은 말을 했다. 자신의 손이 차가워지는 불편함을 겪으면서도 그 안에 편안함이 있다. 그것이 산 자와 죽은 자를 구별하는 방법이니까.

내 마음을 가장 불안하게 하는 공포는 전기톱을 들고 피투성이가 된 살인마가 아닌, 고요한 집에서 무엇인가가 잘못되었을 때 울리는 슬픈 단조이다. 테라스 아래에서 벌어진 자살, 욕조에서 가라앉은 아기는 내가 앞치마와 얼굴 가리개를 하고 정신을 무장한 채 병원에서 객관적으로 관찰할 수 있는 표본이 아니다. 친숙한 일상이 어긋나며 무한한 슬픔으로 바뀐, 그런 죽음으로 변모하고 만다.

12월의 어느 이른 저녁, 크리스마스 분위기로 장식된 반짝이는 강가에서 우리는 붉은 열을 내는 난방기를 옆에 두고 야외 식탁에 앉았다. 산타 모자를 쓴 술 취한 사람들 옆에서 따뜻한 사과주를 마셨다. 라라는 검은색 후드를 눌러 쓰고 겨울 감기를 쫓으려고 기침약을 벌컥벌컥 마시기도 했다. 우리는 어릴 적 가톨릭 환경에서 자란 서로의 공통점을 나누며 한참을 이야기했다. 평생 죽음을 향해 헌신하는 가톨릭의 가르침, 못 박힌 손을 신성한 유물로 여기는, 죽음 중심적인 종교가 어떻게 우리 둘 같은 사람을 만들었는지도. 신을 믿지 않는 라라와 나는 더 높은 차원의 존재가 없을 가능성, 우리가 존재하지 않는 세상을 생각하기 힘들어하는 인간에 관해 이야기했다. 그러고 나서 그 아기가 주제로 올랐다. 지난달 나는 라라에게 계속해서 이메일을 보냈다. 해부병리 전문가라는 직업에 관한 질문도 있었지만 내가 본 것을 똑같이 본 사람과 이야기하고 싶어서였다. 어떻게 견디는지, 어떻게 무너지지 않고 일터에 갈 수 있는지, 그 심정이 알고 싶었다. 라라는 이상한 감정이 아니라고 나를 안심시키며, 죽은 사람을 본 경험이 있든 없든 영안실에 오기 전까지는 그런 장면을 어떻게 받아들일지 알 수 없다고 했다. "바로 알기는 힘들어요. 하지 못한다고 생각하면 뛰어들지 않겠지요. 동시에, 이 일을 하기 전까지는 감당할 수 있을지 알지 못해요." 이런 일을 직접 하기 전에 대부분의 사람들 머릿속에는 장애물이 존재한다. 그녀도 그랬단다.

"산 사람에게는 절대 하지 않을 일을 행동으로 옮겨야 하니까요." 단지 골 절단기나 톱을 사용하는 일뿐만 아니라, 소피가 시신 방부처리실에서 보여준 것처럼 사후경직된 시신의 다리를 높이 들어 올려 뼈를 쳐서 구부리거나, 억지로 움직이게 하는 모든 작업을 말하는 것이었다. "머리로는 시신이라는 걸 **알고**, 그들이 **느끼지** 못한다는 것도 알아요. 그런데도 나쁜 일을 저지르는 기분이지요. 아기도 마찬가지고요."

일을 시작한 지 얼마 되지 않았을 때 부검한 아기를 다시 꿰매던 일을 회상했다. 아기의 뒷면에서 시작하면 머리를 훨씬 잘

꿰맬 수 있지만, 그 말은 아기의 얼굴이 바닥과 맞닿아야 한다는 뜻이었다. 소형 마사지 침대처럼, 아기를 스펀지 위에 두면 더 낫다고는 하지만 그래도 처음에는 잘못된 일을 하는 기분이었단다. "아기의 부모에게는 이런 일을 보여주면 안 되겠지요. 아기를 씻을 때 일부러 머리를 물 안에 두지는 않아요. 그렇지만…."

연민과 냉정함이 모두 필요한 이 직업의 본질적인 모순을 붙잡으려는 듯 라라의 말이 빨라졌다. 그날 아기를 보기 전, 나는 라라가 60대 마약 중독자의 시신을 처리하는 모습을 봤다. 사후경직을 펴기 위해 관절을 구부렸는데도 팔을 얼굴 앞으로 올린 웅크린 자세가 펴지지 않고 밝은 녹색 배가 척추로 휘어 들어갔다. 침대로 파고든 뼈에 붉은 상처가 생길 만큼 마른 그는 코카인과 헤로인으로 가득한 방 안에서 사망했다. 손가락에는 여러 개의 반지를, 손목에는 실로 짠 너덜너덜한 팔찌를 끼고, 지저분하고 긴 회색 머리를 한 그의 몸을 절개하자, 갈비뼈에 들러붙은 타르처럼 검은 폐가 드러났다. 목 베개 뒤로 빈 두개골이 젖혀졌고 벌어진 입으로 갈색 이가 보였다. 손과 발은 묵은 때로 검었다. 작업을 멈추고 라라는 이런 시신을 볼 때마다 살아 있을 때는 어땠을지, 이런 몸을 가지고 어떻게 살았을지 궁금하다고 했다. 그는 수년간의 방치와 영양실조의 결과였다. 숨은 제대로 쉴 수 있었을까? 언제 마지막으로 머리를 감았을까? 그는 그날 오랜만에 처음으로 머리를 감고 단장했다. 부검이라는 상대적으로 잔인한 과정이 가해졌지만 그는 살아생전보다 훨씬 더 따뜻한 보살핌을 받았다.

"아기 말이에요." 라라가 말을 이었다. "욕조에 담가 씻기고 서 수건을 가지고 오는 동안 아기를 혼자 두거나 머리가 물에 잠기면, **이상하게 느껴지지요.** 그런데 꼭 필요한 과정이에요. 이 아기는 **꼭** 씻겨야 하니까요. 살아 있는 사람에게는 절대 하지 못하는 방식일 때도 있지만 수월할 때도 있어요. 이 일을 하는 방식은 다른 일과 완전히 달라요. 지금까지 사람으로서 우리가 배운 도덕과 완전히 반대되지요."

가까운 사람이 죽기 전까지는 죽은 사람을 대하는 일을 그만둘까 생각한 적도 있었다. 라라는 어린 범죄자들을 돕는 일을 하고 싶었기에 대학에서 범죄심리학을 공부했다. 그런데 저녁에 외출한 친구가 남학생들 무리에 맞아 머리에 피를 흘리며 죽는 일이 발생했다. 그때부터는 폭력을 행사한 범죄자들이 새로운 삶을 찾도록 인내심을 갖고 도우며 감정적으로 수용할 마음이 전혀 생기지 않는단다. 늘 남을 돕는 일을 하고 싶었던 라라는 왜 남을 다치게 하는 기분이 드는 이 직업을 선택하게 되었을까?

그녀는 이 일을 좋아하는 가장 중요한 이유를 깨닫게 된 다른 사례를 들려주었다. 마약 중독자인 40대 여성이 부검대에 오른 적이 있다. 가족들은 그 여성이 오랫동안 약을 끊었다고 했다. "하지만 본인도, 가족들도 거짓말할 때가 많으니 모를 일이지요." 모두가 약물 과다 복용을 사인으로 인정했기에 부검은 형식적인 절차라고 생각했다. 하지만 막상 시신을 열어보니 암이 퍼지지 않은 장기가 없었다. "아무도, 정말 아무도 몰랐어요. 고통스러워서 마약을 다시 시작했을지도 모르지요." 종양이 퍼진 길을 추적

해보니 자궁 부위가 진원지였다. "여성 생식기와 관련된 암은 유전적인 원인이 많아요. 이 여성은 자녀가 있기 때문에 여러 검사를 거치고 가족에게도 상담을 받아보라고 알려줘야 했어요." 복잡한 척추 종양 수술 연습을 준비하기 위해 메이오 클리닉의 냉동실에서 시신을 준비하는 테리를 떠올렸다. 테리, 라라 모두 어떻게 이런 일을 매일 할 수 있는지, 남들보다 비위가 강한지 이유를 설명하지 못하지만(심지어 라라는 부패한 시신도 전혀 괴롭지 않단다. 오히려 죽은 뒤에도 시신이 변하는 것이 경이롭다고 했다), 산 사람을 위한 선한 일을 강조했다. "제가 발견한 것 덕분에 누군가가 암 검사를 받잖아요." 라라가 처음으로 자랑스럽게 말했다.

그녀의 일을 지켜보고, 몇 시간을 함께 이야기하다 보니 이 일을 하는 원동력이 무엇인지, 젊은 범죄자를 도우려던 바람은 사라졌지만 같은 선상의 일을 하게 된 이유도 분명히 드러났다. 그녀는 목소리를 내지 못하는 자의 목소리를 대신하고, 여전히 의지할 곳 없는 자들에게 눈길을 주고 있었기 때문이다. 유아사망률에 관해 읽으며 잠을 설친 나와 마찬가지로, 교육 초기에 라라는 부검대에 오르는 사망한 어머니의 숫자에 충격을 받았다고 한다. 그렇게 많은 산모가 죽는 줄 몰랐단다. 아기를 낳고 여성의 몸에 생기는 변화는 공개적으로 거의 다루어지지 않는 주제이다. 태아의 보호벽에서 모유를 공급하는 사람으로 바뀌며 나타나는 생리적인 변화가 너무나도 크기에, 금방 아이를 낳은 어머니를 부검하는 전문가가 생길 정도라고 한다. 라라는 인종이나 경제적 위치를 비롯한 사회적 요인이 어머니의 생사를 결정하는 데 엄청난 영향을 미친다는 사실에 충격을 받았다. 《브리티시 메디컬 저널British Medical Journal》은 공중보건협회Faculty of Public Health 회장인 매기 레이Maggie Rae 의 말을 인용해, 죽음의 위험을 증가하는 이런 복잡한 사회적 요인은 보건 분야를 넘어 다양한 분야에서, 임신 훨씬 전의 삶부터 바꿀 수 있도록 조치가 취해져야 할 것이라고 보고했다. 라라는 몇 년간 수집해온 산모 죽음에 관한 정보를 내게 보내주었다. 아기를 낳을 생각도 없고 어머니가 되고 싶은 마음도 없지만 페미니스트적 분노가 연구의 원동력이란다.

라라는 해부병리 전문가의 역할이 대체로 간과되는 사실에도 불만을 표했다. 어여쁜 여인이 누운 부검대 뒤에 수술복을 입은 사람이 배경 화면처럼 간혹 비치긴 하지만 텔레비전에서는 병리학자라고 대충 언급하고 지나간다. 라라는 해부병리 전문가가 적은 블로그를 보기 전까지 이 직업이 존재하는지도 알지 못했다. 죽음은 대중에게 잘 알려지지 않는 데다 시간과 돈이 걸린 텔레비전 프로그램은 많은 정보를 간략하게만 설명하니 사람들이 모르는 것은 당연하기도 하고 기분 나쁜 일은 아니다. 하지만 병원 내에서도 해부병리 전문가의 역할이 잊힐 때는 마음이 아프단다. 라라는 런던교 테러 사건이 일어난 후, 최선을 다해준 직원들을 위해 열린 내부 행사에서 눈에 띄지 않는 모든 사람에게 감사의 말을 전하는 연설을 회상했다. "최전방에서 일하는 의사와 간호사는 당연하고요. 수백 통의 전화를 받는 커뮤니케이션팀, 온종일 병원을 뛰어야 하는 환자 이동 담당자들, 시설관리과, 요리사를 포함해 보이지 않지만 중요한 역할을 하는 사람들이 모두 거론됐지요." 라라는 거론된 직업을 모두 나열했다. 하지만 연단에서 거론된 사람은 살아 있는 자를 위해 일하는 종사자뿐이었다.

"우리는 거론하지 않더군요." 완벽하게 그려진 눈썹이 이마에 닿을 듯 올라갔다. 분명 상처 받은 듯했다. "칭찬을 바라거나 인정받으려고 이 일을 하는 사람은 없어요. 하지만 중요한 일을 하고 있다고 누군가 알아줬으면 하지요. 유가족들에게는 중요하잖아요."

내부 행사가 있고 나서 며칠 후, 라라는 런던교 테러 사건의 환자(메이오 클리닉의 테리와 마찬가지로 라라는 자신이 돌본다는 이유로 그 병원에 살아서 들어온 적이 없는 시신을 죽은 '환자'라고 불렀다)들이 모두 병원을 떠났으며, 지금껏 수고해준 모두에게 또 한 번 감사하다고 적힌 내부 이메일을 받았다. 장례식장으로 이송될 환자 여덟 명을 아직 자신이 모두 보살피고 있었기에 화면을 보며 허무함에 말이 나오지 않았다. 라라 자신도, 죽은 자도 모두 잊혔다는 사실이 원망스러웠다.

"고대 이집트에서는 죽은 자를 대하는 직업이 정말, 정말 특별했지만 이제는 입에 담지도 못하지요. '제 일이 정말 좋아요'라고 말도 못 해요. 꼭 '당신이 사랑하는 사람이 죽어서 기분이 좋군요!'라는 의미로 오해받기 십상이니까요." 따뜻한 웃음도 이곳에서는 빈정대는 엽기적인 소리가 된다. "하지만 죽은 사람을 보호하고 싶은 마음이 들기도 해요. '아무도 당신을 보살펴주지 않으니 내가 보살펴줄게요'라는 마음이 들거든요. 본질적으로 타인의 고통과 뗄 수 없는 이 직업을 어떻게 해야 좋게 이야기할 수 있을까요?"

그러나 시신을 분해하는 것보다는 죽은 자에게 일어난 일, 그리고 죽음의 현실과 연장선을 아는 데서 마음의 짐이 더 무거워진다. 냉장고 안에 있는 수많은 아기들과 전체적인 그림을 보는 사람도 바로 해부병리 전문가들이기에 그들은 사산아의 사인을 밝히기 위해 검시관의 관할권을 늘리자는 청원에 적극 동의한다(현재 검시관은 태어나 숨을 쉬지 않은 아기는 부검할 수 없다). 해부병리 전문가는 대형 사고에서 사람들의 신원을 가장 먼저 아는 사람이기도 하고 '실종' 전단에 붙은 사람의 눈을 마지막으로 보는 사람이기도 하다. 라라는 테러가 발생하고 며칠 후, 런던교 지하철역에서 병원으로 가다가 신문의 1면에 나온 얼굴들을 보며 영안실에서 본 얼굴과 일치한다는 사실을 문득 깨달았다. "제가 사람들의 죽음을 가장 처음으로 아는 사람이라는 게 이상했어요. 죽었다는 사실을요. 그들이 죽었을 확률이 높다는 사실은 모두 알지만, 가족은 실낱 같은 희망이라도 품으니까요." 자살한 시신이 크리스마스 휴일에 냉장고에 들어 있었지만 신원을 모르기에 가족들에게 알리지 못한 경우도 있다고 했다. "가족보다 우리가 먼저 죽음을 알게 된다는 사실이 주제넘게 느껴지기도 해요."

병원의 차가운 형광등 아래에서 죽음을 부정하기는 힘들지만, 적나라한 현실을 조금이나마 줄이기 위해 유리판을 세워 가족들이 시신을 볼 수 있는 방이 마련되어 있다. 너무 부패가 심하거나 경찰이 수사 중인 시신은 유리판이 반드시 있어야 하는데, 마지막으로 입맞춤을 하기 위해 어떻게든 들어오려는 사람도 있고, 죽은 이가 절대 읽지 못할 편지를 쓰며 문 밖에서 시신을 지키는 사람도 있다고 한다. 하지만 시신과 자신 사이에 유리판이 없어지고 나면 진실을 피하지도 못하며, 허벅지에 새긴 타로 카드 문신과 마찬가지로 끝은 본질적으로 시작과 엮여 있다는 사실을 깨닫게 된다. 이 직업은 라라에게 원하는 죽음의 모습과 삶의 모습을 더욱 확신하게 해주었다고 한다. 그녀는 상처, 종양, 계속해서 아기들을 유산하는 산모의 이름을 비롯해 다른 사람을 주의 깊게 보는 일을 한다. 외롭게 죽은 사람을 너무나 많이 봐왔기에 잊힌 사람으로 죽고 싶지 않단다. "죽고 나서 아파트에서 몇 달간 발견되지 않은 사람이 되고 싶지 않아요. 나를 그리워하길, 누군가는 알아차려주길 바라죠."

Chapter 9

슬픔의 자리

사산 전문 조산사

66

상의할 사람이 없으면 선택권이 있는지도 모를 거예요.
아기의 손도장과 발도장을 남겨야 하나,
사진을 찍어야 하나,
죽은 아기를 안아봐야 하나.

99

6개월이 지났지만 플라스틱 욕조에 잠긴 아기가 아직도 머릿속을 떠나지 않는다. 그날 본 장면을 라라에게 털어놓으니 마음은 조금 나아졌지만 무슨 이유에서인지 훌훌 떨치고 앞으로 나아가기가 힘들었다. 나는 라라에게 계속해서 이메일을 보냈고, 그녀가 보내주는 산모의 죽음, 사산, 유산에 관한 글은 모조리 다 읽었다. 인터넷 알고리즘은 내가 이런 일을 겪는다고 판단했는지 (게다가 나는 30대 중반의 여성이니까) 자식을 잃은 부모의 슬픔에 관한 책, 관련 자선단체와 지원 단체 광고를 자꾸 띄우기 시작했다. 하지만 내가 찾는 것은 책이나 단체가 아니었다. 자식을 잃은 슬픔을 겪고 있지도 않는 내가 왜 이러는지 도무지 알 수 없었다. 정신적인 충격을 받았나? 그렇지는 않았다. 이 감정은 단순히 내 내면적 반응보다 더 높은 차원인 듯했다. 나는 상실의 아픔을 겪거나 지원 단체를 거치지 않고 내가 본 장면을 이해해줄, 여파를 고스란히 보는 사람을 찾아야 했다.

1년도 더 전에 어느 커피숍에서 위스콘신주 출신의 은퇴한 장의사 론 트로이어에게 들은 이야기가 떠올랐다. 그는 죽은 자녀에게 수의를 입히는 부모를 도운 적이 있다고 했다. 자녀의 부검 절개 자국을 상처라고 부르는 부모, 차가운 아기를 꼭 껴안은 부모 곁을 지킨 론의 이야기. 그때만 하더라도 수십 년간 장의사를 하며 경험한 흥미로운 이야기 중 하나라고 생각했는데, 이제 와서 그 이야기가 머리에 자꾸 맴돌았다. 그는 아기가 사산이든, 한 달을 살았든 상관없이 아기와 함께 있어야 하는 중요성을 강조했었다. 나도 죽은 사람에게 수의를 입혀보았기 때문에 그것이 얼마나 중요한 일인지 충분히 이해하고 고개를 끄덕였다. 하지만 지금 와서 보니 아기들의 죽음은 완전히 다른 종류라는 생각이 들었고, 지금껏 내가 고려조차 하지 않은 직업군이 있다는 사실을 깨달았다. 바로 조산사였다.

전문적인 훈련을 받는 정식 직업군이 되기 전, 조산사의 역할은 대부분의 문화권에서 이웃 간에 도움을 베푸는 행위였으며, 그들은 임신과 출산을 돌보는 자칭 간병인이었다. 또한 죽은 사람을 매장하는 장례업계가 상업화되기 전에는 조산사가 장례를 준비하기도 했다. 삶의 시작과 끝은 여성의 영역으로 간주되었다. 요즘은 조산사의 역할이 바뀌었음에도, 아기가 첫 숨을 쉬기도 전에 죽는 바람에 삶의 시작과 끝이 함께 발생할 때도 있다. 조산사는 삶과 죽음을 모두 다룸으로써 인간의 힘과 연약함의 중심에 존재한다.

나는 늦은 밤 인터넷 검색으로 찾아낸, 사산아와 신생아 사망과 관련된 영국의 자선단체인 샌즈Sands에 이메일을 보내 조산사와의 면담을 요청했다. 죽음과 관련된 직업군에 관한 책을 집필하는 중이라고 밝히며, 조산사는 죽음의 업계에서 간과되는 직업이라 생각한다고 말했다. 그들은 몇 시간 만에 내가 들어본 적도 없는 직업을 가진 여성을 소개하는 답장을 보내왔다. 죽은 아기나 곧 죽을 아기의 분만만을 돕는 사산 전문 조산사였다.

가장 기쁜 일(적어도 겉으로 보기에는)을 하는 직업을 선택해놓고 대체 왜 가장 암울한 순간만을 다루는 전문가가 되고 말았을까? 내 감정과 비슷한 무언가를 느껴본 적이 있는 사람일까?

버밍엄에 있는 하트랜즈Heartlands 병원에서 나는 사망 환자 병동으로 가는 중에 길을 잃었다. 임산부들이 드나드는 문으로 건물에 들어가 접수대의 직원에게 방향을 묻자 "오 이런, 몸 조심하세요"라고 말했다. 그러고는 내 등에 부드럽게 손을 얹고 자장가 같은 나긋나긋한 목소리로, 불룩한 배 위에 유행 지난 잡지를 얹어놓고 읽는 임산부들이 있는 곳 반대편으로 길을 안내해주었다. 나는 아기를 가진 적이 없는, 어쩌다가 실수로 임산부 전용 문으로 들어온 사람일 뿐이지만, 사산 전문 조산사를 찾는 여자의 문제가 무엇인지 누구나 추측할 수 있을 것이다.

나는 '조산사'라는 글씨가 수놓아진 파란색 간호사복을 입고, 검은색 스타킹에다 앙증맞은 검은 신발을 신은 클레어 비즐리Clare Beesley를 만났다. 단정하게 묶은 반지르르한 금발머리, 차를 권하는 부드러운 버밍엄 말투와 커다란 눈망울을 가진 그녀는 간호사를 만화로 그려놓은 듯한 느낌을 주었다. 약속 시간에 늦은 터라 긴장했지만 클레어를 보자마자 마음이 편안해졌다. 20초 전에 만난 사이인데도 나도 모르게 엄마라고 부를 뻔 할 만큼 편히 마음을 털어놓아도 될 것 같은 사람이었다.

병실은 베이지색과 보라색을 띠었다. 병원은 국민 의료 보험 NHS(영국의 공공 의료 서비스 – 옮긴이)이 제공할 수 있는 범위 내의 최선의 병실에다 가능한 한 가장 편안한 색의 가구로 채워놓았지만, 환자들이 평생 라벤더 색을 죽음과 연관 짓겠다는 생각도 문득 들었다. 이든 병동Eden Ward이라 부르는 이곳에는 가을꽃이 그려진 문이 세 개가 있었다. 나는 살며시 두 번째 문을 열고 들어가는 클레어를 따라 들어갔다. 세 번째 병실에는 가족이 있다고 했지만 나는 그들을 보지도, 인기척을 듣지도 못했다.

병실은 조용했다. 공포스러운 상황도 부산함도 없었다. 내가 지금껏 경험한 병원과도 달랐고 텔레비전 화면으로 본 분만실의 모습과도 달랐다. 클레어는 이 병원의 상황이 나은 편이라고 했다. 다른 병원에서는 사산아를 낳는 산모들이 일반 산모실을 지나치며 아기들의 울음소리와 희망을 모두 봐야 한다고 했다. 하지만 이 병원에는 임신이 계획대로 진행되지 않은 산모들을 위해 옆문이 마련되어 있었다. 사산아 분만실에서는 아기들이 태어나면 정적이 가로지른다.

일반 병원의 침대와 똑같이 콘센트를 꽂고 산소호흡기를 달 수 있는 커다란 2인용 침대가 있고 구석에는 싱크대, 시계, 창문이, 우리 앞의 식탁 위에는 여행용 세면 용품 가방, 곱게 접힌 양말, 민트 사탕이 놓여 있었다. 아기를 잃은 부모에게 샌즈(우리를 연결해준 자선단체)가 무료로 제공하는 물품이라는 메모가 보였다. 포장된 쿠키와 케이크도 있었다. 불편하고 힘든 시기에 이런 작은 배려는 큰 도움이 된다. 우리는 보라색 의자에 앉았다. 마치 건강 스파 시설과 병실을 섞어놓은 곳 같았다. 어쨌든 이곳은 병원의 일부이고 출산이 산모에게 미치는 육체적 고통은 같기 때문에 의료 장비는 모두 마련되어 있지만, 사산아나 곧 죽을 아기를 분만하는 **충격**을 최대한 덜어주려는 노력이 보였다.

이곳에 오고 싶어서 오는 산모가 어디 있을까.

젊은 조산사들이 보통 그렇듯, 클레어 역시 죽음에 익숙하지 않았고 죽음을 대하는 방법에 확신이 가지도 않았다. 조부모님도 살아 있었으므로 키우던 동물을 제외하고는 죽음을 경험해본 적조차 없었다. 게시판에서 아기를 잃은 가족이 있다는 정보를 보면 그 분만실로 보내질까 봐 두려웠다. "도와주지 못한다는 사실을 알았기 때문에 너무나 두려웠어요. 조산사 자격을 갖춘 지 얼마 되지 않은 신참에게는 그만큼 무서운 일이 없었지요."(20년 후인 현재도 신생아실에 근무하는 조산사의 12퍼센트만이 의무적으로 유산이나 사산아를 다루는 훈련을 받는다.)

클레어가 조산사로 일한 지 1년쯤 지난 어느 날, 한 산모가 분만실에 왔다. 태아가 아직 20주밖에 되지 않았기 때문에 살아날 가능성이 없었다. 태아성장표에 따르면 금귤보다는 크고 가지보다는 작은, 바나나 정도의 크기라고 한다. 태아가 최소 22주는 되어야 살아날 가능성이 조금이라도 있으므로 20주밖에 되지 않은 태아는 소생시킬 시도를 하지 않는다. 가족은 마음의 준비를 한 상태로 병원을 찾았다. 산모는 살아 있는 아기가 태어나지 않으리라는 사실을 알고 분만실에 들어갔다. 태어난 아기는 숨을 쉬었다. 하지만 살리기 위해 의학적 조치를 취하기에는 너무 어렸다.

"아기가 숨을 제대로 쉬지 못하는데도 움직이는 모습을 보며 산모가 너무나도 고통스러워했어요. 그날을 기억해요. 아마 평생 못 잊을 거예요. 산모가 온 힘을 다해 내 이름을 불렀지요. '클레어, 제발 어떻게 좀 해주세요. 제발요. 무엇이라도 해야 해요!'" 아기는 결국 태어난 지 몇 분 만에 세상을 떠났다.

교대 근무가 끝나고 자동차에 타자마자 클레어는 흐느껴 울었다. "그때의 감정을 아직도 고스란히 느껴요. 다른 사람의 쓰라린 슬픔을 있는 그대로 보면서도 아무것도 할 수 없다는 사실을 알 때 그 기분. 고통과 슬픔의 극단이 아닌, 모든 사람이 행복한 직업이라고 보는 일을 하는 사람으로서…." 그녀가 말끝을 흐렸다. 조용한 병실, 마치 그 일이 방금 일어난 듯했다. 커다란 눈망울에서 눈물이 빛났다. "하지만 그런 일을 감당하는 것이 조산사 역할의 일부이기도 하지요. 우리의 의무이고요." 클레어가 마음을 다잡는 모습이 눈에 보였다. 토미^{Tommy}(영국에서 유산과 조산에 관한 연구를 하는 가장 큰 자선단체)에 따르면 임산부 네 명 중 한 명이 임신 혹은 출산 중에 아기를 잃으며, 250명 중 한 명이 사산아를 낳는다고 한다. 영국에서는 매일 여덟 명의 사산아가 태어난다.

몇 년 후, 사산 전문팀을 꾸린 어느 조산사가 클레어에게 일원이 될 의향이 있는지 물었다. 클레어는 교육에 참여했고, 배우면 배울수록 자신이 무언가를 **할 수 있겠다**는 생각이 들었다. 아기를 살리지는 못하지만 가족을 보살필 수는 있었고 상황을 모두 해결하지는 못하지만 덜 나쁜 쪽으로 방향을 틀 수는 있었다. "이런 일을 이끌게 될 거라고는 상상도 못 했어요. 저는 행복한 일을 하려고 조산사가 되었지만 경력 대부분을 사산 전문 조산사로 일했지요. 하지만 부모가 아기와 함께하는 시간에 좋은 영향을 끼치고, 그 시간이 부모의 삶에 평생 남는 모습을 보는 것은 조산사 일에 매우 중요합니다. 삶은 우리의 통제 영역이 아니므로 삶에서 일어나는 일을 마음대로 바꿀 수는 없어요. 하지만 아기의 가족들이 삶에서 가장 힘든 일을 겪을 때 그들을 보살피는 방법은 제가 정할 수 있지요."

클레어는 지난 15년간 낯선 사람들의 뼈아픈 순간을 함께해왔다. 생존 가능성이 전혀 없는 손바닥만 한 태아를 분만한 산모들, 배 속에서 열 달이나 자랐지만 심장이 멈추거나 태어나서 살아남지 못할 아이를 분만한 산모, 비밀리에 아기를 가진 임산부, 오래도록 아기를 바랐지만 결국 죽을 아기를 임신한 임산부, 위독한 병에 걸린 남편과 마지막으로 시도해 아기를 가진 임산부가 병원을 찾았다. 애초에 아기를 원하지 않았기에 슬픈 소식을 듣고도 안도하는 여성을 본 적도 있고, 심각한 유전적 결함이 있는 태아에 관한 결정을 미루면서까지 서로 싸우는 부모를 본 적도 있다. 또한 산모와 아기가 동시에 죽는 장면까지 본 적도 있다. 그런 날이면 교대가 끝나고 라디오나 음악을 틀지 않고 침묵속에서 45분을 운전해, 자신의 네 자녀가 있는 집으로 돌아오며 마음을 추슬렀다.

클레어는 니트 모자와 아기 옷을 넣어둔 수납장을 보여주었다. 대부분 흰색이었고 아주 작은 것부터 표준 크기까지 옷 치수가 다양했다. 니트 모자는 보온용이 아니라 라라가 영안실에서 사용한 것처럼 형식적인 목적으로 사용되었다. 이를테면 산도를 통과하면서 밖으로 나오기 위해 아기의 두개골이 겹쳐지는데, 죽은 아기의 몸에서 과도하게 분비물이 많이 나와 두개골 뇌로 파고들면서 머리가 변형된 경우, 머리에 조그마한 모자를 씌워 아무도 눈치채지 못하게 한다고 했다. 모자 옆에는 황동 경첩이 달린 나무 보석함으로 보이는 상자가 여럿 있었다. 그녀가 발꿈치를 들어 상자 하나를 꺼냈다. 그 안에는 하얀 레이스가 달린 작은 깔개만 들어 있었다. "아주 작은 태아를 위한 관이랍니다."

나는 자동차 열쇠 크기만 한 관도, 사산아 병실이 있는지도 몰랐다. 라라가 있는 세인트 토머스 병원 영안실의 카트에 있는 여러 크기의 판지 상자가 떠올랐다. 그곳에는 병리학자들이 사용할 수 있도록 A4 용지보다 작은 크기의 상자들이 서로 포개어져 있었다. 클레어는 임신 5주 만에 아기를 잃은 여성이 만삭일 때 아이를 잃은 여성보다 더 좌절하는 경우도 있다고 했다. 자궁 안의 생명이 몇 주가 되었든 감정적 무게에는 기준이 없단다. 간절하게 원하던 아기였다면, 어머니와 아기가 함께할 삶의 가능성을 잃은 상황에다 옷, 신발, 유아차를 비롯해 아기를 위해 구매한 물건과 짜놓은 계획이 몽땅 사라진 셈이다. 태아의 크기와 어머니의 감정 사이에는 상관관계가 없다.

"일어나는 일에는 저마다 사정이 있어요. 그러니 10주 만에 유산한 어머니가 만삭일 때 사산아를 낳은 어머니, 태어나자마자 이틀 만에 아기를 보낸 어머니보다 덜 고통스럽다고 말할 수는 없답니다." 클레어가 나무 상자를 수납장에 다시 넣으며 말했다. "유산에 관한 오해가 아주 많아요. 다시 시도하면 된다는 인식 때문에 그 작은 생명이 중요하지 않다고 생각하기 쉽지요." 나는 임신한 여성이 아이를 잃는 악운을 불러올까 봐 임신한 사실을 한동안 말하지 않는 12주 법칙을 떠올렸다. 여성들은 홀로 유산의 경험을 견딜 때가 많고, 의미 없는 임신으로 치부하는 사람이 많으므로 아기를 위한 관도 없으며, 일부 여성들은 이런 일이 왜 일어나는지도 알아내지 못한다. 여성은 한 명의 생명체가 사는 온 세계였지만 그 세계가 무너짐을 경험한다.

우리는 고요한 방으로 자리를 옮겼다. 이곳은 가족들이 음료와 커피 기계 앞을 서성거리며 소식을 기다리는 곳이다. 옆방에서 말 없는 아기가 태어날 동안 과자를 건드리는 사람은 없다. 구석에 놓인 플라스틱 나무 조형물에는 이곳에서 분만되는 아기 이름과 부모의 짧은 편지, 아기의 형제자매의 낙서가 적힌 종이나비가 달려 있다.

클레어는 다른 수납장을 열어 추억 상자들을 보여주었다. 하얀색, 분홍색, 파란색 상자 안에는 사진, 손도장과 발도장을 남길 빈 사진첩이 있었다. 원하는 가족들은 이 손도장, 발도장으로 만든 은 장식품을 주문할 수도 있다. 할아버지, 할머니가 된 순간을 기억하고자 하는 조부모를 위한 상자도 있었다. 클레어는 죽은 아기의 형제자매에게 이 일을 알려주고 이해시키기 위해 줄 꾸러미를 만드는 중이라고 했다.

추억 상자는 아기에 관한 기록을 간직하려는 가족들을 위해 만들어지기도 했지만 아직 결정을 내리지 못한 가족들을 위한 안전장치이기도 하다. 죽은 아기의 모습이 무섭기도 하고 그 모습이 기억 속에 평생 남을 것 같은 공포심에 당장은 아기를 보기 두려운 가족들을 위해서다. 조산사는 죽은 아기의 사진을 찍고 손도장과 발도장을 남겨 이 상자에 넣고는 몇 년 후 아기를 볼 준비가 된 부모가 찾아올 때까지 수납장 깊숙이 보관한다. 이 일을 증명할 사진, 아기가 실제로 존재했다는 사실을 보여줄 손과 발도장, 누군가의 어머니였다는 사실의 증거를 보관하는 것이다.

2013년, 애리얼 레비Ariel Levy는 몽골의 어느 호텔 욕실 바닥에서 임신 5개월째에 겪은 유산의 경험을 《뉴요커New Yorker》 기사로 밝혔다. 그녀는 아기를 안고 이 세상에 아주 잠깐 존재한, 살아 있는 생명이 숨을 쉬는 모습을 바라보았다. 앰뷸런스를 부르자 그들은 레비에게 아기가 살아남기 힘들 것이라고 말했다. '손에서 휴대전화를 내려두기 전에 아들의 사진을 찍었다. 사진을 찍지 않으면 아들이 존재했다는 사실을 내가 믿지 않게 될 것 같아서였다. (…) 병원의 밝은 조명 아래에서 정맥 주사를 맞고 아기를 놓아주었다. 그때가 아들을 본 마지막 순간이었다.' 하루에 한 번, 마지막에는 일주일에 한 번으로 줄이기 전에 그녀는 시도 때도 없이 아기 사진을 보았다. 그리고 다른 사람들에게도 사진을 보여주며 아기가 이 세상에 살아 있었다는 사실을 알려주었다. 아기의 존재가 자신의 삶에서 중요하다는 것을 다른 사람과 자기 자신에게 증명하기 위해서였다.

인간의 욕망은 시대를 불문하고 비슷하다. 사진을 찍는 과정이 오래 걸리긴 했지만 빅토리아 시대의 사람들도 사진을 찍고 싶어 했다. 아기의 모습을 기록해야겠다고 느낀 레비와 마찬가지로 아기의 관 옆에서 사진사가 신호를 줄 때까지 기다리는 부모도 같은 필요성을 느꼈을 것이다.

사려 깊은 의도로 진행하는 일임에도 추억 상자와 사진은 가족이 균열되는 중심에 서기도 한다. 극심한 스트레스를 받는 상황에서(이 병실에서 사람들은 가장 연약해지고 분노하기 마련이다) 관계의 금은 점점 커져 완전히 갈라지기도 하고, 빈 상자를 중간에 두고 밀고 당기기를 하는 긴장이 오가기도 한다. 모든 사람은 자기만의 방법으로 슬퍼하지만, 가족 구성원들은 서로의 방법을 판단하기도 하고 누군가가 잘못하고 있다고 생각하면 나서서 상황을 조종하기도 한다. 추억 상자는 죽은 아기를 얼마나 오래 애도할지, 죽은 아기를 보고 기록하는 것이 옳은지를 비롯해 이런 문제에 동의하는지에 따라 문제가 되기도 한다. 가장 난제는 잊으려고 노력하거나 스페인의 망각 협정처럼 그저 덮어버리면 슬픔을 줄일 수 있다는 생각에 있다. 하지만 마구 묻어버린 역사는 좋은 결과를 낳지 못했다. 마지막을 보지도 않은 채 의혹에 갇혀 있다면 어떻게 애도의 단계로 넘어가겠는가?

론 트로이어도 죽은 아기에게 옷을 입히는 부모 이야기를 하면서 비슷한 일화들을 내게 말해주었다. 아기의 어머니가 병원에서 회복하고 있을 때, 신속하게 아기의 매장이나 화장을 준비하는 아버지가 꽤 있다고 했다. 아기의 시신이 아내에게 더 고통을 주리라 생각하고 재빨리 없애야 한다고 생각하기 때문이다. 그 이야기를 듣고 나는 격분했다. 만약 내게 그런 일이 일어난다면 아기를 두 번 빼앗긴 기분이 들 것이고, 그런 남편을 비난할 수밖에 없을 것이다. 나는 부부가 이런 일을 겪은 후에도 결혼 생활을 유지할 수 있는지, 얼마나 오래 지속하는지 궁금했다. 이루 말할 수 없는 슬픔을 어디에 두었으며, 얼마나 많은 여성이 이 슬픔에 점령당했을까.

클레어는 그런 태도를 보이는 사람이 아직도 상당히 있다고 했다. 의도는 좋았을지 모르나 자신도 모르게 오히려 상대에게 상처를 주는 사람이다. 클레어는 늘 양쪽 모두를 이해한다고 했다. "자연스러운 본능이 아닐까요? 사랑하는 사람이 고통스러위하는 모습을 보고 싶은 사람은 없으니까요. 일어난 일을 없애 버리면 고통까지 없앨 수 있다고 생각하지만 고통을 없앨 수는 없어요."

클레어가 겪은 몇 가지 사례를 들으며 나는 그들이 한 일을 도무지 이해할 수가 없었다. 그녀는 완고한 남편과 순종적인 아내의 이야기를 떠올렸다. 남편이 요지부동으로 추억 상자를 원하지 않았기에 아내는 상자를 원한다고 클레어에게 조심스레 알렸다. 조산사들은 몰래 아기의 사진과 발도장을 남겨 퇴원하는 아내에게 전해주었다. 석 달 후, 아내는 남편이 상자를 찾아내 부숴 버렸다고 울먹이며 병실로 전화를 걸었다.

"아기를 볼 준비가 안 된 사람은 도리어 남편일 수도 있어요. 아내가 사진을 보고 슬퍼하리라 생각하고 화가 나서 그랬을 수도 있고요. 하지만 법적으로 허용하지 않기 때문에 우리는 환자에게 준 사진을 따로 보관하지 않아요. 그래서 그 아내에게 줄 만한 것이 전혀 없었어요. 그 사진은 영원히 없어진 셈이지요."

나는 아기의 시신에 거리를 두는 태도가 분만실에도 적용되는지 물었다. 산모는 아기를 보고 싶어 할까? 제거하거나 잊어야 할 생물학적 불량품으로 여기고 산모와 아기 사이를 막는 병원도 있을까? "처음 보는 시신이 사랑하는 사람이어서는 안 됩니다"라고 말한 장의사 포피의 음성이 들렸다. 처음으로 시신을 보는 순간과 아기가 죽는 순간이 결합되는 상상을 하니 미칠 것만 같았다. 나는 미지를 향한 두려움과 자기를 보호하려는 절박한 심정 때문에 아기를 볼 단 한 번의 기회를 놓칠 수 있는지 궁금했다.

"대부분의 부모는 아기를 보고 싶어 합니다. 처음에는 망설이다가도 아기가 태어나면 보고 싶어 하지요. 마음의 준비를 하는 것이 중요해요. 20주 만에 태어난 아기는 예정일에 맞게 태어난 아기와 달리 반질반질해요. 피부색이나 피부의 투명도가 다르지요. 의사에게 이야기를 듣고 나면 대부분의 부모는 검색해보지 않을까요? 궁금한 건 어쩔 수 없으니까요."

아기들이 죽는 이유가 분명히 드러날 때도 종종 있다. 이곳에서는 척추뼈의 뒤쪽 부분이 벌어지는 현상인 이분척추부터 머리의 윗부분이 없어 뇌와 두개골에 결함이 있는 무뇌증까지 아기들이 여러 심각한 기형을 가지고 태어난다. 아기의 심장이 멈추었지만 유도 분만 과정이 너무 느려(어머니의 몸이 약물에 반응하지 않을 때도 있고 다른 이유가 있을 수도 있다) 아기가 그 자리에서 며칠 또는 몇 주 동안 가만히 있기도 한다. 자궁 안에 있든 밖에 있든 시신은 변하기 마련이므로 색이 달라지고 피부가 벗겨진다. 클레어는 죽은 아기의 피부는 물집처럼 보이며, 속은 옅은 붉은빛을 띤다고 했다. "가족들은 대번에 '아기가 그럼 아픕니까?'라고 물어요." 그도 그럴 것이 부모는 아기가 언제부터 그렇게 변하는지 알지 못한다. "아프진 않아요. 몸 안의 액체가 더는 순환하지 않으니 피부 아래에 고이게 되는 현상일 뿐이지요. 그럼 피부가 아주 연약해져요."

부모의 반응을 묻는 내 질문에 클레어는 모든 사람이 다르며, 죽은 아기를 보고 반응하는 단 한 가지 옳은 방법은 없다고 수차례 대답했다. 우리는 시신을 두려워하는 사회에 살며 멀리하도록 배웠다. 생각할 수 있는 최대의 극단적인 공포로 우리는 상상 속에서 시신을 그린다. 그런 시신을 직접 낳고 만진다는 것은 완전히 다른 경험이다. 클레어는 각 가족에 맞게 최선의 접근 방법으로 해결하려고 노력한다. 만일 가족이 마음을 확실하게 정하지 못했다면 단계적으로 아기를 소개하는 방법을 택한다. 먼저 아기를 잠시 살펴본 다음 가족에게 아기의 생김새를 설명한다. 사진을 먼저 보도록 권할 때도 있고, 담요로 아기를 완전히 감싸거나 발만 보이게 한 다음 가족들이 안아볼 수 있도록 하기도 한다. 조심스럽게 아기를 소개하고 충분히 시간을 주면 대부분의 가족은 생각을 바꾼다.

"머릿속으로 상상한 모습과 달라서 어느 정도 안도하는 사람들이 많아요. 아기를 본 부모들은 거의 이렇게 반응해요. '오, 정말 아기처럼 보여요.' 그럼요, 당연히 아기처럼 보이지요. 그들의 아기인걸요. 많은 부모를 보면서 제가 한 가지 확신하게 된 사실은 언제나 친절하되 정직해야 한다는 것이에요. 그리고 무슨 말을 할지, 어떻게 말할지를 매우 세심하게 신경 써야 하지요. 만약 부모가 아기를 보고 충격을 받지 않으면 제 할 일을 다했다는 증거예요. 그들을 잘 준비시켰다는 뜻이니까요. '사실 아기를 보기가 두려워요'라고 부모 입으로 말하기는 힘들어요. 그들이 느끼는 감정은 정상이라는 것을 인정해줘야 해요. 이런 상황이 자연스럽게 느껴질 수가 없지요."

사산 병동의 좋은 점은 누구도 죽음을 숨기지 않으므로 가족에게 필요한 일은 거의 모두 허용된다는 것이다. 하지만 모든 병동이 이렇게 관대하지는 않다. 2016년 발행된 미시간대학교의 연구에 따르면 사산아를 낳거나 또는 출산하고 얼마 지나지 않아 아기를 떠나보낸 377명의 여성들 중 17명은 아기를 볼 수 없다는 의사와 간호사의 지시를 받았고 34명은 아기를 안아보고 싶다는 요청을 거부당했다고 한다. 이 연구는 아기를 잃은 어머니의 외상 후 스트레스 장애와 우울증 정도를 조사하려고 실행되었지만, 아기를 안아볼 기회조차 없었다고 대답한 사람이 많았으므로 아기를 안은 경험이 우울증이나 외상 후 스트레스 장애에 얼마나 영향을 미치는지 결론을 낼 수 없었다. 하지만 클레어가 말한 내용은 연구를 통해 사실로 증명되었다. 사산아를 낳든 아기가 며칠 만에 죽든 어머니의 슬픔이 달라지지는 않았다. 어머니의 정신적, 감정적 충격의 정도는 아기의 개월 수와 전혀 연관성이 없었다.

사산 병동에서는 죽은 아기를 보는 것이 애도의 행위이다. 출산 과정에서 일단 육체적인 진통을 이겨내는 데 집중한 산모들도 아기를 안아보고 싶으면 안을 수 있다는 사실을 안내받는다. 아기가 살아나지 못한다는 사실을 알아도 그 죽어가는 조그마한 심장을 자신의 가슴에 품을 수 있다. 가족이 원하는 일이 무엇이든 클레어는 할 수 있도록 도와준다.

"상의할 사람이 없으면 선택권이 있는지도 모를 거예요." 클레어가 말했다. "'아기의 손도장과 발도장을 남겨야 하나, 사진을 찍어야 하나, 죽은 아기를 안아봐야 하나' 이런 생각은커녕 아기를 보는 것조차 상상하기 힘들 거예요. 절박한 상황에 이런 생각들을 어떻게 하겠어요? 가족들은 과거를 생각하며 후회할 때 가장 힘들어해요. 몇 년이 지나면 '아기를 안아볼 기회가 있었지만 그러지 못했어'라고 생각하는 날이 오거든요."

내가 사산 병동에 가기 전 여름, 고래 사진으로 뉴스가 도배된 적이 있었다. 브리티시컬럼비아British Columbia의 해안을 어미 범고래가 죽은 지 열흘이 지난 새끼를 머리로 밀며 데리고 다니는 장면이었다. 범고래는 17개월 동안 임신하고 단 30분간 새끼의 어미가 되었다. 차가운 바다에서 헤엄치다 지친 어미는 애도의 무게를 내려놓았다. 마침내 새끼를 놓아준 범고래는 다시 뉴스에 실렸다.

우리는 고래를 인간 감정의 화신으로 바라보곤 한다. 고래는 미지의 세계에 있는 신비롭고 거대한 동물이라, 마치 테칼코마니 형태의 이미지가 피험자에게 어떻게 보이는지를 살피는 로르샤흐 심리테스트Rorschach test처럼, 어쩔 수 없이 우리가 원하는 바를 투영한다. 새끼를 놓지 못한 범고래는 우리 모두의 마음을 아프게 했기에 뉴스에 실렸다. 죽은 새끼를 두고 다른 곳으로 유유히 가버리면 되는데도 끝까지 새끼를 데리고 다닌 고래를 보고 이상하게 생각한 사람도 있었다. 하지만 어미 고래는 우리의 잠재의식 깊은 곳의 무언가를 건드리며, 일어나지 않았다고 가장하는 것은 애도가 아니라는 사실을 뉴스 화면을 통해 우리에게 보여주었다. 죽은 사람의 나이에 상관없이 애도하는 사람이 느끼는 슬픔의 깊이를 예상하거나 측정할 수 있는 사람은 아무도 없지만(각자에게 의미 있는 사람이 모두 다르기에) 아기의 죽음은 그만의 고유한 영역이 존재한다. 우리 삶의 일부가 된 사람이지만, 아무도 그 아기를 만나지 못했고 당신과 가까운 소수의 사람을 제외하고는 슬픔을 나누지도 못한다. 고래든 인간이든 죽은 자식의 몸을 보내지 못할 때가 많다. 그것만이 전부이기 때문이다.

이곳 이든 병동에 있는 영안실은 오직 아기들을 위해 존재한다. 트레이에 놓인 어른들의 시신 아래에 아기들이 죽 놓여 있지도 않고, 병원 지하의 거대한 냉장실에 있지도 않다. 이곳에는 하늘색 바탕에 분홍색과 연보라색으로 작은 꽃이 그려진 방이 하나 있을 뿐이다. 눈부신 형광등이 비치는 일반적인 영안실과 달리 이 방은 차분히 앉아서 시간을 보내도 된다. 어떤 부모들은 장례를 치르는 전날까지 날마다 와서 아기에게 이야기를 읽어준다. 늦은 밤 잠을 이루지 못하는 부모들은 병동에 전화해서 아기가 잘 있는지 묻기도 한다. 장례를 치르고 매장이나 화장하기 전까지, 냉장 기능이 되는 작은 요람에 눕힌 아기를 집에 데리고 가서 평생 함께할 시간을 2주 만에 몰아서 보내는 부모도 있다. 그들은 야외로 아기가 든 바구니를 들고 나가 다른 자녀들이 그 옆에서 놀도록 둔다고 한다. 새 유아차에 아기를 태우고 병동 건물 뒤의 정원을 거니는 부모도 있다. 이곳에도 병동을 거친 수많은 아기의 이름이 달린 나무(이번에는 진짜 나무였다)가 있었다.

우리는 아기의 죽음에 관해 이야기하는 법을 잘 모른다. 유산은 입 밖으로 꺼내지 않을 때가 많고 사산 소식을 들으면 침묵으로 대응한다. 혹여나 말실수를 할까 봐 나서서 이야기하는 사람도 없다. 부모는 자신의 의지와 상관없이 아이를 잃은 무리 중하나가 되어 침묵 속으로 사라진다. 삶은 절대 예전과 같을 수 없다. 그런 이유로 행정 업무로 옮길 수 있는 경력이 있음에도 클레어는 사산 병동에 남았다. 병실에 남아 아기를 만나는 몇 안 되는 사람이 되고 싶었다. 또한 감정적으로 힘든 가족들이 몇 년 후에 찾아와도 볼 수 있는 사람, 죽은 아기의 어머니가 다시 임신했을 때 몸과 마음의 연약함을 털어놓을 수 있는 사람, 그런 일이 또 발생할까 봐 두려워하는 마음을 이해하는 사람이 되고 싶었다. 그녀는 그 두려움을 두 눈으로 봐왔고 직접 겪기도 했다.

그녀는 네 번째이자 마지막 아이를 낳을 때쯤 무엇인가 이상함을 느꼈다. 배 속의 아기가 성장을 멈추자 다가올 현실을 직감했다. 감정적으로 전혀 민감하지 않은 남편도 클레어의 불안과 걱정을 읽었고, 응급 제왕 절개로 아기가 마침내 안전하게 세상으로 나왔을 때 눈물을 흘렸다고 한다. 그녀는 어머니로서 자녀를 과잉보호한다는 점을 인정하며, 아이들이 어머니 없이 자라는 상황이 될까 봐 죽음이 두렵다고 했다. 병실에서 이런 일을 수없이 보았기 때문이다.

아찔한 감정에 휩싸여 병동을 떠나려는데 클레어가 아담한 정원을 가리켰다. 나는 조약돌이 박힌 길을 걸으며 자원봉사자들이 보살피는 소박한 벽돌 건물과 이 공간을 바라보았다. 사산 병동은 메마른 시멘트로 지은 전체 병원 중간에 있는 작은 오아시스였다. 빛에 반사돼 반짝이는 플라스틱 나비에 적힌 이름들을 조용히 읊었다. 욕조에 있던 아기의 이름이 무엇인지 알았다면 여기에 이름을 적었을 텐데.

"제발 어떻게든 해주세요." 숨을 헐떡이는 작은 아기를 안고 클레어에게 애원한 어머니, 차 안에서 울음을 터뜨린 클레어, 그리고 어쩔 수 없이 가라앉는 모습을 볼 수밖에 없던 욕조의 아기가 떠올랐다. 아기를 살리고 싶었지만 살리지 못하는 상황이 닥친 순간, 지금껏 느껴보지 못한 간절함으로 무엇이라도 하고 싶었던 마음이 생생히 떠올랐다. 화단에 꽂힌 바람개비가 바람에 뱅글뱅글 돌았다. 고개를 들자 클레어가 죽은 아기들을 받아 가슴에 품는 바로 그 방의 창문이 보였다.

Chapter 10

흙에서 흙으로

무덤 파는 일꾼

66

매장은 절대적인 믿음이 있어야 한다.
묻힌 사람은 자신에게 어떤 일이 생길지 알지 못한다.
하지만 이곳에 무덤을 지켜보고 메우고 보살피는
누군가가 있다.

99

초봄이었다. 나무는 여전히 앙상하고 구름은 짙고 무거웠다. 어수선한 무덤 가운데 노란 앵초 꽃이 옹기종기 얼굴을 내밀었다. 1837년 영국 브리스틀Bristol에 조성된 묘지 아노스 베일Arnos Vale은 이제 담쟁이덩굴이 휘감고 있는 묘비들로 가득하다. 나무의 두꺼운 뿌리에 밀려 옆 묘비에 비스듬히 기댄 묘비도 있다. 이런 오래된 빅토리아풍 묘지가 나는 참 좋다. 골프장처럼 완벽하게 정리해놓은 잔디와 하얗게 빛나는 대리석 묘비로 꾸며진 로스앤젤레스의 공원묘지가 아니라서 좋다. 로스앤젤레스의 묘지는 침범하는 자연과 끝없는 다툼을 벌이는 반면 아노스 베일 같은 묘지는 이끼와 끈질긴 생명이 죽음을 능가하는 곳이다. 무덤은 덩굴식물과 잎으로 에워싸여 생명의 점령을 받아들이는 듯 보였다. 죽음은 삶의 일부라고 한다. 아니, 죽음은 생명 전체의 일부이다.

나는 고꾸라진 십자가 앞에 놓인, 목이 떨어져 나간 곰 인형을 보며 움찔한 마음을 부여잡고 가파른 언덕을 올랐다. 부검이나 사산아에 관한 면담보다는 가벼운 만남이 되길 바랐다. 아직도 마음이 썩 좋지 않았지만 병실이나 지하 영안실이 아닌 야외에 있으니 조금 나았다.

십자가상과 제2차 세계대전에서 목숨을 잃은 선원 40명이 묻힌 묘지가 자리한 가장 높은 지점에 이르자 새소리만 들릴 뿐이었다. 그때, 진흙이 잔뜩 묻은 밴 안에서 앞 유리로 밖을 바라보는 마이크Mike와 밥Bob이 보였다. 듬성듬성 이가 빠진 밥은 정수리에서부터 각각 제멋대로 뻗치는 짙고 긴 머리를 한 예순 살 남자였다. 달걀이 달걀 전용 컵 안에 쏙 숨듯, 그의 얼굴이 후드티 안으로 쑥 들어갔다. 둘을 대표해 주로 이야기한, 일흔두 살인 마이크는 밴에서 훌쩍 내리더니, 언덕 꼭대기에서 내게 손을 흔들며 짙은 브리스틀 말투로 "정신 나갔습니까? 차를 타고 오지 왜 걸어옵니까?"라고 소리 질렀다. 흰 머리를 단정히 깎은 그에게 더 가까이 다가가자 청바지와 남색 스웨터의 먼지가 선명하게 보였다. "우리가 하는 일을 보고 싶다는 말이지요?" 그가 웃음을 짓자 곧바로 친근감이 들었다. 밥이 다정하게 손을 흔들며, 자신은 따뜻한 차 안에 있겠다고 그대로 손짓했다. 마이크와 나는 울퉁불퉁한 길을 걸어 흙을 덮지 않은 묏자리로 갔다.

잔디가 난 묏자리의 가장자리에는 두꺼운 초록색 천이, 관을 옮기는 사람들이 안전하게 설 수 있도록 양쪽에는 긴 널빤지 두 개가 놓여 있었다. 널빤지 위에 놓인 다른 초록색 천이 무덤 벽 위에 드리워졌다. 천이 워낙 빳빳해서 식물 뿌리와 흙이 마치 기계로 잘라놓은 듯 편평해졌다. V자 모양으로 놓인 두 개의 얇은 판자는 관이 올려지기를 기다렸다. 목사의 기도가 끝나면 손잡이에 묶인 줄이 내려가며 하관이 시작될 것이다. 파낸 흙더미는 초록색 천에 덮인 채 대기 중이었는데, 묫자리 깊숙한 곳의 바닥을 제외하고는 부드러운 흙은 보이지 않았다. 이미 묻힌 남편의 관위에 얇은 보호층이 있고, 지금 길 건너에서 진행되는 장례식이 끝나면 아내가 이곳에 함께 묻힐 것이다. 마이크는 가족 묘지에서 땅을 파다 과거에 묻힌 관과 점점 가까워지면 흙이 축축해지므로 알아차릴 수 있다고 했다. 특히 오래된 무덤은 관의 뚜껑이 내려앉아 있기도 한단다.

나는 밑을 바라보았다. 무릎 옆을 펄럭거리는 내 코트 그 바로 앞으로 깊이 판 땅이 보였다. 전에도 나는 이 자리에 서본 적이 있다. 땅이 편평하고 나무가 없는 오스트레일리아 묘지에 서서, 할머니의 관이 땅 위에서 시멘트로 덮이는 모습을 보며 할아버지의 손을 잡았다. 할머니는 땅속 2미터 아래에서 부패한다는 사실에 질색하며 벌레에게 먹힐 바에는 완전히 사라지는 편이 낫겠다고 하셨다(할머니는 가톨릭 신자였다). 할머니 묘를 바라보며 여름날 시멘트 상자 안에서 할머니가 완전히 익어버리는 게 아닌지 궁금했다.

흙을 덮지 않은, 내가 모르는 누군가의 무덤 앞에 서니 이상한 단절감이 들었다. 비보를 받아들이며 누군가의 손을 잡고 있지도 않았다. 내 삶의 일부였던 사람이 사라진 상실감에 생각이 복잡하지도 않았고, 머릿속에서 앞으로 다시는 보지 못할 추억의 영사기가 돌아가지도 않았다. 얼굴조차 모르는 사람이기에 지금 관 안에서 어떤 모습을 하고 있을지, 반년이 지나면 어떤 모습일지 상상할 수도 없었다. 이 순간 드는 생각은 오로지 나뿐이었다. 저 밑에 누워, 아래를 바라보는 나를 보면 어떤 느낌일까.

차가워 보이는 무덤 안을 보니 론 트로이어가 해준 이야기가 떠올랐다. 미국 중서부에서는 겨울에 땅이 얼어 파내지 못하므로 사람이 죽으면 봄까지 시신을 묻지 못한단다. 그때까지 시신은 지상 묘지에서 몇 달간 모르는 시신과 이웃을 맺으며 봄이 오기까지 기다려야 한다. 하지만 겨울에 매장하기를 고집하는 농부들이 간혹 있다고도 했다. 제분소에서 일한 농부들은 겨울에 건물이 얼마나 추운지도, 땅속 2미터 아래가 얼마나 따뜻한지도 알기 때문이다. 버번위스키를 주겠다는 론의 약속에 넘어가, 무덤 파는 일꾼들은 굴착기를 망가뜨리지 않기 위해 숯 화로(무덤 길이만 한 반구 모양의 장비)를 끌고 나와 24시간 동안 땅을 녹인다. 겨울 미국 중서부에서 무덤을 파기란 시멘트 바닥을 파는 것과 비슷하다.

내가 이곳에서 밟은 흙은 대부분 점토질이었다. 마이크는 이런 곳이 무덤을 파는 데 가장 좋다고 했다. 입자가 고운 흙에는 없는 구조적인 온전함이 있어, 반 정도 파도 내려앉지 않기 때문이다. 그와 밥은 학교를 졸업한 후부터 이 일을 시작해 그 지역에 있는 무덤 대부분을 자신들이 팠다고 했다. 그 지역 사람들은 둘을 버크와 헤어(2장에 언급된 시체 도굴꾼들 – 옮긴이)라고 부른단다.

흙더미 뒤, 초록색 천 모서리 위에는 코르크 마개로 닫힌 유골함 모양의 갈색 단지가 있었다. 낡고 닳은 데다 묻은 진흙을 대충 닦아낸 손자국이 보였다. 마이크는 코르크 마개를 열고 내게 보여주며 하관할 때 목사가 '재에서 재로, 먼지에서 먼지로'라고 기도하며 뿌릴 흙이라고 했다. 무덤 주위에 있는 점토질 흙과 달리, 마르고 고운 흙으로 모래에 가까웠다. 어디에서 흙을 구했는지 묻자 "두더지가 파놓은 흙입니다"라고 대답하며 코르크 마개를 다시 닫았다. 그는 자신의 정원에서 퍼 와 단지에 넣어 목사에게 전해준다. 두더지들이 파놓은 고운 흙은 점토질 흙덩어리와 달리 관에 사뿐히 내려앉는다. "두더지들이 땅을 파놓은 자리에는 항상 좋은 흙이 있지요"라고 말하며 다시 묘비 뒤에 단지를 놓았다.

사람들에게 사랑받는, 세계에서 가장 유명한 건축물 중에는 무덤이 많다. 이집트의 피라미드, 인도의 타지마할 모두 죽은 자를 위한 건축물이다. 죽은 자를 처리하는 것만큼 기본과 호화 사이의 차이가 큰 일은 거의 없다. 땅을 파는 것보다 더 기본적인 방법이 있을까? 타지마할만큼 호화스러운 무덤이 있을까?

우리는 진흙으로 뒤덮여 원래의 색을 잃은 밴 안에서 과일 맛 사탕을 꺼내 먹었다. 이따금씩 관 옮기는 사람들에게 나눠주려고 마이크가 보냉백에 항상 넣어둔다고 했다. 그는 사탕을 까며 자신의 나이를 맞혀보라고 했고 나는 실제 나이보다 열두 살이나 적은 숫자를 불렀다. 내 말에 그는 자꾸 웃으며 옆에 있는 밥에게 그 이야기를 몇 번이고 꺼냈다. 우리는 한동안 밴에서 대기했다. 마이크는 운전석에 나는 조수석에, 밥은 중간에 끼여 우리는 어깨를 다닥다닥 붙인 채로 머리 여럿 달린 사탕 먹는 괴물이 된 듯했다. 발밑은 굳은 진흙으로 가득했지만 여름이 되면 이런 문제는 덜할 것이다. 우리는 사탕을 입에 물고 장례 행렬이 오는지 밖을 살폈다. 무덤을 덮어야 일이 끝나므로 마이크와 밥은 장례식마다 이렇게 기다렸다가 일이 잘 처리되고 있는지 확인한다. 그리고 조용히 옆에서 기다리며 도움을 주어야 하는지 살핀다. 관 옮기는 일꾼이 성급해서 관이 기울어지기라도 하면 마이크가 잠시 개입해 관의 각도를 편평하게 조절한다.

기다리는 동안 마이크는 무덤을 파는 법을 말해주었다. 밥이 알아듣기 힘든 목소리로 키득거릴 때면 마이크가 통역해주었다. 비좁은 공간에 세 사람이 겨우 앉아 있으니 밥이 웃으면 고스란히 몸으로 전달되었다. 마이크는 땅을 파기 전에 시신의 크기를 알아야 하는데 사람들은 예의상 시신의 덩치를 작게 말하는 경향이 있다고 했다. 그래서 관이 들어가다가 끼이는 일이 생기지 않도록 습관적으로 무덤을 조금 더 넓게 판단다. 예전에 실제로 관의 손잡이가 무덤에 들어가지 않는 바람에 땅을 더 파는 동안 가족들이 축축한 땅에서 서성거려야 했다고 한다. 여섯 명이 들어갈 가족 묘지는 3미터 이상 깊이로 파야 하는 반면, 세 명 이하가 들어갈 가족 묘지는 2미터를 채 파지 않아도 된다. 맨 위에 묻히는 관은 동물의 침입을 막기 위해 포장용 콘크리트 평판으로 덮어야 한다. 주위가 풀이나 나무로 우거지지 않거나, 묘비가 많지 않을 때는 밴 뒤의 작은 트레일러에 두는 작은 굴착기(긴 팔이 달린 기동성 스쿠터를 떠올리면 된다)로 대부분 작업을 한다. 밥은 굴착기를 작동하고, 마이크는 잔디 보호 차원에서 장비 앞에 판자를 덧대고 작업을 지휘한다. 굴착기를 가지고 갈 수 없을 때는 삽으로 직접 무덤을 파는데, 꼬박 하루가 걸린다. 오래된 교회 묘지에서 표지가 없는 땅을 파다 보면 관이 사라진 시신의 뼈를 찾을 때도 있다. 그러면 그들은 뼈를 모아 묻힌 곳에 다시 묻어준다.

무덤에 직접 들어가서 마무리 작업을 해야 할 때도 있는데, 그때는 주로 청년들을 고용한다. 이 일을 아르바이트로 하다가 직장을 구하면 다른 친구에게 넘겨주는 학생도 있고 여름방학에만 잠깐 하는 학생도 있다. 좀 전에 본 무덤 안의 벽이 가지런했던 이유는 다름이 아니라 어느 젊은 일꾼이 들어가서 식물의 뿌리를 치고 벽을 고르게 정리했기 때문이었다. 움푹해진 관의 뚜껑을 발로 직접 느끼는 사람도 바로 그였다.

마이크와 밥은 친구를 묻은 적도, 아기를 묻은 적도, 나중에 결국 다시 파내야 했지만 살인 사건의 희생자를 묻은 적도 있다. 또한 각자의 어머니도 묻었는데, 다른 무덤을 팔 때와 마찬가지로 서로 도우며 땅을 팠단다. 그들이 세상을 떠나면 그 땅을 다시 파내, 어머니의 관 몇 센티미터 위에 자신들의 관을 둘 것이라고 했다. 묻힐 땅속에 이미 들어가보기도 했다고 한다. 기분이 어땠냐고 물으니 서로 멀뚱멀뚱 쳐다볼 뿐이었다. 별로 깊이 생각해보지 않은 듯했다. 마이크는 무덤처럼 죽음도 일상적인 일이라

고 말했다. 그 안에 있는데도 외부인처럼 안을 들여다보기 때문
이다. 게다가 그들이 그 지역 무덤을 파는 일꾼들인데 다른 사람
에게 그 일을 맡길 이유가 없다. 어머니의 무덤이든 모르는 사람
의 무덤이든 그들은 똑같은 방식으로 팔 것이다. 밥은 2년 전 어
머니가 세상을 뜨기 전까지 한평생을 함께 살았으므로, 다시 만
날 날만을 기다린다고 하면서도 밤에는 묘지가 으스스하게 느껴
진다고 했다. "어머니가 지켜주시겠지요." 그가 웅얼거리며 수줍
게 웃었다.

또 한 차례 사탕을 주고받고 있으니 따가닥따가닥하는 말발
굽 소리가 들렸다. 더러운 앞 유리를 통해 멀리 있는 말의 깃털
장식이 눈에 들어왔다.

톱 해트를 쓴 마부가 길가에 화려한 검은색 마차를 세웠다.
화환으로 뒤덮인 아내의 관이 마차 뒤에 실려 있었다. 마이크가
관 옮기는 일꾼들을 안내하기 위해 밴에서 훌쩍 뛰어내렸다. 유
일하게 정장을 입지 않은 사람이지만 사람들 눈에 띄지 않는 재
주가 있었다. 그는 무덤 앞에 서서 고개를 숙이고 얼룩진 스웨터
위로 손을 마주 잡은 채 기다렸다. 가끔씩 유가족들이 그를 보고
질문할 때도 있다고 했다. "관은 얼마나 오래 유지됩니까? 벌레
가 우리 아버지를 갉아 먹지는 않을까요?" 그는 벌레가 깊이 들
어갈 수는 있지만 대개 땅 표면을 맴돌기 때문에 관까지 닿지 않

는다고 대답한다. 2미터까지 파고 들어갈 벌레는 거의 없다. 유가족들은 대체로 벌레에 관련된 질문을 한다고 했다. 땅 위에 있는 우리 할머니의 무덤을 떠올리며 나는 그의 말이 일리가 있다고 생각했다.

나는 유가족과 거리를 두려고 목사의 붉은 자동차 뒤를 서성거렸고 밥은 밴 안에 남았다. 관 옮기는 일꾼 네 명이 관을 매고 무덤 가장자리에 있는 널빤지로 와서 위치를 조정하고는 위에 관을 두었다. 목사와 조금 떨어진 곳에서 마이크는 다시 손을 모은 채 고개를 숙였고, 고운 흙이 든 마이크의 단지는 목사의 발옆에 있었다. 그는 장례식 내내 그곳에 서서 도움이 필요한지 유심히 지켜보다가 하관이 시작되자 정장을 입은 사람들과 함께 줄을 잡고 땅속으로 관을 천천히 내리고는 다시 자기 자리로 돌아갔다.

오후 3시 45분. 수업을 마친 어린 학생들이 묘지를 지나 하교했다. 목사의 단조로운 목소리를 뚫고 누가 죽었다고 소리치는 아이들의 목소리가 쩌렁쩌렁하게 울렸다. 마부는 말의 고삐를 움켜잡고 어색하게 얼굴을 찌푸렸다.

조문객들이 서로 팔을 부둥켜 잡고 무덤 사이를 빠져나가자 무덤 파는 일꾼들이 작업을 시작했다. 지금껏 어디에 있었는지는 모르지만 오늘 일을 도와줄 청년인 이언Ewan이 나타났고 밥이 밴에서 내렸다. 그들은 무덤 위의 널빤지를 치우고 천을 접어서 손수레에 실었다. 마이크가 잔디 위에 널빤지를 가지런히 두는 동안 밥은 트레일러에서 굴착기를 꺼냈다. 굴착기로 목재 관 뚜껑

위에 무거운 진흙을 밀어 넣기 전에, 이언은 완충제 역할을 하도록 삽으로 직접 흙을 퍼서 관 위에 뿌렸다. 밥은 재빨리 앙증맞은 크기의 굴착기로 흙무더기를 무덤으로 밀어 넣고 나머지 둘은 무덤 가장자리를 정리하며 무덤 안에 호랑가시나무, 분홍색 장미, 수선화로 만들어진 화환을 놓았다. 다른 작업이 계속되는 사이에 땅에 꽂힌 삽 몇 자루가 서로 몸을 기대고 있었다.

그들은 뒤로 물러나 무덤의 상태를 살펴보았다. 무덤 위에 놓을 묘비나 표지가 없어 실망한 듯한 눈치였다. 죽은 남자는 묘비가 없는 곳에 누워 몇 년 동안 아내를 기다렸었다. 마이크는 가족 중 다음 사람이 죽으면 그때 세울 것 같다고 추측했다.

계절과 비의 영향으로 흙은 가라앉기도 하고 변하기도 한다. 따라서 남은 흙은 이 주변의 고르지 못한 무덤 위를 메우는 데 사용된다. 마이크는 선원들의 묘비 옆에 밀려온 진흙 덩이를 모아, 울퉁불퉁한 무덤이 있는지 주위를 둘러보며 채울 곳을 찾았다. 모든 장비를 정리하고 옮기는 데는 30분이 채 걸리지 않았다. 무덤을 파는 일꾼들은 다시 밴을 타고 돌아가며 창문으로 손을 흔들었다. 밥은 다시 후드티 안으로 얼굴을 감추었다.

매장은 엄청난 신뢰가 필요하다. 우리의 통제 밖인 땅으로 들어가야 하기 때문이다. 묻히고 나서 생기는 일은 모두 타인에게 달렸다. 잔디를 깎는지, 땅이 꺼지는지, 묘비가 쓰러지는지 죽은 자는 알 길이 없다. 묘지 전체가 매각되거나 바뀔 수도, 철도 터널을 짓는다고 관을 옮길 수도 있다. 매장은 절대적인 믿음이 있어야 한다. 묻힌 사람은 자신에게 어떤 일이 생길지 알지 못한다. 지키는 사람도 없이 그저 관 안에 남겨질 뿐이다. 하지만 이 곳에 무덤을 지켜보고 꺼진 부분을 메우고 묘비가 어디에 있는지 보살피는 누군가가 있다. 목사가 단지를 기울이자, 두더지들이 파놓은 흙이 정말로 깃털처럼 사뿐히 관 위로 내려앉았다.

.

Chapter 11

보이지 않는 세계

화장장 기사

66

이곳에서 일하는 제게
귀신을 믿는지 묻는 사람들이 많습니다.
저는 단연코 귀신을 믿지 않습니다만
매일 이곳에서 귀신을 봅니다.

99

토니 브라이언트Tony Bryant는 기차가 취소되는 바람에 약속 시각에 45분이나 늦은 나를 위해 관을 하나 남겨두었다. 헐레벌떡 오르막길을 달려 올라가자, 땅딸막한 벽돌 화장장 건물 밖에서 기다리는 토니가 어렴풋이 보였다. 그는 몸에 딱 붙는 검은색 티셔츠를 단정하게 검은 데님 바지에 넣어 입고, 장식이 박힌 가죽 벨트를 맨 50대 중반의 남성이었다. 소매 아래로 희미한 문신이 슬쩍 튀어나왔다. 땀으로 젖은 내 검은 옷을 보며 그가 서부 지방 말투로 "우리 같은 색 옷을 맞춰 입었군요!"라고 말했다. 멀리서 브리스틀 남자들이 흔드는 손을 보며 언덕길을 오르는 일이 면담의 절차가 되어버렸다.

건물 뒤편에 있는 문을 열고 들어가, 안전 경고 테이프로 모서리를 모두 바른 회색과 초록색 리놀륨 계단을 따라 지하로 내려갔다. 철문이 달린 네 개의 용광로 앞에 있는 승강 장치 위에

목재로 된 관 하나가 놓여 있었다. 이름이 새겨진 금속 명패 뒤에
는 금발머리의 두 어린아이 사진이 꽂혀 있고, 그 옆에는 한때 위
층의 예배당 화환을 장식한 녹색 꽃무늬 점토가 있었다.

영안실에서 진열된 텅 빈 관도 보았고 장례식장에서 시신이
든 관도 모두 보았지만, 관의 의미와 현실은 여전히 나를 옥죄었
다. 지나가는 영구차를 보며 생각에 잠기는 바람에 다른 자동차
가 울리는 경적 소리를 듣고 공상에서 현실로 돌아온 적도 있다.
머릿속으로 나는 관의 모서리와 평행을 이루는 어깨, 뚜껑과 맞
닿을 듯한 코, 어둠 속에서 포개진 손을 떠올렸다. 꽃이나 종교적
의식이 없는, 그저 공장 같은 이런 환경에서 관을 보니 가족들과
시신을 실으려고 집 앞에 도착한 영구차를 보는 것과는 또 다른
충격으로 다가왔지만 관이 내뿜는 힘은 여전했다.

토니는 관 옆을 지나치며 내게 따라오라고 손짓하고는 기계
사이를 조심스럽게 빠져나가 터치스크린으로 된 조종 장치로 갔
다. 윈도우 95와 비슷한 디자인이긴 했으나 벽돌로 만들어진 용
광로를 조종하는 장치치고는 예상 밖으로 최첨단 시설이었다.
터치스크린 전에는 수동으로 조작하는 버튼이 달린 제어판이 있
어서 마치 〈닥터 후 Doctor Who〉의 타디스(타임머신으로 푸른 공중전
화 부스처럼 생겼다 - 옮긴이)에 들어가는 기분이었다고 했다. 옆에
는 재를 담은 통이 벽 앞 두 단짜리 선반에 줄지어 놓여 있었다.
토니는 유가족들이 시신의 재를 뿌리는 데 참석할 것인지 결정
을 기다린다고 했다. 첫 번째 단에 있는 통은 오지 않겠다고 이미
결정한 유가족들의 것이지만, 혹시 마음을 바꾸는 상황이 있을까

봐 2주를 보관하는데 실제로 그런 가족들이 있다고 했다. 그는 화장장 옆의 작은 방에 가족들이 가져가도록 재를 담은 통을 둔다. 찾아가지 않는 통도 종종 있다.

용광로 안의 온도는 862도가 되어야 한다. 그래야 시신이 익는 데 그치지 않고 완전히 재가 된다. 우리는 854, 855 이렇게 온도가 계속 올라가는 화면을 바라보았다. 화면 중간의 그래프는 여러 가지 정보를 나타낸다는데 시끄러워지는 용광로 소리에 토니의 설명이 점점 묻혔다. 나는 뿌연 연기가 건물 밖으로 나가는 현상을 막기 위해 공기를 냉각, 난방, 여과한다는 설명을 간신히 들었다. 그는 우리 위에 있는 복잡하게 얽힌 금속 파이프와 아래에 있는 구획을 가리키며 자외선 센서, 공기 흐름, 점화전에 관해서도 설명했다. 그리고 기계의 중심이자 용광로를 데우는 불인, 중심 점화구로 이어지는 문을 열었다. 유입되는 신선한 산소를 태우며 불길이 사납게 타올랐다. 바닥을 지나가는 검은 딱정벌레가 마치 전갈처럼 긴 몸을 동그랗게 말았다. 딱정벌레를 가리키자 토니가 "악마의 마부(반날개과 곤충 – 옮긴이)라고 부른답니다!"라고 소리쳤다. 그러고는 내가 그의 말을 믿지 않을 줄 알았는지 피식 웃었다. 나중에 검색해보니 그의 말이 맞았다.

온도가 끝까지 올라갔다. 861, 862. 토니는 용광로 문 옆에서 대기 중인 관까지 빠르게 걸어와서 내게 다치지 않도록 구석에 서 있으라고 지시하고는 파란색 버튼을 눌렀다. 문 하나가 열리며 벽돌 벽 앞에서 이글거리는 시뻘건 화장로 그리고 달의 표면처럼 얼금얼금한 시멘트 바닥이 보였다. 구석으로 몸을 더 웅

크렸는데도 불의 열기가 3미터 거리에 있는 내게 그대로 전달되었다. "전혀 예의를 차릴 수가 없어요." 토니가 관 아랫부분을 잡으며 말했다.

열린 화장로 입구에 서야지만 분명하게 보이는 사실이 하나 있다. 관에 바퀴가 없다는 것이다. 적어도 이 화장장에는 무거운 관을 목적지인 뜨거운 화장로 안으로 부드럽게 밀어 넣을 도르래나 지렛대도 없기에, 토니가 예의를 차리지 못한 채 오로지 탄력에 의지해 잘 맞춰 넣어야 했다. 그는 승강 장치의 편평한 면에 관을 올리고 한쪽 팔로 있는 힘을 다해 화장로의 입구로 밀어 넣었다. 나도 모르게 새어 나온 헉 소리가 울퉁불퉁한 시멘트 바닥 위를 지나는 관의 소리에 묻혔다. 하얀색, 주황색 불똥이 여기저기로 반짝이며 튀었다. 아이들의 사진이 구석으로 날아가 타버렸다. 문이 완전히 닫히기도 전에 관은 이미 타기 시작했다. 나는 한 발짝 앞으로 나가 작은 구멍을 통해 불이 완전히 삼켜버린 관을 바라보았다. 어렴풋이 찐 조개 냄새가 났다.

토니는 확연히 굵기 차이가 나는 양팔을 들어 보여주었다. 한쪽 팔만 두꺼운 뽀빠이 같았다. 그가 "가끔은 다른 팔도 써야 하겠지요?"라고 하며 웃음을 터뜨렸다. 하지만 30년 된 습관을 바꿀 필요가 있을까?

브리스틀에 있는 캔퍼드Canford 화장장은 보통 매일 여덟 구,

한 해에는 약 1,700구의 시체를 화장한다. 토니는 묘지에 있는 관리인 주택(직원에게 제공되는 주택이다)에서 걸어 나와 매일 아침 7시에 미리 화장 기계를 켠다. 첫 화장 전에 몇 시간 동안 예열하기 위해서이다. 아침에 네 구를 이미 화장했고 오늘 오후에는 세 구가 남았다. 나는 오후 화장이 시작되기 전 조용한 시간에 온 것이다. 토니는 계속 시간을 확인했다.

화장장을 둘러싼 묘지는 약 100년의 역사를 지녔고 화장장은 그 세월의 반을 함께했다. 이 화장장이 지어질 무렵부터 영국의 화장률은 35퍼센트에서 78퍼센트로 증가했다(미국은 55퍼센트에 머문다). 그사이에 사람들의 키와 몸무게도 변했다. 키가 208센티미터, 몸무게가 150킬로그램이 넘는 사람의 관은 오래된 예배당 바닥에 있는, 지하로 연결된 통로에 맞지 않을 수도 있다. 따라서 지역 장례식장은 덩치가 아주 큰 시신을 다른 곳으로 보낸다.

지하 화장장에서 일하기 전 토니는 이곳 묘지에서 일하는 12명의 정원사 중 한 명으로, 30개의 장미 화단과 2,000그루의 관목을 가꿨다. 산울타리와 가지를 치고, 지금은 플라스틱 꽃으로 바꿨지만 한때 예배당 꽃병에 담을 신선한 꽃을 키우던 온실을 관리했다. 하지만 화장장의 기계에 관심이 갔고 봉급이 아주 미미하게나마 더 높았다. "춥거나 비가 오면 밖에 있기가 힘들었습니다. 하지만 여기 지하는 늘 따뜻하지요."

우리는 아주 단출해 보이는 부엌으로 자리를 옮겼다. 퇴사에 관한 유머가 적힌 표어 그리고 크리스마스와 부활절 파티 머그잔이 암울한 분위기를 미세하게 밝혔다. 토니는 호머 심슨이 스파이더 피그(《심슨》에 나오는 돼지 캐릭터 – 옮긴이)를 위로 들고 있는 그림이 그려진 머그잔으로 인스턴트커피를 마셨다. 그의 동료 데이브Dave는 달걀 프라이와 햄을 얹은 토스트를 먹었다. 데이브의 검은 정장 재킷은 문 옆의 옷걸이에 걸려 있었고 검은 넥타이는 장례식 전에 계란이 묻지 않도록 셔츠 안에 쏙 들어가 있었다. 짙은 머리카락에 턱수염을 기른 데이브는 내 또래로 보였다. 처음 인사했을 때 그는 어느 담벼락에 위에 있는 걸 주웠다며 《드라큘라Dracula》를 읽고 있었다. 식탁 위의 플라스틱 트레이에는 슈퍼마켓에서 산 초콜릿 칩 머핀이 가득했다. 우리는 지하의 용광로에서 시신이 화장될 동안 머핀을 먹었다.

나는 죽음이 처리되는 마지막을 보기 위해 화장장에 왔다. 산 사람의 의식과 예식이 끝나면 마침내 시신은 불꽃 속으로 들어간다. 나는 장례식을 준비하는 사람, 조심스럽게 시신의 얼굴을 남기는 사람, 마지막으로 볼 가족들을 위해서 시신의 모습을 꼼꼼하게 정리하는 사람을 모두 만났다. 이곳은 산 사람과의 소통이 끝나고 그 모든 과정을 지나, 관이 화장로로 들어가고 뼈가 분쇄기로 들어가는 지하실이다. 아니, 적어도 나는 그렇게 생각했다. 하지만 머지않아 내 생각이 정확하지 않았다는 사실을 깨달았다.

그들과 한 시간가량 대화하면서 가장 놀란 점은 건물 위층인 예배당과 지하 화장장이 단절되고 죽음에 관한 지식(일반적인 무지일 때도 있고 장의사가 솔직하지 않아서 벌어지는 일이기도 하다)이 부족할 때, 일이 매우 곤란해진다는 사실이었다. 토니는 시신을 만져야 하는 줄 알았다면 절대 지원하지 않았을 것이라며, "시신을 만진다니 무섭지 않습니까?"라고 진저리를 쳤다. 대부분의 경우에는 만지지 않아도 되지만 가끔 예외도 있다. 일반적인 상식이라면 시신은 밀폐된 관 안에 보존되다 문제없이 화장될 것이다. 하지만 유가족들이 몇 달간 장례 비용 문제로 다투면서 장례식을 미룰 대로 미뤄, 화장장에서 관을 처리할 사람은 전혀 고려하지 않을 때도 있다. 지하 구석에서 장례식 마지막 오르간 연주곡을 들으며, 시신이 내려오기도 전에 진동하는 악취를 맡을 토니를 전혀 배려하지 않는다. 또한 부패한 시신에서 나오는 액체가 영구차, 예배당, 지하 화장장을 더럽히고 토니의 일터를 며칠 동안 썩은 냄새로 진동하게 만드는 상황도 생각하지 않는다. 악취가 너무 심해서 장의사가 미안해하며 방향제를 선물로 준 적도 있다는데 토니는 방향제 냄새가 시신보다 더 독했다고 했다. "한번 맡아보십시오." 그가 어처구니없다는 표정을 지으며 뚜껑을 연 작은 갈색 병을 내밀었는데 화학약품으로 만든 식초 냄새가 났다. 이 냄새를 뿌린다고 생각하니 코가 전쟁을 치른다는 말이 이해가 됐다. "시신에는 시간 제한이 있어요." 그가 갈색 병의 뚜껑을 꽉 닫으며 말했다. "장의사들이 유가족들에게 말하기 부담될 때가 있는 듯합니다." 토니는 앞으로 다시는 사용하지 않을 갈색 병을 선반에 놓았다.

환경을 중요시하는 가족들에게 장의사들이 고리버들이나 판지로 만든 관을 판매하는 것 역시 또 다른 문제를 초래한다. 친환경 관이 처음 출시되었을 때, 실제로 관을 화장로 안으로 '밀어야' 한다는 사실과 관이 시멘트 바닥에서 움직이려면 딱딱한 목재여야 한다는 사실을 고려한 사람은 아무도 없었다. 따라서 초기 제품은 관이 화장로로 끝까지 들어가기도 전에 타고 없어져 버려 화장장 직원이 시신을 직접 밀어 넣어야 했다. 수차례 의논하고 실험하고 나서야 그들은 딱딱한 바닥이 있는 판지를 고안해냈다. 전통적인 목재 관은 불을 유지하는 데 필요한 연료 역할을 하는 것에 반해, 판지로 만든 관을 사용할 때면 연료가 부족해 가스 화구를 켜야 하므로 광고에서 선전하는 만큼 그렇게 친환경적인 대안은 결코 아니다. 연소하지 않으면 시신은 그저 익을 뿐, 잠수복을 입고 불 속에 있는 모습처럼 보일 것이다. 결국 가스가 있어야 시신을 태울 수 있다.

30년간 이 일을 하면서 자기 자신의 죽음이나 자기 시신이 화장되는 생각을 해본 적이 있냐는 내 질문에 토니는 자랑스럽게 그의 개 브루노의 사진을 보여주었다. 흰색과 갈색 반점이 있는 구조견인 브루노의 단단해 보이는 얼굴과 입 밖으로 축 처진 커다란 혀가 보였다. 토니의 얼굴은 사랑에 빠진 남자처럼 빛났다. "비켜 갔어요! 이 복덩이 녀석 덕분에 저는 죽음에서 벗어났답니다!" 별로 개의치는 않았지만 나는 왜 브루노의 사진을 보고 있는지 이해되지 않았다. "4년 전에 시속 96킬로미터로 오토바이를 운전하고 있었는데 뒤에서 누가 저를 박았어요. 사이드카에는 브루노가 타고 있었지요." 토니는 떨어지며 땅에 머리를 부딪쳤지만 브루노는 한참을 더 나아가다 결국에 멈췄다. 토니가 병원으로 실려 가는 동안 브루노는 참을성 있게 그곳에서 한참을 기다렸다.

오늘 내게 보여주듯, 토니는 정기적으로 새로운 목사나 장의 사에게 이곳을 소개하며 설명해준다. 위층에서 벌어지는 일이 아래층에 어떤 영향을 미치는지 알려주기 위해서이다. 하지만 그는 이제 업무 범위가 지하 화장장이나 시신을 넘어, 점차 확대되고 있음을 경험한다. 자신의 장례식을 직접 계획하고 죽은 뒤의 절차를 정확하게 알고자 하는 환자들이 찾아오기도 하기 때문이다. 토니는 예배당의 관대(관을 안치하는 장식용 대로, 빛바랜 낡은 금속 버튼이 설교단 안에 숨어 있어 지하로 바로 이동하도록 조종할 수 있다)를 보여주며 장례 예배가 끝나면 지하로 보낼지 선택권이 있다는 점도 알려준다. (대부분은 보내지 않는다고 대답한다. 관이 바로 불꽃으로 들어간다고 오해하는 사람이 있기도 하고, 목사가 버튼을 누르면 예배당 시간표에 따라 움직여야 하기에 충분히 시간을 두고 작별 인사를 하고 싶은 사람도 있기 때문이다. "한번은 목사가 쓰러지며 실수로 버튼을 누르는 바람에 우리가 다시 관을 올려 보낸 적도 있습니다." 데이브가 웃으며 말했다. "식중독에 걸려서 기절해버렸다는군요. 장례식을 마무리하기 위해 다른 목사를 불러야 했지요.") 토니는 종교적인 장례식을 치를 수 있는 선택권, 또 원치 않는 사람을 위해 십자가를 가리는 선택권 모두를 설명한다. 그는 가난한 사람이나 가족이 없는 사람들을 위해 시의회 기금으로 운영되는 장례식에 참석해 좌석을 채우기도 한다. 이런 장례는 일반 사람들이 거의 예약하지 않는 아침 9시 30분에 진행된다. 토니와 데이브는 자신들 둘뿐이더라도 어떤 장례식이든 누군가는 반드시 앉아 있게끔 한다.

지난 5년 간 데이브는 이 건물에서 일하는 모든 사람의 대리인 역할을 해왔다. 토니가 없을 때는 지하 화장장을 맡고 가족 없는 누군가의 장례식에 참석하기도 하며 때로는 무덤을 파기도, 관을 옮기는 일꾼들이 불안정할 때는 직접 나서서 관을 옮기기도 한다. 가족들만 참석한 단출한 장례식을 진행할 때 심지어 대신해 재를 뿌려준 적도 있다. 예배당의 뒤에 서서 장례식에 온 사람들의 뒷모습을 볼 때면 언젠가 자신의 장례식에 누가 참석할지 생각하지 않을 수 없단다. 하지만 가장 힘든 점은 매일 하루 여덟 시간, 애도하는 사람들을 만나는 것이다. 슬픈 사람들을 날마다 만나면서도 자신이 도와줄 수 있는 일이 매우 한정적이라는 사실을 알기에 감정적인 피로가 매우 크다. 장례를 이끄는 목사들은 장례식이 끝날 때마다 재충전할 시간을 보내도록 교육받는 데 반해, 토니와 데이브는 쉴 없이 다음 장례식에 참석해야 한다. 그들은 매일 좌석을 채우거나 장례식장의 문을 지키거나 지하에서 관을 기다린다. 장례식은 한 시간이면 끝나지만 묘지 일은 그렇지 않다.

　　"이곳에서 일하는 제게 귀신을 믿는지 묻는 사람들이 많습니다." 데이브가 말했다. "저는 단연코 귀신을 믿지 않습니다만 매일 이곳에서 귀신을 **봅니다**. 날이면 날마다 이곳에 오는 사람들이 바로 그 귀신입니다. 멀쩡하게 살아 있지만 너무나 절망한 나머지 할 수 있는 일이라고는 무덤 앞에서 서 있는 것밖에 없으니까요."

　　데이브는 묘지 부지를 관리하기 위해 밖으로 나올 때면 이 귀신들과 친구가 되려고 한다. 휴대용 의자에 앉아 신문을 보는 남자도 있고 매일 묘지를 산책하며 정원 구석에서 쿠란을 읽는 어머니와 아들도 있다. 하지만 대하기 가장 힘든 사람은 홀아비들이다. 비가 오나 바람이 부나 버스를 타고 여기까지 올라와 혼자 서 있는, 나이 지긋한 남자들. 죽은 아내에게 일주일에 세 번씩이나 비싼 꽃을 사 오는 남자를 보면 혹시 괴로운 죄책감 때문에 이곳을 찾는 것은 아닌지 의문이 들 수밖에 없다. 게다가 며칠이 지나면 꽃을 쓰레기통에 버려야 하는 사람은 데이브이다. 그런 그들의 모습을 보면 초조해진다. 이야기를 하는 도중 데이브가 갑자기 매우 지쳐 보였다. "결국 그들을 피하게 됩니다. 인사만 하는데도 영혼이 빨려 나가는 느낌이 들거든요."

부엌은 조용했다. 토니가 더 두꺼운 팔로 머핀을 내게 밀며, 정확하게 무슨 일을 하는지는 모르지만 이런 곳에 드나드는 게 우울하지 않은지 물었다(내가 이곳에 방문한 이유가 소개장에 간략하게 설명되어 있었지만 기계 소리 때문에 더 자세히 말해주지는 못했다). 나는 이 경험을 '우울'이라는 말로 표현하지는 않지만 다른 사람이 잘 느끼지 않는 감정을 느낄 때가 있다고만 말했고 내 마음을 가장 아프게 한 아기 이야기는 꺼내지 않았다. 그리고 이 죽음의 세계를 언제든 떠날 수 있는 방문객인 내게는 슬픔이 아닌(그러자 데이브가 슬픔도 쌓이기 마련이라고 말했다), 알아주는 사람은 없더라도 선한 일, 옳은 일을 하는 사람들의 이야기만 남는다고 했다. 메이오 클리닉에서 카데바의 얼굴을 되돌려놓는 테리, 에이즈 위기로 떠들썩했을 때 추방된 연인들을 몰래 들여보낸 장의

사, 깃털처럼 가벼운 흙을 가지고 다니는 무덤 파는 일꾼까지. 살펴보면 그들의 다정한 보살핌이 있다. 토니, 데이브와 마찬가지로 죽음의 세계에 있는 그들의 일은 겨우 몇 줄 글로 온전히 설명될 수 없다.

⚬

"화장의 완벽한 예시를 보여드리지요." 기계 앞에서 버튼 위에 손가락을 얹은 토니가 말했다.

그는 철문을 열고 안을 들여다보았다. 우리는 기계의 끝부분 즉, 그가 관을 밀어 넣은 곳의 반대편에 있었다. 시신이 아직도 안에 있다면 우리는 시신의 머리 쪽에 서서 발을 바라보겠지만 관은 이미 모두 타고 없어졌다. 시신과 관이 뼈와 재로 변하는 데는 몇 시간밖에 걸리지 않는다. 두개골의 뒤는 이미 그 자체의 무게를 이기지 못해 으스러졌고 나머지는 뼈 모양을 한 먼지처럼 곧 부서질 듯 보였다. 빛나는 장작불이 사라져가는 가운데 여전히 온전한 눈구멍과 코, 이마 구조가 보였다. 두개골, 부서질 듯한 갈비뼈, 골반, 한쪽 넓다리뼈, 한때 몸을 구성했지만 공기와 불로 위치가 모두 바뀐, 기계에 흩어진 뼛조각들이 보였다. 젊고 건강한 사람이라면 더 딱딱하고 강한 뼈가 나왔겠지만, 죽은 사람은 나이가 지긋한 여자라고 했다. 이미 관절염이 뼈를 약하게 했으리라. 토니가 긴 철제 갈퀴로 건드리자 뼈가 산산이 부서졌다. 파도가 부서지듯 두개골이 부서지며 얼굴 모양이 사라졌다.

"참, 갈퀴로 직접 한번 쓸어보렵니까?" 토니가 물었다.

토니는 갈퀴를 건네며 사용 방법을 알려주었다. 비좁은 술집에서 당구를 칠 때 그러하듯 벽과 우리 사이는 15센티미터 정도밖에 되지 않았다. 능숙한 토니와 달리 나는 오른쪽에서 왼쪽, 왼쪽에서 오른쪽을 움직이며 자꾸 벽을 쳤다. 용광로의 굉음에 더해 시멘트를 긁는 철제 갈퀴 소리가 천둥을 연상케 했다. 앞에 있는 철제 굴림대 위에 갈퀴의 손잡이를 올려두라는 조언을 들으니 한결 수월해졌다. 관이 들어가고 난 뒤부터 불의 온도가 훨씬 낮아졌지만 여전히 피부가 타들어가는 느낌이 들었다. 게다가 오래된 화장장 바닥의 울퉁불퉁한 표면과 틈 때문에 뼛조각을 모두 모으기도 힘들었다(최근에 개조한 화장장의 바닥은 비교적 훨씬 더 매끈했다). 그는 더 작고 정교한 갈퀴를 들고 나서서 모든 뼛조각과 재를 기계 앞부분의 구멍에 쓸어 넣어, 쓰레받기처럼 생긴 철제 용기에 떨어지도록 했다. 재를 최대한 제거하려고 하지만 소량의 재가 벽돌 틈으로 들어가는 건 어쩔 수가 없다. 철제 용기 안에서 뼛조각 사이의 남은 숯은 빛을 내며 타다 사라진다. 열기가 식고 나면 뼈를 금속 절구로 빻는 분쇄기로 옮기고, 그 후에는 플라스틱 유골함에 붓는다.

화장로, 철제 용기, 분쇄기, 유골함까지 모든 절차마다 시신의 이름이 적힌 작은 카드가 함께 따라왔다.

전체가 모두 재로 변하는 것은 아니다. 인공 삽입물은 터질 위험이 있기 때문에 입관하기 전에 제거하기도 한다. 포피의 영안실에서 애덤에게 옷을 입히고 난 후, 다른 시신의 가슴을 피가 나지 않도록 아주 작게 절개해, 심장 근처에 있는 인공 심장박동 조율기와 선을 꺼내는 모습을 보았다. 나도 모르게 죽은 남자를 위로하기 위해 손을 잡았는데, 영안실 직원이 들것의 바퀴를 밀 때까지 나는 손을 잡은 줄도 모르고 있었다. 그의 마구 흐트러진 새하얀 머리는 마치 바람이 부는 터널에 서 있는 화려한 작곡가 의 모습 같았다. 의학의 발전을 위해 자애로운 마음으로 몸을 기 부했지만 우리는 알지 못하는 이유로 거절당했고, 결국 그의 예 상보다 일찍 화장되었다.

토니에게 오는 시신의 인공물은 기계에 들어가도 괜찮은 것 들이다. 뼛조각을 갈퀴로 모을 때 토니는 남은 인공물을 집어서 닳은 인공 관절과 나사가 있는 바구니에 넣는다. 예전에는 함께 묘지에 묻었지만 이제는 재활용으로 수거된다고 한다. 치아의 수 은 같은 비유기성 인공물은 녹아서 공기 중으로 사라지기도 하 고, 장의사가 잊고 빼내지 않은 가슴 보형물은 화장로 바닥에 껌 처럼 들러붙기도 한다.

암 종양은 가장 마지막에 탄다. 토니는 암 종양에 지방 조직 이 없거나, 밀도가 높아서라고 추측하지만 정확한 이유는 모르겠 다고 한다. 시신이 모두 타도 종양은 검은 형태로 뼈 사이에 남아 있다. 가스 화구를 켜고 종양을 직접 태우면 표면이 금색으로 빛 난다. "마치 검은색 산호처럼 보입니다." 토니가 말했다.

그날 내가 도착하기 전 오전에 용광로 문을 연 그는 '처참한' 장면을 보았다. 보통 화장이 끝나면 종양을 하나둘 정도는 보기 마련이지만, 이 시신은 목부터 골반까지 몸 전체에 종양이 번져 있었다. '딸이자 엄마'라고 적힌 관 화환에 젊은 여성의 사진이 꽂혀 있었단다. 포도 덩굴 아래에 놓인 그 여성의 화환도 일주일 뒤면 결국 데이브가 쓰레기통에 버릴 것이다.

"꼭 이렇게 마음을 힘들게 하는 시신이 있습니다." 토니는 그 시신을 보고 특히 감정이 북받쳐 오른 듯 보였다. "그래서 종교를 믿기가 힘들어요. 못돼 먹은 놈들은 구십 살까지 잘도 사는데, 어떻게 평범한 사람에게 이런 일이 생길 수 있습니까? 신이 우리를 지켜보고 있는지는 모르겠습니다만 만약 그렇다면 웃기는 양반일 겁니다."

그 젊은 여성이 겪었을 고통을 생각하며 토니는 연거푸 머리를 절레절레 흔들었다. 30년간 이 기계를 다루면서 한 번도 그런 장면을 본 적이 없다고 했다. (나는 병리학자, 해부병리 전문가, 종양학자, 미국 화장장 직원에게 모두 물어봤지만 토니가 목격한 그런 시신을 본 사람은 없었다. 어쩌면 미국 기계보다 낮은 온도로 작동하는 영국 기계의 기이한 점일지도 모른다. 종양학자는 조직이 석회화 작용을 하면서 검게 변했을 수도 있다고 했다. 하지만 대부분은 이 이야기를 듣고 당황했다.)

시신 방부처리사의 이야기가 기억났다. 암 진단을 받았다는 친구 소식을 들으면 그는 가장 극단적인 지점인 죽음부터 생각한다고 했다. 종양을 떠올리는 토니의 표정을 보며, 나는 앞으로 암 선고가 화장로의 검은 산호를 떠올리게 할지 궁금했다. 우리가 없애야 할 살인 무기를 사람과 함께 묻은 기분도 들었다. 크리스토퍼 히친스Christopher Hitchens는 자신을 죽일 식도의 종양을 "의

식도 감정도 없는 외계 물질"이라고 묘사했고, 사후에 출판된 책인《신 없이 어떻게 죽을 것인가Mortality》에서 그는 정적인 현상에 생명이 있는 특성을 부여한 것이 실수라고 서술했다. 나는 주인보다 오래 사는, 타지 않는 덩어리를 묘사하는 이보다 더 나은 표현은 없다고 본다. 적어도 객관적이고 육체적인 관점에서 보면 그렇다. 의식도 감정도 없는 외계 물질이니까.

방금 예배당에서 다른 장례식이 끝났다. 토니는 위층에서 일어나는 일을 들을 수 있도록 스피커를 켰다. 장례식의 조용함과 850, 852, 점점 열기를 올리는 기계의 굉음이 섞였다. 삐 하는 소리와 함께, 불에 녹는 플라스틱 손잡이가 달린 가공 목재 관에 든 베티 그레이의 시신이 승강 장치 위에 놓여 내려왔다.

Chapter 12

부활을 기다리며

인체 냉동 보존 연구소 임직원

"

매장되거나 화장되는 사람들은 모두
통제 집단에 있습니다.
저는 통제 집단보다는
실험 집단에 있으렵니다.

"

키 작은 나무와 덤불이 자라는 땅은 찢어져 버려진 타이어로 어지러웠다. 타이어 틈에 전자레인지와 고물 텔레비전이 한 대씩 버려져 있고, 무너진 철망 옆 수풀에서는 낡은 안테나가 불쑥 튀어나왔다. 살을 에는 듯 추운 1월이었다. 찬란하게 빛나는 새 LED 가로등이 산만하게 다른 곳을 비추는 나머지, 검은 가지만 앙상한 나무들은 주변과 어울리지 못하고 겉돌았다. 사람과 식당들이 있는 밝은 거리의 빛이 꺼지면 세상의 벼랑에서 떨어지는 듯한 어둠이 밀려온다. 게임 디자이너가 이곳까지는 미처 만들지 못한 것처럼 말이다. 자동차가 정지선에 멈추고 우리는 또 다른 폐가를 바라보았다. 피곤한 눈꺼풀처럼 차의 창문이 서서히 내려갔다. 폐가 2층의 난간 위에 그리고 전기 불빛이 번쩍이는 하늘을 바라보는 지붕에도 눈이 떨어지기 시작했다.

디트로이트는 현재(당신이 디트로이트를 낙관적으로 바라본다면 과거라고 할 수도 있겠다) 죽은 아메리칸드림을 상징하는 도시이다. 전성기에 이른 1950년대, 디트로이트는 급속하게 발전하는 자동차 산업과 밝은 전망으로 사람들을 끌어당겨 미국에서 인구가 네 번째로 많은 도시에 오르기도 했다. 그러나 미국의 썩은 심장의 축소판인 디트로이트는 그로부터 계속해서 쇠퇴했다. 고질적인 인종차별, 부패, 미국 지방자치단체 중 역사상 최대 규모의 파산, 부유한 백인과 나머지 사이의 빈부 격차를 비롯해 도시 전체가 자본주의의 병폐를 고스란히 드러냈다. 1967년에 일어난 폭동으로만(물론 처음이 아니다) 43명이 사망했고 7,231명이 체포되었으며 412채의 건물이 훼손되었다. 부유한 중산층이 급히 도시를 떠나면서 세금은 미납되고 폐허는 그대로 남은 채 시간만 흘렀다. 핼러윈 전날 밤이면 방화범들의 공격으로 집들이 불에 타고 사람들은 줄지어 도시를 떠났다. 디트로이트 시장은 멋대로 흩어져 있는, 텅 빈 거리의 낡은 집에 사는 남은 사람들을 도시 안으로 옮기려고 했다.

클린트와 나는 고물 렌터카를 타고 어둠 속을 다니며 저녁 먹을 곳을 찾고 있었다. 밝은 존 카펜터 감독의 영화(공포, 공상과학 영화로 유명하다 – 옮긴이)에 나오는 전형적인 낡은 세트장을 보는 듯했다. 더러운 검은색 닷지 챌린저(도시가 자동차 제조로 전성기를 누릴 때 상징적인 차였다)가 덜커덩거리면서 차도 위에 쩍 갈라진 틈 위로 지나갔다. 지진이 꼭 이 지역만 뒤흔들어놓은 흔적처럼 보였다. 다음에 누군가와 면담하기 위해 클린트에게 미국 전역을 운전해달라고 부탁할 상황이 생긴다면 나는 더 멋진 차를 빌려주기로 약속했다.

　같은 건물을 매년 사진으로 남겨 서서히 부식하는 모습을 기록하는 칠레 출신 사진작가 카밀로 호세 베르가라Camilo José Vergara는 1995년 이 도시를 기념해야 한다고 제안했다. 디트로이트 시내 12개 구역이 붕괴되도록 가만히 둠으로써, 무언가가 자연스럽게 죽고 부패해 다른 생명이 대체하도록 두면 어떤 결과가 생기는지 보여주는 기념비로 만들자는 제안이었다. 그곳에 여전히 거주하는 사람들은 냉담한 반응을 보였다. 이곳은 사람들이 사는, 도움이 필요한 도시이지 죽음을 나타내는 유적이 아니기 때문이다. 오늘날 모터시티 카지노 호텔이 높이 솟아 어둠 속에서 초록, 빨강, 보라, 노랑 불빛을 쏘는데, 한 블록 떨어진 곳에서 노숙자들은 쓰레기통에 불을 피워 몸을 녹인다. 한때 위용을 자랑하던 고층 건물은 극적인 폐허로 변했고 대부분은 철거돼 주차장이나 공터가 되었다. 새와 나무가 살던 낡은 사무실 건물의 뼈대는 호텔로 변했다. 장소에 따라서 조용히 죽음을 받아들이는 도시처럼 느껴질 수도 있겠지만 이곳에는 가슴이 미어지는 뚜렷한 희망이 보였다.

　1960년대 초반에는 다른 희망이 있었다. 디트로이드에서 첫발을 뗀 모타운 레코드가 빌보드 차트를 휩쓸며 떨치던 명성이 아직 도시를 떠나지 않은 때였다. 세상으로 눈을 돌리면 닐 암스트롱이 달 표면을 걸을 날이 다가오고 있었다. 죽음이라는 주제로 돌아오자면 물리학자 로버트 에틴거Robert Ettinger(40대가 보통 그렇듯, 그도 당시 40대에 접어들며 점점 죽음을 인지했다)가 영원히 사는 방법을 설명하는 책을 저술했다. 그는《불멸의 가능성The Pro-spect of Immortality》(국내에서는 2011년《냉동 인간》으로 출간되었다 - 옮긴이)이라는 책으로 잠시 명성을 얻으며 자니 카슨Johnny Carson의《투나잇 쇼Tonight Show》에 배우 자자 가보와 함께 출연하기도 했다.

에틴거의 책은 불멸을 장담하지도 보장하지도 않는다. 제목이 정확하게 말해주듯 가능성을 말할 뿐이다. 즉 죽음이 병이라는, 그것도 치명적이지 않은 병이라는 하나의 생각을 적은 책이다. 자가 출판으로 시작한 소논문이지만 이 책이 적절한 사람의 손에 들어가기만 한다면 변화를 일으킬 수 있다고 믿었다. 에틴거는 사람이 죽는 순간 냉동해, 과학이 죽음의 원인을 밝혀내고 손상을 삶으로 돌려놓을 때까지 시신이 부패하지 않도록 보관하자고 제안했다. 이 책은 냉동 보존술의 과학을 주로 다루고 죽음을 삶으로 바꾸는 방법은 많이 다루지 않는데, 그 점이 바로 희망이다. 지금 우리보다 기술적으로 더 진화한 환경에서 더 기발한 누군가가 미래에 이 문제를 해결할 것이라는 희망이다. 과학의 발전 속도는 매우 빠르다. 에틴거가 살아 있는 동안에 인간은 증기기관차를 타다 우주 여행까지 하는 수준에 도달했다. 그러므로 그는 과학이 그러한 속도로 계속 발전하리라 굳게 믿었다.

통념과 달리 죽음이 끝이 아니라고 주장한 사람은 에틴거가 처음이 아니다. 종교가 1000년 동안 그렇게 주장해왔고 심지어 1773년 벤저민 프랭클린도 비슷한 방법을 제안했다. 그는 죽은 사람이 다시 살아나 100년 후 미국의 모습을 볼 수 있도록 희망하는 마음에, 포도주 통 같은 곳에 죽은 자를 넣고 방부처리하는 방법을 제시했다. 이런 방법을 진지하게 여기고, 소설 속의 이야기가 아니라 실제 과학에 적용한 사람은 에틴거가 최초였다. 그는 1931년에 출간된 닐 R. 존스Neil R. Jones의 공상과학 소설《제임슨 위성The Jameson Satellite》을 열두 살에 읽고 그런 생각을 키웠다. 이 이야기에서 어느 교수는 자신이 죽은 뒤 시신을 궤도로 쏘아 올려달라고 요청한다. 그러면 그 시신이 온도가 낮은 우주에서 영원히 진공상태로 보존될 것이고 수백만 년 후에 기계 인간이 시신을 깨울 것이라고 믿었기 때문이다. 수십 년 후, 에틴거는 자신을 유명하게 만든 책에 다음과 같은 말을 남겼다. "죽음을 받아들인 사람들은 이미 죽어가고 있고 포기한 사람들은 이미 후퇴하고 있다."

　　에틴거는 내가 디트로이트에 온 이유이다. 냉동된 에틴거의 몸은 베이지색 낮은 건물에 있는 '저온 유지' 탱크에 박쥐처럼 거꾸로 매달려 있다. 그 건물은 북극의 소용돌이로 미시간주가 얼어붙는 동안에도 내가 묵는, 난방조차 제대로 안 되는 호텔에서 북쪽으로 20분 거리에 있는 곳이었다. 탱크 안에는 그의 첫 번째 아내, 두 번째 아내, 그리고 크라이오닉스 연구소Cryonics Institute (인체 냉동 보존술 기관)의 첫 환자인 에틴거의 어머니 레아가 함께 매달려 있다.

크라이오닉스 연구소의 회장인 데니스 코월스키Dennis Kowalski

는 내가 건 스카이프 영상 통화가 제대로 작동하지 않는지 끙끙댔다. "어차피 못생긴 제 얼굴을 볼 필요는 없을 겁니다." 그가 웃으며 말했다. 나는 웹사이트의 사진을 보았기에 그가 쉰 내외이며 짙은 머리에 검고 수북한 콧수염이 있다는 사실을 알고 있다.

나는 통화 설정을 몇 번이나 바꾸며 야단법석을 떨다가 포기하고는 뒤로 기대어 앉으며 말했다. "재미있네요. 회장님은 시신을 살리는 기술에 모든 희망을 걸었는데 그 기술이 영상 통화에는 자꾸 실패하는군요."

"그렇습니까. 저는 늘 낙관주의자였답니다." 내 모습만 보이는 화면에서 그의 목소리가 흘러나왔다.

나는 죽음이 영원한 마지막이 아니라고 믿는 마음이 어떤 것인지, 왜 이번 삶을 헌신해서 다른 삶을 얻으려고 하는지 알기 위해 데니스와 이야기했다. 내게는 그들이 첫 번째 삶을 낭비하는 것처럼 보였기 때문이다. 언론은 인체 냉동 보존술에 관련된 사람들을 별난 사람으로 치부하는 경향이 있다. 그들은 망상에 사로잡힌 미친 사람이자 풍자의 대상이다. 시트콤 〈퓨처라마〉의 주인공 필립 프라이와 영화 〈오스틴 파워〉의 주인공 오스틴 파워는 과거 특정 시점에 냉동되었다가 이해하지 못하는 미래에 깨어나고, 영화 〈슬리퍼Sleeper〉에서 우디 앨런이 연기한 마일스는 유기농 음식을 먹은 친구들도 200년 전에 이미 죽었다는 사실을 알고 경악한다(이는 대중문화에서 '저온물리학cryogenics'과 '인체 냉동 보존술cryonics'을 혼동해서 일어난 일이기도 하다. 저온물리학은 저온 상태에서 물질의 성질을 연구하며, 인체 냉동 보존술은 미래에 부활시킬 목적으로 시신을 보존하는 기술이다. 양측 모두 혼동되는 상황을 불쾌해한다). 에 틴거의 책에도 상당히 이상한 내용이 있다. 대부분은 여성에 관한 내용인데 미래에 해동된 여러 명의 부인을 어떻게 해야 할지도 이야기한다. 마지막에 그는 '소수의 괴짜만이 썩을 권리를 주장할 것'이라고 단언하며 인체 냉동 보존술이 결국에는 가능해지리라 확신한다. 대체로는 낙관적으로 보이지만 의심적은 구석도 있다. 나는 실제로 자신의 시신을 냉동하길 원하는 사람들은 대체 어떤 사람들인지 궁금했다. 면담하기 위해 전화를 걸자, 수화기 너머로 상냥한 모범생 같은 목소리가 나를 맞았다.

크라이오닉스 연구소는 1976년에 설립되었다. 내가 데니스와 스카이프로 통화한 시점에는 173명이 냉동 보존되어 있었으며 약 2,000명의 회원을 보유하고 있었다. 그는 냉동 보존을 계약하는 사람들 중 이렇다 할 한 가지 '부류'도 없고 특정 종교나 정당도 없지만, 군이 다수의 공통점을 말하자면 대체로 남성이며 불가지론자와 자유주의자가 많다고 했다. 또한 부유한 사람들이 좀 더 많으나 2만 8000달러(애리조나주의 알코어^Alcor 재단이나 다른 인체 냉동 보존 기관보다 훨씬 저렴하다)는 생명 보험으로도 부담이 가능한 금액이므로 경제 수준이 낮은 사람도 상당히 있단다. 에 틴거는 경제성을 매우 중요하게 생각했다. 그는 미래를 향한 자신의 비전이 너무 비싼 나머지 '우생학적 여과기'가 되는 상황을 원치 않는다고 저서에 밝혔다. 나는 데니스에게 인체 냉동 보존술과 한데 묶이곤 하는 트랜스휴머니즘 운동(기술로 인간의 생명을 연장하거나 능력을 개선하려는 운동 - 옮긴이)이 주로 남성들에게 치우치는 이유에 관해 내 생각을 설명했다. 여성은 비교적 젊을 때부터 예상 가능한 시기에 몸의 변화를 직접 느끼고 출산과 매우 가까운 관계를 맺으므로 죽음을 향한 두려움이 적어 더 잘 받아들일 수 있다는 것이 내 의견이었다. 장례업계 종사자 중 여성이 더 많은 현상도 바로 이런 이유가 아닐까. 그는 "글쎄요, 그럴지도 모르지요"라고 대답하면서도 인체 냉동 보존술은 죽음에 대한 두려움과 전혀 관계가 없다고 덧붙였다.

내 경험으로 보자면 공상과학 소설을 좋아하는 어린 팬들은 이상적인 미래를 꿈꾸다가, 결국 냉혹한 세상의 쓴맛을 조금씩 맛보며 디스토피아적 관념이 머릿속에 뿌리를 내리기 시작한다. 어둠을 보지 못한 어린 시절에는 장난감 로켓을 손에 들고 언젠가 모든 것이 나아지리라 믿는다. 〈필 도너휴 쇼The Phil Donahue Show〉를 본, 일고여덟 살의 어린 데니스가 자란 1970년대 중반은 유토피아적 환상을 꿈꾸던 시대였다. 한때 텔레비전 수리공이던 밥 넬슨Bob Nelson은 토크쇼에서 자신이 1967년에 처음으로 시신을 냉동한 경험과 인체 냉동 보존술의 과학을 설명했다. 에틴거 저서의 열성적인 지지자였던 넬슨은 당시 전미에 생겨난 여러 인체 냉동 보존술 집단 중 한 곳의 대표이기도 했다. 이 신봉자들은 에틴거의 이론을 직접 시도하기로 했다.

〈필 도너휴 쇼〉를 시청했다고 해서 데니스가 인체 냉동 보존술을 완전히 받아들인 것은 아니다. 그리고 당시 인체 냉동 보존술 물결의 대변인이었던 넬슨은 실제 일어나는 일을 제대로 밝히지도 않았다. 그는 영안실 뒤의 창고에 냉동된 고객의 시신을 보관한다는 사실, 사업 자금이 떨어지고 개인적으로도 무일푼이 된 상황인 데다 잘 작동하지도 않는 캡슐에 냉각수를 제대로 채워 넣지 않아 결국 시신을 모두 버려야 하는 상황조차 언급하지도 않았다. 하지만 넬슨은 데니스의 마음에 호기심을 심었다.

"그러고 나서 열여섯, 열일곱 살쯤 《옴니Omni》라는 잡지를 자주 읽곤 했습니다. 공상과학 소설에 관한 깊은 지식과 철학을 비전문가의 관점으로 풀어놓은 기사가 많았어요." 그가 말했다. "분자 나노 기술과 생명의 역설계遊設計에 관한 기사를 읽었지요. 그것이 시작점이었어요."

데니스는 지난 20년간 비영리 기관인 크라이오닉스 연구소에서 활동했으며 6년 전부터는 회장직을 맡고 있다. 그의 본업은 밀워키시의 구급 대원이다. "낮에는 구급차에서 생명을 구하고, 밤에는 미래로 가는 구급차에서 일한다고 농담한답니다. 미래에 냉동된 인간을 살리는 병원만 생긴다면 말이지요. 두 구급차는 그런 면에서 같습니다. 우리가 환자를 살린다고 보장하지는 못하니까요."

데니스와 이야기하기 전만 해도 나는 그가 인체 냉동 보존술 기관의 대변인으로서, 이 기술과 미래를 훨씬 확신하리라 추측했다. 하지만 그는 이 기술이 현실이 될지, 되지 않을지는 아무도 모른다고 거듭 말했다. "인체 냉동 보존술이 무조건 가능하다고 말하는 사람과 무조건 불가능하다고 말하는 사람은 과학자가 아닙니다. 이것을 알아내는 방법은 실험이라는 과학적인 방법밖에 없습니다. 지금 우리는 기업이나 외부의 자금을 받지 않고 자체적으로 운영됩니다. 우리 모두가 이 기술을 실험하는 집단 안에 속하지요. 매장되거나 화장되는 사람들은 모두 통제 집단에 있습니다. 저는 통제 집단보다는 실험 집단에 있으렵니다."

하지만 그는 인체 냉동 보존술이 생각만큼 허무맹랑한 이론이 아니라 언젠가는 실현될 가능성이 있다는, 그럴듯한 증거들이 있다고 했다. 그는 냉동 보존술과 비슷한 원리인 저체온 요법을 예시로 들었다. 뇌에 필요한 영양소와 산소가 공급되지 않으면 의식이 돌아오지 않으므로 (심정지 환자의) 체온을 낮춰 뇌에 필요한 영양소와 산소를 줄이는 방법이다. 도서 《2050 거주불능 지구The Uninhabitable Earth》에서 데이비드 월러스-웰즈David Wallace-Wells는 2005년에 되살아난 3만 2000년 된 박테리아, 2007년에는 800만 년 된 곤충, 2018년에는 4만 2000년간 영구동토층(2년 이상 토양의 온도가 0도 이하로 유지되는 토양 – 옮긴이)에 얼어 있다 발견된 벌레를 비롯해 최근에 되살아난 유기체의 목록을 나열했다. 《뉴욕 타임스》는 2019년 연구자들이 죽은 돼지 32마리의 뇌를 꺼내 몇몇 세포 활동을 되살렸다고 발표했다. "이런 발견은 꾸준히 인체 냉동 보존술 원리의 정당성을 입증하고 있습니다. 그리고 만약 이 기술이 실현되지 않는다고 해도 무엇이 **불가능**한지를 증명함으로써 과학의 발전에 기여하지요. 더군다나 우리는 다른 영역에도 도움을 줍니다. 동결 보존 연구에도 엄청나게 투자함으로써 본질적으로 장기 기증을 받는 사람에게도 이익이 될 뿐 아니라 몸 전체 동결 보존 기술에도 한층 가까워지기 때문이지요."

데니스는 종교 단체처럼 인체 냉동 보존술에 관해 호언장담하며 설교하고 싶지는 않다고 했다. 오히려 그런 행동이 사람들을 등 돌리게 하기 때문이다. 그는 죽음에서 다시 소생한다는 개념을 설명하기가 가장 힘들다고 했다.

"100년 전만 해도 심장이 멈춘 사람은 이미 죽은 사람으로 취급했지요. 하지만 오늘날 우리는 사람들을 **소생**시킵니다. 전기 충격을 주기도 하고 심폐 소생술을 적용하기도 합니다. 심장약을 주기도 하고요. 그렇게 해서 병원에서 당당히 나가는 사람이 있는가 하면 결국 죽는 사람도 많아요. 전기 충격이라고 하면 《프랑켄슈타인》에 나오는 기괴한 장면이 떠오르지만 사실 응급의학에서 큰 비중을 차지합니다. 사람이 절대 소생할 수 없다는 생각에 갇혀 있었다면 우리는 지금 어디에 있을까요?"

나는 늘 공상과학 소설에서 디스토피아적 비전이 더 현실감 있다고 느껴왔다. 전등을 켠다는 신에 의구심을 품고 사제에게 질문했다가 혼난 기억과 연관이 있어서일까, 기계 안에서 사는 독립체와 로봇(그리고 사제들까지)을 향한 전반적인 내 불신 때문일까. 내게는 코맥 매카시Cormac McCarthy의 소설 《로드The Road》에 나오는 혹독한 황무지 혹은 영화 〈로건의 질주Logan's Run〉에서처럼 서른이면 삶을 마감해야 하는(소설은 스무 살이면 죽어야 하므로 더 참혹하다), 빛나는 유토피아 표면 아래 존재하는 썩어 문드러지는 장면이 미래의 현실에 더 가깝게 느껴진다. 궁금하다면 필립 K. 딕Philip K. Dick(암울한 미래상을 그리는 공상과학 소설을 주로 집필했다 — 옮긴이)의 소설을 읽어보길. 죽음을 예상하는 그래프와 지구 파괴에 관한 뉴스를 읽고도 절망하지 않으면 좋으련만 내게는 불가능한 일 같다. 나와 반대로 디스토피아적 관점을 지닌 적이 없는 데니스는 유토피아의 실현 가능성을 희망찬 눈으로 보고 있으며 기술이 개발될 경우 살아서 돌아올 만큼 세상이 가치 있다고 생각한다. 영원히 살 가능성을 믿을 뿐 아니라 이 선택이 바람직하다고 믿기 때문이다.

"제가 죽음을 직면하지 못해서 무슨 수라도 찾아내려고 안달 난 사람처럼 들릴지도 모르겠군요." 스피커 너머로 그의 목소리가 들렸다. "하지만 구급 대원으로서 저는 인공호흡이나 그런 수단을 거부하는 사람들을 봐왔습니다. 그들은 고통스러운 삶으로 다시 돌아오고 싶어 하지 않지만 오히려 가족들이 구급 대원에게 뭐라도 시도하라고 고함을 지르지요. 가족들의 **그런** 행동이 죽음을 부정하는 가장 극단적인 단계입니다. 죽음을 이해할 필요가 있어요."

시신의 부활을 계획한 로버트 에틴거의 뇌는 단열된 탱크의 바닥 가까이에 보관되어 있다. 액체질소가 샐 경우를 대비해 시신의 가장 중요한 부분을 끝까지 냉동 상태로 유지하기 위해 모든 시신을 거꾸로 매달아놓았다. 미래에 발가락을 새로 자라게 할 확률은 높지만 우리 존재의 본질인 뇌는 쉽지 않다고 판단했기 때문이다.

크라이오닉스 연구소 주변에는 보안 장비 가게, 조명 회사의 본부, 자동차 정비소, 유도 가열 장치 회사가 있고 이 모든 건물은 잘 다듬어진 잔디와 애잔한 겨울나무들로 둘러싸여 있었다. 공터에는 '파티 용품 대여, 필요한 파티 용품 모두 있음'이라고 적힌 트럭 한 대가 덩그러니 서 있었다. 크라이오닉스 연구소로 가기 위해서는 이 파티 트럭을 지나 표지판을 따라 막힌 길 끝에 도달해야 한다.

눈이 내리는 어느 날, 나는 아침 10시에 이곳에 도착했다. 클린트는 디트로이트의 연기 나는 맨홀을 피하고 피해, 전혀 현대적으로 보이지 않는 건물 앞까지 나를 데려다주었다. 주차장에 차를 세우자 두꺼운 재킷을 입은 남자가 우리에게 장갑 낀 손을 흔들었다.

도시와 가까이 있었던 크라이오닉스 연구소는 늘어나는 시신을 보존할 공간이 부족해져 이곳으로 이전했다. 현재 건물 역시 거의 다 찼기에, 매입한 근처 건물들도 미래의 냉동 시신을 위해 준비 중이다. 앞으로는 계속 이곳에 있을 것이며, 시신이 많아지면 주변의 건물을 더 매입할 예정이라고 한다. 냉동된 시신들은 서서히 조명 회사와 보안 장비 가게로 세력을 넓히고 파티 트럭도 밀어낼지 모른다.

보라색 후드티에 청바지를 입고 어그 부츠를 신은 스물일곱 살의 힐러리Hillary가 내게 구내 시설을 보여주기로 했다. 춥지만 살을 에는 정도는 아니었다. 다만 난방이 그들의 우선순위는 아닌 듯 보였다. 주로 원격으로 근무하는 데니스가 내게 안심하라고 했다. 죽은 사람을 보존하는 데 필요한 실무는 세 명의 직원인 마이크Mike와 힐러리 그리고 장갑을 낀 힐러리의 아버지가 한단다. 힐러리는 자신의 아버지가 건물 유지와 보수에 관련된 일을 맡도록 도왔다. 빡빡 깎은 머리에 안경을 끼고 초록색 스웨터를 입은 앤디Andy도 있었다. 그는 나와 악수하고는 깔끔한 잔디를 바라보는 앞 건물의 사무실로 서둘러 돌아갔다. 계약서에 서명하고 회원 데이터를 입력하는 일상적인 업무는 힐러리나 앤디가 주로 맡는다. 힐러리가 입사하기 전에는 앤디 혼자서 근무했다.

힐러리는 어깨까지 오는 갈색 머리에 가녀린 얼굴을 하고 있었다. 체구가 작았지만 지난 3년간 시신을 받고 보존하는 일을 가장 직접적으로 처리한 사람이라고 한다. 나는 사무실에 가방을 두고 안내를 받아 런던에서 본 시신 방부실과 비슷하지만 조금 더 작고 장비가 별로 없는 방에 들어갔다. 힐러리는 훈련받은 시신 방부처리사로 시신을 탱크에 넣기 전에 관류perfusion 처리를 한다(관류는 혈액이나 혈액 대체제가 혈관, 특정 장기, 신체의 일부를 통과하는 흐름을 일컫는 광범위한 용어로, 냉동 보존술 용어는 아니다). 항암제도 관류를 통해서 몸속에 보낼 수 있으며 시신 방부처리액도 마찬가지이다. 시신 방부라고 하지 않는 이유는 시신에 다른 물질을 주입하기 때문이다. 도기로 된 테이블은 액체가 바닥으로 흐르지 않도록 벽이 둘러져 있었고 옆에는 시신과 들것을 움직이는 공간이 마련되어 있었다. 그녀는 모서리로 움직여 심폐소생술 훈련 인형이 놓인, 방수포로 된 욕조 한쪽에 손을 얹었다. 그러고는 금방 죽은 시신을 이동식 얼음 욕조에 담가, 심장과 폐

소생기를 이용해 인공적으로 혈액순환과 호흡을 복구하면서 시설로 옮긴다고 설명했다. 기계로 혈액순환을 가능하게 한 채, 얼음물에 담그면 자연스럽게 차가워지는 시신의 온도가 더욱 빨리 낮아진다. 그들은 이 기계를 덤퍼thumper라고 부르는데, 변기 뚫는 기구를 사람의 가슴 위에 둔 것처럼 보인다. "혈액에 산소를 공급하도록 하는 마스크도 있어요." 힐러리가 인형의 얼굴을 가리키며 말했다. "최대한 세포를 죽이지 않게끔 조치를 취해야 하거든요."

미국에서 죽은 사람이 관류 처리를 원한다면 72시간 내에 시설로 옮겨져야 한다. 그 시간이 지나면 관류 처리가 '잘될' 가능성은 낮아진다. 모든 환자의 상태를 공개적으로 기록해놓은 웹사이트를 보면 관류 처리를 아예 하지 않은 환자가 다수이다. 제시간 내에 시설에 도착할 가능성을 높이기 위해 서스펜디드 애니메이션Suspended Animation이라는 회사(어떤 서비스를 선택하는지에 따라 6만에서 10만 2000달러의 비용이 발생한다)에 요청하면 미리 와서 임종을 지킨다. 죽는 순간부터 얼음에 담기기까지 시간을 지체할수록 다음 절차에 영향을 준다. 시신이 부패할수록 혈관계에 용액을 주입하고 순환시킬 수 있는 가능성이 줄어들기 때문이다. 사망 진단을 받자마자 그들은 시신을 얼음 욕조에 담그고 펌프질을 시작해 최상의 상태로 만든다. 1만 달러가 채 되지 않는 비용으로 이 과정을 건너뛰고 지역 장의사에 맡겨 이 연구소로 수송하는 방법도 있다.

영국에서 죽은 사람은 크라이오닉스 연구소에서 교육받은

시신 방부처리사가 관류 처리를 한 다음 미국으로 보내진다. (런던의 시신 방부처리사인 케빈 싱클레어도 이 기관에서 교육받았다. 그는 몇백 년 후에 이 사람들이 다시 일어난다고 생각하면 매우 기쁘다고 했다. 시신들이 살아날 가능성을 믿냐고 묻자, 눈을 동그랗게 뜨고 "노 코멘트"라고 대답했다.) 크라이오닉스 연구소에 보관된 반려 동물(개, 고양이, 새, 이구아나를 비롯해 미래에 함께 깨어나고 싶은 동물)은 대체로 관류 처리 상태가 훨씬 우수하다. 같은 대로에 동물병원이 있어, 안락사된 동물의 혈액이 엉기거나 순환을 완전히 멈추기 전에 이곳으로 옮겨지기 때문이다. 이런 이유로 힐러리와 데니스는 사람에게도 안락사가 법적으로 허용되어야 한다고 생각하지만 연구소는 공개적으로 이런 문제를 언급하지 않는다. 또한 어떤 방법으로든 자살한 사람의 시신은 받지 않는다. 더 나은 다른 세상에서 다시 태어나기 위해 이번 생을 마감하는 사람이 생길 가능성을 차단하기 위해서이다.

싱크대 옆에는 투명한 액체가 담긴 병이 여섯 개 있다. 힐러리는 연한 분홍색 방부처리 약품이 아닌 이 액체를 섞어 사용한다. "이 액체는 시신이 얼면서 생기는 손상을 예방해요." 따분한 주제라고 생각했는지 힐러리가 괜스레 미안한 몸짓으로 병을 들어 올렸다 놓았다. 몇 주 전 스카이프로 통화할 때 데니스는 CI-VM-1이라고 하는 이 액체가 원래 시신을 액체질소 온도(영하 196도)로 '바로 얼도록' 한다고 설명했다. 시간대를 맞추지 못한 시신이나 무슨 이유에서든 관류를 원하지 않는 사람에게는 지금도 이 액체를 사용한다. 하지만 그들은 세포 안의 물이 얼면 파열을 야기하고, 시신의 외부가 내부보다 빨리 냉동되는 현상은 세포조직 사이에 얼음 결정체를 형성해 손상을 입힌다는 사실을 발견했다. 이 문제를 해결하기 위해 그들은 시신을 냉동하면서도 세포를 손상하지 않는, 생물학적 부동액을 개발한 저온 생물학자를 고용했다. 이 액체는 겨울에는 얼었다가 여름에 다시 깨어나는 북극의 개구리에서 아이디어를 얻어 개발했다. 기온이 낮아지면 개구리 혈액의 특정 단백질은 세포에서 물을 빨아들이는 데 반해, 간은 엄청난 양의 포도당을 뿜어내 세포벽을 형성한다. 하지만 인간에게는 이 단백질이 없으므로, 이 액체를 이용해 동상에 걸리거나 세포가 무너지는 현상을 피하려는 것이다. (연구소는 미래의 기술이 곧바로 냉동된 환자들의 문제를 해결해주길 희망한다. 이것이 대부분의 질문에 대한 대답이다.)

시신에 액체를 주입하기 위해서 그들은 보통 심장 절개 수술에 사용하는 기계를 사용한다. 펌프 역할을 하는 근육을 되살려 혈관계로 액체를 움직이도록 하기 위해서이다. 힐러리는 내가 런던에서 본 전통적인 시신 방부처리 기계보다 압력을 더 쉽게 제어할 수 있는 이 방법이 더 정확하다고 했다. 그들은 가벼운 운동을 한 건강한 성인의 분당 심장 박동 수인 120bpm을 유지하도록 조절함으로써, 액체가 너무 빨리 움직여 혈관에 손상을 입히지 않도록 한다. 시신 방부와 원리는 비슷하지만 관류 처리에 사용되는 액체는 피부에 수분을 보충하거나 살아 있는 사람처럼 보이도록 하기 위해 피부색을 바꾸는 데 목적을 두지도, 해부 학교처럼 시신을 부풀려 오래 보관하는 데 목적을 두지도 않는다.

이곳에서는 액체를 주입해 세포의 물을 빨아들임으로써 시신 전체를 건조시킨다. 힐러리는 시신이 미라처럼 구릿빛으로 변해 수축된다고 한다. 즉 포도를 건포도로 만드는 과정이다.

관류 처리된 시신은 컴퓨터로 제어하는 냉각실로 옮겨진다. 이곳에서는 침낭과 비슷한 재질의 단열재와 덮개에 싸여, 세 개의 이름 꼬리표가 달린 흰 판과 묶어 커다란 냉동고처럼 생긴 장비 안에 들어가게 된다. 닷새 반 동안 시신은 서서히 액체질소 온도로 냉동되며 컴퓨터 시스템의 명령에 따라 냉동고는 액체질소를 시신에 분사한다. 이 과정을 관리하는 노트북 컴퓨터가 연결되어 있으며 건물에 전력이 끊기는 경우를 대비해 여분의 배터리도 마련되어 있다. 밖에서 무슨 일이 일어나도 시신에는 영향을 끼치지 않을 것이다. 탱크는 천장을 두르는 강철과 연결된 밧줄과 사슬로 고정되며, 시신은 사람 키보다 훨씬 큰 28개의 거대한 흰색 실린더 중 하나에 머리부터 들어간다.

힐러리는 커다란 직사각형 컨테이너 앞에서 멈췄다. 바깥벽에 우묵하게 들어간 곳과 표면에 딱딱하게 굳은 흰 페인트 자국이 보이는, 집에서 만든 듯한 높이 1.8미터 정도의 이 컨테이너는 와플을 굽는 틀 같아 보이기도 했다. 조금 전 사무실에서 잠깐 만난 앤디가 섬유 유리와 합성수지로 만든 첫 저온 냉동 장치였다. 앤디는 1985년부터 이곳에서 근무했으며 첫 환자를 냉동할 때도 참여했다고 했다. "보시다시피 이걸 만드는 데는 시간과 비용이 아주 많이 들어가요. 그래서 원통형 탱크로 교체했지요." 힐러리가 거대한 보온병이라고 설명한 탱크를 올려다보며 말했다. 이곳의 탱크는 전기에 의존하지 않고 안에서 스스로 단열 기능을 유지한다. 각 탱크는 여섯 명의 환자까지 보존하는데 안에는 펄라이트 단열재와 약 60센티미터 두께의 발포 고무로 만든 커다란 코르크가 더 작은 원형 통에 들어 있다. 일주일에 한 번, 힐러리는 검은색 철제 사다리를 타고 올라가 네 시간 동안 천장의 파이프와 연결된 좁은 통로를 걸어 다니며 각 탱크 뚜껑의 작은 구멍으로 액체질소를 더 보충해 넣는다.

이름표도 없이 모두 똑같이 생긴 탱크 옆을 걷는데 힐러리가 바닥에 다섯 개의 작은 돌이 놓인 탱크를 가리켰다. "유대인 가족이 키우던 보조견인 윈스턴이 냉동되어 있어요. 가족이 이 근처에 살아서 몇 달에 한 번씩 온답니다." 무덤에 올 때마다 옆에 작은 돌을 두는 것은 유대인의 전통이다. 어느 랍비의 말에 따르면 꽃처럼 시들지 않기 때문에 돌을 둔다고 한다. 돌은 땅에서의 한정된 시간을 뛰어넘는 영원한 기억을 의미한다.

자주 있는 일은 아니지만 이곳을 묘지로 생각해 돌을 두고 가는 사람도 있고 생일 축하 카드를 두고 가는 사람도 있다. 원하는 만큼 자주 방문해도 되지만 이름이 새겨진 묘비 대신 로고가 그려진 흰색 탱크를 볼 뿐이다. "장의사는 한 번에 한 명씩 만나지만 우리는 매일 이곳에서 이 모든 사람과 함께해요. 매년 방문하는 가족의 소식도 듣지요."

몇 발자국 더 걸어가 힐러리는 왼쪽에 있는, 또 다른 이름 없는 탱크를 올려다보았다. "영국에서 온 여자아이도 있어요." 열네 살에 세상을 떠난 이 여자아이는 뉴스에도 실렸다. 유언을 남기기에는 너무 어렸기에 영국의 고등법원에 죽은 후 냉동해달라는 요청서를 보냈다. 암으로 죽는다는 사실을 알고 인터넷에서 인체 냉동 보존술을 찾은 아이는 미래에라도 치료될 희망을 품었다. 연구소의 사진을 찍으려는 기자들이 몰려와 힐러리와 이야기하기 위해 문을 두드리고 전화를 걸었다. 힐러리는 기자들이 돌아갈 때까지 숨어 있었다고 한다.

2011년, 92세의 나이에 세상을 떠난 로버트 에틴거는 회의실 옆에 있는 탱크에 냉동되어 있다. 그는 연구소의 106번째 환자로 마지막 숨을 거두자마자 1분 만에 얼음에 담가졌고 앤디가 관류 처리를 진행했다. 에틴거의 책이 이 모든 연구의 출발점임에도 그에 관한 흔적이나 언급이 전혀 없다. 에틴거의 탱크에서 3미터 정도 떨어진 회의실에 흑백 사진 한 장만이 걸려 있을 뿐이다. 정장을 입고 수학 공식이 마구 적힌 칠판 앞에서 웃고 있는 그의 사진 위에는 다음과 같은 문구가 있었다. '약간의 행운만 따른다면 우리는 수 세기 후의 와인을 맛볼 수 있을 것입니다.'

이 모든 연구는 확실하지 않다. 수학과 과학 원리가 사용되지만 놀랄 만한 수준도 아니며, '어쩌면'과 '아마도'가 모든 질문의 대답이다. 영원히 살 수 있다는 화려한 이야기도 약속도 없다. 이 회의실은 다른 회의실보다 기술적으로 더 앞서 있지도 않고 그저 공상과학 소설가, 미래학자, 발명가였던 아서 C. 클라크Arthur C. Clarke의 명언이 더 많이 보이는 정도였다. '고도로 발전된 기술은 마술과 구별하기 힘들다.' 이곳의 조명은 바깥보다 조금 더 밝았고 실내 화분은 조금 덜 침울했다. 조금이나마 희망적인 장소로 꾸미려고 했는지, 소파의 팔걸이와 식탁에 휴지 상자도 보이지 않았다.

이 방은 죽은 뒤 자신의 시신을 냉동하겠다고 계약하기 전에 상담을 원하는 사람들이 오는 곳이다. 힐러리가 대부분의 상담을 맡는다. 우리는 앉아서 탁자 반대편에 있는 커다란 텔레비전 화면으로 기념 영상을 보았다. 냉동 보존된 155마리의 동물 중 몇 마리의 사진이 등장했다. 갈래머리처럼 귀가 밖으로 달랑거리는 복슬복슬한 검은색 푸들인 보조견 윈스턴이 지나갔다. 에인절, 토르, 미스티, 섀도우, 버니, 러트거도 지나갔다. 붉은 매니큐어를 칠한 검은 래브라도레트리버도 눈에 띄었다. 그러고는 사람들이 나왔다. 나이 든 사람, 젊은 사람, 공상과학 소설 작가만이 쓸 것 같은 안경을 쓴 에드거 W. 스웽크Edgar W. Swank(관련 기관 중 가장 오래된 미국 인체 냉동 보존술회American Cryonics Society의 창립자 중 마지막 사망자)도 보였다. 치료 불가능한 암에 걸려 세상을 떠난, 활짝 웃는 젊은 여성의 사진이 너무나도 많았다. 홍콩에서 온 여성도 있었다. 힐러리는 자신이 근무하고 나서 온 사람들을 기억하며 화면이 지나갈 때마다 언급했다. "저 여자도 젊었어요. 사고였던 걸로 기억해요. 린다도 젊은 나이에 암으로 세상을 떠났고요. 이 남자는 최근에 들어왔어요. 심장마비였지요."

크라이오닉스 연구소가 가장 바빴던 해는 16명의 환자가 들어온 2018년이었다. 다수는 환자 사후에 가족들이 계약한 건으로, 이 기술에 관한 이야기가 퍼지면서 더 많은 사람들이 찾는다고 추측했다. 가장 최근에 계약한 사람들은 20대, 30대 젊은 층이었다. "우리 세대가 이 기술의 가능성을 본다고 생각해요." 나는 진정 기술을 향한 신뢰인지 아니면 죽음을 향한 두려움 때문인지 되물었다.

"아마 둘 다 해당되겠지요. 미래의 기술을 믿고 그저 삶을 연장하고 싶은 마음에 계약하는 사람도 많아요. 물론 직접 언급하는 사람은 별로 없지만 두려움에 계약하기도 하고요. 죽고 싶은 사람은 없다고 생각해요."

매일 시신을 얼리는 일을 하는 사람은 당연히 자신의 시신도 냉동할 것이라 예상했는데, 힐러리는 아직 계약하지 않았다고 한다. "기술의 가능성이 없다고 생각하지는 않아요. 저는 가능하다고 믿거든요. 다만 제 개인의 선택이지요. 다시 삶으로 돌아오고 싶은지 확실하지 않을 뿐이에요. 삶은 힘들고 고통스러우니까요." 쓸쓸하다기보다는 현실적인 목소리였다. 게다가 가족이 없는 세상에 다시 돌아올 이유가 없다고 했다. 장례지도 학교에서 만난 남편의 가족은 근방에서 장례식장 여섯 곳을 운영한다. 힐러리는 이곳에서 일하기 전 한동안은 장례식장 일을 도왔다. 남편은 언제나 죽음을 확실한 미래로 보았고 그것을 바꿀 필요가 없다고 생각한단다. 나는 힐러리가 언제 그런 생각을 하게 되었는지 궁금했다.

"열네 살 때 아픈 엄마를 보면서 영향을 많이 받았어요. 뇌종양 진단을 받았기 때문에 가족 모두 엄마가 돌아가시리라 예상했거든요. 일찍 철이 들 수밖에 없었지요." 2년 뒤 힐러리의 어머니는 돌아가셨고, 유언에 따라 관을 닫은 채 장례식이 진행되었다. 수술로 두개골의 일부를 제거한 모습, 스테로이드 약물로 살이 찐 모습, 예전과 완전히 다른 모습을 조문객들에게 보이고 싶지 않았기 때문이다. "엄마의 마음은 충분히 이해했지만 상황에 짜증이 났어요." 힐러리가 말했다. "장례식장에서 관을 바라보며 생각했지요. '정말 엄마가 관 안에 있을까? 대체 엄마에게 무슨 짓을 한 거야?'" 힐러리의 이야기였지만, 열두 살 때 친구의 관 앞에서 똑같이 생각한 내 이야기 같기도 했다. 얼마나 많은 사람들이(특히 죽음을 이해하려는 어린이들) 우리처럼 교회에 앉아 닫힌 관을 보며 같은 생각을 했을까?

힐러리는 시신 방부처리 일 중 그리운 것이 하나 있다면 가족들을 위해 시신을 평범하게 보이게끔 처리하는 일 즉, 암 환자의 메마른 살갗을 부풀리고 창백한 얼굴에 색을 찾아주는 작업이라고 했다. 결국 힐러리에게 이 모든 일은 사람들을 도와주기 위한 수단이다. 환자의 가족으로서 겪는 괴로움과 부담을 알기에 그녀는 자신의 경험으로 개선 방향을 몸소 배웠기 때문이다. 간호 학교에서도 공부한 적이 있지만 환자들이 드러내는 극도의 예민함을 보고는 장례지도 학교로 방향을 바꾸고 장례식장에서 일하게 되었단다. 산 사람들 앞에서 이야기해야 하는 일 빼고는 모든 일이 좋았다는, 조용하고 수줍음이 많은 힐러리는 무대 뒤에서 홀로 일하기를 선호했고 현재 정확하게 그런 일을 하고 있다.

미래의 가능성을 더 낙관적인 태도로 소개하지 못했다는 생각이 들었는지 힐러리는 또 미안해하는 표정을 지으면서 말했다. "이 일을 하는 일원이 되어서 정말 기뻐요." 탁자 반대편의 화면에는 여전히 사람들의 얼굴이 지나가고 있었다. "좋은 일을 하고 있다고 생각하거든요. 미래를 보장할 수는 없지만 저는 사람들이 기회를 얻도록 돕는다고 생각해요."

솔직하게 말해서 나는 이곳에서 괴상한 사람들을 만나리라고 예상했다. 지금껏 죽음을 대하는 사람, 인간의 최후를 의심하지 않는 사람, 자연의 섭리 안에서 죽음을 위로하는 사람들을 만나왔기 때문에 나는 이곳에서 소생할 가능성과 기술의 우수함을 호언장담하는 사람들만 만날 줄 알았다. '기자의 본분에 맞게 무표정한 얼굴을 해야 해. 사람이 정말 죽지 않았으니 슬퍼할 필요가 없다는 이야기를 들으면 어쩌지? 어이없는 웃음이 터지지 않도록 참아야 할텐데'라고 생각하기도 했다. 하지만 이곳을 찾는 사람들 그리고 탱크를 무덤으로 생각하는 사람들도 남들과 똑같이 애도했다. 인체 냉동 보존술이 죽음을 인정하지 않는 무의식을 보여주는 우스운 일이라고 생각하는 사람도 분명 있다. 하지만 부정한다기보다 절망적인 어둠에서 실낱 같은 희망을 보기를 원하는 사람도 있을 것이다. 힐러리는 영원한 삶에서 느끼는 외로움에 초점을 맞춰 죽음을 생각했을 때, 사랑하는 모두가 떠났다면 삶으로 돌아올 이유가 없다고 말했다. 한편, 희박한 가능성을 인정하면서도 통제 집단보다는 실험 집단에 있기를 선호하는 데니스의 조건적 낙관주의도 있다. 언젠가 삶의 가장 근본적인 운명을 피해 갈 수 있다는 믿음으로 설립된 연구소에서 나는 이들과 공감하기도 하고, 생각할 거리도 많이 가져왔다. 죽지 않는다고 믿는 사람, 자신은 죽음의 일꾼들을 절대 만나지 않을 거라고 믿는 사람의 생각이 궁금해서 왔지만 나는 끝끝내 대답을 찾지 못했다.

결론적으로 나는 인체 냉동 보존술의 가능 여부는 별로 고려할 가치가 없다고 생각한다. 기후변화의 가속화 그리고 이 행성에서 인간의 계속적인 존재 전망이 희박한 상황을 고려하면, 이 기술의 실현 가능성 자체를 보지 못할지도 모른다. 게다가 개인적으로 나는 인체 냉동 보존술이 가능하다고도, 바람직하다고도 생각하지 않는다. 노벨문학상 수상 작가인 토니 모리슨Toni Morrison은 삶으로 돌아오는 모든 존재는 고통받을 것이라고 말했고 나는 그 말에 전적으로 동의한다. 삶은 끝이 있기에 가치 있다. 우리는 기나긴 시간 선상에 다른 사람과 그리고 무슨 이유에서건 현재 이 공간에 있는 원자 및 에너지와 짧은 시간을 공유하는 일시적인 존재들이다. 기술이 발전해 인간이 부활한다고 해도 그들은 다시 돌아가지 못하는 공간과 시간을 영원히 그리워할지도 모른다. 하지만 인체 냉동 보존술이 사람을 해치지 않는 범위 내에서 삶과 죽음을 돕는다면, 그들의 실험을 조롱하거나 금지할 이유는 없다고 본다. 나와 의견은 다르지만 나는 그들의 낙관주의가 마음에 든다. 우리는 그저 살아가기 위해 할 수 있는 일을 할 뿐이다. 희망은 임종의 순간 달콤한 자장가가 될 수 있다.

냉동 탱크로 들어갈 시신이 도착하는 디트로이트 메트로 공항에서 다음 날 나는 비행기를 타고 눈과 얼음이 덮인 아래를 바라보았다. 저 아래 어딘가 크라이오닉스 연구소에서는 매일 매순간, 누군가가 희망에 찬 시신을 받아들이기 위해 준비하고 있다. 어쩌면 지금 힐러리가 좁은 통로를 걸으며 탱크에 액체질소를 채워 넣고 있을지도 모른다. 잠들어 있을 동안 그리고 깨어날 경우, 그들을 지지할 직원들에게 희망을 건 사람들의 탱크에 말이다. 눈이 흩날리는 상공에서 디트로이트를 내려다보니 오래전 버려진 앙상한 건물들 사이에 남은 집들이 꽁꽁 얼어붙은 채 외로이 서 있었다.

ALL
THE LIVING
— 죽은 자 곁의 산 자들 — AND
THE DEAD

Epilogue

2019년 5월 말, 이미 이 책의 마감일을 놓친 데다 다른 마감일도 놓치기 직전이다. 나는 사람들을, 내가 미처 생각지 못한 것들을 계속해서 찾아 헤맸다. 아직도 머릿속에서 떠날 줄 모르는 아기 생각에 다른 일이 손에 잡히지 않는다. 그런데도 지금 나는 사우스 웨일스의 손더스풋 만Saundersfoot Bay이 내려다보이는 술집에서 전직 형사였던 앤서니 매틱Anthony Mattick과 함께 그가 맡았던 여러 살인 사건에 관해 이야기하고 있다. 우리는 맥주 1리터를 거의 비웠다. 살면서 이토록 피곤한 적이 있었나 싶을 정도로 잠을 자도 피로가 가시지 않았다. "강력계에서 번아웃은 발생 가능성이 있는 위험이 아니라 심리적으로 반드시 닥칠 상황이다"라는 데이비드 사이먼의 책 《살인》의 한 구절이 생각났다. 나보다 더 피곤할 법도 한데 매틱은 아무렇지 않아 보였다.

그는 짧은 회색 머리 위에 선글라스를 올려둘 뿐 절대 끼지는 않았다. 최근에 50번째 생일을 맞아 스페인에서 합동 파티가 열렸는데, 피부를 새빨갛게 태워 사형 집행인 제리의 접시 위에 놓인 바닷가재라고 해도 믿을 정도였다. 그는 반짝이는 바다 너머로 노을이 지는 아름다운 광경과 주변 사람들을 아랑곳하지 않고, 웨일스 억양이 묻어나는 저음으로 한바탕 웃음을 터뜨리며 자신의 삶을 이야기했다. 자전거를 타다 18.5톤 트럭에 치이면서 45미터 날아가 떨어져, 웨일스 남부의 카디프Cardiff에 있는 병원까지 응급 헬기로 수송되었고 수술대에서 두 번이나 죽다 살아났다. "몸이 납작해졌습니다. 산산조각이 났다니까요! 골반도 완전히 망가졌지요." 힘든 이야기를 하는데도 목소리가 우렁찼다. 그는 7년 전 은퇴하고 재활에 많은 시간을 보냈단다. "다큐멘터리 〈앰뷸런스〉에도 한 회 출연했답니다." 말하면서도 뭐가 그리 재미있는지 박장대소했다. 죽을 고비를 넘긴 경험이든 살인 사건을 해결한 일이든, 그는 만화같이 과장된 표정을 지으며 이야기했다.

우리는 술집에서 나와 시내를 걸으며 밤 9시에도 음식을 파는 곳이 있는지 찾아다녔지만 작은 연안 마을에서 이 시간에 문을 닫지 않은 식당을 보기가 힘들었다. 매틱이 10대 여학생들 무리에 손을 흔들자 그들도 따라 흔들었다. 술집에서 나오는 남자에게는 알아듣기 힘든 말로 유쾌하게 소리치니 답례로 웃어 보였다. 매틱에게 "오토!"라고 인사하는 택시 기사(오토매틱이라 놀리는 기사의 **농담**을 이해했는지?)를 보고 우리는 올라탔다. 나는 그가 어떻게 이 동네 모든 사람을 다 아는지 물었다. 여학생들을 아는 이유는 요즘 학교에서 학생들을 지도하는, 그런 비슷한 일을 하기 때문이고, 술집에서 나오는 남자를 아는 이유는 20년 전에 체포한 절도범이기 때문이란다. "일을 제대로 하면 원한이나 악감정 같은 건 남지 않거든요." 그가 창문으로 다른 누군가에게 손을 흔들며 말했다.

은퇴하기 전 매틱은 30년 동안 다양한 강력 범죄를 수사했다. 그는 펨프로크셔Pembrokeshire의 미제 연쇄 살인 사건을 해결해, 1980년대에 네 사람을 살해한 존 윌리엄 쿠퍼John William Cooper에게 2011년 유죄 선고를 내리게 한 팀의 일원이었다. 자기 일을 사랑하고 가장 치열한 순간에 있기를 좋아한 나머지, 그는 케니언의 재난 대책 전문가팀의 긴급 대원으로 있으며 산에서 비행기 추락 사고 희생자들의 발과 머리를 수색하는 복구 작업에 참여하기도 했다. "섬뜩해서… 즐기진 않았습니다." 그가 미간을 찡그리며 말했다. "정말 괜찮은 사람이 하나 있었습니다. 카마던(영국 웨일스에 있는 도시 - 옮긴이) 억양이 몹시 심한 사람이었는데 형사들을 집합해서 '다른 사람의 죽음을 수사하는 것보다 더 큰 영광은 없다'라고 연설하곤 했지요. 그도 런던 경찰청에서 누군가에게 들은 말이었습니다만 매우 의미 있는 이야깁니다. 그런 중요한 일을 하는 데 작은 일부가 되고 누군가가 **우리**를 믿고 맡긴다는 뜻이니까요."

우리는 이 시간에 동네에서 유일하게 영업하는 식당(좁은 뒷골목에 있는 중국 식당이었다)에 들어가 메뉴에 있는 음식 대부분과

감자튀김을 주문했다. 춘권이 나오기를 기다리며 기억에 남는 사건들을 하나씩 풀어놓는 그는 아까보다 훨씬 조용했다.

크리스마스 날, 태어난 지 석 달 된 아기가 죽은 사건. 매틱은 아침부터 현장에 가기 위해 외딴길 옆의 작은 소유지에 지은 자신의 집을 나섰다. "정말 좋은 부부였습니다. 아기를 가지려고 몇 년을 시도했었다지요." 그가 얼굴을 찌푸리며 괴로운 듯 말했다. "하지만 부모를 조사하고 진술서를 받아내야 했어요. 편안한 분위기를 조성하는 동시에 그들이 유죄라고 가정한 질문을 해야 했습니다." 영안실에서 본 경찰에게는 들을 수 없는 이야기였고, 라라는 다른 요인들이 모두 제거된 경우 영아 돌연사 증후군으로 취급한다고 설명했었다. 그 후로 그에게 칠면조 요리, 크리스마스트리, 값싼 플라스틱 포장지, 크리스마스 폭죽, 크리스마스와 관련된 이 모든 냄새는 죽은 아기와 아기 침대를 옮기면서 들어야 한 통곡 소리를 연상케 한다.

실종된 지 14일 만에 썰물과 함께 모습을 드러낸, 익사한 아버지와 아들 이야기도 있었다. 아버지의 한 손은 해안의 바위, 다른 한 손은 살리려고 한 아들의 손을 여전히 꽉 잡고 있었다. "몇 년이 지나고 보니 '내 아들을 절대 죽게 내버려둘 수 없다'라고 생각한 아버지가 아들과 함께 죽었다는 생각이 듭니다. 하루에도 두 번이나 밀물과 썰물이 반복되는데 어떻게 아들과 바위를 계속 잡고 있었을까요?" 나는 시신 방부처리사인 케빈에게 들은 설명을 떠올리며 고개를 끄덕였다. 롤러코스터에 탔을 때처럼 두려움이 신체로 표현되는 순간에 죽을 경우, 근육이 갑자기 굳는 이런 현상을 시체 연축^{cadaveric spasm}이라고 한다. 매틱이 내 미적지근한 반응을 보고 실망했을까? 나는 죽은 아버지와 아들의 이야기를 듣고도, 꽉 쥔 손의 실제적인 원인인 신체의 화학물질을 생각하고 있으니 말이다. 이 책을 시작하기 전에는 이런 이야기를 듣고 어떻게 반응했더라? 어머니는 어떻게 되었냐고 물어봤을 것 같다. 하지만 이제는 묻지 않는다.

매틱은 남은 와인을 마저 따르고 한 병을 더 달라는 신호를 보내며 식탁 위에 접시와 흘린 볶음밥이 없는 공간을 찾았다. 그러고는 CCTV에 찍힌 불에 타는 남자를 회상하며 말했다. "저는 주로 이미 죽은 사람들을 보는데, 이 사람은 **죽는 모습**까지 보게 됐지요." 그가 말을 이었다. "칼에 찔리거나 총에 맞아서 머리나 입이 날아가버린 사람도 봤습니다. 천장에서 너무 오래 방치된 나머지 속은 모두 뚝뚝 떨어지고 껍질만 남은 노인, 해변에서 발견된 시신, 한번은 기차에 치여 반으로 토막이 난 사람도 본 적이 있어요. 제가 다리를 발견했고 동료가 상체를 발견했지요. 차 뒷좌석에서 튕겨 나온 여자아이도 있었어요. 새벽 3시에 간호사가 그 여자아이에게 인공호흡을 하는데 제 발 위로 끈적끈적한 액체가 튀어나오는 겁니다. 뇌도 없고 머리에 남은 것이 아무것도 없었지만 너무 어두워서 우리가 외상 정도를 전혀 보지 못했지요. 어쩐지 인공호흡을 하는데 소리가 조금 이상했어요. 소리가 두개골 뒤로 새어 나오는 것 같았거든요. 그래서 제가 '미안합니다만'이라고 하자 간호사가 저를 올려다보는데, 얼굴이 온통 피범벅이었지요. 두개골 뒤쪽이 완전히 날아가버린 겁니다."

매틱이 자기 접시 위로 음식을 담는 동안 나는 간호사가 어둠 속에서 무릎을 꿇고 급박하게 인공호흡을 하는 모습을 머릿속으로 그려보았다. 그는 벌써 다른 이야기로 넘어가 웃으며 말을 이어갔다. "한번은 말입니다. 덩치가 엄청나게 큰 남자가 2층에서 죽은 일이 있었습니다. 그런데 도저히 나무 계단으로 옮기기가 힘들어 그를 반으로 접어 내려오는데 시신에서 나는 뚝뚝 소리를 가리려고 장의사가 기침을 해대야 했지요." 그가 냅킨으로 입을 막고 웃어댔다.

　"사후경직 때 나는 뚝뚝 소리는 잊을 수가 없지요." 내가 말했다. 그때는 딱히 다른 할 말이 없어서 그렇게 말했지만 나중에 면담 테이프를 듣고 보니 "이런, 세상에!" 또는 "맙소사"가 더 정상적인 반응이라는 생각이 들었다.

　"들어본 적이 있습니까?" 매틱이 눈썹을 추켜올리며 물었다. 그가 입을 가리던 냅킨을 내리자 우리가 왜 면담을 하는지 의아해하는 표정이 고스란히 드러났다. 이야기를 듣고 놀라며 그런 장면에 관해서 질문해야 할 사람은 나인데, 태연한 내 태도를 보고 놀란 눈치였다. 그래서 나는 지금껏 보고 들은 이야기를 해주었다. 영안실의 시신들, 잿더미 사이의 두개골, 언덕 위의 관, 그리고 내 손에 놓인 뇌와 플라스틱 욕조 안의 아기 전부. 매틱이 예전 수사 이야기를 하듯, 나 역시도 겪은 일들을 줄줄 이야기하고 있었다.

　"작가님이 이미 다 본 것들인데 저한테 물으시면 어떻습니까? 저한테 기억에 남는 사건을 묻는데, 작가님의 경험으로도 충분해 보입니다. 나쁜 의미로 말하는 게 아니라 사실을 말씀드리는 겁니다. 그런 것들을 보고도 술을 이 정도밖에 마시지 않았다니 놀라울 따름입니다! **제게** 물을 필요가 없어 보여요! 면담은 이미 **끝난** 것 같습니다."

나는 어색하게 어깨를 으쓱하며 '이만큼 많이 보리라 예상하지는 않았답니다'라는 표정을 지어 보였다. 처음에 세운 계획은 단순했다. 죽음의 일꾼들을 만나 그들의 일 그리고 그들이 일을 어떻게 감당하는지에 관해 이야기하려고 했다. 방해만 하지 않는다면 일하는 모습을 보여줄지도 모른다고 생각했고, 영안실의 시신부터 매장까지의 자취를 따라 관찰하고 내가 본 과정을 기록할 계획이었다. 이전에도 영화, 권투, 서체, 기쁘고 슬픈 이야기를 비롯해 여러 주제에 관해 수백 명의 사람을 면담했었다. 세계를 다니며 취재해왔듯, 이번에도 일이 끝나면 노트와 녹음기를 챙겨 훌훌 떠날 수 있으리라 생각했다. 하지만 이번에는 예상보다 너무 많은 장면을 보았고, 더 많은 감정이 올라왔다. "솔직히 아기를 보기 전까지는 괜찮았어요." 나는 솔직하게 말했다. 산사태를 피하다가 튕기는 조약돌에 맞은 격이었다.

어쩌면 매틱의 말에 일리가 있다. 나는 매우 많은 것을 보았고 면담은 이미 '끝'에 다다랐을지도 모른다. 이번이 마지막 면담이라고 그가 정지 신호를 보내는 걸까.

우리는 한동안 말이 없었다. 매틱은 먹는 걸 멈추고 나를 빤히 쳐다보며 내가 어느 단계쯤 와 있는지 생각하는 듯했다. 술집에서는 자기 일에 관해 솔직하게 털어놓는 데 용기가 필요했는지, 수위를 조절하며 큼직한 주제들만 우렁차게 말했었다. 그는 내가 끔찍한 죽음을 본 경험도 없고 **자세한** 이야기는 듣고 싶어 하지 않는다고 생각한 모양이었다. 그도 그럴 것이 자신의 경험 상 그런 끔찍한 이야기를 듣고 싶어 하는 사람도 없었고 술집에 서 슬슬 자리를 피하는 사람들만 봤기에 당연했다. 몇 시간이나 지나서야 그는 무릎을 꿇고 인공호흡을 한 간호사와 천장에서 액체를 뚝뚝 흘리는 노인 이야기를 꺼냈다. 내가 독자의 능력을 지레짐작하지 않았기에(만약 독자가 감당할 수 있는 능력을 함부로 가 정한다면, 내가 뛰어넘으려고 노력한 문화적 장벽을 결국 인정하는 꼴이 되어버린다) 당신이 지금까지 나와 함께 있는지도 모른다. 식당에 서 나는 잡다한 소리가 나와 매틱의 침묵을 메웠다.

"그러니까…." 몸을 뒤로 젖힌 매틱은 손을 흔드는 금색 고양이가 있는 모서리를 응시하며 이야기를 할지 말지 고민했다. "이 주제로 책까지 집필하고 있다고 하니까 그냥 말하겠습니다. 제 말을 오해하진 마십시오." 앞으로 숙인 얼굴이 사뭇 진지했다. **"절대로 그런 장면들을 머릿속에서 지울 수는 없습니다.** 작가님 에게 못된 말을 하고 싶어서가 아닙니다. 그 생각을 불러일으키 는 촉발제가 언젠가는 꼭 나타날 거예요. 언제, 어디에서, 왜 그 런지는 모르겠지만 갑자기 불쑥 생각이 나고 떠나질 않지요. 그 런 장면들이 평범하진 않으니까요. 지금까지 저한테 물어본 영역 에 작가님도 이미 발을 들였습니다."

매틱은 내가 그런 이미지들을 머릿속 어디에 두느냐가 관건 이라고 했다. 지금은 가장 앞에 있겠지만 언젠가는 뒤로 물러나리라. "저는 이 일을 30년간 했습니다. 간호사들도, 소방관들도 그런 장면들을 보지요. 자기 자신과 상황 사이에 거리를 두지 않으면 매번 '내가 무슨 짓을 하고 있나'라는 생각이 들며 괴로울 겁니다."

휴게실에서 동료 조산사와 이야기하는 클레어, 매해 바비큐 파티에서 동료들과 이야기하는 모를 비롯해 지금껏 만난 사람들이 힘들 때마다 상담사 대신, 비슷한 경험을 한 동료들에게 털어놓는다는 사실이 충분히 이해가 됐다. 장의사, 시신 방부처리사, 해부병리 전문가 들은 그들만의 회의에 참석해 마음 편하게 이야기를 나눈다. 겪은 상황과 맥락이 평범한 일상과 너무나도 다르기에 군인들은 다른 군인들에게만 속내를 털어놓을 수 있다는 이야기를 읽은 적이 있다. 그들은 상담사들의 임상적 이해가 아니라 경험을 공유할 누군가를 원한다. 나는 이런 경험을 공유할 동료가 없기에 컴퓨터 앞에 앉아 이 모든 것을 쏟아내고 있을지도 모른다. 나는 매틱에게 뇌리에서 아기가 떠나지 않는다고, 커피숍에서 아기를 데리고 온 사람들 옆에 앉을 때마다 아기가 죽는 모습이 상상된다고 말했다. 또한 아기를 사이에 두고 잠들었다고 별생각 없이 언급하는 친구 부부의 이야기를 들을 때마다 그렇게 해서 죽은 아기의 숫자가 생각난다고도 말했다. 파티에 가도 누군가를 붙잡고 아기 이야기를 하며 분위기를 망친다고도 했다. "요즘 어때요?"라는 질문 하나에 나는 아기 이야기를 콸콸 쏟아내고야 만다.

"그래도 이런 경험 덕분에 분명 감사하는 마음이 생겼을 겁니다. 좋은 쪽으로 바뀔 거예요. 대부분은 아주 겸손해지지요. 아기를 보고 한편으로 나쁜 생각이 들지는 몰라도 어두운 면을 봤기 때문에 감사하는 마음도 더 클 거예요. 저는 이런 경험으로 **더 나은** 사람이 된다고 봅니다. 다른 사람들보다 더 대단한 사람이 된다는 말이 아니라 스스로 더 나은 자신이 된다는 의미이지요. 세상을 더 관대하게 보고, 무슨 일을 하든 삶을 더 깊이 느낄 겁니다. 왜냐하면 사람들은 가까이 가지도 않는 상황을 우리는 보았기 때문입니다. 물론 꺼릴 법도 하지요." 나는 고개를 끄덕였다. 죽은 자들을 만난 덕분에 적어도 사람들을 대할 때 참을성이 많아졌다. 죽음의 일꾼 대다수가 처음 본 내게 문을 열어주고 이야기해준 것도 그런 너그러움이 아닐까. 또한 나는 예전보다 내 주장도 덜하게 되었다. 여전히 화가 나긴 하지만 확실히 한풀 꺾였다. 뒤끝도 있는 성격이었지만 이제 대부분은 모두 잊었다.

"일하면서 부딪친 상황 때문에 후회한 적이 있나요?"

"절대 하지 않아야 할 생각이 바로 그겁니다." 그가 자신감에 찬 목소리로 말했다. "저는 후회하지 않습니다. 뻔한 말로 들릴지 모르겠지만 우리는 모두 자신의 길을 나선 여행자입니다. 여행을 마치지 않는 것이 가장 나쁜 선택입니다. 뒤돌아보면 후회하기 마련이에요."

몸과 마음의 트라우마에 관한 임상 보고인 《몸은 기억한다

The Body Keeps the Score》에서 정신건강의학과 의사인 베셀 반 데어 콜크Bessel van der Kolk는 몸이 극단적인 경험에 반응할 때, 질병의 원인이라고 알려진 스트레스 호르몬을 분비한다고 서술하며 다음과 같이 말을 이었다. "하지만 스트레스 호르몬의 목적은 극도로 힘든 상황에 대처할 힘과 인내력을 주는 것이다. 사랑하는 사람 또는 낯선 사람을 구조하거나, 도움이 필요한 사람을 병원에 데려다주거나, 의료팀의 일원이 되거나, 막사를 세우거나, 그들을 위해 요리하는 봉사를 비롯해 재난에 대응해 적극적으로 무언가를 **하는** 사람들은 스트레스 호르몬을 올바른 목적으로 사용하기 때문에 정신적 외상(트라우마)을 입을 위험 가능성이 낮아진다." 미국의 방송인이자 작가인 프레드 로저스Fred Rogers가 말했듯, 죽음의 일꾼들 즉, 이 '조력자'들은 육체적으로 대응하기에 정신적으로도 대처할 수 있다. 우리가 (그리고 내가) 가만히 앉아 있을 동안 그들은 무슨 일이든 직접 **하기** 때문이다. 반 데어 콜크는 이렇게 적어 내려간다. "그렇기는 하지만 모두에게는 한계점이 있다. 가장 철저하게 준비한 사람도 어려움의 크기에 제압될 수 있다."

죽은 사람들을 만나는 일꾼들과 이야기하며 공통적으로 발견한 점이 있다면 한 번에 죽음을 받아들이기는 힘들다는 사실이다. 설령 죽음을 다루는 일이 직업이라 하더라도 죽음의 큰 그림을 볼 수 있는 사람은 없다. 죽음이라는 기계는 각각의 작은 구성 요소가 제 위치에서 충실하게 역할 하기에 돌아갈 수 있다. 인형 공장에서 얼굴을 칠하는 일꾼이 자기 작업이 끝나면 머리카락을 붙이는 일꾼에게 인형을 넘기는 것과 같다. 길가에서 시신을 거둬들이고 부검하고 방부처리하고 수의를 입혀 화장장까지 넣는 모든 과정을 책임지는 사람은 없다. 죽음의 세계는 업계에 연결된 사람들이 각자 자신의 역할을 다하는 일련의 과정이다. 죽음을 향한 두려움을 없앨 해결책은 없지만 그 영역 안에서 역할을 수행할 수 있는가는 무엇을 보고, 보지 않느냐에 달렸다. 나는 부검할 때 보는 핏덩어리를 도저히 감당하지 못하겠다고 말하는 장의사를 만나봤고, 너무 개인적이라 느껴 차마 시신에 수의를 입히지는 못하겠다는 화장장 기사도 만나봤으며, 낮에는 무덤에도 들어갈 수 있으나 밤에는 무서워서 묘지에 못 가겠다는 무덤 파는 일꾼도 만나봤다. 심장의 무게를 재는 일은 전혀 문제가 없지만 죽은 사람의 유언은 읽지 않는다는 해부병리 전문가도 만났다. 우리 모두 눈가리개를 쓰고 있지만 사람마다 가리는 부분이 다르리라.

죽음의 일꾼들 모두 자기만의 한계가 있지만, 너무나도 큰 변화에 휩싸여 무너지는 사람이 없도록 노력한다. 매틱이 거리 두기에 관해 말했을 때 나는 무심한 태도라기보다는, 상황 안에서 무너지지 않고 일을 해내기 위해 스스로 공간을 확보하는 건설적인 행동이라는 생각이 들었다. 그는 내가 본 장면들을 묻어버리거나 무시하지 말고 의미 있는 맥락 속에 두라고 조언했다. 매틱이 말한 거리 두기는 자기 자신의 삶을 다시 쓰고, 자신이 한 일을 정당화하기 위해 스스로 책임을 부인한 사형 집행인과는 다르다. 영원히 이런 일에서 멀어지기 위해 알람까지 맞춰놓고, 이야기를 알고 싶어 하지도 않으며 일부러 맥락을 지워 오로지 피만 전시하는 범죄 현장 청소부와도 다르다.

독자들에게 한 가지 바라는 점이 있다면, 각자 스스로 한계점을 생각해봤으면 하는 것이다. 이 모든 경험에서 나는 남들이 대신 정한 벽에 부딪치는 모습을 보곤 했다. 아내가 자는 동안 사산아 장례식을 후다닥 끝내버린 남편, 가족이 보면 안 된다고 판단해 관 뚜껑에 나사못이 박힌 채 고국으로 보내진 베트남전쟁 참전 군인, 익사한 형제를 보게 해달라고 포피의 장례식장에 문의한 남자. 이 한계는 대체로 우리에게 도움이 안 되는, 독단적이고 제도화된 가정일 뿐이다. 나는 개인이 선택해야 한다고 믿으며, 문화 규범의 요구를 맹목적으로 따르지 않고 신중하게 고려했다면 그들의 선택이 옳다고 본다.

기나긴 여정이 시작되기 전, 포피는 고리버들 의자에 앉아 내게 말했다. "우리의 역할은 사람들에게 이래라저래라 하는 것이 아니에요. 다른 사람의 중대사에 내 생각을 강요해서는 안 되지요. 그들을 준비시키고 자율적인 결정을 내리는 데 필요한 정보를 주는 거예요." 나는 포피의 말이 옳다고 생각한다. 세상에는 이미 죽음과 시신에 관해 이런저런 생각을 강요하는 사람들이 많고, 나는 그런 사람이 되고 싶지 않다. 나는 그저 독자들이 생각해보기를 바랄 뿐이다. 삶에서 가장 심오하고 의미 있는 순간은 어쩌면 지금 한계점이라고 생각하는 곳에 있을지도 모른다. 마음이 간다면 아니, 그저 호기심이라도 있다면 죽은 자에게 수의를 입히는 과정에 참여해보길. 우리는 생각보다 강하다. 퇴직한 장의사인 론 트로이어는 전쟁에서 돌아온 아들을 보려고 고

짐을 부린 아버지를 위해 못 박힌 관 뚜껑을 억지로 열며 인간의 강인함을 배웠다. 아버지는 공포가 아니라 아들을 봤을 뿐이다.

　몇 년 전, 위독한 어머니가 병원에 있다고 말한 어느 여성이 자주 생각난다. 그녀는 어머니의 마지막 모습이 죽음으로 얼룩질까 봐 병원에 가지 않고 홀로 돌아가시도록 두었다. 예순이었던 그녀는 시신을 본 적이 한 번도 없었기에, 평생의 추억이 병실 침대 장면으로 대체되리라 생각했고, 어머니를 잃는다는 사실보다 죽음의 **이미지**가 자신 안의 무언가를 영영 무너지게 할 것이라 믿었다. 나는 죽음을 가까이함으로써, 미지의 세계를 향한 두려움을 제어함으로써, 삶을 완전히 뒤바꾸는 지혜가 생긴다고 믿는다. 그 지혜를 늘 곁에 둔다면 때가 다가왔을 때 사랑하는 사람이 홀로 죽지 않게끔 할 수 있을 테니까.

　고백하자면, 그 아기를 보지 않았으면 나았으리라 생각할 때도 있다. 하지만 그 순간이 없었다면 그들의 슬픔과 경험이 내게는 보이지 않는 세계로 남았을 것이다. 사산아 전문 조산사인 클레어를 만나지도 못했을 것이다. 클레어의 일이야말로 잘 아는 사람도 거의 없는 데다 죽음의 일꾼들이 얼마나 인정받고 있지 못하는지, 또한 죽은 사람뿐 아니라 유가족의 정신과 마음을 달래는 데 얼마나 공헌하는지를 보여주는 직업이었다. 이것은 충격적인 경험을 겪은 사람들만의 전유물이 아니다. 추억 상자에 담을 죽은 아기의 사진을 찍을 뿐 아니라 그들을 기억하고, 아기가 있었다는 사실을 인정하는 중요한 증인으로 사명감을 가진 클레어 같은 사람들이 헌신하기에 우리는 뼈아픈 상황에서 소외감과

외로움을 조금이나마 덜 느낀다. 보지 않고, 이해하려 하지 않는다면 어떻게 연민을 느낄 수 있을까?

보이지 않는 것을 이해하려는 노력은 이 모든 과정의 토대였다. 그랬기에 한 장면이라도 고개를 돌리면 나의 본래 의도가 손상될까 봐 모든 것을 눈에 담고 싶었다. 하지만 여러 곳에서 시신 앞에 설 때마다 순간 말문이 막히곤 했다. 기자로서 나는 대개 질문이 많지만 면담 테이프를 들어보면 냉장고의 윙윙거리는 소리나 골 절단기의 소리만 울릴 뿐, 내가 질문하지 않아 정적이 흐를 때가 많았다. 집에 도착하면 애덤의 흉부 사진을 보지 않은 내게, 의대생이 목 없는 카데바에 덮인 천을 치울 때 더 다가서서 보지 않고 머뭇거린 나 자신에게 화가 났다. 죽은 자에게 더 가까이 가기 위해 수백 통의 이메일을 주고받고 수천 킬로미터를 날아갔지만, 왜 정작 그곳에 가서는 테리가 깔끔하게 분리해놓은 시신에 더 가까이 가지 못했을까? 왜 그 순간 멈췄을까? 같은 방에 서 있으면서도 내가 편하게 있을 장소가 아니기에 멀찍이서 봤을까? 아니, 척추의 남은 부분을 보기에는 스스로가 너무 약하다고 생각했을까? "인간의 상충하는 두 감정이 충돌해 화상을 입힐 수도, 열기를 줄 수도 있는 불똥을 튀긴다"고 서술한 리처드 파워스Richard Powers의 말처럼, 나는 경이와 두려움의 한가운데 서서 죽음에 반응하고 내 본분을 다하려고 노력했다.

상황이 힘들 때면 찾아 헤매는 것이 정확하게 무엇인지 나 자신에게 물었다. 포피의 영안실에서 어릴 적 그토록 보고 싶었던 진짜 죽음을 처음으로 보지 않았는가? 그런데도 대체 무엇을 더 봐야 할까?

　매틱과 이야기하고 나서 나는 해안에서 바위와 아들을 끝까지 붙잡은 죽은 아버지의 이미지를 떨쳐낼 수가 없었다. 제대로 표현하기도, 이유를 설명하기도 어려웠지만 이상하게 내 마음 한구석에 긴 여운이 남았다. 중국 식당에서 매틱이 죽은 아버지와 아들을 언급했을 때 나는 그 사건의 사실만을 생각하고 나 자신에게 죽음의 생물학적 변화만을 이해시키려고 했다. 범죄 현장청소부가 그랬던 것과 마찬가지로 죽음의 의미를 축소하고 죽음에서 자신을 분리하려는 마음이었다. 나는 전체 그림은 보지 않은 채 몇 주간 찜찜한 마음으로 있다가 썰물을 보고서야 해답을 찾았다.

　근육은 이유 없이 굳지 않는다. 시체 연축은 일반적인 사후 경직과 달리 근육이 훨씬 더 뻣뻣해지는 드문 현상으로, 시신 방부처리실에서 소피가 앞에 있는 시신의 무릎을 굽히는 것만큼 쉽게 구부러지지 않는다. 시체 연축은 신체와 감정이 극도의 긴장감에 놓일 때 일어난다. 썰물로 모습을 드러낸 아버지와 아들을 발견한 사람들은 거친 파도 속에서 아직 부자의 목숨이 붙어 있던 순간을 고스란히 볼 수 있었다. 아들을 절대 놓지 않은 아버지의 마지막 본능이었다. 해안의 물살이 너무나 강했기에 누구도 바로 익사하지는 못한다. 만약 이 본능이 약했다면 아버지의 손은 바위와 아들을 모두 놓쳤을 테고, 그렇다면 그들의 시신은 따로 발견되었을 것이다. 영안실에서 아기가 물에 잠기는 모습을 보고 내가 느낀 원초적인 본능과 같았다. 손을 뻗어 아기를 잡고 싶은 마음이 굴뚝같았고 만약 살릴 수 있는 상황이었다면 절대 놓지 않았으리라.

그림의 조각들이 맞춰지기 시작했다. 죽음은 살아 있는 사람의 마음속에 묻힌 것들을 드러낸다. 죽음 후에 일어나는 일을 보지 않음으로써 우리는 자기 자신을 더 깊이 이해하기를 거부한다. '국가가 국민의 죽음을 다루는 방식을 보여달라. 그러면 국민의 자비, 법을 대하는 존중심, 높은 이상을 향한 충심을 정확하게 숫자로 보여주리라.' 케니언에서 만난 모의 사무실에 걸린 윌리엄 글래드스턴의 명언이다. 우리는 돈을 내고 눈앞에서 죽음을 지우는 세상 속에서 자기 자신을 속이고 있는지도 모른다. 죽음의 일꾼들의 보이지 않는 보살핌과 따뜻한 마음은 냉정한 분리가 아니라 오히려 그 반대로 일종의 사랑을 보여주었다.

짧은 시간이었지만 죽음을 가까이함으로써 나는 더 부드러워지면서도 더 강해졌다. 이 모든 것의 마지막을 받아들이며 산 사람을 애도하기도 했다. 나는 화판에 기댄 아버지의 뒷모습을 찍은 사진, 오래전에 이미 죽은 다섯 여인의 사진 모음을 갖고 있다. 수천 명이 홀로 죽어가고 전 세계가 마비되어 물리적으로 분리될 수밖에 없던 당시, 노트북 컴퓨터에 저장된 사진만이 내가 가진 전부였다. 이 책은 죽음의 홍수가 터지기 직전, 죽음을 직면하며 조금씩 쌓아온 내 판단과 생각이 모여 만들어졌다.

2020년 1월, 코로나바이러스 팬데믹이 막 시작될 무렵, 내게는 길거리에서 의료용 마스크를 쓴 채 죽어 있는 중국 남자의 사진 한 장이 앞으로 다가올 대재앙을 암시하는 가장 큰 징표였다. 리포터들은 두 시간 동안 다른 응급 상황으로 출동한 구급차가 최소 15대는 지나쳤으며, 그 후에야 창문이 검게 코팅된 승합차가 도착해 시신을 시신 가방에 넣고 그가 누워 있던 도로를 소독했다고 전했다. 그때까지만 하더라도 바이러스는 먼 나라, 다른 사람의 이야기였다. 하지만 한 구의 시신은 사회적 토대가 와해되는 모습을 보여주는 데 충분했다. 시신이 죽은 자리에 그대로 있다는 말은 죽음의 일꾼들이 고된 시간을 보내고 있다는 의미이다. 죽음의 일꾼들은 최전방에서 일하면서도 박수 받지 못하며, 일을 처리하지 못하는 순간 가장 눈에 띄기 마련이다.

중국 남자의 사진 이후로, 정부는 현실의 위협을 경시하였기에 실제 죽음의 이미지들은 영국 언론에서 보기가 힘들었다. 사망률이 높아질수록 미디어는 국민 의료 보험을 지지하는 이야기나 전 영국군 대령인 아흔아홉 살의 토머스 경이 자신의 정원에서 천천히 걷는 모습을 보여주며 기금을 모으는 광고에만 초점을 맞췄다. 하지만 죽음이 만약 화면에 보이는 숫자일 뿐이라면, 보이지 않는 현실은 무시하기가 쉽다. 영안실에서 쉬지 않고 일하는 라라는 종이로 된 수술 마스크를 고무 마스크로 바꿔야 했지만, 밖에서 사람들은 바이러스의 존재를 가지고도 논쟁을 벌였다. 결국 뉴스는 병원 내부 상황을 보도하려고 시도했지만 개인이 직접 검색하지 않는 한, 임시 영안실이나 관 또는 시신 가방은 보지 못했다(직접 찾아본다고 해도 대개 다른 나라의 사진이 떴을 것이다). 고통의 이미지를 향한 사람의 반응을 다룬 저서에서 수전 손택은 "더 멀리, 더 낯선 곳에 갈수록 죽음의 전면을 맞닥뜨릴 가능성이 높아진다"라고 서술했다.

당시 나는 우리가 이야기의 큰 부분을 놓치고 있다고 느끼기도 했지만, 이러한 실패 상황은 2020년보다 훨씬 전부터 시작되었다고 본다. 이미 죽음을 추상적인 현상으로 치부했는데 어떻게 수치를 보고 시신을 생각할 수 있을까?

에이즈 활동가인 클리브 존스Cleve Jones이 수년 전 테리 그로스Terry Gross의 팟캐스트 〈프레시 에어Fresh Air〉에서 한 이야기가 떠오른다. 그는 1985년 샌프란시스코에서 에이즈 사망자가 1,000명에 다다랐을 때 그곳에 있었다. 그해 11월 그는 카스트로Castro와 마켓Market 거리 귀퉁이에 서 있다 암살된 정치인 하비 밀크Harvey Milk와 조지 모스코니George Moscone를 기리는 연례 촛불 행사에 참석 중, 눈에 보이는 증거가 부족한 데서 오는 좌절감에 휩싸였다. 급속도로 퍼지는 감염병의 진원지에 있으면서도 공동체 외부에는 거의 알려지지 않은 상황이었기에 주변을 둘러보면 사람들은 식당에서 식사하고, 웃고 떠들고, 음악을 즐겼다. 그는 "우리가 이 건물들을 무너뜨린다면, 태양 아래 수천 구의 시신이 부패하는 초원이 드러난다면, 그렇다면 사람들도 상황을 알아차리고 이해할 것이라는 생각을 했습니다. 그들이 인간이라면 어쩔 수 없어서라도 반응하겠지요"라고 말했다. 건물을 무너뜨리는 대신 그는 에이즈 기념 퀼트를 만들기 시작했다. 일반적인 관 크기인 가로

세로 각각 약 182센티미터, 90센티미터인 퀼트는 36년이 지난 지금도 10만 5,000명의 이름을 담으며 계속해서 커지고 있다. 총 무게 54톤인 이 작품은 세계에서 가장 큰 민중예술품이다. 이 작품의 목적은 보기도 힘들고 쉽사리 무시되기 마련인 에이즈 사망자를 기리고 사회적 편견을 깨는 데 있다.

2020년 사람들은 작은 화면으로 사랑하는 사람에게 숨 가쁜 작별을 고했다. 처음으로 죽음을 목격한 사람도, 그것도 사랑하는 사람의 죽음을 봐야 한 사람도 있었지만 우리는 예전과 같은 방법으로 슬픔을 달랠 수도 없었다. 장례식에 참석할 수 없었기에 작은 화면에서 줌Zoom으로 장례식을 봐야 하는 사람도 많았다. 우리는 죽음이라는 **개념**만 바라볼 수밖에 없었다. 4월, 전 세계 사람들이 잠을 이루지 못하자 BBC 라디오 3은 유럽 방송 연맹과 협력해 유럽, 미국, 캐나다, 뉴질랜드의 15개 채널에서 독일 출신 작곡가 막스 리히터Max Richter의 음반 〈슬립Sleep〉을 여덟 시간 동안 동시 방송하기도 했다.

집에 가만히 있는 행동은 대책 없어 보이기 마련이지만, 이런 위기 상황에서는 집 소파에 앉아 벽을 바라보면서도 바이러스를 퍼뜨리지 않음으로써 생명을 구할 수 있다. 격리 조치로 따라오는 심리적인 악영향은 집 안에서 홀로 있거나 혹은 가족과 부대끼며 생길 뿐만 아니라 스트레스 호르몬을 해소할 방법이 없기 때문에 생기기도 한다. 무력함은 불안과 절망감을 낳는다 (아무것도 하지 않음으로써 받는 심리적 영향이 얼마나 큰지 아무도 몰랐다). 영국에서 25만 명 이상의 사람들이 무너지는 세상을 조금이라도 붙들기 위해 봉사 활동에 자원했다.

　사망률이 10명 미만에서 40여 명으로, 며칠 만에 불어나다 결국 수백, 수천 명에 이르는 사태를 바라보며 나는 시신 가방에 들어가는 실제 사람들을 생각했다. 누군가가 물에 빠져 죽은 내 친구를 건져냈듯, 어딘가에서 누군가는 그들 한 사람 한 사람을 책임질 것이다. 나는 팬데믹 전부터 이 책을 집필하기 시작했지만 도시가 봉쇄되고야 마무리했다. 집에 갇혀 스트레스와 무기력으로 머리가 멍해진 나는 다른 사람들과 마찬가지로 우리 집 정원을 처음으로 눈여겨보게 되었다. 그전에는 남은 저녁을 까마귀 가족에게 던져줄 때를 제외하고 정원을 별로 신경 쓰지 않았지만, 시험 삼아 작은 나무를 집어삼키는 덩굴과 가시나무를 쳐내보았다. 정원에 있는 식물들 사진을 찍어, 뽑아내야 하는지 아닌지 찾아보기도 했다. 몇 주 동안 식물을 쳐내고 뽑고, 매장지에서는 좋을지 몰라도 정원에는 별로 좋지 않은 점토질을 모두 파내고 나서 새로운 식물들을 심기 시작했다. 나는 뉴스 보도, 사망자 숫자, 내 짧은 원예 지식에 상관없이 땅에서 솟아나는 작은 생명을 지켜보았다. 자연의 끈질김은 감정적으로 나를 지탱해주었기에, 정원 일은 집 밖에서 일어나는 일을 잊으려는 오락거리가 아니라 받아들이는 데 도움을 주는 힘이 되었다.

　죽음과 시간의 흐름을 생각하는 것은 정원을 가꾸는 일의 일부이다. 땅을 가꾸고 식물을 심으면서도 실패할 가능성을 알고, 반년 후면 서리로 죽으리라는 사실을 알면서도 키우기 때문이다. 짧지만 아름다운 생명을 기뻐하고, 끝을 수용하는 마음이 이 한 가지 활동에 모두 들어 있다. 손에 흙을 묻히고, 아무리 작은 부지라도 세상 일부를 바꾼다는 감각은 지금 살아 있는 기분을 느끼게 하므로 정원 가꾸기는 마음을 치유한다고들 한다. 하지만 치유는 물리적, 신체적인 영향보다 훨씬 깊은 곳에서 일어난다. 봄이 시작되는 순간부터 달이 바뀔 때마다 끝과 가까워지기 때문이다. 매해 정원을 가꾸는 사람들은 시작과 끝을 나타내는 물리적 증거인 서리로 반짝이는 갓털(씨방의 끝에 붙은 솜털 같은 것 - 옮긴이)을 보며 죽음을 받아들이고 계획하며 심지어 기뻐하기도 한다.

겨울이 다가오며 사망률도 높아졌다. 1차 유행이 끝나지 않았을 때, 뉴욕에서는 영안실 공간을 더 확보하기 위해 병원 밖에 냉동 트럭이 죽 서 있기도 했다. 브루클린 부두에는 가족의 위치를 알 수 없거나 매장할 경제적 여건이 되지 않는 650구의 시신이 놓여 있었다. 로스앤젤레스 지역에서는 밀린 시신을 처리하도록 일시적으로 대기질 관련 규정을 중단해 매달 화장할 수 있는 시신 제한 수를 늘렸다. 매일 사망자 수가 4,000명이 넘었던 브라질에서는 격리 병동 간호사들이 니트릴 장갑에 따뜻한 물을 채워, 환자들이 따뜻한 사람의 손을 느끼고 외롭지 않도록 배려했다. 2020년 3월 말, 수천 명의 사망자들이 발생하기 전 로즈가든에서 당시 트럼프 대통령은 "예전 삶이 돌아왔으면 좋겠습니다. 미국은 최고의 경제 호황을 누렸습니다. 죽는 사람도 없었지요"라고 연설했다.

죽음은 늘 존재했다. 그저 우리가 바라보기를 피했을 뿐. 우리는 죽음을 잊기 위해, 자기 자신에게는 찾아오지 않는다고 믿기 위해 감추었다. 하지만 팬데믹은 죽음이 언제 어디서든 누구에게나 찾아온다는 사실을 몸소 느끼게 하는 계기가 되었다. 우리는 죽음으로 표제가 붙은 이 시대에 살아남은 생존자들로서, 꽁꽁 걸어 잠근 문을 열고 죽음이라는 손님을 받아들여야 할 것이다.

주석

큰따옴표로 묶은 문장은 출처에서 직접 인용했고 나머지는 참고한 내용이다.

- "지구가 돌고, 해가 가차 없이 뜨고 지고, 그리고 언젠간 우리 모두에게 마지막 해가 진다는 이유만으로 삶은 비극이다": 제임스 볼드윈, 《단지 흑인이라서, 다른 이유는 없다The Fire Next Time》, 열린책들, 2020
- 내 아버지인 에디 캠벨은 만화 작가로 당시 책 작업 중이었다: Alan Moore and Eddie Campbell, *From Hell*, Top Shelf Productions, San Diego, 1989, 1999.
- 매년 5억 5400만 명이 사망한다: World Health Organisation, 'The Top 10 Causes of Death', 9 December 2020. 〈who.int/news-room/fact-sheets/detail/the-top-10-causes-of-death〉
- 베커는 죽음이 세상을 끝내기도 원동력을 주기도 한다고 생각했다: 어니스트 베커, 《죽음의 부정The Denial of Death》, 한빛비즈, 2019
- "당신이 두려워하는 대상이 죽음이라는 걸 어떻게 확신할 수 있는가?": 돈 드릴로, 《화이트 노이즈White Noise》, 창비, 2005
- 내가 집필하던 기사를 위해 벤담의 시신을 관리하는 수줍음 많은 학자가 벤담의 머리를 보여주었다: Hayley Campbell, 'This Guy Had Himself Dissected

by His Friends and His Skeleton Put on Public Display', Buzz-Feed, 8 June
2015. 〈buzzfeed.com/hayleycampbell/why-would-you-put-underpants-
on-a-skeleton〉

- 영화감독인 데이비드 린치가 어느 인터뷰에서 영안실에 간 경험을 이야기했
다: *David Lynch: The Art Life*, dir. Jon Nguyen, Duck Diver Films, 2016,
DVD, Thunderbird Releasing.
- 데니스 존슨은 부패의 과정에서 생기는 화합물 중 가장 먼저 나오는 에틸메
르캅탄에 관해 글을 썼다: Denis Johnson, *The Largesse of the Sea Maiden*,
Jonathan Cape, London, 2018, in the short story *Triumph Over the Grave*, p.
121.
- "죽음과 맞닿은 문은 따뜻한 후광처럼 모든 곳에 있어서, 빛을 발하기도 어
둑해지기도 한다": David Wojnarowicz, *Close to the Knives*, Canongate,
Edinburgh, 2017, p. 119. ⓒ David Wojnarowicz, 1991. Extracts from *Close
to the Knives: A Memoir of Disintegration* reproduced with permission of
Canongate Books Ltd (UK) and Vintage/Penguin Random House LLC (US).
- 로체스터가 만들어지고 나서 30년 후인 1883년, 토네이도가 그곳을 휩쓸
었다: *Ken Burns Presents: The Mayo Clinic, Faith, Hope, Science*, dir. Erik
Ewers and Christopher Loren Ewers, 2018, DVD, PBS Distribution.
- "무슨 병이 났는지 알아내려고 북극까지 가야 하는 건 엿 같은 일입니다": Billy
Frolick, 'Back in the Ring: Multiple Sclerosis Seemingly Had Richard Pryor
Down for the Count, but a Return to His Roots Has Revitalized the Giant
of Stand-Up', *LA Times*, 25 October 1992. 〈latimes.com/archives/la-xpm-
1992-10-25-ca-1089-story.html〉
- 《와이어드》의 기사에서 화력 대신 고온의 물과 잿물로 시신을 화장하는 친환
경적인 방법을 다루었다: Hayley Campbell, 'In the Future, Your Body Won't
Be Buried⋯ You'll Dissolve', *WIRED*, 15 August 2017. 〈wired.co.uk/article/
alkaline-hydrolysis-biocremation-resomation-water-cremationdissolving-
bodies〉
- 동물 해부에서 인간 해부로 넘어가게 된 변화는 정치적, 사회적, 종교적 갈
등을 일으켰다: All historical facts on body donation rely heavily on Ruth
Richardson, *Death, Dissection and the Destitute*, Penguin, London, 1988, pp.
xiii, 312, 36, 39, 52, 54, 55, 57, 60, 64, 260.

- 2012년 내가 이 전시회에 갔을 때는, 아인슈타인의 뇌 옆에 버크의 뇌가 놓여 있었다: Marius Kwint and Richard Wingate, *Brains: The Mind as Matter*, Wellcome Collection, London, 2012.
- "내가 전하는 특별한 요청이자 유언은 비범함을 으스대는 마음에서 나온 것이 아니다": Jeremy Bentham, quoted by Timothy L. S. Sprigge, *The Correspondence of Jeremy Bentham*, vol. 1: 1752 to 1776, UCL Press, London, 2017, p. 136.
- 전쟁 이후 시신을 바라보는 영적인 관념이 바뀌었기 때문에 시신 기증과 화장 비율의 증가가 동시에 일어났다고 추측한다: Richardson, *Death, Dissection and the Destitute*, p. 260.
- 오늘날 영국에서는 기증된 시신만 의료용 카데바로 사용하지만 세계 모든 국가가 그런 상황은 아니다: Figures found in a study by Juri L. Habicht, Claudia Kiessling, MD and Andreas Winkelmann, MD, 'Bodies for Anatomy Education in Medical Schools: An Overview of the Sources of Cadavers Worldwide', *Academic Medicine*, vol. 93, no. 9, September 2018, Table 2, pp. 1296-7. ⟨ncbi.nlm.nih.gov/pmc/articles/PMC6112846⟩
- "해부학은 수술의 가장 기본입니다. (…) 해부학으로 **머리**는 정보를 얻고 **손**은 기술을 익히며 **가슴**은 필수적인 비인간성에 익숙해집니다": William Hunter, 'Introductory Lecture to Students', St Thomas's Hospital, London, printed by order of the trustees, for J. Johnson, No. 72, St. Paul's Church-Yard, 1784, p. 67. Provided by Special Collections of the University of Bristol Library. ⟨wellcomecollection.org/works/p5dgaw3p⟩
- 와이오밍주의 남성 자살률이 급격하게 늘어났다: 'Suicide Mortality by State', Centers for Disease Control and Prevention. ⟨cdc.gov/nchs/pressroom/sosmap/suicide-mortality/suicide.htm⟩
- 캘런 로스는 남부 미네소타주에서 권총으로 자살했다: Associated Press, 'Widow Gets "Closure" after Meeting the Man Who Received Her Husband's Face', *USA Today*, 13 November 2017. ⟨eu.usatoday.com/story/news/2017/11/13/widow-says-she-gotclosure-after-meeting-man-who-got-her-husbanmtouches-manwho-got-her-husbands-fac/857537001⟩
- 의사, 간호사, 의료 기사, 마취 전문의 들은 50주 동안 테리의 연구실에서 안면 이식 수술을 준비했다: 'Two Years after Face Transplant, Andy's Smile

Shows His Progress', Mayo Clinic News Network, 28 February 2019. ⟨newsnetwork.mayoclinic.org/discussion/2-years-after-face-transplant-andysandness-smile-shows-his-progress⟩

• 1929년에 영어로 출판된 벤카르트의 책은 14세기부터 20세기에 걸쳐 만들어진 데스마스크를 두루 다룬 책이다: Ernst Benkard, *Undying Faces*, Hogarth Press, London, 1929.

• 케이트 오툴은 자신의 아버지가 영안실에서 로니 빅스 바로 옆에 있게 되었다니 '아버지답다'라고 하며 웃음을 터뜨렸다: *Death Masks: The Undying Face*, BBC Radio 4, 14 September 2017. Produced by Helen Lee. ⟨bbc.co.uk/programmes/b0939wgs⟩

• 영국의 보수 정치인인 제이컵 리스-모그는 부친의 얼굴을 데스마스크로 제작했다: 위의 책

• 닉이 데스마스크를 만드는 과정은 유튜브의 오래된 3분짜리 영상에서 볼 수 있다: *Amador*, Resistor Films, YouTube, 9 November 2009. ⟨youtu.be/zxb9dMYdmx4⟩

• 유니버시티 칼리지 런던에는 어느 골상학자의 오갈 곳 없는 37점의 데스마스크가 보관되어 있다: Hayley Campbell, '13 Gruesome, Weird, and Heart-breaking Victorian Death Masks', BuzzFeed, 13 July 2015. ⟨buzzfeed.com/hayleycampbell/death-masks-and-skull-amnesty⟩

• 세기의 절도범: Duncan Campbell, 'Crime', Guardian, 6 March 1999. ⟨theguardian.com/lifeandstyle/1999/mar/06/weekend.duncancampbell⟩

• "완전한 현실 아래에서 제정신으로 오래 살아남을 수 있는 생물체는 없다": 셜리 잭슨, 《힐 하우스의 유령The Haunting of Hill House》, 엘릭시르, 2014

• 당시 런던과 영국 남부를 담당한 법의학자 리처드 셰퍼드Richard Shepherd에 따르면 마치오네스호 참사는 큰 변화를 불러온 사건 중 하나였다: Richard Shepherd, 'How to Identify a Body: The Marchioness Disaster and My Life in Forensic Pathology', *Guardian*, 18 April 2019. ⟨theguardian.com/science/2019/apr/18/how-to-identify-a-body-the-marchionessdisaster-and-my-life-in-forensic-pathology⟩

• 사망자의 가족들조차 의심하거나, 부정하거나, 실수로 신원을 착각하는 경우가 자주 발생한다고 한다: *Public Inquiry into the Identification of Victims following Major Transport Accidents*, Report of Lord Justice Clarke, vol.

1, p. 90, quoting Bernard Knight, Forensic Pathology (2nd edition, chapter 3), printed in the UK for The Stationery Office Limited on behalf of the Controller of Her Majesty's Stationery Office, February 2001.

- "하지만 그 사람은 시신을 보지 않는 것이 훨씬 상황을 악화시킨다는 사실을 전혀 몰랐다": 《닥터 셰퍼드, 죽은 자들의 의사Unnatural Causes》, 갈라파고스, 2019

- 1991년 3월, 유나이티드 항공 585편(보잉 737-200)은 콜로라도 스프링스에 착륙하려던 중이었다: National Civil Aviation Review Commission, Testimony of Gail Dunham, 8 October 1997. ⟨library.unt.edu/gpo/NCARC/safetestimony/dunham.htm⟩

- 유나이티드 항공 585편은 오른쪽으로 뒹굴고 거의 수직으로 떨어져 땅에 추락했다: 'United Airlines-Boeing B737-200 (N999UA) flight UA585', Aviation Accidents, 15 September 2017. ⟨aviation-accidents.net/united-airlines-boeing-b737-200-n999ua-flight-ua585/⟩

- 희생자들의 살아남은 가족들은 어렴풋이 매장지를 기억했다. "이제야 행복하게 죽을 수 있겠군요. 뼈가 되든 재가 되든 아버지를 볼 수 있으니까요.": The Silence of Others, dir./prod. by Almudena Carracedo and Ro-bert Bahar, El Deseo/Semilla Verde Productions/Lucernam Films, 2018. Broadcast on BBC's Storyville in December 2019.

- 멘디에타는 아버지의 유해를 찾고 1년 후에 세상을 떠났다: 'Ascensi on Men-dieta, 93, Dies: Symbol of Justice for Franco Victims', New York Times, 22 September 2019. ⟨nytimes.com/2019/09/22/world/europe/ascension-mendieta-dies.html⟩

- 애플과 넷스케이프의 컴퓨터 프로그래머였던 서른 살 토머스 델은 소일렌트라는 별명으로 이 웹사이트를 운영했다: Taylor Wofford, 'Rotten.com Is Offline', The Outline, 29 November 2017. ⟨theoutline.com/post/2549/rotten-com-is-offline⟩

- 조작된 사진이었지만 그가 대담하게도 사진을 공개했다는 사실은 전 세계 언론을 뒤흔들었다: Janelle Brown, 'The Internet's Public Enema No. 1', Salon, 5 March 2001. ⟨salon.com/2001/03/05/rotten_2/⟩

- "섬뜩함은 우리를 관중으로 또는 쳐다보지도 못하는 겁쟁이로 만든다": 수전 손택, 《타인의 고통Regarding the Pain of Others》, 이후, 2004

- 윈스턴 울프 역할을 맡은 배우 하비 카이텔이 등장하는 장면을 보고 닐의 삶

이 완전히 바뀌었다: *Pulp Fiction*, written by Quentin Tarantino and Roger Avary, directed by Quentin Tarantino, Miramax Films, 1994. Reprinted by permission of Quentin Tarantino.

- 담당 형사는 일간지《이스트 베이 타임스》와의 면담에서 '식당을 장악한 아주 흉악한 사건'이라고 설명했다: John Geluardi and Karl Fischer, 'Red Onion Owner Slain in Botched Takeover Robbery', *East Bay Times*, 28 April 2007. ⟨eastbaytimes.com/2007/04/28/red-onion-owner-slain-in-botched-takeover-robbery/⟩

- 앤디 워홀은 가톨릭 가정에서 자랐으며 죽음의 이미지에 집착적이었다: Bradford R. Collins, 'Warhol's Modern Dance of Death', *American Art*, vol. 30, no. 2, University of Chicago Press, 2016, pp. 33–54. ⟨journals.uchicago.edu/doi/full/10.1086/688590⟩

- "같은 것을 보면 볼수록 의미는 더욱 사라지고, 공허함과 익숙함을 느낀다": Andy Warhol and Pat Hackett, *POPism: The Warhol Sixties*, Harper & Row, New York, 1980, p. 50 (in Collins, Warhol, p. 33).

- "잠든 사이에 죽을까 봐 두렵다고 말한 적도 있습니다. 그래서 침대에 누워 심장 소리를 듣는다고 했어요": Henry Geldzahler, quoted in Jean Stein and George Plimpton, *Edie: An American Biography*, Alfred A. Knopf, New York, 1982, p. 201 (in Collins, *Warhol*, p. 37). Quoted with permission from the Plimpton Estate.

- "1839년 카메라가 발명된 이후 사진은 늘 죽음 곁에 있었다": 수전 손택,《타인의 고통》, 이후, 2004

- "살인은 내 사업입니다": Brian Wallis, *Weegee: Murder Is My Business*, International Center of Photography and DelMonico Books, New York, 2013, p. 9.

- "나중에 내가 찍은 사진을 봐야지만 지금 내 눈앞에서 벌어지는 이루 말할 수 없는 처참한 장면을 믿겠노라고 끝없이 혼잣말했다": Margaret Bourke-White, *Dear Fatherland, Rest Quietly: A Report on the Collapse of Hitler's Thousand Years*, Arcole Publishing, Auckland, 2018.

- 마거릿의 사진은 잡지《라이프》에 실렸다: Ben Cosgrove, 'Behind the Picture: The Liberation of Buchenwald, April 1945', TIME, 10 October 2013. ⟨https://time.com/3638432/⟩

- 며칠 후 신문사 측은 아이를 노리던 독수리를 쫓았다고 발표했다: 'Editor's Note', *New York Times*, 30 March 1993. 〈nytimes.com/1993/03/30/nyregion/editors-note-513893.html〉
- "나는 살인, 시체, 분노, 고통… 굶주리고 다친 아이들, 잔인무도한 미치광이 경찰들, 잔인한 사형 집행인의 생생한 기억을 떨칠 수가 없다": Scott Macleod, 'The Life and Death of Kevin Carter', *TIME*, 24 June 2001. 〈content.time.com/time/magazine/article/0,9171,165071,00.html〉
- "연민은 불안정한 감정이다. 행동으로 발현되지 않으면 시들고 만다. (…) 결국 지루함과 냉소와 무관심을 느끼게 된다": 수전 손택, 《타인의 고통》, 이후, 2004
- 1992년 당시 아칸소 주지사이자 대선 캠페인으로 분주했던 빌 클린턴이 리키 레이 렉터의 집행을 보기 위해 급하게 아칸소로 돌아왔다: Marc Mauer, 'Bill Clinton, "Black Lives" and the Myths of the 1994 Crime Bill', Marshall Project, 11 April 2016. 〈themarshallproject.org/2016/04/11/bill-clinton-black-lives-and-the-myths-of-the-1994-crime-bill〉
- 2017년 3월 28일, 미국 전역의 사형수 수감 교도소에서 근무한 23명의 전前 교도관들이 청원서를 제출했다: Letter to Governor Hutchison, Constitution Project, 28 March 2017. 〈archive.constitutionproject.org/wp-content/uploads/2017/03/Letter-to-Governor-Hutchinson-from-Former-Corrections-Offi cials.pdf〉
- 버지니아주의 모든 자동차 번호판은 시내 서쪽에 있는 교도소의 수감자들이 제작한다. '버지니아는 연인을 위한 장소입니다'라고 적힌 번호판을 단 자동차가 우리 앞을 달렸다: *Virginia Correctional Enterprises Tag Shop*, Virginia Department of Corrections, YouTube, 12 April 2010. 〈youtu.be/SC-pzhP_kGc〉
- 미국은 두 가지 사건을 두고 전국적으로 사형 제도를 잠시 중단한 상황에 놓여 있었다: Robert Jay Lifton and Greg Mitchell, *Who Owns Death? Capital Punishment, the American Conscience, and the End of Executions*, HarperCollins, New York, 2000, pp. 40-1.
- 미국의 첫 번째 사형은 제임스타운에서 집행되었다고 알려져 있다: 위의 책, p. 24.
- 뉴욕주에서는 집행인 몇 명의 이름이 알려져 (…) 자동차 번호판을 바꾼 사람도

있다: Jennifer Gonnerman, 'The Last Executioner', *Village Voice*, 18 January 2005. 〈web.archive.org/web/20090612033107/ http://www.villagevoice.com/2005-01-18/news/the-last-executioner/1 〉

- 플로리다에서 전기의자 버튼을 누르는 집행인은 새벽 5시부터 복면을 썼다: Lifton and Mitchell, *Who Owns Death?* , p. 88.
- 다른 주보다 변화가 느렸던 플로리다주는 신문에 사형 집행인을 구하는 광고를 냈고, 20명이 지원했다: 위의 책
- 버지니아주의 전기의자는 원래 1908년 수감자들이 참나무로 만들었다: Deborah W. Denno, 'Is Electrocution an Unconstitutional Method of Execution? The Engineering of Death over the Century', *William & Mary Law Review*, vol. 35, no. 2, 1994, p. 648. 〈scholarship.law.wm.edu/wmlr/vol35/iss2/4〉
- 버지니아주 의회 대표이자 증인으로 참석한 변호사의 설명에 따르면 사형은 순조롭게 진행되지 않았다고 한다: 위의 책, p. 664.
- 전압을 시험하려고 죽인 늙은 말을 제외한다면 전류로 집행한 사형수는 케 플러가 처음이다: Mark Essig, *Edison and the Electric Chair: A Story of Light and Death*, Sutton, Stroud, 2003, p. 225.
- 병리학자는 사형수의 등이 전기에 타서 사라졌으며, 척추 근육이 '과하게 익 힌 소고기'의 모양새와 비슷하다고 말했다: 'Far Worse than Hanging: Kemmler's Death Provides an Awful Spectacle', *New York Times*, 7 August 1890. 〈timesmachine.nytimes.com/timesmachine/1890/08/07/103256332.pdf〉
- 땀은 전도가 매우 잘되는 물질이다: Katherine R. Notley, 'Virginia Death Row Inmates Sue to Stop Use of Electric Chair', Executive Intelligence Review, vol. 20, no. 9, 1993, p. 66. 〈larouchepub.com/eiw/public/1993/eirv20n09-19930226/eirv20n09-19930226_065-virginia_death_row_inmates_sue_t.pdf〉
- "손길이 너무나도 불경스러워 만지는 사람이나 물체는 생명을 다해야 한다": Paul Friedland, *Seeing Justice Done: The Age of Spectacular Capital Punishment in France*, Oxford University Press, 2012, pp. 71-2. Reproduced with permission of Oxford Publishing Ltd, the Licensor, through PLSclear.
- "누군가의 덕성을 공격하는 가장 효과적인 방법은 사형 집행인과 함께 식사하 는 모습을 봤다고 넌지시 의심하는 것이었다": 위의 책, pp. 80-1.

- 두 개의 버튼을 동시에 누르면 기계가 한쪽을 선택하는 시스템도 있다: Lifton and Mitchell, *Who Owns Death?*, p. 87.
- 1920년부터 1941년까지 싱싱 교도소의 교도관이었던 루이스 E. 로스는 전기 의자로 200건 이상의 사형을 집행했다: 위의 책, p. 102.
- "기계를 사용한 사형은 인간의 손으로 조작하지 않고서는 성립되지 않는다": David R. Dow and Mark Dow, *Machinery of Death: The Reality of America's Death Penalty Regime*, Routledge, New York, 2002, p. 8. Reproduced with permission of Taylor and Francis Group LLC (Books) US, the Licensor, through PLSclear.
- "우리는 살아가기 위해 자신의 이야기를 만들어낸다": Joan Didion, The White Album, Farrar, Straus and Giroux, New York, 2009, p. 11. Reprinted by permission of HarperCollins Publishers Ltd, © 1979 Joan Didion (UK).
- 1965년 인도네시아에서 집단 학살을 벌인 암살자들조차도 자신들이 할리우드의 멋진 악당 같다고 자찬했다: *The Act of Killing*, dir. Joshua Oppenheimer, Christine Cynn, Anonymous, Dogwoof Pictures, 2012.
- 통계적으로 증명되지 않는 억제력: 'Deterrence: Studies Show No Link between the Presence or Absence of the Death Penalty and Murder Rates', Death Penalty Information Center. Last viewed 1 October 2021. ⟨deathpenaltyinfo.org/policy-issues/deterrence⟩
- 수십 년간 잠을 이루지 못한, 전前 집행인들의 기고문: S. Frank Thompson, 'I Know What It's Like to Carry Out Executions', *The Atlantic*, 3 December 2019. ⟨theatlantic.com/ideas/archive/2019/12/federal-executions-trauma/602785/⟩
- "나는 전기 사형, 교수형, 독가스를 비롯해 모든 방법으로 행해지는 법적인 살인이 미국 전역에서 불법화될 날이 머지않기를 희망한다.": Robert G. Elliott, *Agent of Death*, E. P. Dutton, New York, 1940.
- 노먼 메일러와 필 도너휴를 비롯한 많은 사람들은 사형 집행을 직접 보지 못하기에 제도가 계속된다고 주장했다: Christopher Hitchens, 'Scenes from an Execution', *Vanity Fair*, January 1998. ⟨archive.vanityfair.com/article/share/3472d8c9-8efa-4989-b3da-72c7922cf70a⟩
- 노먼 메일러: Christopher Hitchens, 'A Minority of One: An Interview with Norman Mailer', *New Left Review*, no. 222, March/April 1997, pp. 7-9, 13.

⟨newleftreview.org/issues/i222/articles/christopherhitchens-norman-mailer-a-minority-of-one-an-interview-withnorman-mailer⟩

- 필 도너휴: 'Donahue Cannot Film Execution', United Press International (UPI), 14 June 1994. ⟨upi.com/Archives/1994/06/14/Donahue-cannot-film-execution/2750771566400/⟩
- 알베르 카뮈는 단두대에 관한 글을 썼다: Albert Camus, *Resistance, Rebellion, and Death*, Alfred A. Knopf, New York, 1966, p. 175.
- 제리는 주 사이를 잇는 고속도로를 따라 가드레일을 설치하는 회사에서 트럭 운전사라는 새로운 직업을 얻었다: Dale Brumfield, 'An Executioner's Song', *Richmond Magazine*, 4 April 2016. ⟨richmondmagazine.com/news/features/an-executioners-song/⟩
- 모건 프리먼은 신을 다루는 다큐멘터리 시리즈에 제리를 출연시켰다: 'Deadly Sins', Season 3, Episode 4 of *The Story of God with Morgan Freeman*, exec. prod. Morgan Freeman, Lori McCreary and James Younger, 2019, National Geographic Channel.
- 다우 B. 호버 부보안관은 뉴욕주에서 근무한 마지막 사형 집행인이었다. 그는 사형 집행 전 자동차 번호판을 바꾸던 차고에서 1990년 가스를 마시고 죽었다. 뉴욕에서 1913년부터 1926년까지 사형 집행인으로 있었던 존 헐버트는 38구경 권총으로 삶을 마감했다: Jennifer Gonnerman, 'The Last Executioner', *The Village Voice*, 18 January 2005.
- 미시시피주의 가스실에 투여할 화학약품을 제조한 도널드 호커트는 악몽에 시달렸다: Lifton and Mitchell, *Who Owns Death?*, pp. 89-90.
- "집행 전담반에는 다섯 명이 있습니다. 하지만 한 명의 총에만 총알이 있지요": 전담반 다섯 명의 사수 중 네 명의 총에 총알이 있으므로, 제리는 정보를 조금 잘못 알고 있었다. 하지만 그의 요지는 여전히 유효하다.
- 12시간이 지나면 몸 전체가 뻣뻣해진다: Val McDermid, *Forensics: The Anatomy of a Crime Scene*, Wellcome Collection, London, 2015, pp. 80-2.
- 18세기의 영국의 괴짜 돌팔이 치과 의사 마틴 밴 부첼의 사례: Susan Isaac, 'Martin Van Butchell: The Eccentric Dentist Who Embalmed His Wife', Royal College of Surgeons Library Blog, 1 March 2019. ⟨www.rcseng.ac.uk/library-and-publications/library/blog/martin-van-butchell/⟩
- 전시 상황이 악화하고 사망자 수가 증가하면서 남부연합군과 연방군 양측 군

인들의 시신이 넘쳐 병원 매장지가 모자라는 상황이 벌어졌다: Drew Gilpin Faust, *This Republic of Suffering: Death and the American Civil War*, Vintage Civil War Library, New York, 2008, pp. 61-101.

- 부유한 가족은 수색꾼을 고용하는 병참감에게 요청해 시신을 돌려받았다: Robert G. Mayer, *Embalming: History, Theory & Practice*, Third Edition, McGraw Hill, New York, 2000, p. 464.

- 엘머 엘즈워스라는 젊은 대령(그는 링컨의 사무실에서 변호사 서기로 일했다)이 버지니아주의 남부연합군 깃발을 잡아 내리면서 총에 맞아 죽었다: Faust, *Suffering*, p. 94.

- 프랑스 발명가 장-니콜라 가날은 자신의 저서에서 해부학용 시신을 방부하는 방법을 자세하게 다루었다: Anne Carol, 'Embalming and Materiality of Death: France, Nineteenth Century', *Mortality*, vol. 24, no. 2, 2019, pp.183-92. 〈tandfonline.com/doi/full/10.1080/13576275.2019.1585784〉

- 그는 워싱턴 DC에 있는 작업장 앞에 이름 없는 군인의 시신을 방부처리해 전시해놓았다: Faust, *Suffering*, p. 95.

- 미 육군은 방부처리사에게 사기를 당했다는 유가족들의 불만에 찬 항의를 받곤 했다: 위의 책, pp. 96-7.

- 푸에르토리코의 어느 방부처리사는 너무 욕심을 부린 나머지, 장례식날 밤에 시신을 동상처럼 포즈를 취하도록 만들었다: Nick Kirkpatrick, 'A Funeral Home's Specialty: Dioramas of the (Propped Up) Dead', *Washington Post*, 27 May 2014. 〈washingtonpost.com/news/morning-mix/wp/2014/05/27/a-funeral-homes-specialty-dioramas-of-the-proppedup-dead/〉

- "추한 사실을 집요하게 숨긴다. 시신 방부처리사의 기술은 완전한 부정의 기술이다": Geoffrey Gorer, 'The Pornography of Death', *Encounter*, October 1955, pp. 49-52.

- "상황에 따라 신경정신과 의사의 역할을 자처하는": Jessica Mitford, *The American Way of Death Revisited*, Virago, London, 2000, p. 64.

- 나는 방부처리 과정이 '폭력적이다'라고 잡지 기사에 실은 적이 있다: Campbell, 'In the future…', *WIRED*.

- 일반적으로 영국의 시신 중 50~55퍼센트는 방부처리를 받는다: Email exchange with Karen Caney FBIE, National General Secretary, British Institute of Embalmers.

- 남북전쟁에서 방부처리되어 돌아온 군인들은 그들이 묻힌 땅에 비소(오래 전에 불법화된 물질이다)를 흘려보냈다: Mollie Bloudoff -Indelicato, 'Arsenic and Old Graves: Civil War-Era Cemeteries May Be Leaking Toxins', Smithsonian Magazine, 30 October 2015. ⟨smithsonianmag.com/science-nature/arsenic-and-old-graves-civil-war-era-cemeteries-may-be-leakingtoxins-180957115/⟩
- 현재 미국에서는 발암성 폼알데하이드가 포함된 300만 리터의 방부 액체가 매년 땅에 묻힌다: Green Burial Council, 'Disposition Statistics', via Mary Woodsen of Cornell University and Greensprings Natural Preserve in Newfi eld, New York. Last viewed 1 October 2021. ⟨www.greenburialcouncil.org/media_packet.html⟩
- 2015년 북아일랜드에 홍수가 나면서 묘지의 화학물질이 땅으로 흘러 들어가는 일이 발생했다: Malachi O'Doherty, 'Toxins Leaking from Embalmed Bodies in Graveyards Pose Threat to the Living', Belfast Telegraph, 10 May 2015. ⟨belfasttelegraph.co.uk/news/northernireland/toxins-leaking-from-embalmed-bodies-in-graveyards-posethreat-to-the-living-31211012.html⟩
- 인도네시아의 타나 토라자에서는 가족들이 주기적으로 무덤에서 시신을 꺼내 새롭게 단장한다: 케이틀린 도티, 《좋은 시체가 되고 싶어From Here to Eternity》, 반비, 2020
- 영국의 유아사망률이 줄어들고 있지만 주변 국가보다 여전히 높다: 'How Does the UK's Infant Mortality Rate Compare Internationally?', Nuffield Trust, 29 July 2021. ⟨nuffieldtrust.org.uk/resource/infant-and-neonatal-mortality⟩
- 어느 영국 연예인이 원하는 부모들은 아이의 존재를 증명할 수 있게끔, 특정 개월 수가 지난 사산아에게 출생신고서와 사망진단서를 모두 발급하자는 캠페인을 벌였다: Duff and Ellie Henman, 'Law Changer: Kym Marsh Relives Heartache of Her Son's Tragic Death as She Continues Campaign to Change Law for Those Who Give Birth and Lose Their Baby', The Sun, 31 January 2017. ⟨thesun.co.uk/tvandshowbiz/2745250/kym-marsh-relivesheartache-of-her-sons-tragic-death-as-she-continues-campaign-tochange-law-for-those-who-give-birth-and-lose-their-baby/⟩

- "신 없이, 과학의 영역 밖에서 보이는 시신은 가장 비참한 광경이다. 삶에 침투하는 죽음이다": 쥘리아 크리스테바, 《공포의 권력Powers of Horror》, 동문선, 2001
- 《브리티시 메디컬 저널British Medical Journal》은 공중보건협회 회장인 매기 레이의 말을 인용했다: Matthew Limb, 'Disparity in Maternal Deaths because of Ethnicity is "Unacceptable"', *The BMJ*, 18 January 2021. 〈bmj.com/content/372/bmj.n152〉
- 그들은 임신과 출산을 돌보는 자칭 간병인이었다: 'Tracing Midwives in Your Family', Royal College of Obstetricians & Gynaecologists/Royal College of Midwives, 2014. 〈rcog.org.uk/globalassets/documents/guidelines/library-services/heritage/rcmgenealogy.pdf〉
- 조산사가 장례를 준비하기도 했다: 'How Do You Lay Someone Out When They Die?', Funeral Guide, 22 February 2018. 〈funeralguide.co.uk/blog/laying-out-abody〉
- 조산사의 12퍼센트만이 의무적으로 유산이나 사산아를 다루는 훈련을 받는다: 'Audit of Bereavement Care Provision in UK Neonatal Units 2018', Sands, 2018. 〈www.sands.org.uk/audit-bereavement-careprovision-uk-neonatal-units-2018〉
- 임산부 네 명 중 한 명이 임신 혹은 출산 중에 아기를 잃으며, 250명 중 한 명이 사산아를 낳는다고 한다. 영국에서는 매일 여덟 명의 사산아가 태어난다: 'Pregnancy Loss Statistics', Tommy's. Last viewed 1 October 2021. 〈tommys.org/our-organisation/our-research/pregnancy-loss-statistics〉
- 유산을 경험하는 일부 여성들은 이런 일이 왜 일어나는지 알아내지 못한다: 'Tell Me Why', Tommy's. Last viewed 1 October 2021. 〈tommys.org/our-research/tell-me-why〉
- 애리얼 레비는 몽골의 어느 호텔 욕실 바닥에서 임신 5개월째에 겪은 유산의 경험을 기사로 썼다: Ariel Levy, 'Thanksgiving in Mongolia', *New Yorker*, 10 November 2013. 〈newyorker.com/magazine/2013/11/18/thanksgiving-in-mongolia〉 Text from this article was reproduced in her book: Ariel Levy, *The Rules Do Not Apply*, Random House, New York, 2017/Fleet, London, 2017, pp. 145-6,235-6. Reproduced with permission of Penguin Random House LLC (US).
- 사산아를 낳거나 또는 출산하고 얼마 지나지 않아 아기를 떠나보낸 377명

의 여성들: Katherine J. Gold, Irving Leon, Martha E. Boggs and Ananda Sen, 'Depression and Posttraumatic Stress Symptoms after Perinatal Loss in a Population-Based Sample', *Journal of Women's Health*, vol. 25, no. 3, 2016, pp. 263-8. ⟨ncbi.nlm.nih.gov/pmc/articles/PMC4955602/pdf/jwh.2015.5284.pdf⟩

- 영국의 화장률은 35퍼센트에서 78퍼센트로 증가했다(미국은 55퍼센트에 머문다): 'International Statistics 2019', Cremation Society. Last viewed 1 October 2021. ⟨cremation.org.uk/International-cremation-statistics-2019⟩
- "의식도 감정도 없는 외계 물질": 크리스토퍼 히친스, 《신 없이 어떻게 죽을 것인가Mortality》, 알마, 2014
- 디트로이트 시장은 멋대로 흩어져 있는, 텅 빈 거리의 낡은 집에 사는 남은 사람들을 도시 안으로 옮기려고 했다: Jonathan Oosting, 'Detroit Mayor Dave Bing: Relocation "Absolutely" Part of Plan to Downsize City', Michigan Live, 25 February 2010. ⟨mlive.com/news/detroit/2010/02/detroit_mayor_dave_bing_reloca.html⟩
- 1773년 벤저민 프랭클린도 비슷한 방법을 제안했다: Ed Regis, Great Mambo Chicken and the Transhumanist Condition: Science Slightly Over the Edge, Perseus Books, New York, 1990, p. 84.
- 소설에서 처음으로 아이디어를 얻었다: 위의 책, p. 85.
- "죽음을 받아들인 사람들은 이미 죽어가고": 로버트 에틴거, 《냉동 인간The Prospect of Immortality》, 김영사, 2011
- 애리조나주의 알코어 재단: Alcor, Membership/Funding. Last viewed 1 October 2021. ⟨alcor.org/membership/⟩
- 넬슨은 영안실 뒤의 창고에 냉동된 고객의 시신을 보관했다: Sam Shaw, 'Mistakes Were Made: You're as Cold as Ice', *This American Life*, episode 354, 18 April 2008. ⟨thisamericanlife.org/354/mistakes-were-made⟩
- 되살아난 유기체: David Wallace-Wells, *The Uninhabitable Earth*, Allen Lane, London, 2019, p. 99.
- 2019년, 연구자들은 죽은 돼지 32마리의 뇌를 꺼냈다: Gina Kolata, ""Partly Alive": Scientists Revive Cells in Brains from Dead Pigs', *New York Times*, 17 April 2019. ⟨nytimes.com/2019/04/17/science/brain-dead-pigs.html⟩
- 기온이 낮아지면 개구리 혈액의 특정 단백질은 세포에서 물을 빨아들인다: John

Roach, 'Antifreeze-Like Blood Lets Frogs Freeze and Thaw with Winter's Whims', *National Geographic*, 20 February 2007. 〈nationalgeographic.com/animals/2007/02/frog-antifreeze-blood-winter-adaptation/〉

- "강력계에서 번아웃은 발생 가능성이 있는 위험이 아니라 심리적으로 반드시 닥칠 상황이다": David Simon, *Homicide: A Year on the Killing Streets*, Houghton Mifflin Company, Boston, 1991, p. 177. ⓒ David Simon, 1991, 2006. Extracts from Homicide: A Year on the Killing Streets reproduced with permission of Canongate Books Ltd and Henry Holt & Co.
- "하지만 스트레스 호르몬의 목적은 극도로 힘든 상황에 대처할 힘과 인내력을 주는 것이다": 베셀 반 데어 콜크,《몸은 기억한다The Body Keeps the Score》, 을유문화사, 2020
- "인간의 상충하는 두 감정이 충돌해 화상을 입힐 수도, 열기를 줄 수도 있는 불똥을 튀긴다": Richard Powers, introduction to DeLillo, *White Noise*, pp. xi-xii. Reproduced with permission of Penguin Random House LLC (US).
- 죽은 중국 남자의 사진: Agence France-Presse, 'A Man Lies Dead in the Street: The Image that Captures the Wuhan Coronavirus Crisis', *Guardian*, 31 January 2020. 〈theguardian.com/world/2020/jan/31/a-man-lies-dead-in-the-street-the-image-thatcaptures-the-wuhan-coronavirus-crisis〉
- "더 멀리, 더 낯선 곳에 갈수록 죽음의 전면을 맞닥뜨릴 가능성이 높아진다": 수전 손택,《타인의 고통》, 이후, 2004
- 브루클린 부두에 있는 650구의 시신: Paul Berger, 'NYC Dead Stay in Freezer Trucks Set Up during Spring Covid-19 Surge', *Wall Street Journal*, 22 November 2020. 〈wsj.com/articles/nyc-dead-stay-in-freezertrucks-set-up-during-spring-covid-19-surge-11606050000〉
- 로스앤젤레스 지역은 일시적으로 대기질 관련 규정을 중단했다: Julia Carrie Wong, 'Los Angeles Lifts Air-Quality Limits for Cremations as Covid Doubles Death Rate', *Guardian*, 18 January 2021. 〈theguardian.com/us-news/2021/jan/18/los-angeles-covidcoronavirus-deaths-cremation-pandemic〉
- 브라질에서는 매일 사망자 수가 4,000명을 넘었고 격리 병동에서 근무하는 간호사들은 니트릴 장갑에 따뜻한 물을 채웠다: 'Nursing Technician from Sao Carlos "Supports" an Intubated Patient's Hand with Gloves Filled with

Warm Water', Globo.com, 23 March 2021. ⟨g1.globo.com/sp/sao-carlos-regiao/noticia/2021/03/23/tecnica-emenfermagem-de-sao-carlos-ampara-mao-de-paciente-intubada-comluvas-cheias-de-agua-morna.ghtml⟩

- "예전 삶이 돌아왔으면 좋겠습니다. 미국은 최고의 경제 호황을 누렸습니다. 죽는 사람도 없었지요.": *Remarks by President Trump, Vice President Pence, and Members of the Coronavirus Task Force in Press Briefing*, issued on 30 March 2020, press briefi ng held 29 March 2020, 5.43 p.m. EDT. ⟨trumpwhitehouse.archives.gov/briefi ngsstatements/remarks-president-trump-vice-president-pencemembers-coronavirus-task-force-press-briefi ng-14/⟩

참고도서

죽음에 관하여

- Alvarez, Al, *The Savage God: A Study of Suicide*, Bloomsbury, London, 2002
- 필립 아리에스, 《죽음 앞의 인간The Hour of Our Death》, 새물결, 2004
- 어니스트 베커, 《죽음의 부정The Denial of Death》, 한빛비즈, 2019
- Callender, Ru, Lara Dinius-Inman, Rosie Inman-Cook, Michael Jarvis, Dr John Mallatratt, Susan Morris, Judith Pidgeon and Brett Walwyn, *The Natural Death Handbook*, The Natural Death Centre, Winchester, and Strange Attractor Press, London, 2012
- 사이먼 크리츨리, 《자살에 대하여Notes on Suicide》, 돌베개, 2021
- 케이틀린 도티, 《잘해봐야 시체가 되겠지만Smoke Gets in Your Eyes, and Other Lessons from the Crematory》, 반비, 2020
- 아툴 가완디, 《어떻게 죽을 것인가Being Mortal》, 부키, 2015
- 크리스토퍼 히친스, 《신 없이 어떻게 죽을 것인가Mortality》, 알마, 2014
- Jarman, Derek, *Modern Nature: The Journals of Derek Jarman 1989-1900*, Vintage, London, 1991
- 폴 칼라니티, 《숨결이 바람 될 때When Breath Becomes Air》, 흐름출판, 2016
- 쥘리아 크리스테바, 《공포의 권력Powers of Horror》, 동문선, 2001

- 엘리자베스 퀴블러 로스,《죽음과 죽어감On Death and Dying》, 청미, 2018
- Laqueur, Thomas W., *The Work of the Dead: A Cultural History of Mortal Remains*, Princeton University Press, Princeton, NJ, 2015
- Lesy, Michael, *The Forbidden Zone*, Andre Deutsch, London, 1988
- Lofland, Lyn H., *The Craft of Dying: The Modern Face of Death*, Sage, Los Angeles, 1978
- Mitford, Jessica, *The American Way of Death Revisited*, Virago, London, 2000
- 셔윈 B 눌랜드,《사람은 어떻게 죽음을 맞이하는가How We Die》, 세종서적, 2020
- O'Mahony, Seamus, *The Way We Die Now*, Head of Zeus, London, 2016.
- 스터즈 터클,《여러분, 죽을 준비 했나요?Will the Circle Be Unbroken?》, 이매진, 2015
- Troyer, John, *Technologies of the Human Corpse*, MIT Press, Cambridge, MA, 2020
- Wojnarowicz, David, *Close to the Knives: A Memoir of Disintegration*, Canongate, Edinburgh, 2017
- 어빈 얄롬,《실존주의 심리치료Existential Psychotherapy》, 학지사, 2007

죽음의 여파와 남은 자들
- 수 블랙,《남아 있는 모든 것All that Remains: A Life in Death》, 밤의책, 2021
- 조앤 디디온,《상실The Year of Magical Thinking》, 시공사, 2006
- 아니 에르노,《사건Happening》, 민음사, 2019
- Faust, Drew Gilpin, *This Republic of Suff ering: Death and the American Civil War*, Vintage Civil War Library, New York, 2008
- 리처드 로이드 패리,《구하라, 바다에 빠지지 말라Ghosts of the Tsunami》, 알마, 2019

해부 및 해부학자
- Blakely, Robert L., and Judith M. Harrington, *Bones in the Basement: Post-mortem Racism in Nineteeth-Century Medical Training*, Smithsonian Institution Press, Washington, 1997
- 린지 피츠해리스,《수술의 탄생The Butchering Art》, 열린책들, 2020
- Moore, Wendy, *The Knife Man: Blood, Body-Snatching and the Birth of*

Modern Surgery, Bantam, London, 2005
- Park, Katharine, *Secrets of Women: Gender, Generation, and the Origins of Human Dissection*, Zone Books, New York, 2010
- Richardson, Ruth, *Death, Dissection and the Destitute*, Penguin, London, 1988
- Rifkin, Benjamin A., Michael J. Ackerman, and Judith Folkenberg, *Human Anatomy: Depicting the Body from the Renaissance to Today*, Thames & Hudson, London, 2006
- 메리 로치, 《스티프Stiff: 죽음 이후의 새로운 삶》, 파라북스, 2004
- 메리 셸리, 《프랑켄슈타인Frankenstein》, 현대지성, 2021
- Worden, Gretchen, *Mutter Museum of the College of Physicians of Philadelphia*, Blast Books, New York, 2002

범죄

- Botz, Corinne May, *The Nutshell Studies of Unexplained Death*, The Monacelli Press, New York, 2004
- McDermid, Val, *Forensics: The Anatomy of Crime*, Profile Books, London, 2015
- Nelson, Maggie, *The Red Parts: Autobiography of a Trial*, Vintage, London, 2017
- Simon, *David, Homicide: A Year on the Killing Streets*, Houghton Mifflin Company, Boston, 1991

죽음의 이미지

- Benkard, Ernst, *Undying Faces*, Hogarth Press, London, 1929
- Ebenstein, Joanna, *Death: A Graveside Companion*, Thames & Hudson, London, 2017
- Friedrich, Ernst, *War against War!*, Spokesman, Nottingham, 2014(facsimile edition of 1924 publication)
- Heyert, Elizabeth, *The Travelers*, Scalo, Zurich, 2006
- Koudounaris, Paul, *Memento Mori: The Dead Among Us*, Thames & Hudson, London, 2015

- 그레그 마리노비치, 주앙 실바, 《뱅뱅클럽(The Bang-Band Club)》, 월간사진, 2013
- 수전 손택, 《타인의 고통(Regarding the Pain of Others)》, 이후, 2004
- Thanatos Archive, *Beyond the Dark Veil: Post-Mortem & Mourning Photography*, Grand Central Press & Last Gasp, California, 2015
- Wallis, Brian, *Weegee: Murder is My Business*, International Center of Photography and DelMonico Books, New York, 2013

사형 제도

- Cabana, Donald A., *Death at Midnight: The Confession of an Executioner*, Northeastern University Press, Boston, 1996
- Camus, Albert, *Resistance, Rebellion, and Death*, Alfred A. Knopf, New York, 1966
- Dow, David R., and Mark Dow, *Machinery of Death: The Reality of America's Death Penalty Regime*, Routledge, New York, 2002
- Edds, Margaret, *An Expendable Man: The Near-Execution of Earl Washington, Jr.*, New York University Press, New York, 2003
- Koestler, Arthur, *Dialogue with Death: The Journal of a Prisoner of the Fascists in the Spanish Civil War*, The University of Chicago Press, Chicago, 2011
- Lifton, Robert Jay, and Greg Mitchell, *Who Owns Death? Capital Punishment, the American Conscience, and the End of Executions*, HarperCollins, New York, 2000
- Solotaroff, Ivan, *The Last Face You'll Ever See: The Private Life of the American Death Penalty*, HarperCollins, New York , 2001

묘지

- Arnold, Catharine, *Necropolis: London and Its Dead*, Simon & Schuster, London, 2006
- Beesley, Ian, and David James, *Undercliffe: Bradford's Historic Victorian Cemetery*, Ryburn Publishing, Halifax, 1991
- Harrison, Robert Pogue, *The Dominion of the Dead*, University of Chicago Press, Chicago, 2003

• Swannell, John, *Highgate Cemetery*, Hurtwood Press, Oxted, 2010

인체 냉동 보존술
• 로버트 에틴거, 《냉동 인간The Prospect of Immortality》, 김영사, 2011
• Nelson, Robert F. and Sandra Stanley, *We Froze the First Man: The Startling True Story of the First Great Step toward Human Immortality*, Dell, New York, 1968
• 마크 오코널, 《트랜스휴머니즘To Be a Machine》, 문학동네, 2018

아이들이 읽을 만한 도서
• 볼프 에를브루흐, 《내가 함께 있을게Death, Duck and the Tulip》, 웅진주니어, 2007

찾아보기

감사의 말

이름을 알든 모르든, 지금까지 나와 만난 모든 죽은 자들에게 감사의 마음을 전한다.

내게 귀중한 시간을 내주고 수고를 마다하지 않은 살아 있는 자들 포피 마들, 에런, 로지나, 테리 레그니어, 닉 레이놀즈, 마크 '모' 올리버, 닐 스미더, 제리 기븐스, 론 트로이어, 진 트로이어, 필립 고어, 케빈 싱클레어, 라라-로즈 아이어데일, 클레어 비즐리, 마이크와 밥, 토니와 데이브, 데니스와 힐러리, 앤서니 매틱에게도 감사를 표한다.

나와 가장 가까운 첫 독자 클린트 에드워즈에게 특별한 감사를 전한다. 그는 넘쳐나는 원고와 기록의 바다에서 방향을 잃었을 때 등대가 되어주었고 고물 렌터카를 운전해주는 듬직한 기사였으며 고통스러운 마감일과 팬데믹을 함께 견뎌준 불쌍한 남자이기도 하다. 내가 가장 사랑하는 두 명의 괴짜인 에디 캠벨과 오드리 니페네거Audrey Niffenegger, 그들이 없었다면 이 책은 아예 없었을 것이다. 수년 전 어니스트 베커를 소개해주고 그다음 일을 처리해준 크리스토포 민타Kristofor Minta, 지혜와 잠들 장소를 제공해준 케이틀린 도티(커피콩을 밀크셰이크 블렌더에 넣고 갈아서 정말 미안하게 생각한다), 반갑게 문을 열어주고 자신의 명석한 머리를 기꺼이 빌려준 죽음의 권위자인 의사 존 트로이어, 내가 말하고자 하는 요지를 내가 알아차릴 때까지 함께 토론해준 샐리 오슨-존스Sally Orson-Jones, 절벽에 있던 내게 용기를 불어넣어준 올리 프랭클린-월리스Oli Franklin-Wallis, 내 실험용 쥐가 되어준 캣 미호스Cat Mihos(감사와 함께 사과도 받아주길), 모두 감사하게 생각한다.

레이븐 북스Raven Books의 재치 있고 참을성 있는 모든 직원에게 감사하며 특히 앨리슨 헤네시Alison Hennessey와 케이티 엘리스-브라운Katie Ellis-Brown 그리고 세인트 마틴스 프레스St. Martin's Press의 해나 필립스Hannah Phillips에게 감사의 말을 전한다. 내 에이전트 로라 맥두걸Laura Macdougall, 올리비아 데이비스Olivia Davis, 술라미타 가부즈Sulamita Garbuz, 존 엘렉Jon Elek에게 감사한다. 집필 기금의 일부를 지원해준 작가 협회The Society of Authors와 작가 재단Authors' Foundation에도 고마운 마음을 전한다.

조류, 글자 조각 새기기, 의식에 관련된 질문을 비롯해 두서없는 내 호기심에 답해주고 어떤 방법으로든 집필 과정에 도움을 준 사람들이 너무나 많다. 던디대학교의 해부 및 신원 확인 센터의 수 블랙Sue Black 교수와 비비언 맥과이어Vivienne McGuire, UCLA

의 폴 케퍼드Paul Kefford와 딘 피셔, 로저 에버리Roger Avary, 아닐 세스, 비제이 밀러BJ Miller, 브라이언 머기Bryan Magee, 브루스 러빈Bruce Levine, 에릭 말런드Eric Marland, 샤론 스티틀러Sharon Stiteler, 닉 부스Nick Booth, 로라 재너-클라스너Laura Janner-Klausner, 루시 콜먼 탤벗Lucy Coleman Talbot, 주앙 메데이로스João Medeiros, 아노스 베일의 올리 민턴Ollie Minton과 바네사 스펜서Vanessa Spencer에게 고맙다.

이 책의 대부분은 런던 북부에서 집필했지만, 미네소타주의 시골 버스 뒷좌석, 지금은 철거 중인 뉴욕 어느 호텔의 건조기 옆, 뉴올리언스의 어느 옥상, 미시간주 어딘가에 있는 프랜차이즈 식당 밖 주차장에서 집필하기도 했다. 내게 잘 곳과 저녁과 교통편을 제공해주거나 묵묵히 하소연을 들어준 친구들인 엘리너 모건Eleanor Morgan, 올리 리처즈Olly Richards, 리오 바커Leo Barker, 너새니얼 멧커프Nathaniel Metcalfe, 오시 허스트Ossie Hirst, 앤디 라일리Andy Riley, 폴리 페이버Polly Faber, 케이트 세빌라Cate Sevilla, 닐 게이먼Neil Gaiman, 어맨다 파머Amanda Palmer, 빌 스티틀러Bill Stiteler, 스티븐 로드릭Stephen Rodrick, 토비 핀레이Toby Finlay, 대런 리치먼Darren Richman, 오하이오주에서 눈 오는 날 우리를 구조해준 톰 스퍼전Tom Spurgeon(하늘에서 편히 잠들기를 빈다), 에린Erin과 매켄지 댈림플Mackenzie Dalrymple, 마이클Michael과 코트니 게이먼Courtney Gaiman, 내 괴짜 친구 존 세이워드John Saward에게 감사를 표한다. 내 고양이 네드를 보살펴준 피터Peter와 재키 나이트Jackie Knight에게 고마움을 전하며 내 그림자이자 문진이자 알람 시계인 네드Ned에게도 사랑을 보낸다.

이 책을 집필하며 회색 머리 몇 가닥이 생겼다. 미리 회색 머리를 유행시켜놓은 수전 손택과 릴리 먼스터^{Lily Munster}에게 고맙다는 말을 전한다.

리를 유행시켜놓은 수전 손택과 릴리 먼스터[Lily Munster]에게 고맙다는 말을 전한다.

죽은 자 곁의 산 자들

초판 1쇄 인쇄일 2022년 9월 25일
초판 1쇄 발행일 2022년 10월 5일

지은이 헤일리 캠벨
옮긴이 서미나

발행인 윤호권
사업총괄 정유한

편집 엄초롱 **디자인** 양혜민 **마케팅** 윤아림
발행처 ㈜시공사 **주소** 서울시 성동구 상원1길 22, 6-8층(우편번호 04779)
대표전화 02-3486-6877 **팩스(주문)** 02-585-1755
홈페이지 www.sigongsa.com / www.sigongjunior.com

글 ⓒ 헤일리 캠벨, 2022

ISBN 979-11-6925-254-6 03840

*시공사는 시공간을 넘는 무한한 콘텐츠 세상을 만듭니다.
*시공사는 더 나은 내일을 함께 만들 여러분의 소중한 의견을 기다립니다.
*잘못 만들어진 책은 구입하신 곳에서 바꾸어 드립니다.